김운하 장편소설
137개의 미로 카드

초판발행/ 2001년 10월 31일

지은이/ 김운하
펴낸이/ 채호기
펴낸곳/ (주)문학과지성사
등록번호/ 제10-918호(1993. 12. 16)

서울 마포구 서교동 363-12호 무원빌딩(121-838)
편집/ 338)7224~5 FAX 323)4180
영업/ 338)7222~3 FAX 338)7221
홈페이지/ www.moonji.com

ⓒ 김운하, 2001. Printed in Seoul, Korea
ISBN 89-320-1289-X

값 8,000원

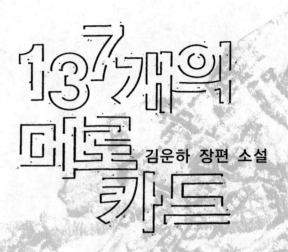

137개의
마로
카드

김운하 장편 소설

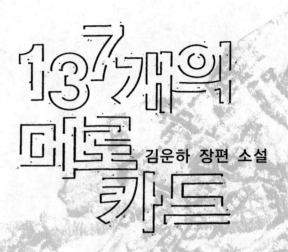

문학과지성사
2001

· 차
례

편집자의 말

우리는 지난 1년 반 동안 아주 기묘한 미로 게임에 빠져들어 있었다. 이 책은 우리가 몰두하고 있었던 그 미로 게임을 둘러싼 여러 가지 복잡하면서도 홍미롭기도 했던 과정들에 관해서 지금까지 우리에게 알려진 결과들만을 요약한 책이다.

이 책을 읽는 독자들도 아마 자기도 모르게 게임에 빠져들고 있는 자신을 발견하게 될 것이다.

그 미로 게임이란, 1년 반 전쯤에 갑자기 우리 곁에서 사라져버린 한 뛰어난 작가의 실종 혹은 죽음과 그가 남긴 유서이자 최후의 작품이라고 할 수도 있을 '수수께끼 퍼즐 상자'를 둘러싼 여러 가지 의문들에 관한 것이다.

보통의 경우에, 한 시대의 저명한 작가가 죽고 난 후에 그의 유족들이나 가까운 친구 혹은 그가 몸담았던 예술계가 나서서 그가 생전에 발표하지 않았던 작품들을 묶어 유고집 형태로 발간하는 경우가 많다. 프란츠 카프카의 경우에도 그의 둘도 없는 친구이자 그에 대한 연구자인 막스 브로트가 아니었다면, 자신의 작품들을 없애버리길 원했던 카프카의 바람대로 그의 모든 작품들이 사라져버려, 우리는 그의 빛나는 작품들을 읽을 기회를 영원히 갖지 못했을 수도 있다. 다행히도 막스 브로트의 현명한 판단 덕분에 오늘날에도 우리는 그의 작품들을 읽을 수 있고, 그런 경우에 우리는 한 작가의 드러나지 않았던 진면목을 새롭게 발견할 기회를 얻게 되고, 또 그런 과정을 통해서 그 작가의 정신 세계가 한층 더 분명하게 알려질 뿐만 아니라 우리 인간의 정신적 자산 또한 보다 풍요로워지게 된다.

그러나 우리가 여기서 다루는 작가는 매우 특이한 경우다. 왜냐하면 그의 부재의 진정한 원인이 밝혀지지 않았을 뿐만 아니라 우리가 보기엔 그가 '의도적으로' 복잡한 수수께끼를 남겨놓은 것처럼 보이기 때문이다. 그의 부재 뒤에 남은 것은 그의 서재 책상 위에 단정하게 놓여 있던 137개의 퍼즐 카드가 든 황금색 '수수께끼 상자' 하나와 다행스럽게도 그의 컴퓨터에 삭제되지 않은 채 남겨져 있던 20여 편의 미발표 원고들뿐이다.

그는 지금 대부분의 사람들이 믿고 있는 것처럼 정말 죽은 것일까? 그렇다면 그는 무엇 때문에 죽음을 결심했으며 또 그는 무엇 때문에 '수수께끼 상자'를 남겨놓은 것일까? 지난 1년 반 동안 우리는 그가 죽은 것이 아니라 잠시 모습을 감추었을 뿐이라고 믿고 싶어했고, 언젠가는 그가 우리 앞에 다시 나타나 그 수수께끼의 해답을 내려줄 것으로 믿었다. 무엇보다 우리는 그가 남긴 수수께끼 속에 그의 행방에 대한 어떤 암시가 들어 있으리라고 확신하고 있었다.

때문에 우리는 그가 남긴 유일한 흔적인 '수수께끼 퍼즐 상자'의 의문을 풀기 위해 많은 노력을 기울였다. 그 의문을 풀기 위해선 우리가 그 게임의 승자가 되어야 할 것이었다. 그러나 이 기묘한 게임의 승자는 아직 누구라고 말할 단계가 아니다. 어쩌면 우리는 그와의 게임에서 영원한 패자일 수밖에 없을는지도 모른다. 이 책은 그 게임의 전말에 관한 책이자, 또 우리가 아끼고 사랑했던 작가인 그에게 경의를 표하는 최소한의 노력의 결과이기도 하다. 무엇보다 우리는, 독자들도 그가 제안한 게임에 동참하기를 원하는 뜻에서 이 책을 출판하기로 결정한 것이다. 물론 앞으로도 죽은 줄로만 알았던 그가 갑자기 세상에 모습을 나타내서는 결정적인 답을 말해버릴 가능성도 배제할 수 없다. 우리는 차라리 그 편을 기대하고 있다.

이 책은 한 사람에 의해 씌어진 것이 아니다. 그의 실종이 알려지고 그가 남긴 '수수께끼 상자'가 문학계로 전해지면서 그것의 의문을 풀기 위한 노력이 조심스럽게 진행되었다. 그런 와중에 그와 친분을 갖고 있던 몇몇 작가들과 비평가들이 모여 일종의 연구 모임을 만들었고, 이 모임의 참여자들이 공동으로 집필하거나 각자의 입장에서 글을 쓴 것을 한데 묶은 것이 바로 이 한 권의 책이다. 그리고 그의 컴퓨터 파일에서 뒤늦게 발견된 20여 편의 글들도 이 책에 포함시켰다. 이 자료들은 137개의 언어 퍼즐 조각 못지않게 흥미로운 텍스트들인데, 여기에는 그의 내면적인 사색뿐만 아니라 논쟁적인 문제들에 대한 그의 생각을 엿볼 수 있어 그의 문학관을 연구하는 데 커다란 도움을 줄 것으로 여겨진다. 이 자료들에 대한 면밀한 독해는 작가가 우리에게 제출한 그 수수께끼 게임을 푸는 데도 실질적인 기여를 할 것이다.

그러므로 이 책을 읽어나갈 때 굳이 책의 앞부분부터 순서대로 읽어나갈 필요는 전혀 없다. 독자들은 각자의 필요와 관심에 따라 작가의 전기부터 읽고 다음에는 그가 남긴 미발표 작품들을 읽은 후에 —우리는 독자들에게 이런 순서로 읽기를 권유하고 싶다—그의 실종 사건과 언어 퍼즐을 다룬 장으로 되돌아와도 될 것이며, 혹은 실종 사건을 다룬 장부터 읽은 후에 그의 언어 퍼즐 게임에 바로 도전해도 될 것이다. 어느 부분부터 읽을 것인가 하는 문제는 전적으로 독자의 선택의 몫이다. 이 책의 구성과 순서를 정한 것이 우리들의 취향과 선택이 반영된 것처럼.

이 책은 완성된 책이 아니라 생성되어가는 중인 책이다. 왜냐하면 그가 남긴 퍼즐 게임에 대한 해답을 찾아가는 과정은 우리가 보기엔, 이 책 자체만으로는 결코 완결될 수 없는 성격의 것이기 때문이다. 이런 부분들은 독자들이 이 책을 읽어나가면서 좀더 구체적으로 이해할 수 있으리라 본다.

마지막으로 그의 부재를 최초로 발견했고 그가 만든 미로 게임을 풀어나가는 데 많은 실질적인 도움을 주었으며, 이 책이 만들어지는 데 결정적인 기여를 한 사람인 그의 연인, J에게 감사드린다. 이 책에 실린 그녀와의 인터뷰는 그녀의 용기가 없었으면 결코 이루어지지 못했을 것이고, 그랬더라면 우리는 그에 관한 중요한 많은 것을 놓칠 수밖에 없었을 것이다.

제1부

제1장
한 작가의 실종 혹은 죽음

박형태(시인)

1

내가 대학원에서 석사 논문을 겨우 끝내고 안도의 한숨을 내쉬던 1995년 11월 초였다. 내 기억엔 아마도 11월 6일쯤이었던 것 같다. 아침 밥상을 앞에 놓고 한가롭게 그날 조간 신문을 읽고 있던 나는, 입 안에 넣고 우물거리던 음식이 목에 걸려 컥컥거렸을 정도로 깜짝 놀랄 소식에 접하고 말았다. 프랑스의 저명한 현대 철학자 질 들뢰즈가 자신의 아파트에서 투신 자살했다는 뉴스였다.

인간이라면 누구나 한번쯤은 자살을 꿈꾸어보기도 하고, 또 실제로 많은 자살자들이 있기도 하다. 오늘날 우리는 일주일에 적어도 서너 번은 자살자들에 대한 뉴스를 접하며 살아가고 있지 않은가? 하지만 그의 자살은, 내게는 마치 내 부모 형제나 애인이 자살했다는 소식만큼이나 충격적인 것이었다. 나는 물론 질 들뢰즈라는 철학자가 실제로 어떤 유형의 사람인지는 모르고, 그의 사생활에 대해선 더욱 아는 것이 없었다. 내가 알고 있는 그는, 단지 『차이와 반복』『의미의 논리』『안티-오이디푸스』그리고 『천의 고원』 같은 탁월한 저서들을 썼던 철학자였고, 나는 그의 책에 나타난 사상들을 통해 간접적으로만 그의 삶에 대한 입장들을 가늠하고 있었을 따름이다.

그의 죽음이 내게 충격적이었던 것은 한 철학자의 자살이라는 사건 자체보다는, 그의 자살이 그가 자신의 책들을 통해 주장했던 삶과 세계에 대한 관점에 정면으로 배치되는 것으로 보였기 때문이다. 인간의 삶에 부단히 출몰하는 우연에 대한 절대적 긍정, 삶과 세계에 대한 긍정적이고 능동적인 힘의 산출이라는 니체적 입장들은 근본적으로 니체주의자였던 그의 모든 저작들에서 일관되게 나타나는 사상이었지 않은가? 또 그가 "문제는 무의식을 생산하는 것이다"라는 테제로 요약했듯이, 수동적인 정신분석학에 대항하여, 과잉으로서의 무의식 개념을 끊임없이 설파하던 그가 아니었던가? 그래서 어떠한 무시무시한 억압적 힘들 아래에서도 그 힘들을 뚫고 나오는 힘을 긍정했고, 탈주의 가능성들을 끊임없이 모색하던 그가 아니었던가?

한때 삶에 대해 극단적 비관주의에 빠져 있기도 했던 나는 그의 『니체와 철학』을 읽고서 비로소 수동적인 비관주의와 허무주의에서 벗어날 수 있었다. 그랬기 때문에 나는 마치 믿었던 동지에게서 배신을 당한 것 같은 기분에 사로잡혔던 것이다. 그날 학교에서도 동료들 간의 화제는 단연 질 들뢰즈의 죽음이었다. 물론 철학자라고 해서 그의 가치관과 삶이 반드시 일치해야 한다는 법은 없지만—예를 들면, 극단적 허무주의자이고 자살을 부추기는 철학자인 쇼펜하우어가 자신의 고장에 콜레라가 돌자 누구보다도 먼저 도망치고 말았던 것처럼—왠지 모르게 속았다는 기분마저 자꾸만 드는 것이었다.

그래서 나는 그의 죽음의 장면을 상상 속에서 떠올리면서 자꾸만 되묻게 되는 것이었다; 정말 그 사건은 일어난 것일까? 어쩌면 내가 읽었던 신문 기사의 언어들 속에서만 일어난 허구의 사건은 아니었을까? 그는 무엇 때문에 허공에다 자신의 몸을 내던져야만 했을까?

텅 빈 대기 속으로 몸을 내던짐, 텅 빔에의 내맡김이란 사건은 그의 내부에 잠재되어 있던 부정적 힘이 어느 순간에 현실화되고 말았던 필연적인 사건이었을까? 아니면 극히 우연적인 사건 혹은 환영이었을까?

몇 년이 흐른 후에 내가 지금 우리 곁에 없는 작가인 그와 알게 되고 질 들뢰즈에 대해 대화를 하던 중에, 그 역시 그때 나와 똑같은 느낌에 사로잡혔다는 사실을 알고 한참을 웃었던 적이 있다. 실은 내가 그와 가까워질 수 있었던 여러 가지 이유들 중에서 비록 각기 다른 이유에서였기는 하지만 니체와 들뢰즈가 주장한 '긍정주의 철학'에 대한 공감이 있었다.

내가 그의 실종 혹은 죽음에 대한 소식을 접했을 때 제일 먼저 질 들뢰즈를 떠올렸던 것도 바로 그런 이유 때문이리라. 나는 지금도 여전히 그의 실종 혹은 죽음에 대해 질 들뢰즈가 죽었을 때와 똑같은 감정을 갖게 되는 것이다; 과연 그 사건은 정말 일어난 것일까? 그는 과연 정말 사라진 것일까?

그런 의문이 드는 것은 내가 아는 한, 스스로 사석에서 말하곤 했듯이 그 역시 기본적으로 니체주의자였으며, 갈수록 빈곤해지는 현대적 삶에 대한 절망적인 인식에도 불구하고, 끊임없이 자신의 삶을 새롭게 기획하면서 자그마한 희망의 가능성이라도 발견하고자 고뇌하던 작가였기 때문이다. 전업 작가 생활을 하면서 늘 경제적 궁핍으로 고통받으면서도 천성적으로 타고난 유쾌함을 잃지 않았던 즐거운 동료이기도 했기 때문이다. 그래서 지금 글을 쓰고 있는 이 순간에도 문득문득 과연 그 사건은 일어났던 것일까? 하는 비현실적인 생각들을 떠올리게 되는 것이다.

질 들뢰즈의 자살과 죽음이 돌이킬 수 없는 유일무이한 사건이었

고 그가 아파트에서 뛰어내려 죽은 후부터 이승 세계에서는 누구
도 그를 만나볼 수 없게 된 것처럼, 그의 부재가 알려진 후부터 지금
까지 그 누구도 그의 모습을 본 사람은 없다. 그가 우리 곁에서 사라
져버린 후 1년 반이나 흘러버린 지금은, 대부분의 사람들은 그의 죽
음을 기정 사실처럼 여기고 있다. 그렇다. 그는 지금 우리 곁에 없다.
그는 사라져버렸다. 그의 사라짐이 죽음으로의 사라짐인지, 아니면
혼자만의 절대적 고독 속으로의 사라짐인지는 우리는 모른다. 우리
가 알고 있는 유일한 사실은 그가 지금 부재(不在)한다는 그 사실뿐
이다.

2

나는 그의 부재가 최초로 알려지게 되었던 그 '순간들'을 마음속으
로 그려본다.
시간은 지금으로부터 1년 반 전쯤, 화창한 5월로 거슬러 올라간다.
당시 그의 애인이었던 J는 평소 때와 다름없이 오후 1시경에, 직장에
서 점심을 마친 후 그의 집으로 전화를 걸었다. 그는 전화를 받지 않
았다. 그녀는 그의 핸드폰으로 전화를 걸었다. 그의 핸드폰은 꺼져
있었다. 처음에 그녀는 그가 어쩌면 밤을 새며 글을 쓰고는 지금까지
자고 있을지도 모른다는 생각을 했다. 그는 종종 밤을 새며 독서를
하거나 글을 쓰곤 한다는 사실을 그녀는 잘 알고 있었고, 그럴 땐 그
는 전화기 코드를 뽑고 핸드폰조차 꺼버리곤 했던 것이다. 저녁 무렵
에 다시 전화를 했지만 역시 집 전화도 핸드폰도 모두 불통이었다.
그녀는 불안해졌다. 온갖 상상이 머릿속을 가득 채웠다. 핸드폰을

잊고 그냥 밖으로 나간 것일까? 그렇다면, 지금쯤 내게 연락이라도 했을 텐데. 그렇다면 다른 여자와 데이트를 하느라고 핸드폰을 꺼놓고 있는 건 아닐까? 그녀는 자기가 속한 시립 교향악단의 5월 정기 연주회를 앞두고 한참 연습에 바쁠 때였음에도 연습에 집중할 수가 없었다. 그의 부재에 대한 불길한 생각들만이 끊임없이 그녀의 심장을 문득문득 철렁 내려앉게 만들었다. 그녀는 그날 밤 잠을 잘 수가 없었다. 다음날에도 연락이 안 되긴 마찬가지였다. 그와 사귀기 시작한 이래로 그런 적은 한 번도 없었다. 불안해진 그녀는 그날 연습이 끝나자마자 부랴부랴 자신의 차를 몰고 그의 집으로 달려갔다.

그의 집은 홍익대학교와 연세대학교 사이에 위치한 동교동에 있었다. 평범한 주택가에 있는 2층짜리 단독 주택의 2층을 세내어 혼자 살고 있었다. 그녀는 집 마당에서 따로 올라가게 되어 있는 계단을 따라 2층으로 올라갔다. 현관 문은 닫혀 있었고, 현관 문 앞에 놓여 있길 기대했던 그의 구두도 보이지 않았다. 그는 여전히 집에 없는 모양이었다. 그녀는 현관 문을 열었다. 현관 문은 잠겨 있지 않았다. 하긴 그는 현관 문을 잠근 적이 없었다. 좁은 거실과 거실에 딸린 부엌은 아주 깨끗하게 치워져 있었다. 방은 두 개였다. 하나는 침실이고, 하나는 그가 작업실로 쓰는 서재였다. 그녀는 먼저 침실로, 이어서 서재로 들어갔다. 두 개의 방 모두 깨끗하게 치워져 있었고, 잘 정돈되어 있었다. 평소 같으면 책들로 어지러워져 있을 책상 위도 말끔하게 치워져 있었다. 그의 핸드폰은 책상 위에 얌전하게 놓여져 있었다. 전원이 꺼진 채로.

그녀의 시선이 문득 책상 위에 단정하게 놓여 있는 하나의 낯선 물건에 가서 멈추었다. 그것은 황금색 포장지로 싸여진 종이 상자였다. 우리에게 '수수께끼 퍼즐 상자'로 알려지게 되는 바로 그 상자였다.

그 상자 위에 놓여 있는 사각형의 종이에는 무언가가 씌어 있었다. 그녀는 그 종이를 들고 읽었다;

"이 책이 너희들에게 증거가 되리라."(「이사야」, 30: 8)

그녀는 적잖이 당황했다.

그 문장을 읽는 순간 불길한 느낌이 머리를 스치고 지나갔던 까닭이다. 그녀는 황금색 포장지를 뜯었고, 상자의 뚜껑을 열었다. 그녀는 다시 한 번 당황했다. 그 종이 상자 안에는 복사 용지를 잘라서 만든 것 같은 종이 쪽지들이 가득 들어 있었다. 각각의 종이 쪽지들에는 손으로 직접 쓴 글자들이 적혀 있었다. 그것은 하나의 단어 혹은 하나의 문장이나 두세 개의 문장들로 만들어진 언어 카드 같은 것이었다. 그녀는 의자에 앉아 그 '수수께끼 퍼즐 상자' 안에 든 언어 카드들을 하나씩 꺼내 읽기 시작했다. 혹시나 그 카드들이 그의 부재에 대해서 설명해주지나 않을까 하는 순진한 기대감으로. 그러나 그녀의 기대는 여지없이 배반당하고 있었다. 그 카드들에 적힌 문장들은 해괴하기도 했고, 어떤 것은 마치 신비스런 마법의 주문을 적어놓은 것 같기도 했으며, 또 어떤 카드들은 마치 그녀를 향해서 혹은 그녀를 연상하며 쓴 듯이 외설스럽고 자극적인 문장들로 구성되어 있기도 했다.

예를 들면 이런 카드들; "부채질하듯 펼쳐지는 너의 분홍빛 젖가슴에서 풍겨나는 향기" "기하학적인 황홀경 속으로 몰아넣는 너의 장밋빛 엉덩이" "순결한 너의 눈망울은 나의 좁은 가슴을 애무하고 있었고" "너의 꿈꾸는 엉덩이는 천사를 보았다" 등등.

그녀는 어떤 카드들에선 불길하기 짝이 없는 징조를 읽어내기도 했다; "내가 없는 사랑만이 구원의 빛이 되리니" "우리 사랑은 그 춤추는 언어 속에서 불멸의 것이 되었다" "무죄를 기다리며 나는 잠을 잔다."

그런 카드들을 읽을 때마다 그녀의 손은 파르르 떨렸다.

그녀는 아마도 이 세상에서 최초로 그 '수수께끼 퍼즐 상자'를 맞추어보려고 시도했던 사람일 것이다. 그녀는 자정이 가까운 시간이 되도록 그 언어 퍼즐의 수수께끼를 풀어보려 애를 써보았다. 그러나 그녀에게 그 퍼즐은 요령부득의 퍼즐, 앞뒤도 맞지 않고 논리적으로도 연결되지 않는 기묘한 퍼즐일 뿐이었다. 기다림에 지친 그녀는 일층으로 내려가 주인집 현관 문을 두드렸다. 그녀도 얼굴을 몇 번 본적 있는 중년 여인이 현관 문을 열었다. 그녀는 그 여인에게 그에 관해 이것저것 몇 가지를 물어보았다. 주인집 여자는 "글쎄요…… 모르겠군요. 그분이 우리한테 어딜 다녀오겠다고 말하고서 나가는 분이 아니라서. 아시다시피 우린 한집에 살긴 하지만 서로 독립적으로 사는 거니까…… 어디 여행이라도 가신 모양이죠 뭐. 좀더 기다려보세요" 하고 말할 뿐이었다.

하긴 그 주인집 여자가 그의 행방에 대해 알 턱이 없었다. 그녀는 긴 한숨을 내쉬곤 물러나야만 했다.

그녀는 다음날 새벽까지 그의 집에 머무르면서 그를 기다렸지만 끝내 그는 모습을 나타내지 않았다. 그 다음날도. 그 다음다음날에도…… 그렇게 일주일이 흘러갔다. 그녀에게는 지옥에서 보낸 한 철과도 같은 기나긴 시간이었다. 일주일이 지난 후, 그녀는 불안한 마음을 감추지 못한 채 그의 집에서 그가 가지고 다니던 전화번호 수첩을 뒤져 평소 안면이 있던 그의 친구인 작가 K에게 연락을 취했다.

K도 놀라고 당황하기는 마찬가지였다.

"그러잖아도 한두 번 연락을 했는데 통화가 안 되기에 어디 여행이라도 갔나 하고 생각하고 있었습니다."

그녀를 만난 자리에서 K는 얼굴을 찌푸리며 그렇게 말했다.

K는 그녀와 함께 혹시나 그의 주변인들 중에서 그의 행방을 알고 있을 만한 사람을 찾기 위해 백방으로 연락을 취했다. 그의 부재가 문단에 처음으로 알려지게 된 것은 그때부터였다. 그의 행방을 알고 있는 사람은 아무도 없었다. 그녀는 K에게 그 '수수께끼 퍼즐 상자'의 존재에 대해 얘기했고, 다음날 그에게 그 상자를 보여주었다. K도 그 기이한 언어 퍼즐 카드들을 보고서는 이상하고 불안한 기분을 느꼈다. 그도 그녀가 그랬던 것처럼 그 퍼즐 카드들을 이리저리 맞추어 보려고 했지만 어떤 형태의 조합으로도 일관된 의미를 찾아낼 수가 없었다. 그 퍼즐 상자에서는 그의 부재를 설명해줄 아무런 단서도 발견할 수가 없었다.

그녀는 절망에 빠졌다. 세상에서 가장 가까운 사람이라고 생각하던 자신에게까지 알리지 않고 그는 도대체 어디로 사라져버린 것일까? 혹시…… 그녀에게 '자살'이라는 생각이 떠오른 것은 바로 그 순간이었다. 그 생각을 떠올리자, 섬뜩한 전율이 일었다. 자신도 모르게 그녀의 눈가에서 굵은 눈물 방울들이 주르륵 흘러내리기 시작했고, 곧 그녀는 두 손으로 얼굴을 가리고 펑펑 울음을 터뜨리기 시작했다. K는 몹시 당황하여 어쩔 줄 모르고 그녀를 지켜볼 따름이었다. K도 그녀가 무슨 생각을 하는지 직감적으로 눈치를 챘기 때문이다. K는 깊은 한숨을 내쉰 뒤에 그녀에게 말했다.

"설마…… 그런 불행한 일이야 있으려구요. 그러지 말고 우리 지금 당장에라도 경찰에 실종 신고를 내는 게 어떻겠습니까? 언제까지 마냥 이렇게 기다릴 수만은 없지 않겠어요?"

그의 말에 그녀는 더 많은 눈물을 쏟아내고 있었다.

잠시 후 그들은 카페에서 일어나 가까운 경찰서를 찾았고, 마침내 그의 실종은 이제 공식적인 사건이 되고 말았다.

3

그의 실종 혹은 부재가 언론에 의해 알려진 것은 J가 처음으로 그의 집을 찾았던 날로부터 열흘 가량 지났을 때였다. 그의 실종 사건을 맡은 경찰에서는 언론을 통해 그의 실종을 알리고 시민 제보를 당부하는 한편, 그가 몰래 국외로 나갔을지도 모른다는 가능성을 고려해서 공항이나 항만 출입국 명단까지 조사를 했다. 하지만 그가 국외로 빠져나간 흔적은 발견되지 않았다. 그를 보았다는 시민 제보 같은 것도 들어오지 않았다. 장난스런 전화 몇 통을 빼놓고는. 또 여러 가지 정황으로 미루어보아 그가 타인에 의해 갑작스럽게 납치되었다거나 혹은 타살되었을 가능성은 거의 없다는 것이 조사를 맡았던 경찰의 판단이었다. 그녀가 경찰에 한 진술들과 그가 의도적으로 남겨놓았던 '수수께끼 퍼즐 상자'의 존재 등을 종합해볼 때, 경찰의 그런 판단은 합리적인 것으로 보였다.

경찰은 결국 그가 과거에 한 번 자살 시도를 한 경험이 있다는 그녀의 진술과 그의 작품들이 죽음을 소재로 한 것이 많다는 사실을 토대로 스스로 어디론가 몸을 숨겼다기보다는 아무도 모르게 자살을 한 것이 아닌가 하는 쪽으로 심증을 굳히고 있었다. 즉 그는 내면적으로 자살 충동을 가진 사람이거나 혹은 최소한 죽음에 친화적인 사람이었다는 것이다. 늘 죽음을 생각하는 사람은 자살할 개연성이 그만큼 높은 것일까.

경찰에서는 그 수수께끼 퍼즐이 그의 부재를 설명해줄 유일하고 결정적인 단서라고 생각하고 있었다. 그러나 경찰은 그 '수수께끼 퍼즐 상자'를 작가인 그가 남긴 일종의 '유서'라고 판단하는 듯했다. 유서치고는 아주 기묘하고 고약한. 어떻게 판단하든 우선은 그 수수께끼부터 풀어야만 했다. 문학이라는 것에 관해서는 별 관심도 없고 낯설어하기만 하는 경찰로서는 그 수수께끼 퍼즐을 직접 풀 자신이 없었는지 문학계에 도움을 요청했다. 물론 문단에서 그의 실종 사건과 그가 남긴 '수수께끼 퍼즐 상자'에 대해 다른 누구보다도 더 관심을 보인 것은 당연한 일이었다. 언론에서도 그 '수수께끼 퍼즐 상자'에 대해 비상한 관심을 보였다. 아래는 C신문에서 다룬 그의 실종 사건에 대한 기사다;

    작가의 실종과 '수수께끼 퍼즐 상자'
    『초현실적 강박』『언어의 비탈』같은 도전적인 시집과 『소리 없는 외침들』이라는 소설 등으로 우리 문학계에 신선한 충격을 주었던 한 작가가 어느 날 갑자기 사라져버린 사건이 발생했다. 그가 자살을 했는지 아니면 스스로 몸을 숨겨버린 것인지는 아직까지 확인되지 않고 있다. 유일한 단서는 그의 책상 위에 남겨져 있던 황금색 포장지에 싸여 있던 '수수께끼 퍼즐 상자'뿐이다. 그 상자엔 137개의 언어 퍼즐 카드가 들어 있었다. 거기에 적힌 문장들은 다른 시들에서 따온 인용구나 언어를 패러디한 문장, 외설스럽기까지 한 문장들, 형이상학적이고 신비주의적인 분위기가 물씬 풍기는 문장들, 그 의미를 알 수 없는 기이하고 난해하기 짝이 없는 문장들로 구성되어 있다. 그 문장들이 각각 무엇을 뜻하는지, 그 137개의 카드들을 어떤 식으로 재구성해야 하는지는 현재 문학계에서 본격적으로 파고들기 시작했다. 문학 담당 기자들 사이에서도 그 137개의 퍼즐 카드들에 대한 얘기가 커다란 화젯거리가 되고 있다.

그 작가는 무슨 이유로 이런 기이한 퍼즐 게임을 만든 것일까? 그의 실종 혹은 죽음과 이 '수수께끼 퍼즐 상자'는 어떤 연관이 있는 것일까? 그는 무슨 의도로 이 기묘한 게임을 제안한 것일까? 이것은 그의 유서일까, 아니면 그의 최후의 작품일까? 기자가 보기에도 이 퍼즐 게임은 매우 복잡하고 암시적이며 그런 의미에서 풀기 어려운 게임처럼 보인다. 어쩌면 그는 지금 어딘가에 숨어서 그의 독자들이 어떻게 이 게임을 풀어가는지를 보며 즐기고 있는지도 모르겠다. 만일 그가 자살한 것이 아니라면 말이다. 어떻든 그의 실종 사건과 '수수께끼 퍼즐 상자'가 지금 별다른 논쟁거리가 없는 현재의 한국 문학계를 뜨겁게 달구고 있는 초미의 관심사인 것만은 사실인 것 같다. 이 게임이 어떻게 결론이 날지는 더 두고봐야 할 것이다.

그의 실종과 '수수께끼 퍼즐 상자'가 한국 문학계를 뜨거운 논쟁 속으로 몰아넣었다는 그 기자의 말은 좀 과장된 것 같다. 그 사건은 일반인들의 일회적인 가십성 화젯거리는 되었을지언정 본격적으로 탐구 대상이 되기에는 어느 정도 시간이 필요했다. 그럴 수밖에 없었던 것이, 그의 부재가 실종인지 아니면 자살인지조차 불명확한 상태에서 어떤 하나의 결론을 내리기에는 누구나 다 꺼림칙한 기분을 느끼고 있었기 때문이다. 그래서 초기 단계에는 조용한 가운데 그 '언어 퍼즐 게임'에 관심을 가진 연구자들이 각각 개별적으로 연구를 진행하는 수밖에 없었다.

그의 실종 사건이 발생한 후 반년이 지나는 동안에도 그는 끝내 모습을 드러내지 않았다. 사람들은 그가 자살한 것이라는 쪽으로 결론을 내리고 있었다. 그 무렵 한 문학지에 그의 실종과 '수수께끼 퍼즐 상자'에 대한 최초의 분석 논문이 발표되었다. 문단에서 그 기묘한 언어 퍼즐 게임에 대한 논쟁이 본격적으로 시작된 것은 바로 그때부터였다(이 논문과 당시 논쟁에 참여했던 논문들은 뒤의 장들에서 제시해놓았다). 우리가 하나의 팀을 짜서 그의 작품 세계와 그 '수수께끼 퍼즐 상자'에 대한 탐구를 시작한 것도 바로 그 논쟁이 계기가 되었다. 우리는 논쟁에 바로 뛰어들기보다는 차분하게 한 발 뒤로 물러나서 사라진 그가 제안한 그 게임의 승자가 되기 위한 노력을 경주하기 시작했고, 우리는 그러한 노력을 다방면으로, 즉 그의 일대기를 재구성하려는 것으로부터 그의 실종을 전후한 상황의 재구성, 그의 작품과 그의 사상에 대한 분석 등으로 진행했다. 물론 동시적으로 그 퍼즐 게임에 대한 연구도 진행했지만, 우리는 그런 모든 총체적인 탐구의 끝에 가서야 그 게임을 온전하게 끝낼 수 있으리라 생각했던 것이다. 무엇보다 그런 작업이 그의 실종을 해명해줄 어떤 단서를 제공해줄지도 모른다는 기대감 또한 컸던 것이 사실이다.

우리는 약 1년 가량 연구를 진행했다. 그러나 과연 우리가 그 게임의 승자가 되었던가? 오히려 우리는 연구를 진행하면서 더 깊은 혼란에 빠져 망설이고 주춤거리고 있을 뿐이라는 생각이 든다. 하나의 어두운 동굴의 미로 속에 들어와 있는 듯한. 그렇다. 그가 남긴 '수수께끼 퍼즐 상자'는 일종의 미묘한 미로 같은 존재이다. 깡그리 무시해버릴 수도 있지만, 쉽사리 내쳐지지 않은 묘한 매력을 가진, 마치 뱃사람들을 아름다운 목소리의 노래로 유혹하여 죽음으로 끌어들이는 사이렌의 존재와도 같은.

그러므로 그의 부재는 1년 반 전에 한 번 일어났던 사건으로 끝난 것이 아니라 여전히 지금 바로 이 순간에 진행되고 있는 현재 진행형의 사건이며, 그가 남긴 수수께끼도 처음 그대로 우리 앞에 현존하고 있다고 해야 할 것이다. 그리고 그 미로는 이제 이 책을 읽는 모든 독자들 앞에도 펼쳐지기 시작하고 있다.

여기서 멈추든가, 아니면 계속 진행하든가 하는 판단은 전적으로 독자들의 몫이다.

제2장
미로의 수수께끼

여기 하나의 미로가 있다. 이 미로는 언어로 만들어진 복잡하고 교묘한 은유와 상징들의 미로이다.

아래에 제시한 일련 번호가 붙은 137개의 문장들이 바로 우리 곁에서 실종되어버린, 아니 스스로 이 세상으로부터 몸을 숨겨버린 ─ 그가 은둔을 해버렸든 아니면 자살해버렸든 간에 그가 숨어버렸다는 의미에서는 마찬가지이다 ─ 한 작가가 남겨놓은 언어의 미로이다 (어쩌면 그는 자신이 만들어놓은 이 언어의 미로 속에 몸을 숨기고 있는지도 모른다).

그갸 남겨놓은 137개의 언어 카드들은 황금색 상자 속에 무작위적으로 뒤섞여 있었다. 우리는 그가 했던 방식 그대로 이 카드들을 역시 무작위적으로 배열해놓았다. 다만 우리는 독자들의 편의를 고려하여 일련 번호들을 붙여놓았다.

이 카드들을 읽어나가면서 독자들은 우리가 처음에 그랬던 것처럼 혼란을 느끼리라 생각된다. 다음 장에서 우리는 불완전하기는 하나

미학적으로 가능한 몇 가지 형태의 배열들을 예로서 제시해보았다. 사실 137개의 이 문장 카드들을 어떻게 배열할 것인가는 전적으로 이 카드를 쥔 사람들 자신의 몫이다. 이것은 일종의 언어 퍼즐 게임 이기는 하되, 정답을 가르쳐줄 문제 출제자가 부재하는 까닭에, 과연 어떤 식의 배열이 진리인지는 그 어느 누구도 확신을 가지고 주장하 기는 어렵다. 어쩌면 애초부터 이 문장 카드들의 진리란 것은 존재하 지도 않는 것인지도 모른다. 그 모든 가능성들을 고려하면서 독자들 께서 이 137개의 카드들을 검토한 후, 직접 어떤 형태로든 한번 재구 성해보는 것도 흥미로운 일일 것이다;

137개의 언어 퍼즐 카드

"이 책이 너희들에게 증거가 되리라." (「이사야」, 30: 8)
—종이 상자 겉봉에 씌어 있던 문장.

(1) 地上의 詩의 슬픈 구도(構圖).

(2) 空手來, 공수거 중?

(3) 동일한 하나의 꿈을 꾸는 점. 선분. 평면. 입체. 초입방체들의 낭만주의.

(4) 하나의 언어가 이 우주를 대체해버리도록 하지 않기 위해 아 직 남은 말은 존재한다.

(5) 시간이 형성되고, 육체는 의문에 부쳐지고, 영혼의 넋은 우리 의 언어 속으로 흘러든다.

(6) 나는 타자이다.

(7) Plus poetice quam humane locutus es(그대는 인간적으로라

기보다는 시적으로 말하도다)!

(8) 무한히 상승하는 카논의 푸가.

(9) 전체의 무의 작은 수학자의 셈놀이.

(10) 물고기처럼 날렵한 그대 육체 위에 나는 그대의 달거리 피로 시를 새겨넣었다.

(11) 나는 바싹 마른 흥분의 불꽃.

(12) 평평하기만 하고 기울어지지 않는 것은 없고, 가기만 하고 돌아오지 않는 것은 없다.

(13) 바람에 휘날리는 언어의 잿가루를 호흡하며, 나는 악마의 대지에 공손하게 시린 입을 맞추었다.

(14) 부채질하듯 펼쳐지는 너의 분홍빛 젖가슴에서 풍겨나는 향기, 기하학적인 황홀경 속으로 몰아넣는 너의 장밋빛 엉덩이!

(15) 그대의 육체 위에 새겨진 언어들은 나의 것도 너의 것도 아니었다.

(16) 언어의 꿈꾸는 검은 박쥐가 어둠 속에서 힘차게 날갯짓하며 북극성을 향해 차고 오른다.

(17) 우리는 그 시들의 2차원적 경계면 위에서 입을 맞추었고, 그 시를 핥아먹었고, 우리의 땀방울들로 그 시를 지워나갔다.

(18) 日面佛, 月面佛.

(19) 무질서와 혼돈의 폐곡선 위에서 노래하는 한 마리의 뻐꾸기를 보라.

(20) 우리의 육체의 늪에서 피어나는 연꽃.

(21) 의문의 독거미줄에 걸린 거대한 말의 몸부림.

(22) 사티로스들은 슬픔을 모른다.

(23) 그 신비로운 체험의 황홀경 속에서, 침묵의 외침이 떨면서

부르짖는다.

(24) 모순과 결핍 속에서만, 부재의 중심에서만 존재하는 저 황홀한 언어를 발음하기 위하여.

(25) "너의 꿈꾸는 엉덩이는 천사를 보았다."

(26) 나는 너무 많은 첨단의 노래만을 불러왔다.

(27) 無有무有唯唯유無무유 (空) 巫舞由無유無유유霧武유무

(28) 불가능한 원주의 꿈.

(29) 신의 왼편에 앉은 자.

(30) 망각의 황홀한 밤이 화롯불을 지핀다.

(31) 정신은 완벽한 망각의 환희 속에서 無로 돌아간다.

(32) 나는 오로지 不在로만 말한다.

(33) 내 언어는 단지 존재함being일 뿐이다. 地와 紙는 따로이 존재하지 않는다.

(34) 삶은 삶 외에 달리 더 읽을 것이 없는데.

(35) EXCAECA(눈을 어둡게 하라)!

(36) 우리는 벌거벗은 몸을 가리지도 않은 채 거리로 뛰쳐나가 피에로를 앞지르며 노래를 부르고, 춤을 추기 시작했다.

(37) 어둠의 아담, 빛의 이브여!

(38) 내가 너의 이름을 불러주기 전에는 너는 다만 하나의 몸짓에 지나지 않았다.

(39) 밤의 삼각주 위에 무자비하게 떨어지는 중력의 무게.

(40) $1+1=1$.

   $0+1=0$.

   $2\times3=5$.

(41) 나는 나의 천재를 不在를 위해 사용한다.

(42) 떼어놓을 수도, 나누어질 수도 없는 사랑의 수들이 꿈을 키운다.

(43) 다수 속의 유일한 것.

(44) 오! 나는 잔뜩 높이 치켜든 그대의 장밋빛 엉덩이 사이에 내 붉은 혀를 찔러넣는 순간을 가장 사랑하노라.

(45) 우리의 춤사위의 순진함에 낡은 신은 그 수치스런 얼굴을 돌려버렸다.

(46) 불의 춤이 만들어내는 무한한 수의 불꽃들!

(47) 인간에겐 주어지지 않은 완전함에 대한 열망 속에서, 무한한 공간의 영원한 침묵의 공포 앞에서, 그대 결국 그림자에서 방황함이여!

(48) 그대의 달콤한 입술이 속삭이는 혼미한 무지갯빛 관능의 황홀경에 사로잡혀.

(49) "Ora, Lege, Relege, Labora, et invens……" (기도하라, 읽고, 또 읽고, 작업하라, 그러면 너는 발견하리니……)

(50) 꿈속에서 자라난 한 그루의 푸른 오동나무. 내가 결석한 나의 꿈은 어디에?

(51) 밤이 휴식을 취하는 꿈의 대리석으로 만든 궁전에서 우리는 열린 창을 통해 달의 슬픈 비밀을 엿보았다.

(52) 그 뒤에는 검은 상복을 입은 수사들이 침울한 표정으로 각자의 무거운 십자가를 등에 지고 비틀거리며 걸어오고 있었다.

(53) 너의 우윳빛 육체 속에서 해묵은 빚을 청산하며 생의 기나긴 빙하기를 꿰뚫은 내 광기가 탄생하고 있었다.

(54) 존재의 무감각한 표면 위로 밤의 살갗이 뜨겁게 타오른다.

(55) 괴로움과 고독의 극치 속에서 인간의 실패를 구가하던 나는,

그 행복한 정원에 피어난 꽃들에 둘러싸여 에메랄드 평판에 새겨진 상형 문자들을 읽었다.

(56) 사랑의 기쁨이 만물 가운데 흘러넘치게 하고, 무서운 정신 착란이 나를 애무한다.

(57) 우리의 사랑이 고작 하나의 입맞춤의 순간만이었던 것은 아니다.

(58) 창조물의 핏줄 속에서 수은처럼 흐르는 신을 명상하며 나는 확고한 천구를 만들리라.

(59) 조촐한 장례식 만찬 후의 긴 하품의 순간.

(60) 가차없는 시간의 공허를 꿰뚫기 위해 나는 너의 자궁 깊은 곳으로 도망쳐 하나의 작은 반투명의 알로 굳어진다.

(61) 시간은 남자와 여자의 깊은 포옹.

(62) Do I dare disturb the universe(내 감히 우주를 흔들어놓을 수 있을까)?

(63) 내가 없는 사랑만이 구원의 빛이 되리니.

(64) 그대의 나른한 육체가 기지개를 켤 때. 우리는 거울들로 된 방 안에 누워 있었다.

(65) 모순의 흙이 고통 속에서 붉게 타오른다.

(66) 무한한 시간의 갈래들 속에서, 미래로 달아나서 과거를 보고 과거로 달아나서 미래를 보며 확대하는 우주를 염려하는 그대여!

(67) Le goût du néant(허무의 맛)!

(68) 내 심장의 납덩이 추가 덜컹덜컹 흔들렸고,

(69) 나는 고뇌에 가득 찬 한숨을 내뱉었다.

(70) 순결한 너의 눈망울은 나의 좁은 가슴을 애무하고 있었고, 나는 마차 바퀴처럼 삐걱거리는 내 심장 소리를 듣고 있었다.

(71) 내 살에는 구더기와 흙 조각이 의복처럼 입혀 있고 내 가죽은 합창하였다가 터지는구나.

(72) 우리는 광야에 쓰러진 채 뒤엉켜 뜨거운 사랑을 나눈다;

(73) Dixit Dominus(신이 말씀하셨다).

(74) 무죄를 기다리며 나는 잠을 잔다.

(75) 天上天下 惟我自存.

(76) 가장 아름답고 오래된 것은 오로지 꿈속에서만.

(77) 채워지지 않을 때 아름다운 것은 무엇인가.

(78) 거울들은 서로의 존재를 잊었다.

(79) 나는 거기서 수천 마리의 검은 독수리들이 호위하며 지키고 있는 피라미드처럼 생긴 집을 보았다.

(80) 나는 내 사랑하는 성스런 영혼의 동정녀의 은총에 둘러싸인 채, 환한 정오의 태양이 스며드는 사랑의 침상에 누워 있었다.

(81) 더 이상 서로를 비추지 않기 위하여.

(82) Brescith(태초에).

(83) 음산한 벼랑을 접한 골짜기엔 얼굴 없는 유령들이 굶주린 배를 움켜쥐고 아귀다툼을 벌이고 있었다.

(84) Oh, To grasp this sorry scheme of things entire(오, 이 변변찮은 우주를 움켜쥘 수만 있다면).

(85) 병들어 앓는 눈으로 空을 보고 서러운 검은 혓바닥으로 色을 핥는다.

(86) 공간의 감격도 없고 구제의 감각도 없다.

(87) 발음할 수 없는 말로 말하는 자는 누구인가.

(88) 원반의 주위가 더욱 어두워지기 시작한다.

(89) 나는 기지개를 활짝 펴고 잃어버린 하나의 무덤을 찾는다.

(90) 우리 사랑은 그 춤추는 언어 속에서 불멸의 것이 되었다.

(91) Zephirum(제피룸)과 Aleph(알레프) 사이의 모든 것.

(92) 생동하는 새벽처럼 투명한 고뇌가 거만한 운명의 굴대를 박차고 나와, 천체의 둥근 지붕 아래를 페가수스의 말발굽질의 안내를 받아 세 곱으로 위대한 신의 정원에 당도하였다.

(93) 우리는 모두 거짓말쟁이다. 과거에도 그랬고, 지금도 그렇고, 미래에도 그럴 것이다. 나는 거짓말쟁이가 아니다.

(94) 사방에서 사람들이 쏟아져나와 우리처럼 옷을 훌렁 벗어던지며 춤을 추기 시작했다.

(95) 그 집 안에서 나는 에메랄드의 평판을 얻었다.

(96) 또 그 뒤에는 온갖 잡동사니 같은 물질들을 가득 실은 짐수레를 질질 끌며 고통스런 얼굴로 식은땀을 흘리고 있는 자들이 보였다.

(97) VISIO MUNDI(세계의 象)!

(98) 天二三 地二三 人二三

(99) 신의 아리트모이! 666의 601730.

(100) 황금 수의 내밀한 비밀.

(101) Sin의 광야를 가득 채우고 있는 저주받은 가브옷 하다아와의 무덤들.

(102) 나는 그대의 성스런 육체를 베고 누워 그대가 부르는 달콤한 노래를 듣는다;

(103) 구름 기둥이 사라져버린 폐허의 회막들.

(104) 시계는 걸음을 멈추고, 바늘을 떨어뜨렸다.

(105) 피에로는 재주넘기를 하면서, 등불을 흔들며 외쳤다;

"신은 춤춘다. 신은 춤이다. 춤추는 자와 춤은 분리될 수 없는 하나다. 춤은 시작도 끝도 없는 영원한 춤의 리듬 자체일 뿐이다!"

(106) 그 골짜기 한 편에 홀로 우뚝 솟아 있는 온통 황금으로 된 교회를 나는 보았다.

(107) 과잉된 모든 것은 아름답다.

(108) 열여덟 번 나타나는 광야.

(109) 나는 단 한 마디도 말하지 않았다.

(110) 두려워하지 마세요. 신이 알고 있는 것은 기쁨밖에 없으니.

(111) 하르퓌아이가 창공에서 선회하며 그렇게 외쳤다.

(112) 영원히 종결되지 않는 유랑.

(113) 지옥은 둥글다.

(114) 불모의 황야를 가로지를 황금색 뱀은 어디에 있는가?

(115) 나비의 흐린 날갯짓은 모든 잠든 꿈들을 일으켜 세우고,
        목마른 그림자는 오아시스를 찾아 사막으로 떠난다.

(116) 그 모든 수들에 행운이 깃들어 있으니. 짝수 없는 홀수, 홀수 없는 짝수의 비애를 느껴보라.

(117) "그때는 언제나 지금이다."

(118) 하르퓌아이의 꿈이 나를 먼 다른 곳으로 실어 날랐다.

(119) 그대의 달콤한 입술이 속삭이는 혼미한 무지갯빛 관능의 황홀경에 사로잡혀.

(120) 밝은 대낮에 불 밝힌 등불을 들고 가는 피에로가 있었다.

(121) 死×even=서로 마주 보는 맞물린 두 개의 삼각형의 사랑. 그 중앙에 벌겋게 치켜 뜬 거대한 하나의 눈.

(122) 일곱 수는 열세번째의 달을 사랑한다.

(123) 그는 큰소리로 외치고 있었다. "기뻐하라. 축제가 시작되었다. 모두 나와 기쁨의 춤을 추어라!"

(124) Contraria sunt complementa(대립적인 것들은 상보적이다)!

(125) 81의 영광.

(126) 우리는 이데아들의 삐걱거리는 불협화음을 즐겼고, 영원히 생동하는 불수레바퀴 춤의 황홀한 신비 아래에서 즐겁게 웃었다.

(127) 그러자 사람들이 합창했다; "기쁨이다! 기쁨이다! 존재는 기쁨의 춤이다! 우리는 아무것도 아니지만 모든 것이기에. 순수하게 긍정하는 기쁨이기에."

(128) 눈에 보이지 않는 작은 티끌 속에 주름잡혀 있는 Apeiron (아페이론)의 우주. 다수 속의 유일한 것.

(129) 오직 단 한 번만 던져진 주사위. 반복되는 단 한 번의 던짐.

(130) 보라, 그들의 순진무구한 춤을, 사티로스들이 불어대는 고결한 피리 소리를 들어라.

(131) 신께서는 짝수와 홀수 모두에서 기쁨을 느끼신다.

(132) 너의 웃음 소리와 흘린 땀방울은 촉촉한 비가 되어 대지를 적셨고, 대지는 푸르게 몸을 일으켰다.

(133) 정육면체 주사위에 나 있는 여섯 개의 닫힌 문.

(134) Shackti(샥티)! Shackti(샥티)! Shackti(샥티)! 아름다운 신들의 나라로.

(135) 혼돈 속 둥지를 틀고 있는 거대한 새.

(136) 비스듬하게 기울어진 관능적인 푸른 벽 앞에 서서.

(137) 바닥 없는 바닥의 심연에 도달하기 위해 춤추는 馬.

제3장
137개 퍼즐 카드의 가능한 미학적 구성의 예

앞장에서 우리는 그가 남긴 137개의 언어 퍼즐 카드를 무작위로 제시했다. 독자들도 이미 쉽사리 눈치챘겠지만, 그 언어 카드들은 논리적 연관 관계가 거의 부족하고, 마치 각각의 문장들은 그저 그렇게 제멋대로 놓여 있는 것처럼 보였을 것이다. 그럼에도 불구하고 자세히 읽어나가다 보면 몇 단위의 형이상학적 테마군, 언어학적 테마군, 실존적 테마군 등으로 묶을 수 있는 여지가 있음을 또한 발견할 수 있었으리라 본다.

뒤편의 몇 개의 장들에서 우리는 이 언어 퍼즐 카드들에 대한 논쟁들과 주석들, 그리고 유추적인 해석들을 통해 이에 대한 보다 자세한 분석을 시도하겠지만, 우리는 여기서 독자들이 그 카드들을 가지고 나름대로 배치할 수 있는 가능한 형태의 묶음들을 예시로서 제시하려 한다. 예로 든 어떤 형태의 배치도 실은 여전히 미심쩍음과 과잉 혹은 잉여라고나 할까, 그런 것들을 남기고 있는 것은 사실이다. 그럼에도 불구하고 우리는 이러한 시적 배치 전략을 통해 비로소 그 무질서한 혼돈 상태에 불과하던 언어들이 서로의 인접적인 혹은 연접적인 관계의 형성을 통해 어떤 공명을 주고받고 있으며, 그러한 공명은 분명 문학적이고 심미적인 울림과 반향을 일으키고 있음을 주목하게 된다. 어떤 이는 심지어 그 각각의 카드들이 완전한 하나의 독자적인 시라고까지 파악하고 싶은 유혹을 느끼기도 하고, 또 혹자는 그 카드들 전체는 하나의 '잠재적인 시어들'이어서, 그 어떤 배치의 형태로도 잠재태 이상의 무엇을 구성해내지는 못한다고 평가절하하고 싶은 불만을 느끼기도 한다.

우리는 그 어떤 평가에 대해서도 판단을 유보한 채 다만 독자들 스스로 이 시작(詩作) 구성의 미학적 유희에 참여해보는 것만을 제안할 수 있을 따름이다.

아래에 제시한 두 개의 예는 말 그대로 그런 의미에서 안내 역할을 해줄 모티프 역할을 할 수 있을 것이다.

우리는 서술상의 편의와 작품의 통일성을 마련하기 위해 137개의 언어 카드들의 묶음에다 '밤의 살갗'이라는 가제를 붙이기로 했다. 이 제목은 그 카드들 중의 하나에 나오는 어휘에서 딴 것이다. 이 제목이 비록 어떤 관능적인 뉘앙스를 풍기는 것처럼 보일 수도 있지만, 굳이 이 제목을 선택한 것은 밤이라는 언어가 내밀하게 풍기고 있는 형이상학적인 뉘앙스와 살갗이라는 감각어가 병치됨으로써, 어쩌면 작가가 말하고자 했던 의미론적 효과를 조금은 드러내고 있는 것이 아닌가 하는 우리 나름대로의 판단이 있었기 때문이다. 그러나 이 제목 역시 어디까지나 임의적인 제목일 뿐이다.

밤의 살갗 1

나는 너무 많은 첨단의 노래만을 불러왔다.
내가 너의 이름을 불러주기 전에는 너는 다만
하나의 몸짓에 지나지 않았다.
地上의 詩의 슬픈 구도(構圖).
조촐한 장례식 만찬 후의 긴 하품의 순간.
空手來, 공수거 중?
地와 紙는 따로이 존재하지 않는다.

나는 오로지 不在로만 말한다.
나는 나의 천재를 不在를 위해 사용한다.
의문의 독거미줄에 걸린 거대한 말의 몸부림.
모순의 흙이 고통 속에서 붉게 타오른다.
망각의 황홀한 밤이 화롯불을 지핀다.
가장 아름답고 오래된 것은 오로지 꿈속에서만.
꿈속에서 자라난 한 그루의 푸른 오동나무.
내가 결석한 나의 꿈은 어디에?

내 언어는 단지 존재함being일 뿐이다.
언어의 꿈꾸는 검은 박쥐가 어둠 속에서 힘차게
날갯짓하며 북극성을 향해 차고 오른다.

Plus poetice quam humane locutus es(그대는 인간적으로라기보
다는 시적으로 말하도다)!

무한한 시간의 갈래들 속에서, 미래로 달아나서
과거를 보고 과거로 달아나서 미래를 보며
확대하는 우주를 염려하는 그대여!
삶은 삶 외에 달리 더 읽을 것이 없는데.

바람에 휘날리는 언어의 잿가루를 호흡하며, 나는
악마의 대지에 공손하게 시린 입을 맞추었다.
존재의 무감각한 표면 위로 밤의 살갗이 뜨겁게 타오른다.
그대의 나른한 육체가 기지개를 켤 때.
그대의 달콤한 입술이 속삭이는 혼미한 무지갯빛
관능의 황홀경에 사로잡혀.
우리는 거울들로 된 방 안에 누워 있었다.
거울들은 서로의 존재를 잊었다.
더 이상 서로를 비추지 않기 위하여.

어둠의 아담, 빛의 이브여!
과잉된 모든 것은 아름답다.
사티로스들은 슬픔을 모른다.
내가 없는 사랑만이 구원의 빛이 되리니.
너의 우윳빛 육체 속에서 해묵은 빚을 청산하며
생의 기나긴 빙하기를 꿰뚫은 내 광기가 탄생하고 있었다.
동일한 하나의 꿈을 꾸는 점. 선분. 평면. 입체. 초입방체들의
낭만주의.
무한히 상승하는 카논의 푸가.

평평하기만 하고 기울어지지 않는 것은 없고,
가기만 하고 돌아오지 않는 것은 없다.

나는 기지개를 활짝 펴고 잃어버린 하나의 무덤을 찾는다.
비스듬하게 기울어진 관능적인 푸른 벽 앞에 서서
병들어 앓는 눈으로 꽃을 보고 서러운 검은
혓바닥으로 色을 핥는다.

밤의 삼각주 위에 무자비하게 떨어지는 중력의 무게.
가차없는 시간의 공허를 꿰뚫기 위해 나는 너의
자궁 깊은 곳으로 도망쳐 하나의 작은 반투명의
알로 굳어진다.

나는 타자이다.

신의 왼편에 앉은 자.

모순과 결핍 속에서만, 부재의 중심에서만 존재하는
저 황홀한 언어를 발음하기 위하여.
무질서와 혼돈의 폐곡선 위에서 노래하는 한 마리의
뻐꾸기를 보라.
우리는 모두 거짓말쟁이다. 과거에도 그랬고, 지금도
그렇고, 미래에도 그럴 것이다.
나는 거짓말쟁이가 아니다.

밤이 휴식을 취하는 꿈의 대리석으로 만든 궁전에서
우리는 열린 창을 통해 달의 슬픈 비밀을 엿보았다.
순결한 너의 눈망울은 나의 좁은 가슴을 애무하고
있었고, 나는 마차 바퀴처럼 삐걱거리는 내 심장
소리를 듣고 있었다.
내 심장의 납덩이 추가 덜컹덜컹 흔들렸고, 나는
고뇌에 가득 찬 한숨을 내뱉었다.
Le goût du néant(허무의 맛)!
내 살에는 구더기와 흙 조각이 의복처럼 입혀 있고
내 가죽은 합창하였다가 터지는구나.
부채질하듯 펼쳐지는 너의 분홍빛 젖가슴에서
풍겨나는 향기, 기하학적인 황홀경 속으로
몰아넣는 너의 장밋빛 엉덩이!

"너의 꿈꾸는 엉덩이는 천사를 보았다."

그 신비로운 체험의 황홀경 속에서, 침묵의 외침이
떨면서 부르짖는다.
원반의 주위가 더욱 어두워지기 시작한다.
사랑의 기쁨이 만물 가운데 흘러넘치게 하고, 무서운
정신 착란이 나를 애무한다.

Do I dare disturb the universe(내 감히 우주를 흔들어놓을 수 있
을까)?

인간에겐 주어지지 않은 완전함에 대한 열망 속에서,
무한한 공간의 영원한 침묵의 공포 앞에서
남 모르는 깊은 기적의 힘이 영혼 속으로 스며드는 때,
덧없는, 그러나 깊은 입맞춤이 느껴진다.
그대 결국 그림자에서 방황함이여!

창조물의 핏줄 속에서 수은처럼 흐르는 신을 명상하며
나는 확고한 천구를 만들리라.
오, 이 변변찮은 우주를 움켜쥘 수만 있다면.
공간의 감격도 없고 구제의 감각도 없다.

"Ora, Lege, Relege, Labora, et invens……"
(기도하라, 읽고, 또 읽고, 작업하라, 그러면 너는 발견하리
니……)

정신은 완벽한 망각의 환희 속에서 無로 돌아간다.
Brescith(태초에).
Dixit Dominus(신이 말씀하셨다).
天上天下 惟我自存
발음할 수 없는 말로 말하는 자는 누구인가.

無有무有唯唯유無무유(空)巫舞由無유無유유霧武유무

오직 단 한 번만 던져진 주사위. 반복되는 단 한 번의 던짐.
정육면체 주사위에 나 있는 여섯 개의 닫힌 문.

눈에 보이지 않는 작은 티끌 속에 주름잡혀 있는
Apeiron(아페이론)의 우주.
다수 속의 유일한 것.
혼돈 속에 둥지를 틀고 있는 거대한 새.

전체의 무의 작은 수학자의 셈놀이.
1+1=1.
0+1=0.
2×3=5.
死×even=서로 마주 보는 맞물린 두 개의 삼각형의 사랑.
그 중앙에 벌겋게 치켜 뜬 거대한 하나의 눈.
天二三 地二三 人二三

81의 영광.
떼어놓을 수도, 나누어질 수도 없는 사랑의 수들이
꿈을 키운다.
일곱 수는 열세번째의 달을 사랑한다.
불가능한 원주의 꿈.
VISIO MUNDI!(세계의 象)!
EXCAECA(눈을 어둡게 하라)!

생동하는 새벽처럼 투명한 고뇌가 거만한 운명의
굴대를 박차고 나와, 천체의 둥근 지붕 아래를
페가수스의 말발굽질의 안내를 받아 세 곱으로
위대한 신의 정원에 당도하였다.

나는 거기서 수천 마리의 검은 독수리들이 호위하며
지키고 있는 피라미드처럼 생긴 집을 보았다.
그 집 안에서 나는 에메랄드의 평판을 얻었다.
괴로움과 고독의 극치 속에서 인간의 실패를 구가하던
나는 그 행복한 정원에 피어난 꽃들에 둘러싸여
에메랄드 평판에 새겨진 상형 문자들을 읽었다.

Zephirum(제피룸)과 Aleph(알레프) 사이의 모든 것.

Sin의 광야를 가득 채우고 있는 저주받은 가브리온 하다아와의 무
덤들.
구름 기둥이 사라져버린 폐허의 회막들.
음산한 벼랑을 접한 골짜기엔 얼굴 없는 유령들이
굶주린 배를 움켜쥐고 아귀다툼을 벌이고 있었다.
열여덟 번 나타나는 광야.
영원히 종결되지 않는 유랑.
신의 아리트모이! 666의 601730.
황금 수의 내밀한 비밀.

그 골짜기 한 편에 홀로 우뚝 솟아 있는 온통 황금으로
된 교회를 나는 보았다.
불모의 황야를 가로지를 황금색 뱀은 어디에 있는가?
지옥은 실로 둥글다.
시계는 걸음을 멈추고, 바늘을 떨어뜨렸다.

"그때는 언제나 지금이다."
하르퓌아이가 창공에서 선회하며 그렇게 외쳤다.
하르퓌아이의 꿈이 나를 먼 다른 곳으로 실어 날랐다.

나는 내 사랑하는 성스런 영혼의 동정녀의 은총에
둘러싸인 채, 환한 정오의 태양이 스며드는 사랑의
침상에 누워 있었다.

나는 그대의 성스런 육체를 베고 누워 그대가 부르는
달콤한 노래를 듣는다; 두려워하지 마세요. 신이 알고
있는 것은 기쁨밖에 없으니.
밝은 대낮에 불 밝힌 등불을 들고 가는 피에로가 있었다.
그는 큰소리로 외치고 있었다.
"기뻐하라. 축제가 시작되었다. 모두 나와 기쁨의 춤을
추어라!"

그 뒤에는 검은 상복을 입은 수사들이 침울한 표정으로
각자의 무거운 십자가를 등에 지고 비틀거리며
걸어오고 있었다.
또 그 뒤에는 온갖 잡동사니 같은 물질들을 가득 실은
짐수레를 질질 끌며 고통스런 얼굴로 식은땀을 흘리고
있는 자들이 보였다.
우리는 벌거벗은 몸을 가리지도 않은 채 거리로 뛰쳐나가
피에로를 앞지르며 노래를 부르고, 춤을 추기 시작했다.
사방에서 사람들이 쏟아져나와 우리처럼 옷을 훌렁

벗어던지며 춤을 추기 시작했다.

피에로는 재주넘기를 하면서, 등불을 흔들며 외쳤다;

"신은 춤춘다. 신은 춤이다. 춤추는 자와 춤은 분리될
수 없는 하나다. 춤은 시작도 끝도 없는 영원한 춤의
리듬 자체일 뿐이다!"

그러자 사람들이 합창했다;

"기쁨이다! 기쁨이다! 존재는 기쁨의 춤이다! 우리는
아무것도 아니지만 모든 것이기에. 순수하게 긍정하는
기쁨이기에."

보라, 그들의 순진무구한 춤을, 사티로스들이 불어대는
고결한 피리 소리를 들어라. 우리의 춤사위의 순진함에
낡은 신은 그 수치스런 얼굴을 돌려버렸다.

우리는 이데아들의 삐걱거리는 불협화음을 즐겼고,
영원히 생동하는 불수레바퀴 춤의 황홀한 신비 아래에서
즐겁게 웃었다.

너의 웃음 소리와 흘린 땀방울은 촉촉한 비가 되어 대지를
적셨고, 대지는 푸르게 몸을 일으켰다.

불의 춤이 만들어내는 무한한 수의 불꽃들!

Shackti(샥티)! Shackti(샥티)! Shackti(샥티)! 아름다운 신들의 나
라로.

신께서는 짝수와 홀수 모두에서 기쁨을 느끼신다.
그 모든 수들에 행운이 깃들어 있으니.

짝수 없는 홀수, 홀수 없는 짝수의 비애를 느껴보라.
Contraria sunt complementa(대립적인 것들은 상보적이다)!

우리는 광야에 쓰러진 채 뒤엉켜 뜨거운 사랑을 나눈다;
오! 나는 잔뜩 높이 치켜든 그대의 장밋빛 엉덩이 사이에
내 붉은 혀를 찔러넣는 순간을 가장 사랑하노라.

우리의 사랑이 고작 하나의 입맞춤의 순간만이었던
것은 아니다.
시간이 형성되고, 육체는 의문에 부쳐지고, 영혼의 넋은 우리의
언어 속으로 흘러든다.
무죄를 기다리며 나는 잠을 잔다.
시간은 남자와 여자의 깊은 포옹.
나비의 흐린 날갯짓은 모든 잠든 꿈들을 일으켜 세우고, 목마른
그림자는 오아시스를 찾아 사막으로 떠난다.

채워지지 않을 때 아름다운 것은 무엇인가.
나는 바싹 마른 흥분의 불꽃.
물고기처럼 날렵한 그대 육체 위에 나는 그대 달거리 피로 시를
새겨넣었다.
그대의 육체 위에 새겨진 언어들은 나의 것도 너의 것도 아니었다.
우리는 그 시들의 2차원적 경계면 위에서
입을 맞추었고, 그 시를 핥아먹었고, 우리의 땀방울들로
그 시를 지워나갔다.
우리의 육체의 늪에서 피어나는 연꽃.

바다 없는 바다의 심연에 도달하기 위해 춤추는 馬.
우리 사랑은 그 춤추는 언어 속에서 불멸의 것이 되었다.

나는 단 한 마디도 말하지 않았다.
하나의 언어가 이 우주를 대체해버리도록 하지 않기 위해.
아직 남은 말은 존재한다.
日面佛, 月面佛.

밤의 살갖 2

Plus poetice quam humane locutus es!
(그대는 인간적으로라기보다는 시적으로 말하도다!)

1
내가 너의 이름을 불러주기 전에는 너는
다만 하나의 몸짓에 지나지 않았다.
어둠의 아담, 빛의 이브여!
무질서와 혼돈의 폐곡선 위에서 노래하는
한 마리의 뻐꾸기를 보라.
나는 너무 많은 첨단의 노래만을 불러왔다.
地上의 詩의 슬픈 구도(構圖).

2
空手來 공수거 중?

모순과 결핍 속에서만, 부재의 중심에서만
존재하는 저 황홀한 언어를 발음하기 위하여.
나는 나의 천재를 不在를 위해 사용한다.

3
의문의 독거미줄에 걸린 거대한 말의 몸부림.
우리는 모두 거짓말쟁이다. 과거에도 그랬고, 지금도
그렇고, 미래에도 그럴 것이다.
나는 거짓말쟁이가 아니다.

4
조촐한 장례식의 만찬 후의 긴 하품의 순간.
언어의 꿈꾸는 검은 박쥐가 어둠 속에서 힘차게
날갯짓하며 북극성을 향해 차고 오른다.
망각의 황홀한 밤이 화롯불을 지핀다.
정신은 완벽한 망각의 환희 속에서 無로 돌아간다.
바람에 휘날리는 언어의 잿가루를 호흡하며, 나는
악마의 대지에 공손하게 시린 입을 맞추었다.

나는 타자이다.
신의 왼편에 앉은 자.
나는 오로지 不在로만 말한다.
내 언어는 단지 존재함being일 뿐이다. 地와 紙는 따로이
존재하지 않는다.
삶은 삶 외에 달리 더 읽을 것이 없는데.

EXCAECA(눈을 어둡게 하라)!

5

밤의 삼각주 위에 무자비하게 떨어지는 중력의
무게.
그대의 달콤한 입술이 속삭이는 혼미한 무지갯빛
관능의 황홀경에 사로잡혀.
너의 우윳빛 육체 속에서 해묵은 빚을 청산하며
생의 기나긴 빙하기를 꿰뚫은 내 광기가 탄생하고 있었다.
사랑의 기쁨이 만물 가운데 흘러넘치게 하고,
무서운 정신 착란이 나를 애무한다.

가차없는 시간의 공허를 꿰뚫기 위해 나는
너의 자궁 깊은 곳으로 도망쳐 하나의
작은 반투명의 알로 굳어진다.

인간에겐 주어지지 않은 완전함에 대한 열망 속에서,
무한한 공간의 영원한 침묵의 공포 앞에서,
남 모르는 깊은 기적의 힘이 영혼 속으로
스며드는 때,
덧없는, 그러나 깊은 입맞춤이 느껴진다.
그대 결국 그림자에서 방황함이여!

6

존재의 무감각한 표면 위로 밤의 살갗이

뜨겁게 타오른다.
그대의 나른한 육체가 기지개를 켤 때.
우리는 거울들로 된 방 안에 누워 있었다.

밤이 휴식을 취하는 꿈의 대리석으로 만든 궁전에서
우리는 열린 창을 통해 달의 슬픈 비밀을 엿보았다.
내 심장의 납덩이 추가 덜컹덜컹 흔들렸고,

나는 고뇌에 가득 찬 한숨을 내뱉었다.
순결한 너의 눈망울은 나의 좁은 가슴을
애무하고 있었고,
나는 마차 바퀴처럼 삐걱거리는 내 심장
소리를 듣고 있었다.

Le goût du néant(허무의 맛)!

모순의 흙이 고통 속에서 붉게 타오른다.
내 살에는 구더기와 흙 조각이 의복처럼 입혀 있고
내 가죽은 합창하였다가 터지는구나.

7
無有무有唯唯유無무유(空)巫舞由無유無유유霧武유무
무한히 상승하는 카논의 푸가.

가장 아름답고 오래된 것은 오로지 꿈속에서만.

꿈속에서 자라난 한 그루의 푸른 오동나무.
내가 결석한 나의 꿈은 어디에?
채워지지 않을 때 아름다운 것은 무엇인가.
거울들은 서로의 존재를 잊었다.
더 이상 서로를 비추지 않기 위하여.

8
나는 바싹 마른 홍분의 불꽃.
동일한 하나의 꿈을 꾸는 점. 선분. 평면. 입체. 초입방체들의
낭만주의.
물고기처럼 날렵한 그대 육체 위에 나는 그대의
달거리 피로 시를 새겨넣었다.
부채질하듯 펼쳐지는 너의 분홍빛 젖가슴에서
풍겨나는 향기,
기하학적인 황홀경 속으로 몰아넣는 너의
장밋빛 엉덩이!
그대의 육체 위에 새겨진 언어들은 나의 것도
너의 것도 아니었다.
우리는 그 시들의 2차원 경계면 위에서 입을 맞추었고,
그 시를 핥아먹었고, 우리의 땀방울들로
그 시를 지워나갔다.
우리의 육체의 늪에서 피어나는 연꽃.
그 신비로운 체험의 황홀경 속에서,
침묵의 외침이 떨면서 부르짖는다.

"너의 꿈꾸는 엉덩이는 천사를 보았다."

9

발음할 수 없는 말로 말하는 자는 누구인가.

무한한 시간의 갈래들 속에서, 미래로 달아나서
과거를 보고 과거로 달아나서
미래를 보며 확대하는 우주를 염려하는 그대여!

Brescith(태초에).
Dixit Dominus(신이 말씀하셨다).

天上天下 惟我自存.

창조물의 핏줄 속에서 수은처럼 흐르는 신을
명상하며 나는 확고한 천구를 만들리라.
Do I dare disturb the universe(내 감히 우주를 흔들어놓을 수 있
을까)?
오, 이 변변찮은 우주를 움켜쥘 수만 있다면.
공간의 감격도 없고 구제의 감각도 없다.

10

원반의 주위가 더욱 어두워지기 시작한다.
나는 기지개를 활짝 펴고 잃어버린 하나의 무덤을 찾는다.
조촐한 장례식의 만찬 후의 긴 하품의 순간.

병들어 앓는 눈으로 空을 보고 서러운 검은
헛바닥으로 色을 핥는다.
생동하는 새벽처럼 투명한 고뇌가 거만한
운명의 굴대를 박차고 나와,
천체의 둥근 지붕 아래를 페가수스의
말발굽질의 안내를 받아 세 곱으로 위대한
신의 정원에 당도하였다.

나는 거기서 수천 마리의 검은 독수리들이
호위하며 지키고 있는 피라미드처럼 생긴 집을 보았다.
그 집 안에서 나는 에메랄드의 평판을 얻었다.
피로움과 고독의 극치 속에서 인간의 실패를 구가하던 나는,
그 행복한 정원에 피어난 꽃들에 둘러싸여
에메랄드 평판에 새겨진 상형 문자들을 읽었다.

VISIO MUNDI(세계의 象)!
天二三 地二三 人二三
Zephirum(제피룸)과 Aleph(알레프) 사이의 모든 것.
신의 아리트모이! 666의 601730.
황금 수의 내밀한 비밀.
일곱번째의 수는 열세번째의 달을 사랑한다.

Sin의 광야를 가득 채우고 있는 저주받은
가브리온 하다아와의 무덤들.
구름 기둥이 사라져버린 폐허의 회막들.

음산한 벼랑을 접한 골짜기엔 얼굴 없는
유령들이 굶주린 배를 움켜쥐고
아귀다툼을 벌이고 있었다.
시계는 걸음을 멈추고, 바늘을 떨어뜨렸다.
열여덟 번 나타나는 광야.
영원히 종결되지 않는 유랑.
지옥은 실로 둥글다.
그 골짜기 한 편에 홀로 우뚝 솟아 있는 온통
황금으로 된 교회를 나는 보았다.
불모의 황야를 가로지를 황금색 뱀은 어디에 있는가?

"그때는 언제나 지금이다."
하르퓌아이가 창공에서 선회하며 그렇게 외쳤다.
하르퓌아이의 꿈이 나를 먼 다른 곳으로 실어 날랐다.
나비의 흐린 날갯짓은 모든 잠든 꿈들을
일으켜 세우고,
목마른 그림자는 오아시스를 찾아 사막으로 떠난다.

11

나는 내 사랑하는 성스런 영혼의 동정녀의
은총에 둘러싸인 채, 환한 정오의 태양이 스며드는
사랑의 침상에 누워 있었다.
그대의 달콤한 입술이 속삭이는 혼미한 무지갯빛
관능의 황홀경에 사로잡혀.
나는 그대의 성스런 육체를 베고 누워

그대가 부르는 달콤한 노래를 듣는다;
두려워하지 마세요. 신이 알고 있는 것은
기쁨밖에 없으니.

밝은 대낮에 불 밝힌 등불을 들고 가는 피에로가 있었다.
그는 큰소리로 외치고 있었다.
"기뻐하라. 축제가 시작되었다. 모두 나와 기쁨의
춤을 추어라!"
그 뒤에는 검은 상복을 입은 수사들이 침울한 표정으로
각자의 무거운 십자가를 등에 지고 비틀거리며
걸어오고 있었다.
또 그 뒤에는 온갖 잡동사니 같은 물질들을 가득 실은
짐수레를 질질 끌며 고통스런 얼굴로 식은땀을
흘리고 있는 자들이 보였다.

우리는 벌거벗은 몸을 가리지도 않은 채 거리로 뛰쳐나가
피에로를 앞지르며 노래를 부르고, 춤을 추기 시작했다.
사방에서 사람들이 쏟아져나와 우리처럼 옷을 홀렁
벗어던지며 춤을 추기 시작했다.
피에로는 재주넘기를 하면서, 등불을 흔들며 외쳤다;
"신은 춤춘다. 신은 춤이다. 춤추는 자와 춤은 분리될
수 없는 하나다. 춤은 시작도 끝도 없는 영원한 춤의
리듬 자체일 뿐이다!"
그러자 사람들이 합창했다;
"기쁨이다! 기쁨이다! 존재는 기쁨의 춤이다!

우리는 아무것도 아니지만 모든 것이기에.
순수하게 긍정하는 기쁨이기에."
보라, 그들의 순진무구한 춤을,
사티로스들이 불어대는 고결한 피리 소리를 들어라.
우리의 춤사위의 순진함에 낡은 신은 그 수치스런
얼굴을 돌려버렸다.

우리는 이데아들의 삐걱거리는 불협화음을 즐겼고,
영원히 생동하는 불수레바퀴 춤의 황홀한
신비 아래에서 즐겁게 웃었다.
너의 웃음 소리와 흘린 땀방울은 촉촉한
비가 되어 대지를 적셨고, 대지는 푸르게 몸을 일으켰다.
우리는 광야에 쓰러진 채 뒤엉켜 뜨거운 사랑을 나눈다;
불의 춤이 만들어내는 무한한 수의 불꽃들!

Shackti(샥티)! Shackti(샥티)! Shackti(샥티)!
아름다운 신들의 나라로.

12
전체의 무의 작은 수학자의 셈놀이.
$1+1=1$.
$0+1=0$.
$2\times3=5$.
死$\times$even＝서로 마주 보는 맞물린 두 개의
삼각형의 사랑.

그 중앙에 벌겋게 치켜 뜬 거대한 하나의 눈.
0과 1 사이에서 반복하는 우주
81의 영광.

신께서는 짝수와 홀수 모두에서 기쁨을 느끼신다.
그 모든 수들에 행운이 깃들어 있으니.
짝수 없는 홀수, 홀수 없는 짝수의 비애를 느껴보라.
눈에 보이지 않는 작은 티끌 속에 주름잡혀 있는
Apeiron(아페이론)의 우주.
다수 속의 유일한 것.
오직 단 한 번만 던져진 주사위.
반복되는 단 한 번의 던져짐.
정육면체 주사위에 나 있는 여섯 개의 닫힌 문.
혼돈 속에 둥지를 틀고 있는 거대한 새.

天上天下 惟我自存.

Contraria sunt complementa(대립적인 것들은 상보적이다)!

13
우리의 사랑이 고작 하나의 입맞춤의 순간만이었던 것은
아니다.
시간이 형성되고, 육체는 의문에 부쳐지고,
영혼의 넋은 우리의 언어 속으로 흘러든다.
채워지지 않을 때 아름다운 것은 무엇인가.

과잉된 모든 것은 아름답다.
비스듬하게 기울어진 관능적인 푸른 벽 앞에 서서
바닥 없는 바닥의 심연에 도달하기 위해 춤추는 馬.
우리 사랑은 그 춤추는 언어 속에서 불멸의 것이 되었다.
무죄를 기다리며 나는 잠을 잔다.

日面佛, 月面佛.

14
오! 나는 잔뜩 높이 치켜든 그대의 장밋빛 엉덩이 사이에
내 붉은 혀를 찔러넣는 순간을 가장 사랑하노라.
사티로스들은 슬픔을 모른다.
시간은 남자와 여자의 깊은 포옹.

15
나는 단 한 마디도 말하지 않았다.
하나의 언어가 이 우주를 대체해버리도록 하지 않기 위해
아직 남은 말은 존재한다.
떼어놓을 수도, 나누어질 수도 없는 사랑의 수들이
꿈을 키운다.
불가능한 원주의 꿈.
평평하기만 하고 기울어지지 않는 것은 없고, 가기만 하고
돌아오지 않는 것은 없다.

내가 없는 사랑만이 구원의 빛이 되리니.

16

"Ora, Lege, Relege, Labora, et invens……"

(기도하라, 읽고, 또 읽고, 작업하라, 그러면 너는 발견하리
니……)

제4장
그에 관한 예비적 전기

박창주(소설가)

"나는 실험 인간이었다"

고작 여섯 살 혹은 일곱 살정도밖에 안 된 풋내기 개구쟁이 소년들 몇 명이 어느 시골 교회 2층 난간에 나란히 붙어 서서 나른한 봄볕을 쬐고 있었다. 세상에 대한 온갖 호기심으로 눈을 반짝이는 소년들을 얌전히 집 안에 붙잡아두기엔 햇살이 너무 좋은 날이었다. 갑자기 한 아이가 아래를 내려다보며 "우와! 여기서 떨어지면 어떻게 될까?" 하고 말을 꺼냈다.

"어쩜 다리가 부러질지도 몰라. 내려다보기만 해도 무서워."

"아니야. 새처럼 날면 돼."

"그럼 한번 시험해볼까?"

아이들은 서로의 얼굴을 쳐다보았다.

아무도 거기서 뛰어내릴 엄두를 못 내고 있었다.

"그럼. 우리 여기서 뛰어내리는 사람이 대장 하기로 하자."

한 아이가 친구들을 둘러보며 제안을 했다.

"그래."

"좋아."

그러나 그렇게 말해놓고 나서도 선뜻 나서려는 아이는 없었다.

그때, 한 아이가 앞으로 썩 나서며 말했다.

"비켜봐! 내가 뛰어내려볼 테니까."

다른 아이들은 눈이 휘둥그레져서 그 아이를 쳐다보았다.

그 아이는 난간 끝에 조심스럽게 발을 디디고 섰다.

아래를 내려보자 절로 침이 꿀꺽 넘어갔다. 까짓 것, 뭐. 설마 죽기야 하려구. 아이는 속으로 다짐하며 심호흡을 한번 한 뒤, 정말 새처럼 가볍게 몸을 펼쳐 허공으로 날아올랐다……

바로 그 순간에, 허공에 떴다가 땅바닥에 추락하기 바로 직전까지의 그 찰나적인 순간에, 소년은 혹시 자신의 나머지 생의 전부를, 혹은 어떤 운명에의 예감 같은 것을 직감했던 것은 아닐까? 그리고 땅바닥에 추락하는 순간에, 그가 잠시 엿보았던 그 운명에의 예감을 모두 망각해버린 것은 아니었을까? 혹은 나아가 그런 추락은, 나중에 그가 맞이하게 될 삶의 최후의 순간에 대한 일종의 무의식적인 예행연습 같은 것은 아니었을까? 율리시스의 모험이 있기 이전에 이미 율리시스의 모험담 이야기가 있었던 것처럼.

그리하여 그는 자신의 몸이 수면 위로 떠오르지 않게 하기 위해서 버지니아 울프가 강물 속으로 걸어 들어갈 때 그랬던 것처럼, 주머니마다 무거운 돌멩이들을 가득 채우고 있었는지도 모를 일이다. 우리가 알 수 없는 서울의 어느 한강 다리 위에서, 아니면 정말 버지니아 울프처럼, 어느 한강 상류 지점에서 무거운 돌멩이들을 옷 속에 가득 채우고선 조금의 주저함도 없이 서서히 강물 속으로 걸어 들어갔을지도 모를 일이다.

물론 이러한 상상은 그의 부재의 동기가 밝혀지지 않는 한, 말 그대로 순전한 상상에 불과하다.

교회 2층 난간에서 뛰어내리는 순간, 그 어린 소년은 정말 자신이 한 마리의 새처럼 허공을 날고 있다는 느낌을 받았다. 아주 짧은 찰나적인 순간에 불과했지만, 소년은 그때의 짜릿하면서도 자유스러웠던 느낌을 결코 잊지 못했다. 그는 그 사건을 회고할 때마다 그 짧은 순간에 찾아들었던 자유에 대한 감각을 몽롱한 시선으로 떠올리곤 했다. 비록 당시에는 땅에 추락하자마자 발목이 부러져 곧장 병원에 실려가는 처량한 신세가 되기는 했어도 말이다. 어린 시절에 그가 겪었던 이 작은 에피소드 하나에 그의 삶을 규정지었던 중요한 측면이 모두 들어 있다. 무모하고 충동적이기도 하지만, 결코 눈앞에 닥친 위험을 피하지 않고 그것에 정면으로 맞서는 용기를 가진 인간.

그의 성격의 일단을 드러내주는 이런 종류의 에피소드들은 그의 어린 시절 삶에서 여러 번 나타난다. 초등학교 4학년 때, 갑자기 50킬로미터나 떨어진 경주를 보고 싶다는 충동에 사로잡혀 아버지가 몰고 다니던 커다란 자전거를 몰래 훔쳐 타고는, 돈 한 푼 없이 한 번도 가보지 않은 그 낯설고 먼 길을 달렸던 일 같은 것도 그 한 가지다. 도중에 갑작스런 폭우가 쏟아지기도 했고, 너무 배가 고프고 갈증이 난 나머지 국도변의 농약이 뿌려진 논에 고인 물을 마시기도 하면서, 그는 끝내 포기하지 않고 하루 종일 걸려서 그 도시를 다녀오고 말았던 것이다. 그로 인해 일주일을 끙끙 앓아 누워 있었으면서도 그는 그 일에 대해 한 번도 후회한 적이 없었다. 그는 그때의 경험을 통해 어떤 난관에도 좌절하지 않는 불굴의 용기와 인내가 인간에게 부여하는 강렬한 정신적 힘의 이미지를 자신의 내면에 각인시킬 수가 있었다고 자신의 산문집에 적어놓고 있다. 또 어린 시절에 그의 아버지가 일하던 공장에서 놀다가 자기 몸보다 더 큰 셰퍼드 개한테 온몸을 물려 피투성이가 되었을 때도, 기계 톱니바퀴에 손가락을 찔

러넣는 바람에 손톱이 떨어져나가고 손가락에서 피가 철철 쏟아져나
왔을 때도, 그는 가족들한테 내색 한번 하지 않았을 정도로 지독한
면이 있는 사람이기도 했다. 그는 자신에게 닥치는 모든 상황을 스스
로 감당해야만 한다는 일종의 강박 관념 같은 것이 있었던 것 같다.
그것은 그의 어린 시절의 가난과 늘 혼자였던 탓에 누구에게도 의존
할 수 없었던 가정 환경 때문이었을 수도 있다.

"나는 실험 인간이었다."

그는 자신의 마지막 애인이었던 J에게 이런 말을 했다고 한다. 이
말을 들었던 사람은 비단 그녀뿐만이 아니다. 그는 자신의 과거에 대
해 잘 얘기하는 편은 아니었지만 그와 개인적으로 아주 가까운 사람
들한테는 가끔씩 지난 시절의 얘기들을 꺼내곤 했다. 물론 그 말을
한 것은 그가 문학이란 세계에 발을 들여놓고 난 후부터였다고 하지
만, 그것은 동시에 그가 개인적으로 겪어야만 했던 삶의 혹독함을 간
접적으로 시인한 말이기도 했다. 스스로를 실험한다는 것은 자기 자
신을 어떤 한계 상황에 내몬다는 것을 의미한다. 그는 그것을 정확히
인식하고 있었다.

"나는 인간 존재의 가능성의 한계를 극단까지 탐색해보고 싶었다.
추락할 수 있는 밑바닥의 한계에까지."

그가 이렇게 말했을 때는 이미 가능한 밑바닥까지 내려갔다 올라
온 후였다. 그러나 그런 한계 상황들은 스스로 의식적으로 추구한 것
이기도 하지만, 그가 원하지 않았던 상황들이 부단히 그에게 몰아닥
쳤고, 그를 시험했던 측면도 결코 무시할 수 없다.

가난한 프롤레타리아트의 자식 ─ 추락하는 영혼

그는 한국에서 5·16 쿠데타가 일어나고 제1차 경제 개발 5개년 계획이 수립되던 1964년, 경북의 Y라는 작은 읍에서 태어났다. 그리고 21세기가 시작되기 바로 전 해에 이 세상으로부터 사라졌다. 만일 지금의 21세기가 탈근대 시대의 도래라고 할 수 있다면, 그는 한국의 근(현)대가 본격적으로 시작되는 때에 태어나 그 시대를 고스란히 살다가 갔다고 할 수 있을 것이다. 박정희, 전두환 군사 정권 시대와 1990년대의 경박한 물질주의 시대의 중심에서 그는 가난한 프롤레타리아트의 아들로, 혁명을 꿈꾸는 실천적 운동가로, 그리고 천박한 물질주의와 대결하는 작가로 치열하게 살다가 탈근대 시대의 목전에서 이 세계로부터 사라져버린 것이다. 우리는 그의 인생에서 고통당하고, 고뇌에 빠진 우리의 현대사 전체를 일목요연하게 읽어낼 수 있을는지도 모른다. 하지만 역사와 한 고유한 개인의 삶을 등치시킬 수는 없다.

실은 어떤 한 사람의 역사적 전기를 재구성하는 일은 무모한 시도인지 모른다. 아무리 완벽하게 그와 관련된 모든 사람들, 일들, 그리고 남아 있는 모든 기록들을 샅샅이 조사한다 하더라도, 막상 우리 손에 쥐어지는 것은 그의 삶의 편린들, 조각난 부스러기들밖에 없을 것이다. 전기라는 양식은 근본적으로 허구다. 보편적 역사학이라는 학문 자체도 그럴 것이다. 존재하는 것이란, 복수적인 사건들이 전부일지도 모른다. 기억은 불완전하고 많은 세부적인 사항들은 망각되고 공허해져버렸으며, 우리는 그저 띄엄띄엄, 주요한 몇 장면들과 사건들만을 떠올릴 수 있을 뿐이다. 설사 자서전이라는 것을 쓴다 할지라도, 무엇보다 자아라는 것이, 정신분석학자 자크 라캉의 말처럼,

상상계의 작동에 의한 허구이고, 따라서 자신의 무의식에 대해서는 무지할 수밖에 없는 것이 사실이라면, 자서전이라는 형식 또한 상당 부분 공허한 것이리라. 균열, 틈새들, 공백들, 단절들, 이런 것들이 삶이다.

미셸 푸코의 역사관에 심대한 영향을 미친 보르헤스는 역사를 불연속적인 영상들로 비유한다. 그의 작품집 『불한당들의 세계사』에 나오는 불한당들에 대한 전기는 마치 불연속적인 컷들로 재구성한 영화처럼 씌어져 있다. 과감한 생략, 텅 빈 부재의 여백들. 보르헤스는 그것들만으로도 충분하다고 말한다. 몇 가지 주요하고 결정적인 사건들이 한 사람의 인생을 요약해준다. 정말 어쩌면 한 인생은, 단 한 가지의 결정적인 사건을 위해 준비되는 것인지도 모른다. 단 하나의 순간적이고 돌발적인 사건에 그의 모든 삶의 이력 · 가치관 · 운명이 응축되어 나타난다. 오로지 그 하나의 사건을 위해 그의 삶이 대기 상태에 있었던 것처럼. 그렇다면 그의 삶 전체는, 지금 우리가 알고 있는 그의 부재와 실종이라는 단 하나의 사건을 위해 준비해왔고 유예되어온 것이라는 상상도 가능하다. 그의 부재 속에는 그의 삶 전체가 요약되어 있고, 응축되어 있다.

그럼에도 불구하고 한 인간을 완전히 추억하고자 하는 욕망은 그런 단편적인 몇몇의 장면들만을 제시하는 것으로는 만족하지 못하는 법이다. 나는 지금 보르헤스처럼 한 인간의 삶의 역사를 모델로 문학을 시도하려는 것이 아니라, 말 그대로 한 인간에 대한 가능한 보다 많은 정보와 그에 관한 기억들, 사건들을 독자들에게 제공해야 할 의무감을 가지고 쓰는 것이다. 문학이 창조되는 것은 나의 글쓰기로부터가 아니라 어쩌면 독자들의 글읽기로부터 다시 시작되어야 하는 것인지도 모른다. 게다가 그에 관한 기록들과 기억들이 너무나 부족하기 때문에 그에 관한 어쩌면 최초의 전기가 될지도 모를 이 글에서는 의무감이 더욱 크다. 내가 시도할 수 있는 것은 그의 삶을 덮어쓰기, 즉 글로써 삶을 창조적으로 반복하는 것이 아니라 단순한 반복, 있는 그대로의 재현이 되기를 희망하는 것이다. 비록 그것이 불가능한 시도라 할지라도. 그런 의미에서 이것은 또 하나의 글쓰기를 통한 삶의 모색이랄 수도 있을까.

그의 아버지는 1급 자동차 정비 공장에 소속된 가난한 용접공이었다. 그는 공장 프롤레타리아트의 자식이었던 것이다. 게다가 그에게는 어머니가 없었다. 그의 어머니는 너무 일찍 세상을 떠버리는 바람에 그는 어머니에 대해서는 아무런 기억도 없었다. 어머니의 젖을 먹었던 기억도, 어머니의 품에 기대어 잠들었던 추억도, 마르셀 프루스트가 『잃어버린 시간을 찾아서』에서 그토록 소중한 추억으로 떠올렸던, 잠자리에 들기 전에 프루스트의 어머니가 침대에 누운 프루스트에게 다가와 달콤하게 키스를 해주는 것과 같은 따스한 모성애를 체험할 기회 같은 것도 전혀 없었다. 어머니의 역할은 그의 할머니가 대신했다. 그가 외동아들이었기 때문에 하나밖에 없는 손자에게 기울인 할머니의 사랑이 어떠했는가는 충분히 짐작할 수 있다. 하지만 할머니의 사랑이 아무리 지극하다 하더라도 어찌 어머니의 그것과 비교할 수 있을 것인가? 그의 아버지는 무슨 이유에서인지 재혼을 하지 않았다. 가난 때문일 수도 있고, 일찍 세상을 떠난 아내에 대한 사랑 때문일 수도 있다. 무뚝뚝하고 일만 열심히 할 줄 알았던 그의 아버지는 그런 얘기를 한 번도 그에게 해준 적이 없었다. 간간이 그의 아버지가 살아온 과정에 대해서 단편적으로나마 얘기를 해준 것은 그의 할머니였다. 그가 자신의 아버지를 추억하며 한 얘기로 미루어볼 때, 그는 아버지를 사랑했으면서도 한편으로는 아버지의 무능과 가난에 대해 원망스런 마음을 갖고 있었다는 것을 알 수 있다. 그는 늘, 자신은 아버지처럼 너무 착해서 사람들에게 속고 당하기만 하는 인간은 절대로 되지 않으리라고 결심하곤 했으니.

그는 마르셀 프루스트처럼 소심하고 내성적인 아이는 아니었다. 신은, 그에게 불행한 삶의 조건을 주는 대신 그 불행을 호탕하게 극복할 수 있는 활달하고 강인한 힘, 그리고 총명한 두뇌를 그에게 선물한 것 같다. 그는 동네 아이들 사이에서도 못 말리는 개구쟁이였을 정도로 거침없는 아이였고, 무슨 일을 하든 앞장을 서야만 직성이 풀리는 그런 성격의 소유자였다. 아버지는 사실상 그를 방치하다시피 하면서 술과 공장일에 빠져 있었고, 그의 할머니는 손자의 방약무인한 행동들을 막을 힘이 없었다. 그는 동네 아이들과 작당해 제재소를 습격해서 나무들을 훔쳐내는가 하면, 순진한 친구들을 꼬드겨 차표도 끊지 않고 기차에 몰래 숨어 타는 모험을 즐기기도 했고, 성당에 가라고 준 헌금을 갖고 성당에 가는 대신 만화 가게에 죽치고 앉아 있기 일쑤였는 데다(그의 할머니, 아버지 모두 독실한 가톨릭 신자였다), 동네 친구들과의 크고작은 패싸움도 끊이지 않았다. 그런 개구쟁이 기질 때문에 그의 몸에는 상처가 그칠 날이 없었다. 초등학교 다니던 시절부터 그는 일주일에 사나흘은 외박을 했고, 학교도 이런저런 핑계를 대면서 빼먹기 일쑤였다. 소년 불한당이었던 그는 가난이 주는 고통에도 불구하고, 그런 쾌활한 성격 탓에 한 번도 자신이 불행하다는 생각을 하지 않았다. 그 불행이 전면적으로 자신에게 공격적인 모습을 드러낼 때까지는. 두뇌가 명석한 소년이었던 그는 고등학교 때까지 다방면에서 재능을 나타냈던 것 같다.

그의 동창들의 진술에 따르면, 그는 초등학교 때부터 글짓기·미술·웅변 등 각종 대회가 있을 때마다 상을 타오곤 했는데, 특히 미술에 재능이 뛰어났었다고 한다. 중학교 때부턴 미술반에 들어 본격적으로 화가의 꿈을 키우기도 했는데, 고등학교 3학년에 올라가면서 집안의 가난을 이유로 포기하고 말았다는 것이다. 아마도 미술의 포기는 갑자기 들이닥쳤던 집안의 불행, 그로 인한 희망의 부재, 불확실한 미래에 대한 불안 등이 겹친 결정이었을 것이다.

그의 최초의 추락 경험은 그가 열아홉살 때에 들이닥쳤다. 그가 불행·고독·죽음·고통이란 단어들에 대해 처음으로 자신의 내면 속에서 깊이 성찰했던 시기도 바로 그때였다. 막무가내 소년 불한당이 사색하는 소년으로 바뀌기 시작한 것은 아버지의 갑작스런 죽음 때문이었다. 여느 때와 다름없이 친구들과 어울려 놀다가 소식을 듣고 달려갔을 때는 이미 그의 아버지는 싸늘한 시신이 되어 병원 침대에 누워 있었다. 그러나 그는 여전히 죽음이 무엇을 의미하는지 알 수 없었다. 상주가 되어 장례를 치르고, 아버지의 시신을 담은 관이 황톳빛 흙구덩이 속으로 내려질 때에야 그는 비로소 영원한 상실과 부재로서의 죽음이라는 것을 몸서리치게 깨달았고, 혼자 남았다는 두려움에 목을 놓아 서러운 울음을 터뜨렸다.

그의 할머니는 아들의 죽음에 충격을 받고 몸져누워 있었다. 할머니는 끊임없이 헛소리를 하기 시작했고, 혼자 힘으로는 거동을 할 수조차 없는 상태가 되어 있었다. 그는 천장 너머로 쥐들이 우르르 떼지어 몰려다니는 소리가 들려오는 방에 멍한 표정으로 앉아 초췌하게 병든 할머니의 모습을 지켜보고 있었다. 다행히 우리는 『침묵』이라는 제목으로 그가 발표했던 산문집 속에서 그때의 경험을 읽을 수 있다 ;

……그때, 처음으로 고독이란 것이 나를 찾아왔다. 나는 나 자신에게 온통 사로잡혀 있었다. 나 자신에게서 도망칠 수 없었다. 내 생애 처음으로 진지한 신학적인 의문들이 마음속에서 일어났다. 그 의문은 나 자신의 불행에 대한 의식으로부터 비롯되었다. 나는 몹시 불행하다고 느끼고 있었다. 그때까지 감춰지고 있었고, 억압되고 있었고 내가 회피하고 있었던 불행이, 고독의 팔짱을 끼고 음험한 미소를 지으며 내게 다가와 머무르고 있었다. 나는 그것을 피할 수 없었다. 나는 그때까지 할머니와 아버지가 진실하게 믿고 있었고, 나는 단지 습관으로 믿고 있었을 뿐이던 하느님에게 거칠게 항의했다. 마치 구약 성경에 나오는 욥처럼. 하느님의 시험에 걸려 가족과 막대한 재산과 그 많던 친구들과 빛나는 명예, 그 모든 것을 한순간에 잃어버리고, 육신마저 문둥병자처럼 흉측하게 변해버린 불행한 그 욥처럼. 그땐 욥에 대해 제대로 알지도 못했지만, 내가 하느님에게 던진 질문들은 분명 욥이 던졌던 것과 거의 동일한 질문들이었다. 나는 격렬하게, 그 컴컴한 어둠 속에서 할머니 몰래 눈물을 흘리며, 높은 하늘에 머무르고 있을 신에게 퍼부어댔다.

"하느님, 삶이 이토록 고통스럽고 불행한 것이라면, 무엇 때문에 저를 이 세상에 내어놓으셨습니까? 할머니와 아버지는 누구보다도 선량했고, 신앙심이 깊었으며, 간악한 자들에 의해 시험에 빠지고 고난을 당했던 적은 있지만 스스로는 결코 남에게 해를 끼친 적 없는 선량하기만 한 사람들이었습니다. 가난을 숙명처럼 안고 살아야 했던 우리 아버지는 왜 동반자도 없이 외롭게 살아야 했으며, 왜 인생의 행복도 제대로 누려보지 못한 채 희생과 봉사만을 하다가 죽어가야만 했습니까? 또 어린 저에게는 무엇 때문에 이토록 모진 시련을 안겨주시는 겁니까? 저는 이제 누구를 의지하며, 누구의 힘으로 학교를 다닐 것이며, 어떻게 살아가야 한단 말입니까? 이것도 다 당신의 뜻이란 말입니까? 무엇보다 인생이 정말로 이런 것이라면, 고작 고통과 불행이 전부인 것이 인생이라면, 당신은, 전능하시고 선하시며, 인간을 사랑하신다는 당신은 무엇 때문에, 우리 인간에게 무엇을 바라건대 당신이 만든 이 세상에다 인간이란 불행한 피조물을 또 만드셨단 말입니까? 당신은 인간의 불행을 즐기려는 것입니까? 오로지 당신 자신을 위해서 인간을 만드셨다면, 당신은 진정으로 너무 '잔혹한 신'이 아니십니까……?"

하지만 신은 아무런 응답도 내려주지 않았다. 무서운 고립감, 고독, 두려움만 더욱 나를 옥죄며 파고들 뿐. 나는 이 세계에 홀로 남겨졌고, 이 세상의 가장 어두운 밑바닥으로 내동댕이쳐진 느낌이었다. 그 두려움, 끔찍한 공포란!

우리는 그가 열아홉 살에 신에게 던졌던 그 질문이 줄곧 그의 작품 속에 끊임없이 다시 등장하고 있으며, 신과 인간, 세계의 문제가 그의 문학과 사유의 핵심적인 부분을 구성하고 있다는 사실을 익히 알고 있다. 그는 그러한 관심을 '근원적인 우주적 불안'이라는 개념으로 표현하고 있었다. 한마디로 그때의 혹독한 경험 이후 그는 '우연하게 던져진 불행으로서의 삶의 운명'을 신학적—우주론적으로 어떻게든 정당화하지 않으면 살아갈 수 없는 상태가 되고 있었던 것이다. 그가 최초의 자살을 시도한 것도 바로 그러한 불안과 공포, 두려움에서 비롯된 것이리라. 그는 자신의 산문집에서, 헛소리를 하며 자신의 이름을 부르는 할머니가 아니었더라면 죽음으로의 충동을 끝내 멈출 수 없었을 것이라고 말하고 있다. "깊은 절망에 빠진 눈에 비치는 삶은 무(無)밖에 없다"고 말하면서 그는 시인 엘리엇T. S. Eliot의 시에

나오는 스위니의 절망적인 한숨이 바로 그때 자기 자신의 한숨이었
다고 고백한다;

> 출생과 교합, 그리고 죽음.
> 간추려보면 그것뿐이다.
> 출생과 교합, 그리고 죽음.

　불행은 그를 놓아주지 않았다. 그는 병든 할머니를 간호하는 일뿐
만 아니라 이젠 할머니와 자기 자신의 생계까지 자신의 몫으로 책임
져야만 했다. 아버지가 남겨준 유산은 가난 그 자체였다. 그는 할머
니를 위해 자신의 죽음을 뒤로 미룬 채 이웃의 주선으로 막노동판에
뛰어들었다. 책과 씨름하며 볼펜을 쥐고 참고서에 줄을 긋고 있어야
할 시점에, 그는 삽과 곡괭이를 잡았고, 공사장의 리어카를 밀고 있
었다. 손에는 물집이 생겨 터지고, 허리는 부서질 듯이 아파왔지만
그는 이를 악물고 모진 한겨울의 추위와 싸우며 얼어붙은 땅을 파고,
벽돌을 나르고, 막노동꾼들의 욕지거리를 들으며 하루하루를 보내고
있었다.
　그러나 여기서 우리는 그의 운명을 결정짓는 또 하나의 중대한 장
면을 보게 된다. 새로운 학기가 시작되고 수업을 마친 학생들이 자전
거를 타고 거리를 휙휙 지나가고 있는 해질녘 무렵의 풍경. 그는 막
막한 시선으로 황혼이 붉게 물든 서쪽 하늘을 쳐다보며 담배를 피우
다가 학생들이 깔깔대며 거리를 지나가는 소리를 들었다. 그런 광경
을 바라보자 절로 깊은 한숨이 새어나왔다. '나도 얼마 전까지만 해
도 저런 모습이었는데. 내 인생은 이렇게 막노동판에서 굴러먹다 끝
나는 것인가……' 그는 자신의 생이 어디까지 추락할 것인지를 상상

하며 다시 고개를 돌려 붉게 물든 하늘을 올려다보기 시작했다. 온갖 상념들이 교차하면서 그를 고통스럽게 만들고 있었다. 그러다 그는 문득 입술을 꽉 깨물었다. '더 이상 추락할 곳은 없다. 다만 이 추락에 굴복하고 말 것인가, 다시 박차고 일어설 것인가 하는 문제만 남았다.' 그런 생각이 그의 뇌리를 스쳐 지나갔던 것이다. 그는 자리를 박차고 벌떡 일어났다. 그는 붉은 태양을 뚫어져라 쳐다보았다. 그는 그 순간, 이미 더 이상 날품팔이 일꾼이 아니었다.

좌절한 혁명가의 고뇌

그의 할머니는 아버지가 죽은 이듬해에, 거의 정확히 1년 만에 세상을 뜨고 말았다. 그는 2년 만에 가족들을 모두 잃어버렸다. 그는 완전히 혼자가 되었다. 그러나 이번엔 그는 절망에 빠져 있지만은 않았다. 그에겐 목표가 생겼고, 신이 그에게 부과해준 불행한 운명을 거역하고자 하는 강렬한 반항 의식이 그의 심장을 활활 불태우고 있었다.

그는 21년 만에 영원히 고향을 떠났고, 대학생의 신분으로 서울에 모습을 나타냈다. 그때는 광주에서 피비린내나는 투쟁이 벌어진 후에, 소위 신군부 세력이 권력을 장악하여 전 사회에 대한 엄격한 통제와 억압이 진행되고 있던 시점이었다. 당시는 또한 한국 전쟁 이후에 거의 단절되어버렸다시피 한 사회주의 혁명 운동이 광주에서 일어난 참극을 계기로 다시 태동하기 시작한 시점이기도 했다. 그의 청소년기가 개인적 불행에 대한 의식과 그에 대한 고뇌로 마감되었다면, 그의 청년기는 시대적 불행에 대한 의식과 고뇌로부터 시작되고 있었다. 그는 당시에는 불법이었던 과외 지도를 하면서 학비와 생활비를 벌어야만 하는 힘겨운 나날들을 보내면서도 그가 직면해야만 했던 시대적 불행을 결코 외면하지는 못했다. 그는 자신이 처한 불행의 사회적 근원에 대해 마르크스주의 정치경제학으로부터 많은 것을 배울 수 있었고, 철학으로부터는 생의 불안을 잠재울 힘을 발견할 수 있었다. 1980년대에 대학을 다녔던 대부분의 지식인들이 헤겔과 마르크스에게 경도되었듯이, 그 역시도 예외는 아니었다. 그의 전공이 철학이었으니 더더욱.

그가 철학을 전공하고 있었음에도 문학에도 관심을 기울일 수 있었던 것은 그가 존경하던 한 선배의 영향 탓이었다. 지방의 소도시에서 가난한 집안에서 교양을 쌓을 기회를 갖지 못하고 다른 평범한 소년들과 별다른 차이 없이 자라났던 그로서는 문학을 접할 기회는 따로 없었다. 때문에 대학에 들어가서 철학에 본격적으로 빠져들면서 철학과 인접한 관계에 있는 문학에도 관심을 기울이게 된 것은 당연한 순서였는지도 모른다. 그는 비록 자칭 마르크시스트였지만 실존주의 철학자들에게도 많은 관심을 기울였다. 특히 그는 키에르케고르를 좋아했는데, 그것은 타자들과 대체될 수 없는 고유한 실존성에 대한 키에르케고르의 강조와 키에르케고르의 문학적 재능 때문이었다. 문학적 재능이 뛰어났던 그 선배의 영향 아래 그는 처음으로 시와 소설의 습작을 시작했고, 도스토예프스키와 알베르 카뮈, 사르트르와 새뮤얼 베케트 같은 현대 작가들의 작품들에 많은 영향을 받고 있었다. 덕분에 그는 교조적인 마르크시즘과는 일정한 거리를 둔 채 나름대로의 사유를 전개할 기회를 얻기도 했던 것 같다. 대학가에서 한창 레닌주의와 모택동주의, 그리고 북한의 주체 사상의 영향력이 조금씩 증대해갈 때에 그는 이탈리아의 혁명가였던 안토니오 그람시에 심취해 있었고, 그람시의 헤게모니 개념과 진지전 개념을 한국 사회의 변혁 운동에 접합시켜야 한다고 늘 주장하고 다니는 바람에 선배들과 마찰을 빚기도 했었다. 그러나 대학 시절에는 그의 사유를 더이상 진전시킬 기회를 갖지 못했던 것 같다. 시대는 학생들을 거리로 내몰고 있었고, 그도 학생 운동 활동가로서 끊임없이 거리로, 은밀한 세미나장으로, 그리고 학비와 생활비를 벌기 위한 생활 전선으로 뛰어다녀야만 했기 때문이다. 그는 한때 학교를 그만두고 노동 현장에 뛰어들 생각을 진지하게 고려하고 있었다. 그의 그런 생각을 좌절시킨 것은 바로 그에게 문학적 영향을 끼쳤던 그 선배였는데, 그의 이론가적 자질을 감안해서 현장 운동가보다는 이론가로 그를 훈련시킬 계획이었던 것으로 보인다. 실제로 그는 자신이 속해 있던 조직에서 남다른 이론가로 두각을 나타내고 있었고, 그에게는 늘 후배들을 교육시킬 임무와 팸플릿 같은 것을 작성해야 하는 짐이 주어졌다. 그런 와중에도 그는 틈틈이 시를 쓰고, 소설을 쓰기도 했다고 하는데, 지금 남아 있는 습작 노트는 하나도 없다.

그는 공식적으로 대학을 두 번 휴학한 것으로 되어 있다. 그러니까 그는 6년 만에 대학을 졸업한 셈이다. 그 두 번의 휴학 기간 동안에도 그는 과외를 통해 학비와 생활비를 벌고, 남는 시간에는 도서관에 박혀 책을 읽거나 그가 속해 있던 운동권 조직을 위한 일을 한 것으로 생각된다. 대학을 졸업한 후에도 그의 생활에서 본질적으로 달라진 것은 없다. 그는 사회주의자로 남아 있었고, 20대 전체를 그의 신념을 위해 동분서주하면서 보낸 것으로 알려져 있다. 대학을 졸업한 후에 그가 무엇을 했는가에 대한 정보는 거의 알려진 게 없다. 다만 그가 한 진보적 출판사에서 간행하고 있던 잡지의 기자로 취직해서 1년여 활동했던 것과 그 일을 그만두고 잠시 공백기를 가진 후에 다시 사회과학 서적을 전문으로 출간하는 어느 출판사에 취직하여 등단할 때까지 근무하고 있었다는 사실밖에 없다.

1987년 민주 항쟁 이후 달라진 사회 분위기, 사회주의권의 붕괴, 소위 정보 사회로의 이행이라는 급격한 세계 체제의 변화는 그의 내면에도 많은 변화를 불러일으킨 것만은 사실인 것 같다. 그가 실천적 사회주의자에서 작가로의 변신을 결심한 것도 그런 전반적인 사회의 변화와 무관하지는 않을 것이다. 이 과정에서 그의 고뇌는 물론 컸었고, 1990년대 우리 문학이 개인의 내면을 성찰하는 내면 지향적인 모습을 보였듯이 그 역시 1980년대를 관통해 나오면서 무엇보다 자기 자신의 정체성과 개인적 삶의 지향성에 대해서 많은 고민을 할 수밖에 없었다. 그는 『침묵』이라는 산문집에서 언뜻 그런 변환 과정에 대해 언급하고 있다; "나의 20대를 사로잡고 내 삶을 규정지었던 언어들이 있다. 반항 · 전복 · 변혁 · 세계 · 열정. 그러나 1990년대의 문턱을 통과해오면서 그 언어들은 내 몸에서 오래된 각질이 떨어져나가듯 하나둘 떨어져나가기 시작했고, 대신에 절망 · 죽음 · 고통 · 우울 · 고독 · 방황이란 부정적인 어휘들이 암세포처럼 돋아나 어느새 나를 점령해버렸다."

좌절한 열정과 사라진 희망. 그는 자신의 청년 시대를 온통 사로잡았던 그 모든 것들로부터 거리를 취하기 시작했다. 그러한 거리 두기를 그는 '자기 은둔'이라는 개념으로 설명하고 있다. 그는 세계로부터 스스로를 고립시키고, 단절시키고, 아니 은둔적으로 유폐시켰다. 겉으로 보기엔 출판사에 다니는 평범한 직장인이었지만, 그는 그 직장에 나가는 일 외에는 일체 타인들과의 교류를 끊어버린 채 자신 속으로 숨어들었다. 아니, 자기 자신으로부터도 은둔해버린 것이다. 아마 그 당시 그의 유일한 벗은 술과 책이었으리라. 그는 다시 죽음의 이미지에 사로잡혔고 거의 매일 자살을 꿈꾸었으며, 죽음의 유혹으로부터 달아나기 위해 술을 마셨다. 1980년대 말부터 1990년대 초, 그리고 1993년에 그가 문학 제도를 통해 등단이라는 절차를 통과하기까지의 그의 삶은 그런 식으로 고통스럽게 이어지고 있었다. 사실 그의 자기 은둔은 단지 세계로부터의 은둔이었을 뿐만 아니라 그때까지 그의 삶의 원동력이 되어주던 모든 가치관들로부터의 은둔이기도 했다. 무엇보다 이 점이 중요하다. 그는 죽음의 유혹에 시달리면서도 끝내 그것을 거부할 용기를 가지고 있었으며, 그런 자기 은둔의 기간은 죽음이라는 무에 직면한 고유한 실존으로서, 그의 삶의 가치를 원점에서부터 재검토해볼 기회를 제공해주기도 했으니 말이다.

　문학의 재발견은 바로 그런 내적인 고뇌와 성찰의 기간을 통해서만 가능한 일이었으리라. 그 몇 년 동안의 고립과 은둔은 그의 삶에서 일종의 통과 제의 기간이었다고 볼 수도 있을 것이다. 상징적인 죽음을 통과하기. 그러한 통과 제의적인 죽음을 통해 거듭나기. "나는 지금까지 두 번의 죽음을 겪었다. 한 번은 아버지와 할머니가 돌아가셨을 때, 또 한 번은 1980년대 말 갑자기 변화된 세상 앞에 마주섰을 때. 그때마다 나의 과거는 죽음을 맞았고, 나는 세상이라는 자궁을 다시 통과해 나오지 않으면 안 되었다. 그러나 그 두 번의 죽음은 수동적인 죽음, 외부로부터 내게 들이닥친 죽음이었지만, 그 두 번의 죽음 이후의 죽음은 내가 능동적으로 달려갔던 죽음이었다. 나는 죽음이라는 강박 관념에 시달리고 있었다. 그 세번째 죽음의 이름은 문학이었다. 그렇다. 문학은 내게 죽음이었다. 죽음으로 사는 생이었다. 나는 죽기 위해 글을 쓰고, 동시에 죽지 않기 위해 필사적으로 글을 써야만 했다. 문학으로서의 삶이란, 곧 죽음의 강 위를 좌표도 없이 부유하는, 그럼에도 어딘가를 향해 나아가려고 하는 조각배의 운명과도 같은 것이다"(『침묵』).

문학평론가 정과리는 『무덤 속의 마젤란』이라는 평론집에서 1990
년대 시의 집단적 징후로서 죽음이라는 화두를 제시한 적이 있다. 죽
음으로 사는 생! 혹은 '무덤 속의 이 오랜 방랑.' 그래서 정과리의 표
현대로 1990년대 문학은 "그 뿌리 없는 문화의 뿌리를 되묻는 일에
서 자신의 삶을 발견"해야만 했는지도 모른다. 무덤 속의 방랑. 1990
년대라는 시대가 무덤 속을 방랑하는 시대였다면, 그의 삶과 그의 문
학은 바로 그런 시대의 등가물이었는지도 모른다. 그가 1993년 신춘
문예에서 「무덤 없는 묘지」라는 시로 등단하게 된 것은 그러한 상황
을 정확하게 반영하고 있다. 그러나 그의 공식적인 문학 활동의 개시
가 그의 정신적 방황의 끝을 예고한 사건은 결코 아니었다. 오히려
그의 방황을 보다 심화시키고, 또 그 방황을 개인적인 것이 아닌, 세
계적인 것, 역사적이고 사회적인 책임이 부과되는 보다 공적인 차원
으로의 이동을 배태한, 그래서 그로서는 더더욱 무거운 짐이 된 그런
방황의 시작이었을 것이다.

침묵과 부재를 향하여

1993년 신춘문예를 통해 그는 사회로부터 작가라는 제도적인 명
칭을 부여받기는 했지만, 그렇다고 그의 고립적인 삶의 형태가 바뀐
것 같지는 않다. 그는 이 세계와 소통하는 문학이라는 가느다란 끈에
매달려 있기는 했지만, 그는 여전히 고립되어 있었고, 가난했고, 끊
임없는 고뇌가 그를 갉아먹고 있었다. 그가 "우주적 불안"이라고 불
렀던, 자신의 실존적 삶에 대한 근본적 불안은 여전히 그를 사로잡고

있었다.

실제로 그의 시들은 그런 불안에 대한 강박으로 가득 차 있다. 『초현실적 강박』이라는 제목의 그의 첫번째 시집이 그런 불안을 반영하고 있다. "끝없이 연속되는 검은 악몽들의 강박/나는 괴로웠지만 곧 웃음을 되찾았다/다름아닌 내가 바로 그 악몽들의 실체였다"(「초현실적 강박」) 혹은 "아무리 두들겨도 문은 열리지 않았다/안에서는 보이지 않는 목소리가 계속 소리쳤다/"문은 열려 있어요"/나는 존재하지도 않는 문 앞에서/진땀을 흘리며 계속 문을 두들기고 있었다"(「열린 문 앞에서」)처럼, 존재하지도 않는 문 혹은 세계 저 안쪽에서 들려오는 어떤 목소리의 유혹에 이끌려 문안으로 들어가려 하지만 그는 끝내 들어가지도 못한 채 그 존재하지 않는 문을 계속 두들기고만 있는 듯한 강박 관념.

직설적이면서도 상징과 알레고리로 가득 차 있는 그의 기괴한 시 세계는 카프카적 불안을 연상시키지만, 그럼에도 그의 시 속에 나타나는 시공간은 카프카보다 한층 더 초현실적인 시공간이며, 뒤틀려 있다. 세계 너머에서부터 들려오는 목소리는 죽음일 수도, 언어일 수도, 혹은 그가 찾고자 하는 삶의 가치일 수도 있다. 그러나 그는 거기로 가 닿기를 원하지만, 그가 발 딛고 서 있는, 넘어설 수 없는 이 현실은 끝없는 악몽의 연속이고, 그 자신도 악몽들 가운데 하나일 뿐, 실체 없는 공허한 몸짓일 뿐이다. 그가 잠시라도 웃음을 되찾는 순간은, 언어라는 문학적 공간을 발견했을 때뿐이다. 그러나 그 웃음조차도 실은 씁쓸한 것이다. 왜냐하면 그 웃음은 악몽이 스스로 악몽임을 자각하고 발견하는 순간에 터져나오는 허탈한 웃음이기 때문이다.

그나마 그로 하여금 병적인 우울, 죽음에의 강박 관념을 벗어날 수 있게 해준 것은 철학자 니체였던 것 같다. 니체가 시대적 질병인 니힐리즘을 극복할 수 있는 대안으로 제시했던 예술, 그리고 영겁 회귀를 긍정하는 운명애적 웃음의 미학. 그는 기분이 우울해질 때마다 니체를 읽었고, 니체의 통쾌한 문체를 읽으며 위안을 삼았을 정도로 한때 니체에 심취해 있었다. 그러나 그가 과연 니체주의자로서, 미학과 예술에서 이 허무한 삶을 보상해줄 삶의 가치를 발견했는가는 여전히 의문이다. 왜냐하면 그는 니체 못지않게 불교와 노장 같은 동양 철학에 깊이 빠져들고 있었고, 그 자신의 말에 따르면 엘리아데의 종교 인류학과 조르주 바타유를 경유하면서 성스러움의 가치에 대해 새롭게 발견했으며, 그러한 발견은 문화와 종교 간의 상관 관계에 대한 성찰로 그를 이끌었기 때문이다. 그의 사유의 화두 역시 니체처럼 니힐리즘의 극복이었던 것만은 분명하다. 그리고 그것의 극복은 오히려 니체가 비판했던 불교적인 철학 쪽으로의 방향 전환에서 그 가능성을 발견하는 것이었다;

　　니체가 진단한 시대적 질병인 니힐리즘은 오늘날 더한층 심화되고 견고해지고 있다. 신의 죽음이라는 사건은 곧 인간의 죽음을 초래한 사건이었다. 그것은 동전의 양면과도 같다. 그것을 인간은 인간 자신이 신으로 상승하는 사태라고 착각했을 뿐이다. 신의 죽음이 곧 인간의 죽음이기도 했다는 사실은 뒤늦게, 최근에 들어와서야 공공연하게 알려지게 되었다. 그런 의미에서 니힐리즘이란 어휘는 외설적인 어휘가 되고 말았다. 조롱과 멸시, 혹은 외면. 그래서 니힐리즘을 관통하고 가로지르기보다는 망각해버리고, 미학이라는 향기 없는 인공 꽃밭에서 즐길 권리만 남아 있는 것처럼 보인다. 자연/인공이라는 이분법적 대립 개념 자체가 니힐리즘적인 어휘다. 이 이분법을 가로지를 수 있는 유일한 언어는 공(空)이라는 단어일지도 모른다. (『침묵』)

문제는 오히려 테크놀로지이다. 과학과 기술의 발전은 교황청에서조차 진화론의 과학을 공식적으로 인정하지 않을 수 없을 정도로 만들었고, 인간들을 영악하게 만들었다. 신과 종교의 품 속에서 순진무구하고 소박하게 살 수 있는 시대는 더 이상 아닌 것이다. 우리는 결코 다시 삼국 시대나 통일신라, 혹은 고려 시대로 돌아갈 수 없다. 유교가 지배하던 조선 시대로 돌아가는 것이 불가능해져버린 것처럼;

>   신과 인간의 대지를 갈아엎고, 그곳을 자신의 영토로 삼고 있는 것은 다름아닌 테크놀로지이다. 지금 이 세계라는 바벨탑을 쌓아올리고 있는 주체는 결코 인간이 아니라 테크놀로지 자신이다. 인간은 눈에 보이지 않는 지배자의 존재를 애써 무시하면서, 여전히 자신이 주체라는 거대한 착각 속에서 진보를 꿈꾸며 테크놀로지의 신화에 봉사하고 있을 따름이다. 어리석기 짝이 없으면서도 스스로는 영악한 척하는 원숭이. 탈출할 출구를 찾지 못하는 카프카의 학술원 원숭이. (『침묵』)

그는 심정적으로는 불교 철학의 공(空)의 사유에 공감을 느끼고 있었으면서도 그러한 전회를 불가능하게 만드는 현실적 조건 때문에 여전히 갈팡질팡하는 것처럼 보인다. 인간 자신이 파놓은 니힐리즘이라는 무덤 속에 너무나 깊이 빠져들어버린 현실. 이런 조건 속에서 그는 문학이, 언어가 과연 무엇을 할 수 있을 것인지, 끊임없이 자문하면서 언어와 문학에 대한 성찰을 이어갔다. 그의 두번째 시집 『언어의 비탈』과 첫번째 소설 『소리 없는 외침』은 그의 그런 고민과 내적 갈등이 문학적으로 표현된 작품들이었다. 그의 소설 『소리 없는 외침』은 작가로서의 그의 명성을 확고하게 해주었지만, 그럼에도 비타협적이고 비대중적인 그의 작품들은 여전히 그를 소수의 문학 전문 독자들에게만 환영받게 만들었고, 또한 그는 그를 짓누르는 가난과 고독으로부터도 벗어나지 못했다.

사실 그는 늘 초조해하고 있었다. 그는 사람들과 어울리는 것을 피했으며 늘 도서관에 박혀 철학책들과 씨름하고 있었다. 그는 자신의 문학적 재능에 대해 회의적이었고 그로 인한 불안감 또한 컸다. 그는 자신의 삶을 오로지 사유와 독서, 그리고 글쓰기로만 채울 수 있기를 바랐지만, 현실은 그에게 그런 사치를 허락하지 않는 것 같았다. 그가 쓰는 작품들은 광범위한 독자층을 얻기엔 지나치게 형이상학적이었고, 그런 경향은 오히려 갈수록 심해질 뿐이었다. 늘 그의 목을 죄어오는 가난, 이 시대의 니힐리즘의 극복이라는 감당하기 어려운 거대한 화두, 자신의 사유 능력과 재능에 대한 불신 등에서 오는 정신적 분열과 갈등이 끊임없이 그를 괴롭혔고, 그럼에도 그런 과제 자체를 자신의 삶과 동일시했던 탓에 결코 그곳으로부터 벗어나지도 못하는 숙명적인 진지함으로 인해 그는 때로는 발작적인 상태에 빠져들기도 했다. 폭우가 쏟아지거나 하는 날 밤이면 그는 술에 잔뜩 취한 상태에서 벌거벗고 베란다로 뛰쳐나가 미친 사람처럼 소리를 고래고래 지르며 욕설을 퍼붓고, 꺽꺽거리며 울기도 했었다고 그가 세들어 살던 집 주인이 알려주었다. 어떤 날은 집이 떠나갈 듯이 커다랗게 음악을 틀어놓고는 혼자서 비틀거리며 벌거벗은 채로 춤을 추기도 했고, 또는 지나가는 행인을 붙잡고 시비를 붙이는 바람에 파출소까지 끌려간 적도 여러 번이었다고 한다. 그래서 그는 스스로를 조울증 환자라고까지 부른 적도 있었다. 어쩌면 그 말은 농담이 아니었을지도 모른다.

그의 삶과 문학에 대한 지나친 진지함과 열정적인 탐구 정신이 1990년대에 문학계에 등장한 소위 '신세대' 작가들과 그를—일부 평자들이 그를 '신세대 작가'로 분류했음에도 불구하고—구별짓게 하는 점인지도 모른다. 1990년대 한국 문학계를 이끌었던 가벼움의 미학은, 그것의 철학적 정당화에도 불구하고, 그에게는 의심스러운 것으로 여겨졌다.

그에 의하면, 1990년대 문학의 미학은 시대의 경박함과 상업화, 과잉 속도주의에 조응하는 문학, 반시대적인 성찰과 세계 문제에 대한 비판적 반성에 연루된 문학이라기보다는 시대의 표면적인 흐름과 나란히 가는 문학으로 비쳤다. 1980년대까지의 문학이 암울한 역사의 흐름에 직면하여 집단과 세계에 대한 치열한 대적 의식으로 충만한 것이었다면, 1990년대의 문학은 소시민적 개인주의에 함몰되어버린 문학, 니힐리즘 자체가 문학의 부정적 내면을 구성해버린 문학이었다.

그런 전면화된 개인성의 문제는 일견 그 동안 간과되어오던 개인 실존의 문제를 부각시킨 것은 사실이지만, 형이상학적 깊이와 세계에 대한 치열한 사색이 부재한 현상적인 접근에 머물러버린 점은 커다란 오류였고, 그의 표현을 따르자면 "불구의 문학"이었던 것이다.

이런 문제는, 그가 보기엔 단순히 1980년대와 1990년대 문학을 대비시키는 맞짝 개념인 집단성/개인성, 무거움/가벼움의 문제가 아니라 반성과 문제 의식의 치열성 그리고 무엇보다 실험성의 문제에 속하는 것이었다. 그는 세태를 반영하는 당대성의 문학, 거대한 소비 대중들의 기호와 여가 취미에 영합하는 '기분 전환의 미학'에 그치는 문학이 아니라, 동시대의 근본을 뒤흔드는 문학, 동시대를 비판적으로 성찰하고 내재적으로 전복시키는 문학을 원했다. 그러나 그가 반시대적인 문학을 추구하면 추구할수록 그는 더욱 고독해질 것이라는 사실도 분명해 보였다.

그런 고독이 그를 점점 더 침묵으로 몰고 갔는지도 모른다. 그는 문단의 주류로부터 소외되어 있었고, 그러한 소외를 당연한 것으로 여기면서 자신의 작업에 몰두하고 있었음에도, 무한한 고독에서 오는 결핍감을 때로는 감당하기 어려웠던 것으로 보인다. 이런 모든 고뇌들이 그로 하여금 침묵과 단절을 강요했던 것일까. 아니면 자신의 삶으로 할 수 있는 모든 '실험'이 끝났다고 생각하고 스스로의 삶을 접어버린 것일까?

이 공간은 비평을 하는 공간이 아닌 만큼, 그의 문학 세계에 대한 논의를 여기서 더 이상 계속할 필요는 없을 것 같다. 문학을 시작한 이래로 그의 삶은 사실상 그의 문학 작품 자체와 동일하다고까지 말할 수 있기에 1990년대 그의 삶에 관한 보고는, 실은 문학 비평의 차원에서 다루어지는 것이 오히려 더 타당해 보이기 때문이다. 게다가 우리는 그가 1998년 중반 이래로 거의 글쓰기를 포기하다시피 하고 침묵에 빠져들었다는 사실이 정확하게 어떤 동기에서 비롯되었고, 무엇을 의미하는지에 관해선 잘 알지 못한다. 우리에게 남아 있는 것은 그의 글쓰기의 단편들과 그가 남긴 137개의 수수께끼 같은 퍼즐들과 그의 연인의 진술 같은 것들뿐이다. 그는 어쩌면 서서히 침묵으로의 길을 가고 있었는지도 모른다. 아니면 침묵 자체를 문학적 화두로 삼아, 그 침묵의 울림으로 무언가를 발화하고 있었는지도 모른다. 이 모든 것은 그의 갑작스런 부재의 사실로부터 연역적으로 재구성해내야만 할 문제일 것이다. 그 단서는 비록 너무나 미미한 것들밖에 없지만, 그가 남긴 작업의 결과물들과 그의 삶이 우리 문학의 소중한 자산으로 전유될 수 있기 위해서는 그 미미한 것들 속에서나마 무언가를 이끌어내지 않으면 안 될 것이라는 사실 또한 분명하다.

물론 그가 정말 역사가 되어버린 것인지, 아니면 아직도 우리가 모르는 그 어딘가에서 마치 랭보가 그랬던 것처럼 또 다른 형식의 삶을 이어가고 있는지는 현재까지는 아무도 모른다. 여하튼 그가 문학으로 다시 돌아오지 않는 한은, 글쓰기로서 자신의 존재를 증명하지 않는 한은 그의 문학적 삶은 여기까지일 것이고, 그런 의미에서 이 전기 역시 그의 문학적 삶에 국한된 것일 수밖에 없다. 동시에 이 전기는 아직까지는 여전히 예비적인 전기, 그를 기억하는 한 친구가 애정 어린 시선으로 그를 추억하는 일종의 소설적인 것에 가까운 전기일 수밖에 없는 것이다.

그의 전기를 쓰기 위해 자료를 조사하는 과정에서 내가 놀란 사실은 그의 삶의 굴곡이 마치 드라마틱한 한 편의 소설 자체처럼 끊임없는 긴장과 변화, 예기치 못한 급변으로 가득 차 있어서, 그의 삶 자체가 소설적 허구처럼 느껴지기도 했다는 점이다. 허구의 작가에 대한 허구적 전기를 쓰고 있다는 그런 기분은 나로 하여금 그의 예비적 전기를 쓰는 데 곤란함을 주기도 했지만, 다른 한편으론 조금은 가벼운 마음으로 전기를 쓸 수 있게 해주기도 했다. 그의 전기는 앞으로 계속 새롭게 씌어질 것이고 또 씌어져야만 한다. 어떤 사람의 것이건, 한 인간의 삶의 두께는, 마치 이 우주의 두께만큼이나 모든 가능한 주름들을 내밀하게 감추고 있기 때문이다.

제5장
J와의 인터뷰

김운하(소설가)

우리는 그에 대한 연구를 본격적으로 시작하면서 제일 먼저 그의 연인이었던 J와 접촉을 시도했다. 아무래도 그와 가장 가까웠고, 여러 가지 면에서 그에 관해서는 그녀가 가장 잘 알고 있으리라는 판단 때문이었다. 그녀에게 연락을 취하고 인터뷰를 하는 것은 그녀와 안면이 있던 내가 맡게 되었다. 그녀와 처음 전화 통화를 하는 중에 이런저런 안부 인사 끝에 전화를 건 목적을 얘기하자 한숨을 내쉬곤 잠시 말을 끊었다. 그리고는 자기가 도움이 되는 일이라면 나서겠다고 긍정적인 대답을 해주었다.

우리는 예술의 전당 근처의 어느 조용한 카페에서 만났다. 그의 실종을 처음 알았을 때 몇 번 만난 것을 제외하면 거의 6개월 만이었다. 어깨까지 내려오는, 염색기가 전혀 없는 까맣고 긴 머리칼, 우수가 깃든 듯해 보이는 긴 속눈썹의 눈, 새하얗고 약간 동그스름한 편인 얼굴, 가느다랗고 길다란 손가락. 나는 그가 사랑했던 여인의 얼굴을 새삼스런 기분으로 쳐다보았다. 그는 그녀의 어떤 면에 끌렸을까? 그녀는 그의 어떤 면에 매력을 느끼고 사랑에 빠졌을까? 두 사람은 어느 정도 깊이 사랑을 나누던 사이였을까? 나는 그녀를 인터 뷰하러 가면서 그런 생각을 하고 있었고, 새삼스럽게 그녀를 처음 보 았을 때의 모습을 떠올리고 있었다.

그녀를 처음 만난 것은 신촌의 어느 술집에서였다. 나는 그와 술을 마시고 있었고, 그녀는 우리가 그곳에 들어간 지 한 시간쯤 후에 그 곳으로 찾아왔다. 그녀는 그때 자줏빛 코트를 입고 있었고 목에는 스 카프를 두르고 있었다. 그래서인지 그녀에게서 차분하고 세련된 도 회지 여성의 분위기가 느껴졌다. 그녀는 그때 스물여덟 살이었다. 그 와는 거의 10년 가까운 차이가 나는 나이. 그때 나는 어디서 이런 미 인을 얻었냐고 농담을 던졌는데, 그는 어깨를 으쓱하며 인연이지 뭐, 하고 웃어넘겼다. 그녀는 쾌활하게 대화에 참여했고, 남자들이 하 는 진한 농담에도 스스럼없이 잘 웃곤 했다. 하지만 그녀는 그때 내 가 느끼기에 쾌활하고 밝은 성격임에도 섣불리 남들이 접근할 수 없 게끔 하는 묘한 분위기를 풍기고 있었다. 그녀가 담배를 피울 때의 그 새하얗고 차갑게 보이는 가느다란 손가락들 때문이었을까.

그녀는 인터뷰를 하는 장소에서도 앉자마자 담배를 꺼내 물었다. 그녀의 희고 차가운 손. 아니, 그녀의 손은 생각처럼 차갑지 않을지 도 모를 일이다. 이상하게도 자꾸만 나 자신을 그에게 감정 이입하려 는 마음이 들어 흠흠, 하고 헛기침을 해야만 했다. 우리는 잠시 서로 아무런 말도 건네지 못하고 담배를 피우며 커피 잔만 들었다 놓았다 했다. 나는 인터뷰를 하러 왔음에도 무슨 말부터 꺼내야 할지 갑자기 막막해져버린 기분이었다. 먼저 말을 꺼낸 것은 오히려 그녀였다. 그 녀는 우리의 계획에 대해 자세히 물었고, 그것에 대해 깊은 관심을 드러냈다. 어쩌면 우리가 그가 남긴 '수수께끼 퍼즐'을 풀어줄지도 모른다는 기대감 때문이었으리라. 그녀는 그 동안 몇 군데 여성지 같은 데서 인터뷰 요청이 들어왔지만 모두 거절했다고 말했다. 자신도 그렇지만 그를 일회성 가십거리로 만들고 싶지는 않았다면서. 나는 가급적 인터뷰에 솔직하게 답변해주기를 요청했다. 그래야만 우리는 그에게 더 가까이 다가갈 수 있을 것이고, 그를 더 잘 알게 될 것이기에.

"어디까지요? 가령, 그와의 성생활까지도요?"

그녀는 미소를 지으며 내게 물었다.

나는 잠시 생각한 후, 필요하다면요, 하고 대답했다. 그녀는 나를 빤히 쳐다보다, 가만히 눈을 내리깔았다. 나는 그것을 긍정의 뜻으로 해석했다. 실제로 그녀는 인터뷰 내내 솔직하게 그와의 관계와 그와 있었던 모든 일들을 담담하게 털어놓았다. 그녀와의 인터뷰는 내가 생각하기엔 성공적인 것이었다. 우리는 그녀와의 인터뷰를 통해서 그에 대해 우리가 몰랐던 많은 부분을 알 수 있었다. 아래의 기사는 그녀를 인터뷰했던 내용들이다. 물론 약간의 편집은 가해졌다. 불필요하거나 너무 사소한 것들, 혹은 공개적으로 밝히기에는 지나치게 사적인 것들은 제외시킬 수밖에 없었다. 인터뷰 기사에서 K는 나를 가리키고, J는 그녀를 가리킨다.

* * *

K: 먼저 대답하기 쉬운 질문부터 하지요. 그를 처음 본 것은 언제, 어디서였지요? 누가 먼저 프로포즈를 했나요?

J: 후후…… 제가 먼저 프로포즈를 한 것처럼 보이나요? 어쩌면 그럴지도 모르죠. 저도 그를 보는 순간 그에게 끌려들어갔으니까요.

행동에 옮긴 것은 물론 그였지만. 그를 처음 직접 만나본 것은 1997년 11월이었어요. 보다 정확히 기원을 따지자면 컴퓨터 통신에서 만났다고 해야겠지요. 그렇지 않으면 문학 하는 사람과 저처럼 음악 하는 사람이 어떻게 쉽게 만날 수 있었겠어요? 게다가 그 사람과는 나이 차도 많고 고향도, 다녔던 학교도 다른데. 저는 컴퓨터 통신의 클래식 음악동호회에 가입해서 활동하고 있었어요. 대학 때부터 활동하던 곳이라 학교를 마치고 사회에 나와서도 습관처럼 그곳에 들어 있었어요. 물론 늘 바쁜 탓에 예전처럼 적극적인 활동은 하지 못했지만. 그는 그해 여름쯤에 가입했었나 봐요. 온라인상에서 몇 번 그의 글을 읽긴 했지만, 전 그가 무슨 직업을 가진 사람인지는 몰랐어요. 다만 글을 참 잘 쓰고 복잡한 생각을 많이 하는 사람이구나, 하는 생각만 했었죠. 바흐에 관한 글을 올리곤 했는데, 바흐의 곡 중에서도 「무반주 첼로 모음곡」과 바흐가 프리드리히 대왕에게 바친 「음악의 헌정」이란 작품을 좋아했었나 봐요. 가끔씩 일상의 얘기도 쓰곤 했는데, 전반적으로 어둡고 쓸쓸한 느낌이 드는 글들이었죠. 하지만 온라인상에서 대화를 해본 적은 없었어요. 우리가 만났던 건, 그 동호회의 정기 음악 감상회 때였어요. 그때 마침 바흐의 곡들을 선곡했거든요. 그래서 그도 전엔 한 번도 모임에 나오지 않았었는데, 그날은 관심이 갔었던가 봐요. 그날은 마침 제가 준비를 하게 된 바람에 오랜만에 그 모임에 나가게 되었어요.

감상회가 끝나고 뒤풀이를 하면서 그와 처음으로 인사를 나누게 되었어요. 이상하게 그는 눈에 띄는 사람이었어요. 전 어쩌면 구석 자리에 말없이 앉아 있는 그가 바로 그 사람일지도 모른다는 생각을 했던 것 같아요. 지금 돌이켜보면. 이상한 일이죠? 그는 팔짱을 낀 채로 뚫어지게 저를 쳐다보고 있었어요. 체구는 그리 크지 않았고,

좀 마른 듯한 몸매였지만, 눈빛이 무척 날카로웠어요. 잘 아시겠지만, 무척 차갑고 냉정해 보이는 인상이었죠. 아마 그건 그가 안경을 쓰고 있어서 더 그랬는지도 몰라요. 팔짱을 끼지 않을 땐 담배를 피웠죠. 그는 천천히, 아주 천천히 담배를 피웠어요. 그는 코로 천천히, 마치 아쉬운 듯이 천천히 담배 연기를 내뿜고 있었어요. 우리는 어색하게 첫 인사를 나누었어요. 우린 조금 비켜 앉은 자리에 앉은 채 술을 마셨는데, 그는 다른 사람들과도 대화를 하기보다는 혼자서 묵묵히 술잔을 들이켜고 있었죠. 그리곤 문득 고개를 들고 저를 빤히 쳐다보는 것이었어요. 그와 시선이 부딪칠 때마다 전 몸둘 바를 몰라했어요. 훗…… 실은 이상하게 가슴이 좀 떨렸거든요. 그날은 그렇게 헤어졌는데, 며칠 후에 통신에서 그가 먼저 말을 걸어왔어요. 그렇게 우리의 만남이 시작되었죠.

K: 그는 시니컬한 사람이었나요?

J: 글쎄요…… 어떤 면은 그렇고 또 어떤 면으론 그렇지 않았던 것 같아요. 언젠가 그런 문제로 얘길 나눈 적이 있었어요. 당신은 세상을 참 허무주의적으로 바라보는 것 같다고 제가 말하니까, 그는 자신은 절대 그렇지 않다고 하더군요. 단호하게. 과거엔 그랬지만 지금은 그렇지 않다고. 자기는 인간의 고통과 나약함, 우유부단함과 비겁함 등 인간으로서는 피할 수 없는 절망적인 요소들 때문에 한때는 인간이나 삶 자체에 대해 무척 냉소적으로 생각했다고 하더군요. 인간이 불완전한 존재인 한, 이 인간 세계 역시 영원히 불완전하고 절망적일 수밖에 없다고. 그건 그가 살아오면서 겪었던 개인적 체험과도 무관하지 않은 것 같아요. 그는 인간의 양면성을 민감하게 느끼고 있었고, 인간에게는 어떠한 구원의 가능성도 배제되어 있다고 생각했던 거죠. 하지만 그는 그런 냉소적 단계를 지나왔다고 했어요. 인간의

불완전성은 그 자체가 하나의 인간적 완전함일 뿐이고, 신의 시선으로 보자면 인간이란 동물은 동정받을 가치밖에 없는 가련한 존재라고요. 인간이란 모순 그 자체의 존재, 모순을 살게끔 운명지어진 존재이며, 인간은 그것을 있는 그대로 긍정하는 수밖에 없다. 그는 그렇게 말했어요. 그가 사라졌을 때도 자살했다고 믿지 않았던 것도 바로 그의 그런 확신에 찬 얘기를 여러 번 들었던 때문이기도 할 거예요. 그는 고통스럽다고 해서 죽음으로 도피할 사람은 아니라고 생각했으니까요. 또 실제로 그는 그렇게 살아왔고.

K: 하지만 그의 작품들도 그렇고, 제가 잘못 알고 있지 않는 한, 그는 어딘가 모르게 어두워 보였는데……

J: 그래요. 하지만 그런 어둠은 그의 일면일 뿐이죠. 그는 빛과 어둠 양쪽을 모두 가진 사람이었어요. 그것도 아주 극단적으로 분리된 형태로. 물론 대부분의 사람들도 양면성을 가지고 있긴 하지만, 그는 그 편차가 심한 편이었죠. 저도 첨엔 그렇게만 생각했어요. 하지만 그는 다정하고 따뜻한 사람이었어요. 아니, 제가 보기엔 그는 밝고 쾌활한 사람이었어요. 그를 어둡고 기진맥진하게 만든 건 이 세상, 그리고 삶이었어요.

K: 세상이 그를 어둡게 만들었다고요?

J: 네. 제가 보기엔 그래요. 그는 고민이 많은 사람이었어요. 그는 가난하고 어렵게 자랐고, 대학교도 오로지 혼자의 힘으로 힘겹게 다녔어야 했지요. 그가 대학을 다녔던 1980년대란 시대…… 우선 그 시대가 그를 절망에 빠뜨렸고, 그후에도 그는 이 세계에 대해 혼자서 버겁게 대적해나가야 했지요. 뭐랄까…… 그는 어떤 부채 의식 같은 것에 시달리고 있는 것 같았어요. 지식인의 책임 의식 같은 게 너무나 무겁게 그를 짓누르고 있었고, 그는 거기서 헤어나지 못했죠. 끝

까지. 무엇보다 그는 우연히 던져진 자신의 삶의 정당성을 찾지 못해 방황했던 것 같아요. 대학을 졸업한 후에도 수많은 직업을 전전했던 것도 그렇고, 그가 끊임없이 철학에 몰두한 것도 그렇고…… 그는 자신의 그러한 불안을 '우주적 불안'이라고 개념화시키더군요. 읽어보셨겠지만, 그의 산문집에서도 그런 얘기가 나오잖아요? 그는 문학을 본격적으로 시작하면서 자기 자신의 문제에 더 사로잡혀 있었던 것 같아요. 그 이전까진 이 세계에 관한 문제, 이 세계를 어떻게 변화시킬 것인가 하는 '바깥'의 문제에 몰두해 있었다면, 문학을 하면서 비로소 그는 '안'의 문제를 들여다보기 시작한 거였죠. 그러면서 그는 자학적으로 변한 것 같아요. 그에겐 철학이나 문학 같은 것들은 모두 자기 자신을 이해하기 위한 수단에 지나지 않았을 거예요. 그 자신도 그렇게 말했어요.

K: 한마디로 그는 매우 복잡한 내면을 가진 사람이라고 할 수 있겠군요.

J: 그래요. 저도 그 사람을 잘 이해할 수가 없었어요. 지금 생각해봐도 그가 정말 어떤 사람인지 잘 알 수가 없어요. 한때는 잘 안다고 생각했는데, 결국 전 그에 관해선 아무것도 아는 게 없었다는 생각만 들어요. 그는 제 앞에선 많은 얘길 하는 편이었지만, 그의 글을 보면 과연 이 글을 쓴 사람이 내가 만나고 있는 그 사람일까, 하는 생각이 들어 다시 낯설어지곤 했었어요. 감수성이 예민해서 변덕이 심하다고 할 수도 있겠지만, 꼭 그런 것은 아니었어요. 충동적인 기질의 사람이긴 했어도, 냉철한 이성이 언제나 스스로의 행동을 지켜보며 규제하고 있다고 불평하곤 했었어요. 그는 자기 자신을 모든 이론의 바로미터라고 말하기도 했어요. 한마디로 그는 스스로를 인간의 어떤 전형으로 보고 있었다고 할까. 그는 저와 만나서 즐겁게 이런저런 얘

길 나누다가도 갑자기 어떤 상념에 빠져들기 시작하면, 마치 제가 그 앞에 없다는 듯 혼자만의 생각에 잠겨 오랜 시간을 보내곤 했어요. 그때마다 전 견딜 수 없는 외로움을 느끼곤 했어요. 그 기나긴 침묵이 저를 그로부터 멀리 떼어놓는 것 같았으니까요. 그러다가도 또 갑자기 고개를 제게 돌리곤 마치 아무 일도 없었다는 듯이 흥겹게 막 얘기를 하죠. 정말 종잡을 수 없는 사람이었어요. 그래서 무척 힘들었어요. 제가 감당할 수 없는 사람이 아닌가 하는 생각 때문에 그와 헤어지려는 생각도 여러 번 했었지요. 하지만 그런 얘길 꺼낼라치면, 그는 절망에 빠져 혼자 거리를 쏘다니고, 제겐 연락조차 하지 않고 사라져버리곤 했어요. 그러면 결국 제가 더 놀라서 그를 찾게 되곤 했죠. 그는 나쁜 사람이었어요. 저를 단 한 순간도 자신으로부터 떨어져 있지 못하게 만들었으니까요. 정말 단 한 순간도, 그에 관한 생각을 떨쳐버릴 수 없도록 말이에요. 그래놓곤, 이젠 아예 영영 제 앞에서 사라져버렸어요. 아무 말도 없이. 이젠 이해가 가요. 그러면 충분히 그럴 수 있는 사람이라는 걸.

K: 그가 사랑하지 않았다고 생각하시는 건 아니겠죠?

J: 모르겠어요. 그가 정말 저를 사랑했을까요? 그는 이기적인 사람이에요. 저를 정말 사랑한다면 그렇게 할 수 있었을까요? 사랑이란 게 사랑하는 사람에 대한 배려가 더 우선인 거 아닌가요? 전 사랑을 그렇게 이해했어요. 하지만 그는 저를 사랑한 게 아니라 어쩌면 자신의 외로움과 고독을 달래려고 했을 뿐이라는 생각마저 들어요. 혹은 자신의 욕망을 사랑했던 것이든지. 그래요. 그가 사라지지 않았을 때까진 그가 정말 저를 사랑한다고 생각했고 그렇게 믿고 있었어요. 그랬으니까, 거의 10년 가까운 나이 차이도 무시하고 그의 곁에 있을 수 있었겠지요. 처음엔 그의 나이를 듣고 많이 놀랐어요. 그렇게 나

이 차가 많은 사람이랑 사귀어본 적은 없었거든요. 겉으로 보기엔 그 정도로 나이가 많아 보이지는 않았으니까 짐작할 수가 없었던 거죠. 하긴 사랑하는 데 나이 차가 무슨 상관이 있겠어요? 저는 그가 그보다 나이가 더 많았다 해도 어쩔 수 없이 그를 사랑할 수밖에 없었을 거예요. 그는 비록 차가운 사람이긴 했지만, 내면엔 커다란 열정의 불이 활활 타고 있었고, 또 제겐 너무나 다정한 사람이었으니까요. 또 어떤 땐 하는 짓이 너무 유치해 정말 어린아이같이 느껴질 때도 많았어요. 그의 내면엔 그런 순수함이 있었어요. 전 그의 그런 면도 사랑했던 것 같아요. 물론 섬세한 편은 아니었고, 그래서 저를 섭섭하게 만들 때도 많았지만, 그는 자신만의 문제로도 머리가 복잡한 사람이라 제가 이해해야 한다고 생각했어요.

K: 그와 결혼할 생각이었습니까?

J: 모르겠어요. 그가 원했다면, 그렇게 했을 거예요. 집에서야 물론 반대가 심했겠지만. 그래요. 전 그와 결혼할 수 있길 바랐어요. 하지만 그는 결혼이라는 걸 두려워하는 것 같았어요. 그는 경제적으로 자신이 무능력하다는 것을 의식하는 것 같았어요. 그런 게 무슨 상관이냐는 생각이 들었지만, 자존심이 센 남자였던 그로선 용납하기 어려웠던 문제였겠지요. 아니, 그보단 실은 자기 자신이 결혼이라는 제도에 적합하지 않다고 여기는 것 같았어요. 성실한 가장이 되고, 성실한 남편이 될 자신이 없다는 것이었죠. 그래서 제가 결혼 생활이 꼭 사랑만으로 이루어지는 것이냐고 말하기도 했는데, 그는 생활을 위해 필요한 결혼이라면 굳이 왜 결혼을 하느냐고 하더군요. 그는 아이도 싫어했어요. 이렇게 폭력적이고 암울한 세상에다 아이를 내놓는다는 건 큰 죄를 짓는 것이라면서. 최선의 길은 이 세상에 태어나지 않는 것이라고 하더군요. 하지만 그는 나와 같이 살고 싶단 얘기

는 했어요. 그는 어차피 혼자 살고 있었으니까, 제가 그의 집에 자주 갔었죠. 그의 집에서 부부처럼 함께 시장에도 가고, 밥을 지어 먹고, 그리고 여느 부부처럼 다정하게 포옹을 한 채 잠들곤 했어요. 그는 언제나 팔베개를 해주었고, 자기 가슴에 저를 꼭 품은 채 잠들곤 했어요. 그럴 때마다 전 너무 행복해서 울고 싶을 정도였지요. 많은 낮과 밤들을 그렇게, 그와 함께했어요. 그는 제게 많은 고통을 안겨주기도 했지만, 그와 함께하면서 더없는 행복을 느끼기도 했던 것은 사실이에요. 그를 만나기 전에도 여러 번 사랑을 하기도 했지만, 그토록 강렬하고, 그토록 가슴 설레고, 제 가슴을 온통 찢어놓을 정도로 잔인하고, 또 고통스럽기도 했던 그런 사랑은 하지 못했어요. 전 그의 손아귀에 잡힌 작은 새 같은 존재였었나 봐요. 지금 생각해보면.

이런 얘기까지 해도 되는지 모르겠지만…… 전 그가 침대에 누워 있는 동안 옷을 모두 벗은 채로 첼로를 연주하곤 했어요. 그가 그렇게 하도록 명령했죠. 그래요, 그건 명령이었어요. 전 부끄럽고 모독당하는 기분이 들기도 했지만, 그의 명령대로 그렇게 했어요. 그때도 바흐를 연주했죠. 바흐의 무반주 첼로 모음곡을요. 그는 그 곡을 너무나 좋아했어요. 그의 방엔 그 곡을 연주한 수십 명의 연주자들의 음반이 있었어요. 제가 부끄러움으로 손을 떨면서 그 곡을 연주하고 있으면 가만히 눈을 감고 듣다간 갑자기 벌떡 일어나 제 뒤로 다가와선 연주를 하고 있는 제 목덜미며 어깨, 볼, 등에다 키스를 퍼붓고 애무를 했어요. 그러면서도 연주는 중단하지 못하게 했어요. 끝까지, 그에게서 그만 하라는 명령이 떨어질 때까지 저는 첼로를 연주하고, 그는 자신의 손가락과 입술로 마치 첼로를 다루듯이 저를 연주했지요. 그 순간이 지나면, 우린 마치 불꽃이 일 듯이 뜨겁게 서로를 갈망하며 사랑을 나누곤 했지요. 그는 그런 식으로 저를 꼼짝 못하게 만들어놓았죠. 정신적으로나 육체적으로……

K: 그럼 이제 그가 사라지던 전후의 상황을 한번 돌이켜보죠. 혹시 그 즈음 그에게서 어떤 특별한 조짐이나 징후 같은 건 발견하지 못했나요?

J: 전혀요. 그 전날 밤에도 우린 만났었는걸요. 여느 때처럼 그의 집에서 저녁을 지어 먹고, 비디오도 한 편 빌려 보고, 그리고…… 그날도 전 첼로를 연주했었죠. 전 아무런 낌새도 눈치 채지 못했어요. 평소와 다름없이 그는 다정했고, 함박웃음을 지으며 저를 즐겁게 해주려 노력했었으니까요. 이건 시간이 좀 흐른 후에야 떠올린 건데, 그는 몇 달 동안 거의 글을 쓰지 않는 것 같았어요. 전에는 도서관에 가서 책도 열심히 읽고, 집에 돌아와선 무엇에 관해서든 늘 글을 쓰는 것 같았는데, 몇 달 전부턴 책도 읽지 않고 글도 거의 쓰지 않는 것 같았어요. 하릴없이 비디오만 잔뜩 빌려서 보곤 할 따름이었어요. 아니면 마냥 바흐의 곡들을 듣고 있든지. 글을 쓰지 않을 땐 거의 매일 도서관에 틀어박혀 마치 수험생이나 고시생처럼 책을 읽곤 했어요. 그는 정말 지독한 책벌레였죠. 그런데 그런 일들로부터 손을 떼고 있었으니 조금 이상하긴 했어요. 그래서 제가 물어보았죠. 요즘은 왜 글을 안 쓰냐고. 책도 안 읽는 것 같다고. 그는 어깨를 으쓱하며, 좀 쉬고 싶을 뿐이라고 하더군요. 전 그런가 보다 했지요. 일주일에 두 번, 중학생들 작문 과외를 하는 게 있었는데, 그는 그걸로 생활비를 벌고 있었어요. 아주 극빈한 생활이었죠. 가끔 가다 들어오는 원고 청탁만으론 생활하기가 불가능했으니까요.

어쨌든 전 그가 마지막 순간에 무슨 생각을 하고 있었는지 전혀 짐작할 수가 없어요. 그가 사라지고 난 후에도 줄곧 그 생각을 했는데도 말예요. 지금도 그 생각을 하면 자다가도 벌떡 일어나요. 배신감 때문에요. 마치 믿는 도끼에 발등 찍힌다는 속담이 꼭 절 위해 있는 듯한 기분 말예요. 그는 저를 철저히 기만한 거예요. 너무나 잔인하게. 그는 그런 식으로라도 제 기억 속에 영원히 남고 싶어했던 것일까요? 제 존재 속에 자기의 존재를 낙인처럼 깊이 각인시켜놓고 싶었던 것일까요? 전 결국 그에겐 아무것도 아니었던 거나 다름없어요. 전 제 사랑으로 그를 고통과 절망으로부터 구원해줄 수 있으리라 믿었어요. 전 그를 위해선 희생할 각오도 하고 있었어요. 저도 그와 꼭 결혼하지 않아도 좋다, 그가 내 곁에 있어주기만 한다면, 나도 그와 끝까지 같이하리라는 순진한 생각도 했었으니까요. 여자란 동물은, 참 이렇게도 어리석은가 봐요. 마치 『병사의 휴식』이란 프랑스 소설에서 그랬던 것처럼, 그라는 가련한 한 인간을 제 사랑으로 품어줄 수 있으리라고 믿었으니까요. 소설은 결국 환상일 뿐이고, 허구일 뿐인데…… 이런 생각을 하면 제 자신이 못 견디게 원망스럽고 자책감이 들어요. 참을 수 없는 분노가 치밀어오르곤 하죠. 그에게 나는 도대체 무엇이었을까요? 전 아직도 이런 질문을 제 자신에게 던지곤 해요. 대답 없는 절망적인 물음. 마치 불행에 빠진 욥이 하느님을 향해 던진 고통스런 질문 같은 어리석은 물음이죠. 하지만 욥은 결국 하느님의 음성을 들었잖아요? 근데 그는 아무런 대답이 없어요. 그 말장난 같은 퍼즐만 우리에게 던져놓았을 뿐이죠.

K: 혹시…… 그 퍼즐에서 어떤 단서 같은 건 발견하지 못했나요? 뒤늦게라도 떠오른 게 있다면……

J: 모르겠어요. 저도 그 망할 퍼즐을 가지고 아직도 게임을 하고 있어요. 물론 몇 가지는 마치 저를 향해 쓴 것 같은 느낌이 들기도 해요. 하지만 전체적으로 볼 때, 그건 저 개인만을 위해 쓴 게 아니라, 이 세상 전체를 향해 보낸 메시지 같다는 느낌이 더 강해요. 혹은 그

의 마지막 몸부림일지도. 후…… 그럼에도 불구하고 저는 그가 그 퍼즐의 미로를 통해 숨어 있는 자신을 발견해주길 기다리고 있다는 생각을 떨쳐버리지 못하고 있어요. 그는 이 세계를 완전히 버린 것이 아니라 이 세계 어딘가에 숨어 있고, 우리가 그 자신이 만들어놓은 미로를 헤치고 자기를 찾아주기를 기다리고 있다고 말예요. 하지만 이런 생각조차도 그가 미리 예상한 하나의 속임수일지도 몰라요. 어린아이가 무의미한 낙서를 벽지에 끼적거리듯 그도 그런 장난을 친 것인지 어떻게 알겠어요? 그러면서 그는 저 세상에서 우리를 내려다보며 키득대며 웃고 있을지? 나쁜 사람. 내게서 사라져버린 후에까지도 나를 자기의 환영 곁에다 붙잡아두려 하다니.

K: 그가 자살했다는 생각은…… 아직도 거부합니까?

J: 모르겠어요. 그가 어떤 사람인지를 모르는데, 천 길 물 속보다 더 음험한 그 속을 어떻게 알겠어요? 그는 내게 도시가 싫다는 얘길 여러 번 했어요. 아무도 아는 사람이 없는 한적한 시골에 처박히거나, 고적한 암자에 틀어박히고 싶다는 얘기도 했었지요. 그는 문학이 자신의 삶을 구원해준다고는 전혀 생각하지 않았어요. 문학은 고통이고, 불면이고, 절망일 뿐이라고 거듭 말하곤 했었지요. 그러면 그만두면 되지 않냐고 제가 빈정대기도 했지만, 그럴 때마다 그는 시시포스에겐 바위를 굴리는 일을 그만둘 권리가 없다고 대꾸했죠. 그는 예술, 혹은 심미적 인간의 이상이라는 생각엔 코웃음을 쳤어요. 현대 철학자들이 삶을 심미화하는 데서 삶의 이상을 찾는 발상엔 그는 절대 찬성하지 않았지요. 그는 조심스럽게 종교의 가능성을 모색하는 듯해 보였어요. 불교 철학에 많은 관심을 기울이며, 그것으로 과연 이 세계의 니힐리즘을 극복할 수 있을지에 대해 여러 가지 생각을 하고 있었죠. 그와 그런 문제로 많은 얘기를 나누기도 했어요.

인간은 이미 자연을 벗어나버린 문화적 동물이고, 문화 없이는 살 수 없도록 진화해버린 동물이지만, 그 문화 중에서도 결국 최고의 형식은 예술이 아니라 종교가 아닐까 하는 생각을 언젠가 피력했어요. 인간이란 존재는 자기 초월에의 의지를 본능적으로 가지고 있다고 보았죠, 그는. 그는 현대 사회를 인간을 경제적 동물로 추락시키는 가장 사악한 체제라고 비난했어요. 인간을 생존과 번식, 타락한 형태의 쾌락과 죽음밖에 모르는 천박한 동물적 상태로 전락시키고 있다고 말했지요. 과학과 기술, 물질적 번영, 인간의 도구적 이성으로 만든 그 모든 것들은 그 외양의 번지르르함에도 불구하고, 그런 물질계는 결국 외적인 도구의 세계일 뿐, 인간의 내면적 삶과는 아무런 관계가 없는 것이라고 비판했지요. 부와 소유물의 많고 적음으로 인간의 가치가 매겨지는 사회만큼 빈곤한 사회는 역사상 없었다는 예를 고대 역사와 비교하며 자주 거론했어요. 근대 사회가 도래하기 전까진 인간은 종교적 동물이었고, 경이와 신성함 속에서 존재 가치를 찾았지만, 근대 이후로는 역겨운 화폐 다발 더미가 모든 내면적이고 정신적인 가치를 대체해버렸다는 것이죠. 한나 아렌트라는 철학자가 쓴 『인간의 조건』이라는 책을 읽었는데, 거기서도 그리스 사회를 예로 들면서 비슷한 얘길 하더군요. 그리스 시대엔 시민과 노예의 구분은 공적 영역에 참여할 수 있는 자격 유무로 구분되는데, 한 노예가 예를 들어 엄청난 부(富)를 축적하고 또 다른 노예들을 수백 명씩 거느리고 있어도 결코 그 부 때문에 시민이 되는 경우는 없었다고 하더군요. 그러니까 그리스 시대엔 부는 인간의 가치를 재는 척도가 전혀 아니었던 거죠. 인간이 되기 위해선 공적인 영역인 정치 활동에 참여해야 했고, 철학과 예술을 향유할 수 있어야만 했죠.

하지만 그는 그렇다고 해서 예술적 인간에서 삶의 이상을 구하는 낭만주의자도 아니었어요. 그는 니체가 말한 은유에의 충동이라는 미학적 본능보다 한층 더 심층적이고 또 고차원적인 본능이 바로 초월적·종교적 본능이라고 말했어요. 그가 말한 "우주적 불안"이란 것도 바로 그런 맥락에서 이해가 되었어요. 그때 제가 물었죠. 과학에 물든 현대인들이 얼마나 영악한데, 과거처럼 그렇게 순진하게 종교에 빠져들겠느냐고 말이에요. 저만 해도 그래요. 저희 집안은 다 기독교를 믿고 있지만, 전 무신론자예요. 이토록 과학이 지배하는 세상에 어떻게 중세나 우리나라의 신라나 고려 시대처럼 순진한 종교의 시대가 다시 도래할 수 있겠어요? 무엇보다 삶의 토대가 종교 사회의 도래를 불가능하게 만들고 있지 않나요? 그는 물론 이런 문제를 생각하고 있었죠. 그는 노자의 『도덕경』을 즐겨 읽곤 했고, 저와 같이 토론도 하곤 했는데, 도구적 지식은 삶의 독이라는 노자의 말을 자주 인용하곤 했어요. 도구적 지식 과잉의 세계에서 지혜는 점차 축소되고, 사라져가고 있고, 결국은 내면적 지혜를 도구적 지식들이 완전히 대체해버리는 시대가 올 것이라는 비관적인 전망을 내놓곤 했죠. 전 물론 그렇게까지 극단적으로 생각하진 않았지만. 그러면서 그는 허탈해하곤 했어요. 자기 자신도 하나 구제하지 못하면서 세상을 구제할 꿈을 꾸는 어리석은 몽상가라고 자신을 비하하면서 말이죠. 그러면 전 말했죠. 몽상가님, 그보다 저부터 좀 구원해주시죠? 하고.

그는 세상에 대해 커다란 두려움과 공포를 느끼고 있는 것 같았어요. 특히 현재보단 미래에 대해선 더더욱. 마치 천 길 벼랑이 있는 폭포를 향해 쏜살같이 이 세계라는 배가 달려가고 있는 것 같다고 말하곤 했어요.

K: 그런 미래에 대한 절망 때문에 자살을 시도할 가능성도 있지 않겠습니까?

J: 물론 그래요. 저도 그런 생각을 많이 해봤어요. 충분히 그럴 가능성도 있죠. 하지만 그는 염세주의자는 아니었어요. 분명히. 그는 가끔씩 자살 충동을 느낀다고 말하긴 했지만, 저와 만날 땐 그리 심각하진 않았어요. 그 스스로도 자살의 단계는 지났다고 했으니까요. 그는 아무리 삶이 고통스럽더라도 주어진 삶을 마치 죽음을 살 듯이 끝까지 살아내는 것이 진정한 자살의 형식이라고 말했어요. "삶은, 그 자체를 절대적으로 긍정하는 수밖에 다른 도리는 없다"고 여러 차례나 얘기하던걸요. 아…… 지금 생각난 건데, 그는 어쩌면 정말 인도나 티베트 같은 곳으로 숨어들어버린 건지도 모르겠어요. 그 나라로 가는 길이 꼭 비행기로 가는 길만 있는 건 아니잖아요? 그는 자신의 흔적을 최대한 남기지 않고 우리 곁에서 사라지는 방법을 택한 것일 수도 있어요. 차라리, 전 그렇기를 바라요. 비록 영원히, 제가 죽는 그 순간까지 그를 다시 만날 기회가 없다고 하더라도, 전 차라리 그가 그런 선택을 했기를 바라요. 이런 문장 카드 기억나죠? "샥티! 샥티! 샥티! 아름다운 신들의 나라로" 이건 명백히 인도를 의미해요. 샥티라는 말은 인도의 여신을 경배하는 발음이니까요. 그래서 그가 혹시 인도로 간 게 아닐까 하는 생각이 들기도 했어요.

K: 우리도 그런 생각을 안 해본 건 아니지만, 그건 비유적인 의미를 가진 것으로 우리는 결론을 내렸습니다. 그 문장 그대로의 의미가 아니라, 세속을 초월해서 음과 양이 합치가 되는 신적인 초월의 경지로 나아가자는 뜻으로요.

J: 그럴 수도 있죠. 물론. 저도 그런 가능성을 생각하지 않은 건 아니에요. 그냥 제 기대였을 뿐, 그렇길 바라는. 정말 그가 인도에라도 가 있다는 확신만 있다면……

(우리는 나중에 그 대화에서 암시를 얻어 항만 출입국 쪽으로도

알아봤으나, 역시 그의 흔적은 발견할 수 없었다. 우리는 지금 다른 방향으로 그의 행방을 찾고 있다.)

K: 흠…… 만일, 그가 갑자기 다시 나타난다면 어떻게 하실 건지……

J: 아…… 제게 헛된 희망을 품게 하시려는군요. 만일 그가 다시 돌아온다면…… 그가 다시 돌아온다면(그녀는 여기서 그만 눈물을 떨구고 말았다)…… 그냥 놔두지 않을 거예요! 제 손으로 죽이고 말 거예요! 용서할 수 없어요. 용서할 수가. 아…… 제발 돌아와주었으면 좋겠어요. 제 손으로 얼굴을 만져보고, 그러고 죽이고 싶어요. 다시는 내 곁에서 도망치지 못하게. 휴우…… 미안해요. 이런 험한 말을 해서.

K: 이해합니다……

J: 전…… 아직도 그를 사랑하고 있나 봐요. 이토록 밉고 원망스러운데도. 미안해요. 제 얘기가 별로 도움이 못 되었을 것 같아요. 결국 저도 K씨와 마찬가지로 그에 대해선 아는 게 없어요. 지금까지 얘기하고 나서도 오히려 그런 무력감만 더 들어요. 그는 도대체 어떤 사람이었는지, 무엇 때문에 우리를 버린 것인지……

K: 우리가 지금 그 퍼즐을 연구하고 있습니다. 그가 남긴 작품들도. 성과가 있길 기대하는 수밖에요. 거기서라도 어떤 단서가 발견되길 바라는 수밖에 없네요. 지금으로서는. 오늘 인터뷰에 응해주셔서 감사합니다.

J: 제가 필요한 부분이 있으면 언제든 연락하세요. 제가 도움이 될진 모르겠지만……

제1장
논쟁과 주석들

137개의 함정

정두섭(문학평론가)

1

우리는 지금 어떤 함정에 빠져 있는 것은 아닐까? 137개 각각이 하나의 함정인 그런 함정. 혹은 137개의 언어 퍼즐 카드 전체가 하나의 함정인 그런 함정. 그 유혹적인 함정을 만든 사람은 지금 부재중이다. 부재중인, 사라진 작가. 그 부재가 어떤 성격의 것인지, 어떤 의미를 구성하는 것인지는 현재로선 전혀 알 도리가 없다. 그의 부재의 진리를 우리로서는 영원히 알 수 없을는지도 모른다. 그의 부재가 137개의 카드로 구성된 언어 함정과 분리될 수 없는 성격의 것임은 부인할 수 없다. 마치 아름다운 노랫소리로 뱃사람을 유혹해서는 죽음의 파멸로 이끌고 마는 사이렌들처럼, 그의 부재 자체가 우리를 기묘한 함정으로 이끄는 노래일 수도 있다. 그의 부재 자체가 너무나 많은 의미로 충만해 있는 탓에 그 부재가 주는 유혹적 힘은 더더욱 큰 것이고, 결국 우리는 그 부재의 노랫소리를 통해 그가 파놓은 미궁과도 같은 언어적 사이렌들에게로 이끌려 들어가게 되는 것이다.

그의 부재는 곧 침묵의 표현에 다름아니다. 부재는 침묵의 형식이다. 혹은 침묵이 부재 자체의 내밀한 형식일 수도 있다. 그러나 그의 침묵은 간혹 문학계에서 나타나는 절필 선언과는 궤를 달리한다. 절필을 선언한 작가들은 여전히 우리 곁에 남아 있다. 그들은 비록 글쓰기로부터는 멀어졌을지언정, 문학 내부에 머무르고 있다. 이것은 분명한 사실이다. 그리고 그런 절필 작가들에게 우리는, 그가 언젠가는 다시 글쓰기로 돌아오게 되리라는 막연한 희망을 품기도 하고 또 실제로 그런 과정을 통해 글쓰기로 귀환하는 작가들도 있었다. 그들 절필 작가의 현존은, 그 자체가 하나의 침묵의 글쓰기였고, 언어들이 잠시 휴식을 취하는 과정, 혹은 침묵이라는 글쓰기의 실천으로 드러나기도 하는 것이다. 반면에 그의 부재는 완전한 침묵이다. 그는 문학으로부터 완전히 사라져버렸다. 문학뿐만 아니라, 혹자들이 상상하듯 이 세계로부터도 완전히 퇴각해버렸는지도 모른다. 문학뿐만 아니라 생으로부터의 동반 퇴각. 이러한 퇴각은 매우 극단적인 형태의 침묵으로의 물러남이다. 우리는 그와는 또 다른, 그러나 유사한 방식의 문학으로부터의 퇴각을 알고 있다. 신화화된 문학, 신화화하는 의미 작용으로서의 문학을 부정하기 위해 침묵을 택했던 작가들. 아르튀르 랭보나 새뮤얼 베케트, 혹은 알베르 카뮈 같은. 랭보는 언어 자체를 포기해버림으로써 문학적 침묵을 실행했다. 반면에 카뮈나 베케트는 일종의 전도된 침묵, 침묵으로 끝없이 다가가는 언어를 사용하는 방식으로 침묵을 실천했다. 일상적 의미 연관 체계 속에서 이데올로기적으로 오염되고, 무차별적인 가치 전도가 이루어지고 있는 현대의 언어 생활 가운데서, 혹은 무로 드러나는 실존의 공허함 속에서, 베케트는 언어를 부정하는 방식이 아니라 언어를 과잉시킴으로써 언어를 부정하고, 그 과잉된 언어로 하여금 침묵으로의 곤두박질이 되게끔 만들었던 것이다. 실은 20세기 현대 문학 전체가, 이러한 성취될 수 없는 영원한 부정성 가운데서만 현대성modernity이란 것을 달성하고 있는지도 모른다.

그런 의미에서 보면 그의 사라짐과 부재는 가장 극단적인 형태의 도발이며 문학에 대한 부정일 수도 있다. 그러한 사라짐이 모리스 블랑쇼가 말한, 문학의 본질인 문학 자체의 사라짐의 운동을 최종적으로 달성한 것일까? 설사 그렇다 하더라도 그런 형태의 사라짐은 블랑쇼가 얘기한 문학적 사라짐의 본질과는 동떨어진 것으로 보인다. 왜냐하면 블랑쇼는 문학의 절대적 부정이 아니라, 문학이 불가능하다는 그 조건 자체를 문학의 가능 조건으로 삼는 문학을 얘기하고 있기 때문이다. 헤겔은 예술의 죽음을 고지했지만 헤겔은 그러한 죽음이야말로 현대적인 예술의 새로운 요람이라는 것을, 현대 예술을 가능케 하는 니체적 영겁 회귀 운동의 창조적 모태가 될 것이라는 점까지는 내다보지 못했다. 그런 한계는 물론 헤겔의 변증법 자체가 궁극적으로는 동일성으로의 회귀를 꿈꾸는 폐쇄적인 변증법이기 때문에 무한하게 역동적인 변증법을 생산해낼 수 없었던 까닭이기도 하지만, 현대 예술은 끊임없이 스스로를 반성적으로 참조함으로써 늘 새롭게 태어나고 있었던 것이다.

그런 의미에서 현대 예술, 문학이라고 불릴 수 있는 것들은 늘 메타적인 방식으로만 새롭게 시작할 수 있었고, 새롭게 울음을 터뜨리며 태어날 수 있었다. 그렇다고 해서 그가, 사라짐 자체를 통해 헤겔적인 예술의 죽음, 문학의 죽음을 실천적으로 증명하려 했다고 판단하려는 것은 성급한 일이다. 왜냐하면 그는 교묘하게도, 137개로 된 언어 카드들을 자신의 부재를 증거하는 악마적 유산으로 우리에게 남겨놓았기 때문이다. 내가 악마적이라고 하는 이유는, 그 137개의 언어 퍼즐 카드들이 기원도 출처도 분명치 않은, 마치 무한한 우주 공간 어느 곳에서 날아왔는지조차 알 수 없는 낯선 성분들을 가진 운석처럼 우리 앞에 두드러지게 나타나 있기 때문이다. 그래서 실은, 우리로서는 그 낯선 운석에 다가가는 것조차도 두려운 일일 수도 있다. 왜냐하면 그것은 정말 우리를 파멸시키기 위한 음모적인 발상에서 주어진 위험하기 짝이 없는 함정일 수도 있으니까. 그럼에도 불구하고 호기심 많은 우리들 인간이란 존재는 그것을 원래의 그 자리에 가만히 내버려두지도 못할 것이다. 학자들은 목숨을 잃을 가능성을 고려하면서도 어떤 책임감에서 혹은 학자적인 명예에 대한 기대 때문에라도 기꺼이 그 위험한 함정으로 달려들 수밖에 없다.

거친 비유이긴 하지만, 지금 그의 부재와 137개의 언어 퍼즐 카드 앞에 마주 선 우리 비평가들 혹은 문학자들의 상황이 그런 것일지도 모른다. 우리는 신중한 호기심으로 그 수수께끼에 도전할 것이고, 그것의 해답을 풀려는 노력을 쉽사리 포기하지는 않을 것이다. 실제로 우리 주변에선 이미 이런 일들이 벌어지고 있다. 문학을 전공하는 학생들 사이에서도 이 수수께끼를 풀어보고자 하는 자그마한 열풍이 일고 있으니 말이다. 나 역시 뛰어난 재능과 가능성을 가졌던 한 작가에 대해 존경과 경의를 표하기 위해 이 수수께끼를 나의 문제로 받아들였다. 그러나 결론부터 미리 앞질러 말한다면, 나는 이 137개의 카드의 총체는 비록 '잠재적인 문학'일 수는 있어도 문학 혹은 예술 작품이라고 부를 만한 가치는 없다고 말하고 싶다. 나는 지금 무작위적인 형태로 주어진 카드들 자체를 말하는 것은 아니다. 오히려 그

137개의 카드들의 가능한 모든 배열들과 배치들이 그렇다는 뜻이다.

나는 결코 이 카드들이 그의 부재를 완벽하게 설명해주고 있다고는 생각하지 않는다. 그가 교묘하게도 이 수수께끼 혹은 언어의 미로를 파놓고는 우리가 찾을 수 없는 어느 곳에 숨어서 우리가 그를 찾아내기를 기다리고 있다고는 결코 생각할 수가 없다. 내가 그 카드들을 지금까지 분석하고 살펴본 바로 내린 결론은 그것이다. 즉 그의 부재와 이 수수께끼는 별개로 취급되어야 하며, 이 수수께끼는 문학적인 방식으로만 다루어져야만 한다는 것이다. 나는 그런 방식으로만 이 카드들에 접근했고, 나름대로의 결론에 도달할 수 있었다. 비록 완벽하다고는 할 수 없는 시론적인 결론이긴 하지만 말이다.

2

나는 그 카드들을 조사하면서 많은 부분들이 국내 시인들이나 외국 시인들의 시구를 베낀 것이거나 또는 불교나 신비주의, 성경 구절을 차용한 것이라는 사실을 발견했다. 예를 들면 "허무의 맛"이라는 문장은 보들레르의 시구이며, "일면불 월면불(日面佛 月面佛)"이란 문장은 잘 알려진 선불교 텍스트인 『벽암록(碧巖錄)』 중에 나오는 마조대사의 말이라는 것을 쉽사리 발견할 수 있었다. 혹은 "EXCAECA(눈을 어둡게 하라)"처럼 파스칼의 『팡세』에서 빌려온 말이라든지, "나는 나의 천재를 부재(不在)를 위해 사용한다"고, 로트레아몽의 시구를 변형시킨 경우처럼, 기존의 신화화된 문장들을 패러디하는 것이라든지 하는. 심지어는 "천이삼 지이삼 인이삼(天二三 地二三 人二三)"처럼, 『한단고기』라는 고서에 나오는 '천부경'의 문장까지 들어 있다.

즉 137개 언어 카드의 두드러진 몇 가지 성격이 있는데, 첫번째로 들 수 있는 것은 과거 텍스트들에 나오는 문장들을 인용하거나 패러디한 것들이라는 점이다. 그 카드들 중에 그가 참조했고, 그대로 옮겨 적은 문헌들의 종 수는 수십 종에 이른다. 성경·불경·힌두교·연금술·수비학·천부경 경전 같은 종교 서적은 물론이고, 동서양의 고대 신화들과『루바이야트』와 같은 시집, 괴테의『파우스트』, 단테의『신곡』그리고 셰익스피어, 보들레르, 랭보, 로트레아몽, 윌리엄 블레이크, T.S. 엘리엇, 고트프리트 벤, 르네 샤르, 이상, 김수영, 김춘수, 임화 같은 국내외의 시인들의 작품 등등. 아마도 더 자세히 조사하다 보면 그가 참조했고 인용했고, 비틀린 형식으로 표현했던 모든 과거의 텍스트들을 언급할 수 있을 것이다. 즉 137개 카드들 중 아마도 절반 이상이 이런 상호 텍스트적 패러디와 패스티쉬 형태로 구성되어 있는 것이 부인할 수 없는 사실이다. 137개 카드들에서는 바로 이 첫번째, '텍스트 관계성'적인 성격이 가장 두드러진다.

두번째로 들 수 있는 성격은 첫번째와는 정반대로, 그의 독자적인 창작 문장들의 구현이다. 이 문장들은 서사적 성격을 가진 형태로 구성될 수 있는 것들이다. 예를 들면 과거의 텍스트들에 참조 없는 그의 고유한 문장들로 이루어진 서사적 형태의 구성을 보자.

1)
그대의 달콤한 입술이 속삭이는 혼미한 무지갯빛
관능의 황홀경에 사로잡혀.
나는 내 사랑하는 성스런 영혼의 동정녀의
은총에 둘러싸인 채, 환한 정오의 태양이 스며드는
사랑의 침상에 누워 있었다.

나는 그대의 성스런 육체를 베고 누워

그대가 부르는 달콤한 노래를 듣는다;

두려워하지 마세요. 신이 알고 있는 것은

기쁨밖에 없으니.

2)

밝은 대낮에 불 밝힌 등불을 들고 가는 피에로가 있었다.

그는 큰소리로 외치고 있었다.

"기뻐하라. 축제가 시작되었다. 모두 나와 기쁨의

춤을 추어라!"

그 뒤에는 검은 상복을 입은 수사들이 침울한 표정으로

각자의 무거운 십자가를 등에 지고 비틀거리며

걸어오고 있었다.

또 그 뒤에는 온갖 잡동사니 같은 물질들을 가득 실은

짐수레를 질질 끌며 고통스런 얼굴로 식은땀을

흘리고 있는 자들이 보였다.

우리는 벌거벗은 몸을 가리지도 않은 채 거리로 뛰쳐나가

피에로를 앞지르며 노래를 부르고, 춤을 추기 시작했다.

사방에서 사람들이 쏟아져 나와 우리처럼 옷을 홀렁

벗어 던지며 춤을 추기 시작했다.

피에로는 재주넘기를 하면서, 등불을 흔들며 외쳤다;

"신은 춤춘다. 신은 춤이다. 춤추는 자와 춤은 분리될

수 없는 하나다. 춤은 시작도 끝도 없는 영원한 춤의

리듬 자체일 뿐이다!"

그러자 사람들이 합창했다;

"기쁨이다! 기쁨이다! 존재는 기쁨의 춤이다!

우리는 아무것도 아니지만 모든 것이기에.

순수하게 긍정하는 기쁨이기에."

보라, 그들의 순진무구한 춤을,

사티로스들이 불어대는 고결한 피리 소리를 들어라.

우리의 춤사위의 순진함에 낡은 신은 그 수치스런

얼굴을 돌려버렸다.

우리는 이데아들의 삐걱거리는 불협화음을 즐겼고,

영원히 생동하는 불수레바퀴 춤의 황홀한

신비 아래에서 즐겁게 웃었다.

너의 웃음 소리와 흘린 땀방울은 촉촉한

비가 되어 대지를 적셨고, 대지는 푸르게 몸을 일으켰다.

우리는 광야에 쓰러진 채 뒤엉켜 뜨거운 사랑을 나눈다;

불의 춤이 만들어내는 무한한 수의 불꽃들!

　　위에서 든 1)과 2)는 순수한 그의 언어들의 적용이라고 할 수 있을
것이다. 물론 이러한 문장들의 배열과 구성 자체는 나의 것이다. 그
러나 내가 위에서 든 하나의 시적 구성은 자세히 살펴보면 니체의
『차라투스트라는 이렇게 말했다』와 어딘가 닮은 점이 있다는 걸 발
견할 수 있다. 그것은 비단 구성뿐만이 아니라 그것이 전해주는 메시
지 자체도 그렇다. "밝은 대낮에 불 밝힌 등불을 들고 가는 피에로"
그리고 "낡은 신"의 모티프는 모두 『차라투스트라는 이렇게 말했다』
에서 차용해온 것들이다. 그리고 "순수한 긍정"이라는 모티프는, 니
체의 철학 전체를 요약한 문장이라고도 할 수 있을 것이다. 낙타와
사자를 거쳐 어린아이의 순수한 긍정의 기쁨을 말하는 『차라투스트

라는 이렇게 말했다』의 내용이 여기서 반복되고 있다.

그러니까 신의 죽음 이후 찾아온 니힐리즘 시대의 인간적 삶의 유일한 대안이랄까, 가치관으로 니체가 내세웠던 순수한 존재론적 긍정의 사유가 숨은 시인의 문장들 속에 슬며시 삽입되어 있는 것이다. 그렇다면 우리의 숨은 시인은 니체처럼, 이 세계를 오로지 미학적으로만 정당화될 수 있는 예술 작품으로 보기를 요구했던 것일까? 그리하여 그의 삶 자체를 미학화하려 했었고 그의 부재 자체가 형이상학적 사건이 아닌, 하나의 미학적 사건이 되기를 바랐던 것일까? 자크 데리다가 요구했던 것처럼 그의 부재이건 그가 남겨둔 수수께끼 퍼즐이건 간에 모두 어떤 단일한 의미로 회수되어 평가될 수 없는 영원한 '결정 불가능성' 상태로 남는 미학적 텍스트로 만들려고 했던 것일까? 137개 카드들 가운데서는 그를 신 니체주의적으로 독해하고 싶은 욕망을 불러일으키는 문장들도 많은 것이 사실이다. 예를 들면 이런 문장들; "지(地)와 지(紙)는 따로이 존재하지 않는다" "그대의 육체 위에 새겨진 언어들은 나의 것도 너의 것도 아니었다" "모순과 결핍 속에서만, 부재의 중심에서만 존재하는 저 황홀한 언어를 발음하기 위하여" "삶은 삶 외에 달리 더 읽을 것이 없는데" "우리 사랑은 그 춤추는 언어 속에서 불멸의 것이 되었다" 등등.

분명한 사실은 그 시인은 독자적인 언어를 발음하는 순간에도 그는 이미 과거 텍스트를 참조하고 있으며, 과거 텍스트의 연장선 속에서만 그의 언어를 구사하고 있다는 사실이다. 그리하여 그는 마침내 혼성 모방적이고 해체적 언어 유희로 나아간다. 그가 남긴 카드에 적힌 다음과 같은 말처럼; "Plus poetice quam humane locutus es(그대는 인간적으로라기보다는 시적으로 말하도다)!" 즉 그는 온갖 형이상학적 언술들을 짜깁기하고, 모방하고, 인용하며, 생의 절망과 한숨 속에서 비탄에 빠져들지만 궁극적으로는 이 우주를, 삶을 기의 없는 기표들의 우주, 기호학적으로 환원된 언어들로 해체함으로써, 다시 말하면 데리다가 『시네 퐁주』라는 책에서 프란시스 퐁주라는 고유명사를 해면이나 타월 천 같은 사소하고 하찮은 보통명사들로 해체해버리듯이, 언어 유희적 놀이의 즐김 속에서 모든 의미들과 가치들을 해체하여 최종적인 심급이 결정 불가능해지는 기호들의 끝없는 운동으로 되돌려놓고 마는 것이다. 그리하여 결론적으로 이런 문장을 우리는 발견하게 된다; '공수래(空手來), 공수거 중?'

"공수래 공수거(空手來 空手去)"라는 심오한 형이상학적이고 종교적인 언술은, "빈손으로 왔다가 공을 수거하고 있는 중인가?" 하는, 무의미한 언술로, 텅 빈 담화로, 단지 미학적으로만 정당화될 수 있는 기호학적 실천 행위 속으로 사라져버리는 것이다. 이는 다른 방식으로도 표명된다; "無有무有唯唯유無무유(空)巫舞由無유無유유霧武유무" 색즉시공 공즉시색(色卽是空 空卽是色)이라는 불교 철학의 핵심 원리가 여기에 와서는 아무런 의미를 발견하기 어려운, 단지 문자들의 무작위적 배열들일 뿐인 "無有무有唯唯유無무유(空)巫舞由無유無유유霧武유무"로 변형되고 만다.

바로 이러한 언어 유희, 문자 유희가 137개 카드의 세번째 국면, 결정적이고 본질적인 측면을 이루는 것이라고 해야 하지 않을까. 다시 말하면 그는 모든 형이상학적 가치들을 해체하기 위해 의도적으로 과거의 모든 신화화된—그것들이 하나의 전범을 이룬다는 점에서—역사적 텍스트들을 두루 참조하고 인용하지만, 그러한 인용과 참조들은 다만 어린아이처럼 순진무구한 긍정의 놀이로, 기호학적 놀이의 대상으로 환원시키고 돌려놓기 위한 수단으로서였을 뿐이며, 궁극적으로 그가 말하고자 했던 것은 바로 언어, 언어일 뿐인 것이다. 그러므로 137개의 수수께끼 언어 퍼즐은 결코 수수께끼가 아니다. 그것은 수수께끼가 아니라 즐거운 놀이이자 유희였을 뿐이다. 이러한 놀이는 그가 했고, 또 그가 우리에게 함께 참여하기를 원했던 놀이다. 어쩌면 그는 우리에게 심각하게 생각하지 말고, 그저 말놀이 게임을 하자고 했을 뿐일 수도 있다.

3

이러한 관점에서 나는, 137개의 언어 카드들로 어떤 하나의 혹은 여러 개의 유의미한 문학 작품을 발견하려고 하는 것은 어리석은 일이며, 그것 자체가 바로 그 숨은 시인, 부재하는 시인이 파놓은 '함정'이라고 주장한다.

그것은 문학이 아니라 문학에 대한 패러디일 뿐이다.

그것이 만일 문학이라면 비유적인 의미에서이고, 문학에 대한 하나의 문제 제기로서 가치를 지닌다는 의미에서일 뿐이다. 137개의 카드를 가지고 그것을 시적인 형태로 재구성하고자 한다면, 우리는 그 137개의 카드를 순열 조합으로 계산해서 얻어낼 수 있는 무한한 개수의 시를 얻어낼 수 있을 것이다. 그렇다고 하더라도 그것들은 시적인 것일 수는 있을지언정 '시'라고 보기는 어렵지 않을까? 괴테의 『파우스트』나 단테의 『신곡』 혹은 성경에서 그대로 인용해온 문장 하나를 우리는 그대로 우리가 분석 대상으로 삼고 있는 바로 그 시인의 시라고 말할 수 있을까? 이런 질문에 대해 혹자는 보르헤스의 『피에르 메나르, 돈 키호테의 저자』를 예로 들며 반박할는지도 모르겠다. 즉 동일한 문장이라도 그것이 사용되는 맥락에 따라 별개의 의미를 지닐 수 있다는 화용론적 차원에서의 정당화. 만일 그렇다면, 극단적으로 말해서 이상의 시 『오감도』를 어느 시인이 원작 그대로 베껴 쓴다고 하더라도, 우리는 그 시를 포스트모던한 차원에서 또 하나의 다른 시라고 인정하는 수밖에 도리가 없을 것이다. 그러나 그런 시는 하나의 문학적 실험으로서는 가능한 도전의 형식이기는 하지만, 문학의 본령이라고 보기는 어려울 터이다. 그런 의미에서 그 시인은 137개의 카드로 문학적인 것을 언어학적으로 실천해 보였던 것이지, 문학을 실천했다고 보기는 어려운 이유도 바로 거기에 있다.

보충적으로 몇 마디 더 언급하자면, 그의 글쓰기 활동의 연속성 문제가 남아 있다. 언어와 기호 현상, 그리고 사물들의 관계에 대한 탐구 문제.

언어에 대한 그의 관심은 익히 잘 알려져 있다. 특히 후기 — 만일 그의 실종을 기정사실화하고, 그것을 기준으로 삼아본다면 가능할 구분인 — 작품들에서 언어에 대한 관심은 초기의 형이상학에 대한 관심을 압도하는 듯이 보이는 것이 사실이다. 언어 자체에 대한 관심은 그 자체도 물론 메타 언어적 비판이란 차원에서 형이상학적 지평을 이루고 있기는 하지만 신·우주·죽음이라는 보다 실존과 직접적으로 연관된 문제들에서 언어라는 현상에 대한 관심의 이동이라는 맥락에서 그것은 주목할 만한 것이었다. 그는 자신이 발표한 시들에서 계속해서 혼탁해지고 있는 언어 상황들에 대해서, 현대라는 시대의 총아인 광고 언어들이 현실 속에서 과잉 남용되고, 언어적 삶 자체가 자본의 논리에 종속되어가는 현상에 대해서 조롱하곤 했었다. 그는 무엇보다 냉철한 언어 비판가였으며, 형이상학적 고뇌의 심층에는 늘 언어에 대한 관심이 도사리고 있었다. 예를 들면 광고 언어에 의해 침식되어가는 삶의 양상을 조롱적으로 표현한, 그래서 일종의 이데올로기 비판으로 읽힐 수도 있는 「아인슈타인과 플라톤」 같은 시가 그런 시들 가운데 대표적인 것이리라;

나는 느긋하게 과학적인 ACE 침대에 드러누워 아인슈타인 milk를 마시며 LG PLATON TV를 보고 있었다 낡은 Caos 세탁기가 카오스 같은 소음을 내며 돌아가고 있었다 내 HEAD 상표 재킷이 한창 혼돈 속에서 정신없이 돌아가고 있을 것이다 플라톤이 光苦를 하고 있었다 한 늙은 중이 "山은 산이요 水는 H2O이다"라고 말했다 그러자 새파랗게 젊은 소녀가 주둥이를 대고 마시고 있던 病을 들이대며 "물은 물이 아닌데요? 이게 물로 보여요?" 하고는 "이건 2% 부족할 때 마시는 물이라구요. 물이 아닌 2%!"라고 조롱하듯 대꾸했다. 늙은 중이 말했다 "오호라! 그래, 물은 水가 아니고 2%지!" 하며 합장했다 나는 픽 하며 웃곤 아인슈타인을 단숨에 들이마셨다 플라톤 TV는 정말 너무 똑똑하다 이데아는 거기에 있다 아인슈타인을 먹었으니 내 머리도 플라톤처럼 똑똑해지겠지. (「아인슈타인과 플라톤」)

그러나 137개의 퍼즐 카드의 수수께끼와도 같은 성격은 「공원 풍경(空園風經)」이라는 아래의 시 같은 곳에서 이미 그 초기적 징후를 드러내고 있다고 봐야 한다.

나는 공원의 한 벤치에 閑暇롭게 앉아 있었다 몇 명의 小년들이 空차기를 하고 있었다 公은 아이들의 발과 허공 그리고 땅 사이에서 춤추고 있었다 비둘기들이 空 사이를 어지럽게 卑行하고 있었다 한 여자가 有毛차를 끌고 와서 내 옆字里에 앉았다 乳母차 안에는 갓 난 Baby가 色色거리며 자고 있었다 그女는 주머니에서 羅日樂 담배를 꺼내 물었다 그女가 피우는 Tabaco는 마약처럼 너무나 달콤해 보였다 이윽고 짧은 치마와 몸에 착 달라붙는 쫄바지를 입은 色示한 젊은 與자 둘이서 팔짱을 끼고 公園 안으로 들어왔다 나는 目이 뽑혀나갈 듯이 그 色視한 두 處女를 쳐다보았다(針은 안 삼켰나 몰라?) 그때 한 아이가 찬 空이 포물선을 그리며 공원 바같으로 날아가더니 色이라는 이름의 카페 지붕으로 날아갔고 그 空은 거기서 다시 퉁겨져 나와 짧은 치마를 입은 그 塞時한 처녀의 탱탱한 엉덩이에 가서 부딪쳤다 그 처녀는 날카로운 碑銘을 질렀고 가자미 같은 눈으로 그 소년들을 째려보았다 少年들은 그저 낄낄거리며 웃기만 했다 亞耳들은 다시 空놀이를 시작했다 色視한 처녀 둘은 안쪽 벤치에 가서 앉았다 나는 하마처럼 입을 쩍 벌리고 下品을 했다 눈가에서 目物이 맺혔다 나는 언젠간 저 空이 色 카페의 유리창을 깨뜨리고 말리라는 예상을 하면서 권태로운 걸음으로 恐園을 나섰다 空이 땅바닥에서 통통 튀는 소리가 들려오고 있었다. (「공원 풍경(空園風經)」)

이 시는, 만일 이 시에 표현된 한자어들을 모두 발음 나는 그대로 한글로 옮겨놓는다면, 의미가 어느 정도 포착 가능해진다. 그러나 공원 풍경이라는 단어를 空園風經, 즉 억지로 풀이하자면 '텅 빈 정원의 바람 같은 경전'으로 해석해놓음으로써, 일상적인 공원 풍경은 의미가 모호하고 낯선 풍경과 병치되고 마는 것처럼, 한자어들을 의미론적으로 해설하여 한글로 풀어놓는다면, 이 시는 그야말로 종잡을 수 없는 '언어 덩어리'가 되어버린다.

公園과 空園이라는 어휘들 사이만 하더라도 비록 한 단어 차이일 뿐이지만, 그 한 단어가 빚어내는 의미의 간극은 심연보다도 더 깊어 보이지 않는가. 이는 137개의 카드들 중의 하나에 나오는 "공수래(空手來), 공수거 중?"이라는 문장과 동일한 층위에서 거론될 수 있을 것이다. 어쩌면 공원 풍경이라는 시 전체가 그 문장의 산문시화라고 해도 좋을 것이다. 여기서 기호들은 고유한 사물들의 정체성을 초과하며 대체해버린다. 고유명사의 보통명사화 내지 고유명사의 무의미한 기호화라고나 할까. 그래서 사물들은 이제 뒤로 숨어들게 되고, 기호들이 전면적으로 등장한다. 아니 사물들을 대치한 기호들이 그 사물들의 자리를 차지하고 나선다. 세계는 언어들 혹은 기호들의 우주로 대체된다. 그리고 그 기호들의 우주는 어떤 선험적인 기의로도 환원될 수도 없고 결정될 수도 없는, 일종의 기의가 탈각되어버린 기표들의 무한정한 유희들로 재구성된다. 가히 기표 독재주의라고 해도 과언이 아닐 정도의 기표들의 과잉이다.

그럼에도 불구하고 이 시는 하나의 유의미한 작품을 구성하고 있다. 여기에는 공(空)과 색(色)의 우주와 인간, 그리고 언어라는 다층적이고 복합적인 의미 구성체에 대한 호소가 담겨 있다. 공과 색과 나란히 병치되는, 공도 색도 아닌 언어, 아니 공과 색이라는 형이상학적 담론마저 아이들의 순진무구한 공놀이 같은 유희에 녹아들게 하는 언어 유희에 대한 긍정, 그러면서도 "나는 언젠간 저 공(空)이 색(色) 카페의 유리창을 깨뜨리고 말리라는 예상을 하면서 권태로운 걸음으로 공원(恐園)을 나섰다 공(空)이 땅바닥에서 통통 튀는 소리가 들려오고 있었다"라는 결미에서 보여지듯, 공포스런 정원으로 비유되는 현세적 삶의 언저리에서 배회하고 있는 공(空)의 진리에 대한 미련의 감정 같은 것이 복합적으로 개입된 분열증적 의미들의 공존.

반면에 137개의 언어 퍼즐들에서는 더 이상 아무런 미학적 구성에 대한 호소도 발견할 수 없다. 기호들마저 파편화되어버리고, 무작위적이고 우연적인 배열들 속으로 해체되어버린다. 즉 세계는 파편화되고, 부스러기들의 무관계한 흩뿌림으로 나타난다. 나는 위에서 이 카드들의 성격을 언어 유희적인 것이라고 말했지만, 실은 보다 정확히 말하자면, 미학조차도 포기한 유희, 데카당한 유희라고 해야 할 것이다. 이 세계를 구성하는 각 부분들은 이제 더 이상 아무런 의미 있는 연관을 갖지도 못하고, 그 자체 모순과 불균형, 균열들로 가득 찬 일종의 신도 예정 조화도 없는 라이프니츠적 단자들의 우주를 구성하고 있는 것이다. 그것은 신과 우주, 그리고 삶과 죽음이라는 거대한 형이상학적 테마들과 파스칼적인 내기를 걸 듯 씨름해온 작가가 마침내 패배를 시인하고서 데카당한 언어 유희로 추락해버린 사건을 상징적으로 드러낸 시적 표현이라고도 할 수 있지 않을까. 그리하여 그의 부재와 침묵은 그런 데카당한 허무주의를 견딜 수 없었던 작가 자신의 고뇌의 한계에서 마침내는 스스로 붕괴해버린 서글픈 사건이 아닐까. 즉 시인은 형이상학적 고뇌의 극한까지 도달한 끝에, 구원의 빛을 발견한 것이 아니라 참을 수 없는 존재의 공허함만을 발견했고, 그런 공허함 자체를 문학적 즐김의 대상으로만 인정하기엔 삶의 유의미한 가치를 결코 포기할 수 없었던 나머지, 스스로를 공허함 속에서 내파해버렸던, 그렇게 함으로써 공허함 자체를 극복하려 했거나 아니면 공허함을 자신의 내파와 함께 동반 폭파하려 했던 것은 아닐까. 비록 그러한 시도 자체도 또다시 패배로 귀결될 수밖에 없겠지만.

우리는, 이 공허한 시대를 언어로서 미학적으로 표현하는 데 그치지 않고 그것의 한계와 한계 너머의 극한까지 사유하고자 했던 한 시인의 부재 앞에서, 이 공허함을 어떻게 견뎌내야 하는지, 혹은 공허함을 허무주의가 아닌, 보다 적극적이고 능동적인 형식으로 변화시켜낼 힘을 어디서 발견할 수 있을지 하는 문제를 이 새로운 시대의 화두로 떠안은 채 다시 고민해야 하는 과제에 직면하고 있는 것은 아닌가. 그런 의미에서 그의 부재와 137개의 언어 퍼즐은, 우리들에게는 회피할 수 없는 함정, 문학 작품이 아닌, 문학과 삶이라는 보다 원초적이고 본질적인 거대한 함정의 문제로 제기되고 있다고 해야 하리라.

경계의 문학

김현승(문학평론가)

1

지난 겨울, 『문학과 실천』지에 실린 「137개의 함정」이라는 정두섭의 논문은 부재중인 작가가 남겨둔 137개의 언어 퍼즐 카드에 대한 최초의 본격적인 접근이라는 점에서 많은 관심을 끌었다. 그 논쟁적인 글에서 정두섭은 137개의 문장 카드들로 된 그것이 잠재적인 문학은 될 수 있을지언정 문학은 아니며, 일종의 문학에 대한 패러디라고 규정했다. 즉 137개의 언어 퍼즐 카드들은 어떤 식으로 재구성되든, 그것은 완결된 하나의 문학 작품이 될 수는 없다는 것이다. 그러면서도 논문의 결말 부분에서 137개의 카드가 문학과 삶에 대한 본질적인 문제 제기를 하고 있다고 다시 언급하고 있다. 이렇듯 언뜻 모순적이게도 보이는 언술들은 필자가 보기에는 이미 137개의 퍼즐 카드 자체 내의 모순을 그대로 표현하고 있는 듯이 보이기도 한다.

우리는 그 시인의 작품들이 메타적인 형식의 예술을 추구하고 있었다는 사실을 잘 알고 있다. 그의 관심은 하나의 관점을 추구하기보다는, 그러한 관점이 성립 가능한 조건들을 탐색하는 데 더 깊은 관심을 드러내고 있었으며, 따라서 그의 예술 세계는 늘 메타 문학적인 세계로 표현되고 있었다고 할 수 있다. 즉 오늘날 삶은 어떻게 가능한가? 문학과 언어, 글쓰기는 어떻게 가능한가? 하는 질문이 그의 문학의 화두를 이루고 있었다는 것이다. 다시 말하면, '새로운 시작의 가능성'에 대한 모색이라는 문학적 사유의 모험이다. 그것은 그 시인의 『침묵』이라는 산문집에서도 계속해서, 일관되게 언급되고 있는 부분이다. 신의 죽음과 부재, 그로 인한 인간 가치들의 전면적 붕괴, 테크놀로지와 죽은 사물들의 지배의 전면화, 이러한 사태 속에서의 언어와 문학의 무기력증. 혹은 언어 자체가 무기력한 상태에 놓여 있기만 한 것이 아니라, 언어 자체가 상품처럼 사물화되고 삶으로부터 유리된 채 비인간적인 생활 양식에 대한 그릇된 옹호와 그것의 정당화, 그리고 끊임없는 재생산에 일방적으로 기여하는 괴물 같은 것으로 변해버렸다는 것. 그래서 시인은 이렇게 말했다; "이 오염되고 혼탁한, 비루하고 추저분한, 무엇보다 기만적인 힘들의 약삭빠른 수단인 언어! 나는 이 속에서 살고 있고, 그리고 죽어가고 있다"(『침묵』).

　시인의 삶 자체이자 그의 문학적 활동 대상인 언어라는 것이 이미 순수한 것이 아니고 불순하고 혼탁한 것, 권력과 자본의 추저분한 논리가 각인되어 있는 것이라는 사실은 시인을 절망시키기에 충분한 객관적 조건이다. 다른 삶의 국면들처럼, 삶의 한 부분인 언어적 삶조차 전면적인 니힐리즘의 힘 아래 굴복당해 있다는 사실은 언어로부터 사물을 재현할 수 있는 힘을 원천적으로 박탈해버린다는 것을 의미한다. 언어와 사물은, 단지 언어학적 층위에서뿐만 아니라 이미 사회학적 층위에서 보더라도 그들 간에는 더 이상 아무런 내적 연관 관계가 없다. 장 보드리야르는 이러한 사태를 이미 충분히 보여준 바 있다. 이런 관점에서 본다면, 정두섭이 그가 해체적 글쓰기를 실천하고 있다고 말한 것은 정당한 평가이다. 그러나 그것은 일정한 유보 조건하에서이다.

그가 해체적 글쓰기를 실천한 것은 사실이지만, 그러한 해체가 신니체주의적인 미학주의적 ― 이 미학주의란 개념을 삶 전체를 미학화하라는 요청에 동조한다는 것으로 파악하는 것이 가능하다면 ― 유희에 가담하고 있다고 결론을 내리기에는 어딘가 석연찮은 구석이 너무 많은 것이다. 오히려 그의 언어 비판과 해체주의적 글쓰기는, 궁극적으로 텍스트적 유희에 자리를 내주기보다는, 텍스트 바깥의 삶, 비록 니힐리즘적인 삶에 찌들어 있다고 할지라도, 그것의 중심으로부터 새로운 형식의 삶을 건져올릴 수 있는 사유에로의 모색, 그리고 그것을 가능케 하는 문학적 실천이라는 방향으로 틀지어지고 있다고 봐야 한다는 것이 필자의 생각이다. 즉 그는 미학 내적 혁명을 추구하고 있었다고 봐야 한다는 것이다. 이는 언어를 다른 사회적 실천의 수단으로 전락시키지 않으면서, 언어 속에서 살고 죽는 시인이 선택할 수 있는 유일한 가능성으로서 제기될 수 있는 형식이리라. 그러한 형식이란, 신화화되고 권력적인 언어가 아닌, 끊임없이 신화화되어가는 언어와 문학 자체를 쇄신하고, 낯설게 하고, 언어를 통해 새로운 세계의 가능성을 선구적으로 드러내주는 것, 즉 문학이 잠재적인 유토피아가 되도록 하는 것, 이를 위해 문학 내적인 유토피아의 가능성을 끊임없이 탐구하는 것이 아닐까. 그것은 유토피아의 언어가 아니라, 언어 자체가 전복적 힘이 되고, 전복의 단계에 머물기만 하는 것이 아니라, 사물화되지 않은 언어의 힘을 증거하는 단계로까지 나아가는 글쓰기를 실천하는 데서만 가능한 형식일 것이다. 나는 이런 관점에서 그가 남긴 137개의 언어 카드들을 독해할 수 있다고 생각한다.

사실 137개의 언어 퍼즐들은 정두섭의 분석대로 어떤 형태로 재구성하든지 간에 거기에는 그런 재구성에 충분히 담아낼 수 없는 어떤 잉여랄까, 초과가 있게 된다는 것을 필자도 발견할 수 있었다. 단지 형식적인 측면에서 본다면, 그 137개의 카드들은 각각이 하나의 독자적인 시라고 할 수도 있을 것이고, 혹은 여러 개의 시들을 모아놓은 시집이라고도 할 수 있을 것이고 또 혹은 전체가 하나의 단일한 시를 구성하고 있는 것이라고 볼 수도 있다. 그도 아니라면, 그것은 단지 글쓰기의 실천일 뿐이라고 할 수도 있으리라. 그런 의미에서 정두섭의 말대로, 그것은 하나의 자기 완결적인 예술 작품이 아니라 생성 중인 텍스트, 미완의 텍스트, 잠재적인 형태로 그것의 가시적 구축을 대기하고 있는 텍스트라고 볼 수도 있을 것이다. 그러나 내가 보기엔, 그렇기 때문에 이 텍스트는 그 자체가 하나의 문학이며, 문학 이외엔 아무것도 아니라는 주장을 하고 싶다. 이 텍스트야말로 오늘날 문학이 처한 상황과 미래적인 문학의 잠재력을 온전히 드러내주고 있다고까지 말하고 싶을 정도이다. 하나의 문학의 기관 없는 신체라는 표현을 쓴다면 어떨까? 아직 펼쳐지지 않은, 접혀 있는 문학적 주름들의 엔트로피 제로인 상태. 그래서 그 주름들이 펼쳐지기를 기다리는 상태의 텍스트. 이에 비하면 제임스 조이스의 『피네건의 경야』는 이미 충분히 펼쳐진 텍스트일 것이다. 왜냐하면 제임스 조이스의 텍스트는 그것의 해독 불가능성에도 불구하고, 어떤 충분한 펼쳐짐의 궁극적 상태를 신화역사학적으로 표현하고 있으며, 우리는 그 텍스트에서 총체성에 대한 작가적 갈망을 읽어낼 수도 있기 때문이다.

그러나 137개의 카드로 이루어진 이 텍스트에는 어떠한 전체화로의 경향도 부재한다. 존재하는 것들이라고는 오로지 137개의 부분들밖에 없다. 만일 이 텍스트에 전체성이라는 것이 존재한다면, 그것은 부분들 곁에서, 부분들과 나란히 서 있는 전체성, 혹은 그 부분들이 이루어내는 음악적 구성의 틈들 사이에서나 겨우 목소리를 낼 수 있는 그런 전체성일 것이다. 그런 해석이 가능한 것은 이 텍스트가 철저히 양가적인 혹은 다성적인 목소리를 내고 있기 때문이다. 정두섭의 표현대로 일견 "무작위적이고 우연적인 배열들"로 이루어진 것 같지만, 자세히 분석해본다면 결코 무작위적이거나 우연적인 배열들로 이루어진 것만은 아니다. 그 카드 하나하나들은 결코 시적인 "부스러기들"이 아니다. 그것은 오히려 정교하게 취사 선택되고, 엄밀한 고고학적 고증을 거친 배열들이며, 다만 그러한 배열들을 인위적으로 작가적 권능 아래 종속시키지 않은 채 활짝 개방해놓았을 뿐이다.

왜? 그는 독자들에게 강요할 위치에 있지 않다는 사실을 분명히 자각하고 있었고, 그는 독자들에게 적극적인 시작 작업에의 참여를 촉구함과 동시에, 모든 형이상학적 가치들과 신화화된 언어적 가치들 자체를 해체시키고, 독자들의 창조적 힘을 그 텍스트에 부가시켜주기를 원했기 때문이다. 즉 그는 독자들에게 텍스트의 전복적 힘을 내어준 것이며, 이 텍스트들이 독자들 속에서 새로운 삶의 가능한 형식으로 기능하기를 원했던 것이다. 만일 이 텍스트의 해석 가능성이 무한하다면, 그것은 바로 독자들의 능력이 무한하다는 것이며, 독자들이라는 개별적 실존들의 삶의 창조적 생성 과정 자체가 무한히 가능하다는 사실에 다름아니다. 물론 그렇다고 해서 필자가 이 텍스트에 대해 어떤 형태로든지 조작이 가능하다는 무차별성을 이야기하는 것은 아니다. 이 텍스트가 표현하고 펼치는 진리의 다양성이 곧 진리의 부재를 의미하는 것은 결코 아니다. 오히려 필자가 보기엔, 이 텍스트가 말하고자 하는 것은 진리 혹은 비진리가 아니라, 진리와 비진리 사이의 팽팽한 긴장 상태, 그런 긴장의 유지를 통해 일깨워지는 의식과 사유의 내밀하고 자기 반성적인 자유이다. 그래서 그는 이런 문장을 카드 속에 슬며시 삽입해놓았는지도 모른다; "Ora, Lege, Relege, Labora, et invens(기도하라, 읽고, 또 읽고, 작업하라, 그러면 너는 발견하리니)……"

<h1 style="text-align:center">2</h1>

그러나 이 텍스트에 대한 어떤 접근도 그 타당성과 설득력을 입증하기 위해서는 무엇보다도 이 텍스트 자체에 대한 엄밀한 고증학적 분석과 해석이 선행되어야만 한다는 데에는 이의가 있을 수 없다.

우선 이 텍스트에는 1) 신학적 담론 2) 무신론적 담론 3) 메타 언어학적 담론 4) 수사학적 담론 5) 시학적 담론 6) 역사 비평적 담론 등이 교차하고 있다. 이 각각의 담론들 내에서도 마찬가지로 전혀 다른 목소리들이 대등한 위치에서 병립하고 있다. 필자가 분석해본 결과로는 이 텍스트에는 이렇게 수많은 담론들이, 상호 충돌하고 모순된 담론들이 교직되어 있거나 대등한 지위에서 겨루고 있으며, 어느 하나의 담론도 우월한 목소리를 내는 것이 아니다. 즉 하나의 진리로 환원되지 않는 목소리들의 교향악을 이루고 있는 것이다. 혹자는 이 목소리들이 아름다운 음악이 아니라 불협화음을 이루고 있을 뿐이며, 음악이 아닌 소음 덩어리일 뿐이라고 할 수도 있을 것이다. 물론 최초로 그 카드들이 발견되었을 때의 상태는 불협화음 상태에 놓인 그런 텍스트일 수도 있을 것이다. 그것은 단지 음악적 질료 상태라고도 불릴 그런 것이다. 그러나 그것을 연주하는 책임은 바로 독자에게 주어져 있다.

그가 좋아했다는 바흐의 「무반주 첼로 모음곡」도 악보 자체로는 아직 음악이 아니다. 그것은 잠재적인 음악이며, 연주자의 연주를 통해 소리로 구현될 때에만 그 곡은 완성되는 것이다. 그러나 동일한 하나의 악보이지만, 연주자에 따라 그 곡이 무한한 형태로 다르게 연주될 수도 있음을 우리는 잘 알고 있다. 물론 바흐의 악보는 갈가리 찢겨져 있는 상태가 아니다. 그러나 그것이 음악 텍스트와 문학 텍스트의 차이점이라고 볼 수는 없을까. 혹은 그의 문학 텍스트는 보다 더 아방가르드적인 실험을 지향한 텍스트라고 볼 수는 없을까. 문학적 존 케이지. 그렇다. 존 케이지는 음악을 실험한 것이 아니라 음악 이전의 소리, 음악의 원질료를 이루고 있는 소리에 대한 실험을 통해 음악이 무엇인가를 우리에게 다시 환기해주지 않았던가. 존 케이지는 연주회에서 4분 여 동안 피아노 앞에 가만히 앉아 있기만 함으로써 침묵과, 연주회장 바깥의 소음과, 웅성대며 당황하고 있는 청중들의 소리 자체를 음악적 대상으로 삼기도 했다. 침묵 자체를 음악의 영역 안으로 끌어들이려는 시도. 나는 그의 부재와 부재가 초래한 침묵 자체가 하나의 문학적 사건이며, 그러한 부재와 침묵 자체가 문학의 영역 안으로 끌어들여진 사건이라고 생각한다.

137개의 언어 퍼즐의 배경에는 작가의 침묵이라는 사건이 버티고 있다. 침묵을 배경으로 언어들이 춤추고 있다. 침묵이야말로 언어의 원초적인 모태이자, 또 언어가 도달하는 최후의 정박지가 아니던가. 침묵과 언어 사이의 긴장 관계는, 그가 남긴 텍스트의 가장 중대한 실험 중 하나일 것이다. 침묵과 언어라는 모순, 그 사이의 무한한 결핍, 이것이 그로 하여금 언어를 발음하게 하는, 문학을 가능케 하는 원초적인 조건이다. 즉 불가능을 가능성의 조건으로 삼는 문학인 것이다. 이것은 크레타의 역설을 연상시키는 그의 문장 중의 하나로도 알 수 있다; "우리는 모두 거짓말쟁이다. 과거에도 그랬고, 지금도 그렇고, 미래에도 그럴 것이다. 나는 거짓말쟁이가 아니다."

그는 분명 거짓말쟁이인 '우리'에 속한다. 그런데 그는 자신은 거짓말쟁이가 아니라고 말하고 있다. 이건 분명 모순이다. 크레타인이 모든 크레타인은 거짓말쟁이다, 라고 하는 말처럼. 이런 역설에는 끝없는 순환이 존재한다. 진리와 거짓 사이의. 언어는 바로 이러한 경계의 틈바구니에 존재한다; "모순과 결핍 속에서만, 부재의 중심에서만 존재하는, 저 황홀한 언어를 발음하기 위하여" 그는 "나는 나의 천재를 부재(不在)를 위해 사용한다"고 말하고 있는 것이다. 그러므로 그가 말하는 부재는 완전한 침묵 자체가 아니다. 침묵과 말 사이, 진리와 거짓 사이 같은, 안과 바깥 사이, 확정지을 수 없는 '경계선' 자체가 하나의 부재의 공간이 되고, 그러한 공간이야말로 문학의 공간, 언어의 공간이 되는 것이다. 경계적인 존재는 아무것도 아니면서 동시에 모든 것일 수 있다. 즉 안과 밖, 삶과 죽음, 진리와 거짓, 침묵과 언어, 주체와 객체, 선과 악 등등. 언어와 문학은 이러한 이분법적 경계에 위치하면서 양자를 모두 넘나든다. 어느 한쪽에 치우치지 않으면서 양자를 긍정하기도 하고, 또 양자를 부정하기도 하면서, 그러한 이분법적 구별 자체를 문제시하는 것이다. 그러한 경계주의는 경계를 짓고 있는 어느 한쪽도 배타시하지 않고 양쪽을 보충 대리시키며 자신 속으로 끌어들이고 소통시키는 것이다.

이러한 경계에 대한 관심은 그의 시, 산문 곳곳에서 반복적으로 나타난다; "어느 날 밤 나는/카페에서 통유리에 비친 내 모습을 보았다/두 개의 내가 있었다/어느 것이 진짜 나인가/문득 생각해보니 나는/통유리 안쪽에 있는 나도 아니고/유리에 비친 나도 아닌/나는 다만 그 둘의 경계에 있는 통유리였다"(「거울」), "문지방에 서지 마라/할머니가 문지방에 서 있는 나를 볼 때마다 말했다/문지방에 서지 마라 부정탄다/그러나 나는 늘 고집스럽게/문지방에 서서 히죽 거리고 있었다"(「문지방」), "안과 밖이 가능한 것은 오로지 그 둘 사 이의 경계가 있기 때문이다. 세계는 이분법적 구별을 통해서만 존재 하지만, 그런 구별들이란 절대적인 것도 아니고, 실재에 대한 정확한 표상도 아니다. 경계는 끊임없이 변하는 것이고, 오히려 실재는 바로 그런 경계 자체일지도 모른다. 경계가 사라질 때, 세계는 무로 변한 다. 거기엔 삶도, 죽음도 불가능하다…… 나는 초월을 꿈꾸지 않는 다. 더 이상. 나는 다만 경계를 추구할 뿐이다. 내겐 삶과 죽음, 이것 이 전부다"(산문집,『침묵』).

그가 초월을 더 이상 꿈꾸지 않는다는 것은, 세속적 삶 이상의 어 떤 초월적 세계, 예를 들면 신학적 · 종교적 구원을 포기한다는 뜻이 리라. 그것은, 그가 산문집에서 밝혀놓았듯이, 오랜 형이상학적 고뇌 끝에 얻어진 문학적 삶에로의 귀의 과정에 다름아니다; "나는 나도 모르는 사이에 내가 마치 타자기와 같은 글쓰기 기계가 되어버렸음 을 깨달았다. 나는 글쓰기 가운데서만 존재하고, 글쓰기를 통해서만 삶을 얻는다. 글쓰기는 결코 구원이 될 수 없고, 나를 행복한 충만으 로 이끌지는 않는다. 오히려 끔찍한 진창 속의 삶 같은 것이다. 그러 나 나는 더 이상 이 진흙탕 같은 삶을 부정하지 않는다. 글쓰기는 나 의 업(業)이다. 오로지 글쓰기를 통해서만 갚을 수 있는…… 글쓰기 로서의 삶이란 내게는, 삶과 죽음, 세속적 삶과 초월적 삶 어느 곳에 도 속하지 않는, 위태롭지만 그 둘 사이의 경계선 위에 사는 삶이다" (『침묵』).

그는 초월을 꿈꾸는 대신 글쓰기를 선택했고, 글쓰기 기계로서의 삶을 긍정한다. 그는 초월을 꿈꾸는 대신 세속/초월의 경계선에서 사는 삶, 글쓰기로서의 삶을 추구한다. 그러한 글쓰기로서의 삶에 대한 태도는 물론, 그의 글쓰기 방법 자체의 전략이기도 하다.

이항 대립하는 짝들을 떼어놓기보다는 한 자리에 병치시키고, 그 것들을 언어 속에서 나란히 세워둠으로써 스스로를 비추게 만들고, 그러한 병치 속에서 이항 대립하는 것들이 어떻게 생성하는가를 스 스로 말하게 하는 것; 그래서 그의 텍스트에는 플라톤주의와 반플라 톤주의가, 기독교적 담론과 무신론적 담론이, 동양과 서양이 공존하 고, 침묵과 말이, 선과 악이, 신성한 것들과 신성 모독적인 것들이, 무거움과 가벼움이, 무(無)와 유(有)가, 생성과 존재가, 엄숙한 것들 과 유희적인 것들이, 이런 모든 대립 짝들이 동시에 공존하면서 상호 보충 대리하고 있으며, 그러한 대립 짝들의 팽팽한 긴장이 커다란 문 학적 울림을 이루고 있는 것이다.

이러한 병치의 변증법은 헤겔적 지양의 변증법과는 거리가 멀다. 헤겔은 모순을, 실은 이미 전제되어 있는 동일성과 화해, 그리고 궁 극적으로 도달해야 할 지점에 미리 대기하고 있기도 한 실체 속으로 구겨넣고 말지만, 그는 어떠한 선험적 전제도, 도달해야 할 전체성도 상정하지 않는다. 그런 대립 짝들은 그 자체로 세계의 생성적 원리이 며, 존재 방식일 뿐이다. 만일, 그의 텍스트 속에서 유일하게 발견할 수 있는 어떤 형이상학적 테마가 있다면, 바로 이러한 병치의 변증법 이 아닐까?

그것을 그는 이런 방식으로 명제화한다; "Contraria sunt com- plementa(대립적인 것들은 상보적이다)!" 이 명제는 실은 그가 물리 학자인 닐스 보어가 물리 세계의 상보성 원리를 깨달은 후, 그것을 자신의 예복에다 새겨둔 것이다. 시인은 이런 동양적 지혜의 원리를 자신의 문학적 과제에다 접목했다. 모든 것은 상보적이다. 그래서 시 인은 다시 이렇게 노래한다; "신께서는 짝수와 홀수 모두에서 기쁨을 느끼신다." 이 문장은 전체 텍스트와의 관계에서 중요한 위치를 차지한다. 베르길리우스는 일찍이 이렇게 말했지 않은가?; "Numero deus impare gaudet(신께서는 홀수에서 기쁨을 느끼신다)!" 홀수와 짝수는 양과 음을 의미하며 남성과 여성에 비견될 수 있다. 홀수에 비해 짝수는 불완전한 수이며, 결핍된 수이다. 이는 동서를 막론하고 되풀이되어온 남근 중심적 세계관의 핵심 고리이기도 하다. 주역이 나 그리스의 수학적 신비주의 철학자 피타고라스에게서도 짝수에 대한 홀수의 우위를 강조하고 있다. 그래서 셰익스피어조차 "홀수에 행운이 깃들어 있으니" 하고 읊조렸던 것이다. 그런데 시인은 이런 전통을 전복시킨다. "신께서는 짝수와 홀수 모두에서 기쁨을 느끼신 다." 이 말은 양과 음이라는 이분법적 대립 쌍으로 구조화되어 있는 이 세계에서 어느 한쪽의 우위 없이 모두 긍정해야 한다는 것, 그런 대립 쌍들은 상보적이며, 그런 상보적인 것들이 이 세계 전체를 생성 시키는 원동력으로 동등하게 참여하고 있다는 말이다. 이러한 순진 무구한 양자 긍정에서 시인은 무한한 기쁨을 느낀다는 것이다. 그럴 때 이런 환호의 노래가 터져나오는 것이리라; "'기쁨이다! 기쁨이 다! 존재는 기쁨의 춤이다! 우리는 아무것도 아니지만 모든 것이기 에. 순수하게 긍정하는 기쁨이기에.'"

형이상학적 차원에서 말하자면, 존재는 그 자체로 충만한 기쁨이 며 완전한 것이다. 결핍을 모른다. 삶과 죽음, 끊임없는 변화와 생성, 색(色)과 공(空), 이 모든 흐름들은 그 자체로서 긍정되어야만 하는 것이다. 그가 동서의 모든 역사에 나타난 주요한 텍스트들을 끊임없 이 인용하고 있지만, 그러한 인용은 인용 자체가 아니라 바로 그의 형이상학적 테마를 표현하기 위해, 과거의 진리를 전복하기 위해 인 용하는 것이다. 그래서 모든 인용문들은 그의 텍스트의 맥락 속에서 새로운 진리가를 가지게 되는 것이다. 그러한 전복이 가능한 것은 그가 경계에 서 있기 때문이다. 경계에 선 자의 고통에도 불구하고, 솟아오르는 거대한 생성의 무한한 운동을, 그러한 운동의 환희를 목격하고 있는 것이다.

그는 경계에 서서, 대립하는 쌍들에 대한 순진무구한 긍정과 기쁨의 논리를 문학적 위상학으로 끌어들여, 그것을 글쓰기의 원리로 고양하고 있다. 그의 텍스트 자체가 바로 이러한 원리에 입각해서 씌어진 것이다; 과거의 모든 텍스트들의 진리를 의심하고, 그것을 전복하고, 다시 쓰기. 그러한 다시 쓰기를 문학적 형식으로 실천하기.

그는 그의 텍스트라는 무대 위에다 인류 역사에 나타났던 모든 독백적 담론들, 스스로 진리임을 독백적으로 외쳤거나 역사라는 과정을 통해 신화화된 모든 담론들을 시험대에 다시 올려놓고 그것들을 정반대되는 담론들로 병치시켜 싸우게 만들고, 그렇게 함으로써 그런 독백적 담론들을 숭고한 위치에서 대지의 삶의 생생한 무대로 다시 끌어내리는 것이다. 벌건 대낮에 등불을 켜고 노래를 부르며 가는 피에로는 바로 그러한 것을 행하는 문학, 혹은 시인 자신의 모습에 다름아니다. 만일 그 피에로의 모티프가 니체의 『차라투스트라는 이렇게 말했다』를 패러디했다면, 그것은 니체의 주장을 그대로 반복하기 위해서가 아니라, 니체의 주장 자체도 새로운 문학적 무대 위에서 비판적으로 재검토되어야 하기 때문이다. 왜냐하면 니체의 언술 자체도 언어로 씌어진 것이고, 그렇기 때문에 그것 자체도 언제든 신화화되어버릴 수 있는 가능성이 있기 때문이다; "우리의 사랑이/고작 하나의 입맞춤의 순간만이었던 것은 아니다/시간이 형성되고, 육체는 의문에 부쳐지고/영혼의 넓은 우리의 언어 속으로 흘러든다/채워지지 않을 때 아름다운 것은 무엇인가."

채워지지 않을 때 아름다운 것은 무엇인가? 그것은 바로 언어이다. 언어는 결코 채워지지 않는다. 밑 빠진 독이다. 언어가 말하는 모든 진리, 모든 담론들은 채워질 수 없는 것이다. 그것은 씌어지자마자 다시 씌어져야만 할 것이고, 승리하자마자 다시 전투에 들어가야 할 것이고, 무한한 지연의 과정 속에 놓인 어떤 것이다.

문학은 언어라는 질료를 벗어날 수 없기에, 침묵은 말로 뱉어져야 하기에, 그는 침묵으로 함몰하기보다는 침묵과 언어의 경계선에 서서 양쪽을 유희하는 글쓰기로 나아가는 것이다. 그렇게 함으로써 그는 거짓말쟁이이자, 동시에 거짓말쟁이가 아닐 수 있는 그런 위치에 서게 되는 것이다. 그것이 그의 문학, 언어의 존재론적 위상학이 아닐까? 그로서는 그러한 경계주의적 문학만이, 오늘날 풍미하고 있는 수사학주의에로 문학이 전락해버리지 않는 유일한 길이라고 생각한 것은 아닐까?

3

그런데 이런 경계는 밑바닥도, 가 닿을 천장도 없다. 두께도, 깊이도 알 수 없는, 그 자체가 하나의 심연인 경계. 그래서 그는 반복적으로 그러한 모순 자체를 언어적으로 구현하는 것이다; "나는 단 한 마디도 말하지 않았다" "내가 너의 이름을 불러주기 전에는 너는 단지 하나의 몸짓에 지나지 않았다" "바닥 없는 바닥의 심연에 도달하기 위해 춤추는 馬" 등등.

결국 시인이란, 문학이란, 글쓰기란, "무질서와 혼돈의 폐곡선 위에서 노래하는 한 마리의 뻐꾸기"와도 같은 존재인 것이다.

이런 문학은 불확정성의 문학이 아니라 미확정성의 문학이다. 확정짓는 것이 불가능함을 이야기하는 문학이 아니라, 끊임없이 경계를 넘나들며 스스로의 위치를 확정짓지 않는 문학이다. 그래서 그는 붓다처럼, 수많은 언어들, 문장들, 시구들을 배치하고 뱉어내면서도 결국 한 마디도 하지 않았다고 말하는 것이며, 그런 의미에서 자신은 부재를 노래할 뿐이라고 말하는 것이다. 이런 부재는 그 자체가 하나의 방황이기도 하다. 왜냐하면 스스로를 어디에도 확정적으로 위치지을 수가 없기 때문이고, 또 그런 미확정성은 시인에게는 거대한 고뇌가 되기도 하는 것이다; "나는 고뇌에 가득 찬 한숨을 내쉬었다" "무한한 시간의 갈래들 속에서/미래로 달아나서 과거를 보고/과거로 달아나서 미래를 보며/확대하는 우주를 염려하는 그대여!"

이 텍스트 속에서 한 인간으로서 시인은 자신의 불완전성과 나약함에 절망한다. 그는 그 절망적인 실존의 상황을 성경 구절을 인용해 되풀이한다; "모순의 흙이 고통 속에서 붉게 타오른다/내 살에는 구더기와 흙 조각이 의복처럼 입혀져 있고/내 가죽은 합창하였다가 터지는구나."

그러나 언어를 먹고 사는 시인은 자신의 문학을 통해 삶 자체를 충만케 하고 초월적인 존재로 만들려는 열망을 지니고는 있지만, 문학은, 마치 실체 없는 그림자처럼 그저 방황만을 할 뿐이다;

> 인간에겐 주어지지 않은 완전함에 대한 열망 속에서,
> 무한한 공간의 영원한 침묵의 공포 앞에서,
> 남 모르는 깊은 기적의 힘이 영혼 속으로
> 스며드는 때,
> 덧없는, 그러나 깊은 입맞춤이 느껴진다.

그대 결국 그림자에서 방황함이여!

　이런 문학은 결국 끝이 없는, 무한한 순환과 반복의 문학일 수밖에 없다. 방황은 끝이 없다. 모든 존재들이 생성하는 것처럼, 언어적 삶 자체도 생성하는 것이다. 삶과 존재의 진정한 존재 방식은 자동사적 존재 방식이다. 결코 명사로 고정시키거나 확정지을 수 없는, 한이 없는 생성을 어떻게 언어적으로 표현할 것인가? 그것은 하나의 사물의 의미가 기호를 입었다가는 다시 기호를 벗고, 기호 자체가 사물이 되었다가는 다시 그 기호가 무의미한 탈기호로 생성되기. 그것은 언어적 색즉시공이요 공즉시색의 논리다. 언어는 무(無)와 유(有) 사이에서, 그저 춤을 출 뿐이다; "無有무有唯唯유無무유(空)巫舞由無유 無유유霧武유무." 이 구절에서 보다시피, 언어는 가운데 "(空)"을 중심으로 무한히 좌우로, 세계 속으로 뻗어나간다. 그러나 그러한 색(色)으로서의 언어는, 그러한 뻗쳐나감, 펼쳐짐 자체가 공(空)에 의해 떠받쳐져 있기에, 끊임없이 텅 빈 허무로 되돌아오고 만다. 그래서 그는 137개의 카드에서 『주역』의 한 문장을 그대로 옮겨온다; "평평하기만 하고 기울어지지 않는 것은 없고/가기만 하고 돌아오지 않는 것은 없다."
　그러니까 시인은, 경계에 서서 침묵과 말 사이를, 존재와 생성 사이를, 삶과 죽음 사이를 끊임없이 반복적으로 방황할 따름이다. 그러한 방황의 수단이 바로 언어이며, 또 그 언어는 바로 그의 삶 자체이다. 이러한 경계론으로서의 문학관은 시인 횔덜린이 말한 시인의 소명을 닮아 있다. 횔덜린은 정신 착란적 고뇌 속에서 신이 숨어버렸다는 사실과 또 아직도 도래하지 않았다는 이중의 부재 속에서 시인의 소명을 신과 신이 부재하는 세계 사이의 거리를 증거하는 것으로 설정했던 것이다. 물론 우리의 시인은 횔덜린처럼 기독교적 신학에 의존해 있지도 않고, 횔덜린뿐만 아니라 니체, 하이데거 같은 철학자들까지도 향수를 품고 있었던 어떤 그리스적 유토피아에 대한 관념도 갖고 있지 않다. 그에겐 돌아가야 할 기원이나 중심이 없다. 모든 것은 그저 무한한 생성이요, 흐름일 뿐이다. 마치 자율적으로 펼쳐졌다 감싸졌다 하며 아름다운 선율을 발산하는 아코디언 악기처럼, 태초의 동기도, 가 닿아야 할 목적지도 없이 그저 생성할 뿐이다. 그러므로 정두섭이 이 카드들의 성격을 "데카당한 것"이라고 규정한 것은 무리일 수밖에 없다.

4

137개의 카드로 이루어진 이 텍스트는 결코 데카당한 언어 유희에 빠진 텍스트가 아니다. 비록 예정 조화는 없지만 이 137개의 카드들 각각은, 저마다의 관점에서 시인의 전복적인 형이상학적 테마와 문학관을 비추는 거울로서 작용하고 있다. 형이상학적 차원에서는 순수한 긍정의 철학을, 문학적으로는 경계주의적 문학관을 표명하고 있는 것이다. 물론 나의 이러한 해석이 137개의 카드들이 담고 있는 다양한 가치론적 평가들을 협소한 형이상학적 담론들로 환원시키려는 시도로 비쳐져서는 안 된다.

여러 번 강조했듯이 이 텍스트는 그 자체가 분명한 하나의 문학이며, 문학에 대한 문학이며, 또 형이상학에 대한 비판이며, 모든 가치들과 언어에 대한 급진적 비판이며, 새로운 언어, 글쓰기에 대한 모색을 담고 있는, 풍부한 목소리를 담은 텍스트이다. 그래서 이 텍스트를 굳이 협소한 이런저런 장르적 구분에다 꿰어맞추려고 노력하는 것 자체가 이 텍스트의 풍부함을 축소시키는 것이 되고 말 것이다. 이에 대해서는 "오늘날, 쓰는 행위는 그 근원에 매우 접근해 있다"[1]고 말한 미셸 푸코의 말을 인용하는 것만으로도 충분할 것이다. 필자는 이 텍스트에 대해 극단적으로 비관적인 견해를 가진 사람들이 말하듯 아무런 미학적 기획 없이 씌어진 낙서 같은 것에 불과하다는 주장을 지지하지 않는다. 필자는 그가 굳이 137개의 카드들을 남겨놓았다는 사실 자체에서 이미 어떤 기획을 갖고 있었다고 생각한다. 137개 카드 중에 나오는 문장, "일곱번째의 수는 열세번째의 달을 사랑한다"가 그 단서를 제공한다. 즉 137이라는 숫자를 분해한다면 13+7이 되는데, 13은 불행의 수이며 7은 행운의 수를 가리킨다. 여기서도 대립되는 개념들의 일치를 우리는 발견할 수 있다. 행운과 불행에 대한 양자 긍정. 삶이란 바로 이런 것이 아닐까. 행운과 불행이 끊임없이 교차하는 것, 어느 한쪽만으로는 결코 성취될 수 없는 것. 그러한 양쪽 모두를, 비록 고통스럽다 할지라도 긍정하는 것. 이것이 삶이라는 것이다.

또 한 가지 덧붙일 수 있다면, 137이라는 숫자는 소수이다. 1과 그 자신만으로밖에 나누어지지 않는 소수의 영역은 오늘날의 발달된 수학에서도 아직 완전히 밝혀지지 않은 신비의 영역이다. 자연수들의 질서 속에서 소수들이 어떤 규칙을 가지고 나타나는지 그 내면의 질서는 완전히 밝혀지지 않았다. 굳이 시인이 137이라는 소수로 카드들의 수를 제한한 것은, 그의 텍스트에 대한 창조적 해석의 무한한 가능성을 시사하기 위해서가 아닐까. 즉 그의 텍스트를 가두려는 모

---

1) 김현 편, 『미셸 푸코의 문학 비평』, 문학과지성사, 1994, p. 138.

든 시도에 저항하는 텍스트라는 것을 숫자로서 미리 암시를 주려는 것, 언제나 다시 씌어지고 그렇게 다시 씌어짐으로써 그의 텍스트는 늘 새롭게 창조되는 것이라는 점을 환기하기 위한 숫자가 바로 그 137이라는 숫자가 아닐까.

물론 이것은 필자의 한 견해일 뿐이다. 작가는 여전히 부재 속에서 깊이 침묵을 지키고 있다. 침묵은 너무나 많은 말을 담고 있기에, 침묵하는 자 앞에 선 사람은 초조하기 짝이 없다. 필자의 심경도 사실 그렇다. 그래서 필자는 겸손하게, 나의 텍스트조차 그 텍스트에 대한 하나의 시론적 접근에 불과하다고 말할 수밖에 없다. 지금 필자에게는, 나의 견해조차도 독백적이지는 않은지 스스로 검증해보라고 촉구하는 작가의 목소리가 들리는 듯도 하다. 반면에 또 하나의 목소리가 있다. 그것은 그의 텍스트 자체가 신비화되는 것에 저항하는 목소리다. 텍스트는 텍스트일 뿐이다. 우리는 이 텍스트를 수많은 다른 과거와 현재의 텍스트들 속에서 새롭게 위치지으면서, 이 텍스트를 신비화하는 대신에 텍스트적 실천의 하나의 사건으로, 우리를 통해서만 의미를 획득하는 주름잡혀 있는 그 무엇으로 대해야 할 필요를 새삼스럽게 느끼게 될 뿐이다.

공(空)의 글쓰기의 이미지

임규환(문학평론가)

1. 디지털 시대의 문학

그가 남긴 137개의 언어 퍼즐 카드를 둘러싸고 여러 평자들이 각각 다른 관점에서 내놓은 견해들이 제출되었다. 이미 여러 평자들이 정당하게 지적한 대로, 이 137개의 언어 카드들 혹은 문자 조각들은 흐트러지고 분산된 채로 우리에게 주어져 있기 때문에, 그것을 어떻게 재배열하고 배치할 것인가 하는 문제는 쉽사리 결론이 날 수 있는 성질의 문제가 아니다. 다만 우리는 여러 다양한 형태로 시도를 해볼 수 있을 따름이다. 어떤 형태로 재구성하든, 그렇게 구성된 시는 일종의 콜라주 시가 될 가능성이 크다. 그러나 이는 일반적 의미의 콜라주 시와도 다른 것이다. 왜냐하면 기존의 콜라주 시는 창작자가 언어적 질료들로 완성된 형태의 하나의 작품으로 제출했던 반면에, 이것은 그 완성이 독자의 몫으로 주어져 있기 때문이다. 그렇다. 우리에게는 137개의 언어적 질료가 놓여져 있다. 물론 이것은 단지 준안정적 상태에 있는, 아직 형상화되기 이전의 질료 상태일 수도 있지만 그 자체가 질료이자 형상이기도 한 작품 자체일 수도 있다.

그러나 우리는 이것을 그대로 내버려두는 것이 아니라 다시 쓰기를 통해서, 그리고 다시 쓰기가 읽기이기도 한 그런 과정을 통해서 새로운 형태로 창조할 수도 있다. 우리는 이 137개의 언어 카드를 역동적이고 다차원적인 의미 생성의 공간 자체로 간주한다. 우리가 이 137개의 언어 질료를 가지고 새롭게 재구성하는 것은, 영화로 치면 일종의 편집의 예술에 속할 수도 있을 것이다. 언어적 몽타주 기법으로 탄생한 시. 영화에서는 아비드Avid라는 비선형 편집nonlinear editing 기술의 발전으로 디지털 시대의 영화 예술의 새로운 전환기를 맞고 있다. 비선형 편집은 디스크를 이용해서 비디오 신호를 디지털로 저장하고 편집하는 방식이다. 테이프를 이용한 편집 때처럼 특정 영상을 찾는 데 많은 시간이 걸리던 지금까지의 선형 편집과는 달리 비선형 편집에서는 디스크 평면상에서 자유롭게 이동하며 무한한 형태의 편집을 단시간 내에 가능케 해준다. 이것은 디지털 테크놀로지 시대의 예술의 한 특징을 상징적으로 표상해준다. 아비드의 등장은 고전적 영화의 미장센 구조로부터 편집 영화, 몽타주 영화의 재부활을 예고해주는 것처럼 보인다. 미장센 영화에서는 롱 테이크와 디프 포커스, 작가주의가 주요한 영화적 수단이었지만 이제는 속도와 변형, 마치 전자 오락 게임에서 볼 수 있는 것처럼 반복되는 상황의 변주라는 스테이지 개념이 더욱 주요한 영화적 수단이 된다. 사실 영화사에서 안드레이 타르코프스키가 「거울」이라는 작품을 36개의 버전으로 편집한 것이 지금까지는 경이로운 사실로 받아들여졌지만, 아비드 비선형 편집 기술의 도입은 무한대의 몽타주 이미지로 된 버전이 가능하며, 나아가서는 편집 과정에서 이야기 구조 자체를 바꾸는 것도 가능하게 된 것이다. 톰 티크베어의 「롤라 런」이나 얀 쿠넹의 「도베르만」 같은 영화에서 내러티브 구조를 반복하고 변주하며 속도 과잉의 효과를 만들어내는 기법은 아비드 세대의 영화 만들기의 한 전형을 보여주는 것이기도 하다.

  디지털 기술 시대의 영화 예술은 또한 영화와 만화, 영화와 CF, 영

화와 게임 ― 영화 「매트릭스」에서 이미 전례를 보여주고 있는 ― 의
자유로운 접합과 상호 작용이라는 상호 텍스트적인 몽타주의 풍경을
다반사로 만들면서, 모더니즘적인 영화 만들기와는 차별화된 이미지
를 창출해내고 있다. 물론 이 이야기는 그 출발 자체가 테크놀로지의
물적 토대 위에서만 성립 가능했던 영화에 관한 이야기이기는 하지
만, 문학이나 글쓰기에도 디지털 시대는 과거와는 다른 방식의 문학
과 글쓰기를 요구하고 있다는 사실이 부정될 수는 없다. 이미 인터넷
에서는 상호 대화성을 강조하는 하이퍼텍스트성의 실험이 문학 작품
으로 시도되어왔고, 원본과 복사본의 구별을 불가능하게 만드는 디
지털 기술이 제공하는 하이퍼텍스트성은 그것이 비록 조악한 표절이
나 차용의 위험을 늘 안고 있다고 하더라도, 기원 없는 글쓰기, 끊임
없이 재창조되는 글쓰기의 모험, 상호 텍스트성의 무한한 가능성을
열어 보이고 있는 것이다.

　영화 예술이 이처럼 분절과 해체, 비선형 구조의 몽타주 이미지의
무한한 가능성을 향해 이미 질주하고 있다면, 문학은 이 디지털 시대
에 어떻게 대응하고 있는가? 우리가 「밤의 살갗」이라는 시의 디지털
적 특성에 주목하고 있는 것도 바로 이런 이유 때문이다. 디지털로
파악되는 세계는 더 이상 아날로그적 세계에서처럼 전체성이 부분을
압도해버리는 세계가 아니다. 디지털 세계는 일종의 모자이크 세계,
부분들이 부분들로서 개별적인 힘을 지니며, 전체는 그 부분들과 함
께 나란히, 그 곁에 서 있는 세계이다. 디지털 기술 시대의 예술이 영
화에서는 몽타주라는 편집 방식의 부활로 나타나고 있다면, 문학에
서는 일종의 콜라주 형태의 문학의 재등장으로 볼 수도 있지 않을
까? 그리고 원본과 복사본의 구별을 이분법적으로 가르고, 진본의
아우라에 대한 향수, 엄숙한 작가적 진정성에 대한 요구가 아닌, 다

142

종 다양한 접합과 변주, 일종의 잡종적인 hybrid 문학, 스스로를 분할하고 해체하며 그러한 분절들 간에 다차원적인 의미 생성의 가능성을 열어놓고 작품과 독자 간에 무한대의 대화적 상상력의 창출을 가능케 하는 그런 문학의 등장이 아닐까?

2

이런 점에서 이 137개의 카드, 우리가 임의로 「밤의 살갗」이라는 제목을 붙인 이 시는, 디지털 시대의 하이퍼텍스트에 더 가까운 것이라 할 것이다. 디지털 시대의 문학, 디지털 시대의 글쓰기라는 관점에서 우리는 이 시에 대한 또 하나의 해석을 이끌어낼 수 있을 것으로 보인다.

137개의 문장 카드들은 영화로 치면 일련의 137개의 쇼트로 비유할 수 있을 것이고, 미술로 비유하면 137개의 모자이크 조각들로 생각할 수 있을 것이다. 그리고 이 137개의 모자이크 조각들 자체가 이미 수많은 텍스트들로부터 차용하거나 인용해온 상호 텍스트적인 텍스트이며, 거기에는 어떠한 전제된 선험적 기의도 발견할 수 없다. 오히려 주목할 수 있는 것은 137개로 조각나 있는 기표들의 합주가 만들어내는 언어적 효과이며, 그것들이 어떻게 내재적인 울림을 창출해내는가 하는 것이다. 그러므로 「밤의 살갗」은 해석학적 대상이 아니다. 거기에는 미리 주어진 해석해야 할 어떤 무엇이 없다. 기표들의 다발이 먼저 있고, 기의는 나중에 발생한다; "달리 배치된 말들은 다른 뜻을 만들고, 달리 배치된 뜻은 다른 결과를 낳는다"(파스칼, 『팡세』, 단장 829).

이런 사실들을 전제로 하여 우리는 「밤의 살갗」이라는 모자이크 시를, 콜라주 시를 합성해낼 수 있는 것이며, 또 우리는 그것을 단 하나의 시가 아니라 여러 개의 시들을 모은 묶음시들, 즉 전체로서 하나의 시집 형태가 될 수 있는 시들의 집합체라고 우리의 시적 전략을 구성해낼 수도 있는 것이다. 그래서 우리는 「밤의 살갗」을 비평적으로 독해하는 과정 자체가 하나의 창작 작업이 되는 것을 알 수 있었다. 읽기가 곧 새로운 쓰기인 과정. 이것이 그가 염두에 둔 디지털 시대의 가능한 문학의 한 방향이었던 것은 아닐까. 따라서 우리가 아래에서 제시하는 시는 단지 주석이 아니다. 주석 이상이다. 이것은 우리의 집단적 창작 과정에서 탄생한 「밤의 살갗」이라는 시다. 그러면서 우리는 동시에 주석을 달고, 해설을 붙인다. 이는 창작과 비평의 경계를 가로지르는 글쓰기의 모험일 것이다. 그럼에도 우리는 가능한 한, 자의성을 배제하고 최대한 엄밀함을 갖추기 위해 노력해야만 했다. 왜냐하면, 137개의 모자이크 조각들이 하나의 배열을 갖춤으로써 얻어질 수 있는 미학적 효과를 상정하지 않을 수 없고, 또 비평이란 어디까지나 엄밀한 작업일 수밖에 없기 때문이다. 비평적 엄밀함의 요구와 글쓰기의 작업 간에 모순이란 없다. 그것이 미학의 부재를 초래하지 않는 한은. 그렇다고 해서, 우리의 작업이 유일무이하고 완벽한 배열이라는 것은 결코 아니다. 이러한 배열은 또 다른 배열을 낳는 시작에 불과할 것이다.

3

「밤의 살갗」이란 제목하에, 우리는 137개의 언어 카드로 다음과 같은 11개의 시들로 구성된 하나의 시집을 구상했다. "Plus poetice quam humane locutus es(그대는 인간적으로라기보다는 시적으로 말하도다)!"와 "Ora, Lege, Relege, Labora, et invens……(기도하라, 읽고, 또 읽고, 작업하라, 그러면 너는 발견하리니……)"라는 두 개의 시구는 우리가 볼 때, 마치 소설 작품의 프롤로그와 에필로그처럼 시집 전체를 이끌고, 마무리짓는 문장들로 이해되었다. "Plus poetice quam humane locutus es(그대는 인간적으로라기보다는 시적으로 말하도다)"라는 서두는, 파스칼의 『팡세』에 나오는 구절로, 그가 이 구절을 인용한 것은, 이 작품의 저자는 바로 시로서의 언어 자신일 뿐임을 암시하는 것으로 보인다.

즉 작가는 언어적 그물망 속에서 드러나는 언어들의 배치와 효과들 사이에서 존재한다는 것, 그래서 이 시 전체가 어떠한 선험적인 저자도 배제하고 있다는 것을 미리 알려주는 역할을 하고 있는 것이다. 이와 관련하여, "Ora, Lege, Relege, Labora, et invens ……(기도하라, 읽고, 또 읽고, 작업하라, 그러면 너는 발견하리니……)"라는 문구는 우리가 조사해본 바로는, 중세 유럽의 연금술사들 사이에서 연금술 작업에 임할 때 일종의 주문처럼 낭송하던 문장으로, 독자들이야말로 바로 언어의 연금술사들이며, 연금술적 작업을 통해 시를 완성해야 하는 책임이 시인이 아니라 독자들에게 있음을 다시 한 번 강조하기 위해 도입한 것으로 보인다.

이 두 개의 도입 문장과 마무리 문장을 제외하고 우리는 11개의 시를 재구성할 수 있었다. 우리는 137개의 문장들이 김현승의 지적대로 하나의 의미를 향해 일관성 있게 추구될 성질의 문장들이 아니라는 것을 금세 알 수 있었다. 11개의 시들도 반복되고 변형되기도 하면서 때로는 모순되고 충돌하기도 하는 아이로니컬한 변증법을 보여준다. 그래서 우리는 비슷한 의미군들과 테마들을 중심으로 각각 독립된 시들로 묶었으며 그 결과, 그렇게 독립된 시들이 서로를 비추고 반향하며 또 길항 관계에 들어섬으로써 그러한 대립과 긴장 자체가 독특한 울림을 만들어내고 있음을 발견했다. 그러나 그러한 길항 관계는 헤겔적인 지양을 향해 나아가는 것이 아닌, 모순 그 자체로 머무르는 정지의 변증법, 그래서 결코 어느 한쪽으로 우월하게 치우침이 없이 그러한 관계 자체가 미묘한 의미들을 발생시키는 것으로 파악되었다.

그럼 이제 우리가 재구성한 시를 살펴보자.

4.「밤의 살갗」의 구성

Plus poetice quam humane locutus es(그대는 인간적으로라기보다는 시적으로 말하도다)!

*

제1시
의문의 독거미줄에 걸린 거대한 말의 몸부림.
나는 너무 많은 첨단의 노래만을 불러왔다.
地上의 詩의 슬픈 구도(構圖).

우리는 모두 거짓말쟁이다. 과거에도 그랬고, 지금도
그렇고, 미래에도 그럴 것이다.

나는 거짓말쟁이가 아니다.

내 언어는 단지 존재함being일 뿐이다.
地와 紙는 따로이 존재하지 않는다.

무질서와 혼돈의 폐곡선 위에서 노래하는
한 마리의 뻐꾸기를 보라.

모순과 결핍 속에서만, 부재의 중심에서만
존재하는 저 황홀한 언어를 발음하기 위하여.
나는 나의 천재를 不在를 위해 사용한다.

나는 오로지 不在로만 말한다.

제2시
삶은 삶 외에 달리 더 읽을 것이 없는데
내가 너의 이름을 불러주기 전에는 너는
다만 하나의 몸짓에 지나지 않았다.

어둠의 아담, 빛의 이브여!

EXCAECA(눈을 어둡게 하라)!

언어의 꿈꾸는 검은 박쥐가 어둠 속에서 힘차게
날갯짓하며 북극성을 향해 차고 오른다.

망각의 황홀한 밤이 화롯불을 지핀다.
정신은 완벽한 망각의 환희 속에서 無로 돌아간다.
바람에 휘날리는 언어의 잿가루를 호흡하며, 나는
악마의 대지에 공손하게 시린 입을 맞추었다.

나는 타자이다.
신의 왼편에 앉은 자.

제3시
밤의 삼각주 위에 무자비하게 떨어지는 중력의
무게.
그대의 달콤한 입술이 속삭이는 혼미한 무지갯빛
관능의 황홀경에 사로잡혀.
너의 우윳빛 육체 속에서 해묵은 빚을 청산하며
생의 기나긴 빙하기를 꿰뚫은 내 광기가 탄생하고 있었다.
사랑의 기쁨이 만물 가운데 흘러넘치게 하고,
무서운 정신 착란이 나를 애무한다.

가차없는 시간의 공허를 꿰뚫기 위해 나는
너의 자궁 깊은 곳으로 도망쳐 하나의
작은 반투명의 알로 굳어진다.

인간에겐 주어지지 않은 완전함에 대한 열망 속에서,
무한한 공간의 영원한 침묵의 공포 앞에서,
남 모르는 깊은 기적의 힘이 영혼 속으로,

스며드는 때,

덧없는, 그러나 깊은 입맞춤이 느껴진다.

그대 결국 그림자에서 방황함이여!

비스듬하게 기울어진 관능적인 푸른 벽 앞에 서서.

제4시

존재의 무감각한 표면 위로 밤의 살갗이

뜨겁게 타오른다.

그대의 나른한 육체가 기지개를 켤 때

우리는 거울들로 된 방 안에 누워 있었다.

밤이 휴식을 취하는 꿈의 대리석으로 만든 궁전에서

우리는 열린 창을 통해 달의 슬픈 비밀을 엿보았다.

내 심장의 납덩이 추가 덜컹덜컹 흔들렸고

나는 고뇌에 가득 찬 한숨을 내뱉었다

순결한 너의 눈망울은 나의 좁은 가슴을

애무하고 있었고,

나는 마차 바퀴처럼 삐걱거리는 내 심장

소리를 듣고 있었다.

Le goût du néant(허무의 맛)!

모순의 흙이 고통 속에서 붉게 타오른다.

내 살에는 구더기와 흙 조각이 의복처럼 입혀 있고

내 가죽은 합창하였다가 터지는구나.

가장 아름답고 오래된 것은 오로지 꿈속에서만
꿈속에서 자라난 한 그루의 푸른 오동나무
내가 결석한 나의 꿈은 어디에?
동일한 하나의 꿈을 꾸는 점. 선분. 평면. 입체. 초입방체들의 낭
만주의.
채워지지 않을 때 아름다운 것은 무엇인가.
거울들은 서로의 존재를 잊었다.
더 이상 서로를 비추지 않기 위하여.

제5시
나는 바싹 마른 흥분의 불꽃.
물고기처럼 날렵한 그대 육체 위에 나는 그대의
달거리 피로 시를 새겨넣었다.
부채질하듯 펼쳐지는 너의 분홍빛 젖가슴에서
풍겨나는 향기,
기하학적인 황홀경 속으로 몰아넣는 너의
장밋빛 엉덩이!

그대의 육체 위에 새겨진 언어들은 나의 것도
너의 것도 아니었다.
우리는 그 시들의 2차원 경계면 위에서 입을 맞추었고
그 시를 핥아먹었고, 우리의 땀방울들로
그 시를 지워나갔다.

우리의 육체의 늪에서 피어나는 연꽃
그 신비로운 체험의 황홀경 속에서
침묵의 외침이 떨면서 부르짖는다.

"너의 꿈꾸는 엉덩이는 천사를 보았다."

제6시
발음할 수 없는 말로 말하는 자는 누구인가.
무한한 시간의 갈래들 속에서, 미래로 달아나서
과거를 보고 과거로 달아나서
미래를 보며 확대하는 우주를 염려하는 그대여!

Brescith(태초에)
Dixit Dominus(신이 말씀하셨다)

天上天下 惟我自存

창조물의 핏줄 속에서 수은처럼 흐르는 신을
명상하며 나는 확고한 천구를 만들리라
Do I dare disturb the universe(내 감히 우주를 흔들어놓을 수 있
을까)?
오, 이 변변찮은 우주를 움켜쥘 수만 있다면
공간의 감격도 없고 구제의 감각도 없다.

원반의 주위가 더욱 어두워지기 시작한다.

나는 기지개를 활짝 펴고 잃어버린 하나의 무덤을 찾는다.
조촐한 장례식의 만찬 후의 긴 하품의 순간
병들어 앓는 눈으로 空을 보고 서러운 검은
혓바닥으로 色을 핥는다.
생동하는 새벽처럼 투명한 고뇌가 거만한
운명의 굴대를 박차고 나와
천체의 둥근 지붕 아래를 페가수스의
말발굽질의 안내를 받아 세 곱으로 위대한
신의 정원에 당도하였다.

나는 거기서 수천 마리의 검은 독수리들이
호위하며 지키고 있는 피라미드처럼 생긴 집을 보았다.
그 집 안에서 나는 에메랄드의 평판을 얻었다.
괴로움과 고독의 극치 속에서 인간의 실패를 구가하던 나는
그 행복한 정원에 피어난 꽃들에 둘러싸여
에메랄드 평판에 새겨진 상형 문자들을 읽었다.

VISIO MUNDI!(세계의 象)!
天二三 地二三 人二三
Zephirum(제피룸)과 Aleph(알레프) 사이의 모든 것
황금 수의 내밀한 비밀
일곱번째의 수는 열세번째의 달을 사랑한다.

Sin의 광야를 가득 채우고 있는 저주받은
가브리온 하다아와의 무덤들.

신의 아리트모이! 666의 601730.
구름 기둥이 사라져버린 폐허의 회막들.
음산한 벼랑을 접한 골짜기엔 얼굴 없는
유령들이 굶주린 배를 움켜쥐고
아귀다툼을 벌이고 있었다.
시계는 걸음을 멈추고, 바늘을 떨어뜨렸다.
열여덟 번 나타나는 광야.
영원히 종결되지 않는 유랑.
지옥은 실로 둥글다.
그 골짜기 한 편에 홀로 우뚝 솟아 있는 온통
황금으로 된 교회를 나는 보았다.
불모의 황야를 가로지를 황금색 뱀은 어디에 있는가?

"그때는 언제나 지금이다."
하르퓌아이가 창공에서 선회하며 그렇게 외쳤다.
하르퓌아이의 꿈이 나를 먼 다른 곳으로 실어 날랐다.
나비의 흐린 날갯짓은 모든 잠든 꿈들을
일으켜 세우고
목마른 그림자는 오아시스를 찾아 사막으로 떠난다.

제7시
전체의 무의 작은 수학자의 셈놀이
$1+1=1$
$0+1=0$
$2 \times 3 = 5$

死×even＝서로 마주 보는 맞물린 두 개의
삼각형의 사랑.
그 중앙에 벌겋게 치켜 뜬 거대한 하나의 눈.
81의 영광.

신께서는 짝수와 홀수 모두에서 기쁨을 느끼신다.
그 모든 수들에 행운이 깃들어 있으니.
짝수 없는 홀수, 홀수 없는 짝수의 비애를 느껴보라.
눈에 보이지 않는 작은 티끌 속에 주름잡혀 있는
Apeiron(아페이론)의 우주.
다수 속의 유일한 것.
오직 단 한 번만 던져진 주사위.
반복되는 단 한 번의 던져짐.
정육면체 주사위에 나 있는 여섯 개의 닫힌 문.
혼돈 속에 둥지를 틀고 있는 거대한 새.

Contraria sunt complementa(대립적인 것들은 상보적이다)!

제8시
나는 내 사랑하는 성스런 영혼의 동정녀의
은총에 둘러싸인 채, 환한 정오의 태양이 스며드는
사랑의 침상에 누워 있었다.
그대의 달콤한 입술이 속삭이는 혼미한 무지갯빛
관능의 황홀경에 사로잡혀.
나는 그대의 성스런 육체를 베고 누워

그대가 부르는 달콤한 노래를 듣는다;
두려워하지 마세요. 신이 알고 있는 것은
기쁨밖에 없으니.

밝은 대낮에 불 밝힌 등불을 들고 가는 피에로가 있었다.
그는 큰소리로 외치고 있었다.
"기뻐하라. 축제가 시작되었다. 모두 나와 기쁨의
춤을 추어라!"
그 뒤에는 검은 상복을 입은 수사들이 침울한 표정으로
각자의 무거운 십자가를 등에 지고 비틀거리며
걸어오고 있었다.
또 그 뒤에는 온갖 잡동사니 같은 물질들을 가득 실은
짐수레를 질질 끌며 고통스런 얼굴로 식은땀을
흘리고 있는 자들이 보였다.

우리는 벌거벗은 몸을 가리지도 않은 채 거리로 뛰쳐나가
피에로를 앞지르며 노래를 부르고, 춤을 추기 시작했다.
사방에서 사람들이 쏟아져나와 우리처럼 옷을 훌렁
벗어던지며 춤을 추기 시작했다.
피에로는 재주넘기를 하면서, 등불을 흔들며 외쳤다;
"신은 춤춘다. 신은 춤이다. 춤추는 자와 춤은 분리될
수 없는 하나다. 춤은 시작도 끝도 없는 영원한 춤의 리듬 자체일
뿐이다!"
그러자 사람들이 합창했다;
"기쁨이다! 기쁨이다! 존재는 기쁨의 춤이다!

우리는 아무것도 아니지만 모든 것이기에.
순수하게 긍정하는 기쁨이기에."
보라, 그들의 순진무구한 춤을,
사티로스들이 불어대는 고결한 피리 소리를 들어라.
우리의 춤사위의 순진함에 낡은 신은 그 수치스런
얼굴을 돌려버렸다.

오! 나는 잔뜩 높이 치켜든 그대의 장밋빛 엉덩이 사이에
내 붉은 혀를 찔러넣는 순간을 가장 사랑하노라.
사티로스들은 슬픔을 모른다.
시간은 남자와 여자의 깊은 포옹.

우리는 이데아들의 삐걱거리는 불협화음을 즐겼고,
영원히 생동하는 불수레바퀴 춤의 황홀한
신비 아래에서 즐겁게 웃었다.
너의 웃음 소리와 흘린 땀방울은 촉촉한
비가 되어 대지를 적셨고, 대지는 푸르게 몸을 일으켰다.
우리는 광야에 쓰러진 채 뒤엉켜 뜨거운 사랑을 나눈다;
불의 춤이 만들어내는 무한한 수의 불꽃들!

Shackti(샥티)! Shackti(샥티)! Shackti(샥티)!
아름다운 신들의 나라로.

제9시
우리의 사랑이 고작 하나의 입맞춤의 순간만이었던 것은

아니다.
시간이 형성되고, 육체는 의문에 부쳐지고,
영혼의 넋은 우리의 언어 속으로 흘러든다.
과잉된 모든 것은 아름답다.
바닥 없는 바닥의 심연에 도달하기 위해 춤추는 馬.
우리 사랑은 그 춤추는 언어 속에서 불멸의 것이 되었다.
무죄를 기다리며 나는 잠을 잔다.

제10시
空手來 공수거 중?
무한히 상승하는 카논의 푸가.
無有무有唯唯유無무유(空)巫舞由無유無유유霧武유무.

제11시
나는 단 한 마디도 말하지 않았다.
하나의 언어가 이 우주를 대체해버리도록 하지 않기 위해
아직 남은 말은 존재한다.
떼어놓을 수도, 나누어질 수도 없는 사랑의 수들이
꿈을 키운다.
불가능한 원주의 꿈.
평평하기만 하고 기울어지지 않는 것은 없고, 가기만 하고
돌아오지 않는 것은 없다.

내가 없는 사랑만이 구원의 빛이 되리니.

日面佛, 月面佛.

*

"Ora, Lege, Relege, Labora, et invens……"(기도하라, 읽고, 또 읽고, 작업하라, 그러면 너는 발견하리니……)

5.「밤의 살갗」의 구성에 대한 주석과 해설

I. 색즉시공 공즉시색의 주름

137개의 언어 카드들은 어떤 방식으로 모자이크화로 구성하든 간에, 하나의 의미 연관체로 환원되기 어려운 구조를 가지고 있다. 우리가 11개의 독립된 시로 구성된, 즉 각각 작은 11개의 모자이크화로 구성된 부분들의 디지털적인 집합체로서의 전체로 재구성하는 경우에도 마찬가지이다. 다만 우리가 파악하기로는「밤의 살갗」은 그자체가 하나의 원환적 구조를 가지고 있다는 사실이었고, 그것은 마치 카드 중의 하나로 제시된 '무한히 상승하는 카논의 푸가'처럼 동일한 구조가 반복적으로 제시되며 점층적으로 복잡해지고 있다는 데기인하는 것이다. 즉 제1시에서 "나는 오로지 부재(不在)로만 말한다"에서 마지막 제11시에서 다시 침묵의 언어로 돌아가는 과정, 다시 말해 침묵에서 침묵으로 돌아가는 언어적 윤회 과정을 드러냄과동시에, 언어를 통해서 사물과 삶, 우주를 동시적으로 연관시켜가면서 그것을 언어의 텍스트적 그물망 속에 위치짓기를 의미한다. 제10시에서 보이는 "無有무有唯唯유無무유(空)巫舞由無유無유유霧武

유무"라는 행이 이 시의 전체적인 사상을 요약해주는 것으로 보이기도 한다. 공(空)을 중심으로 좌우로 무한하게 우주의 모든 상들을 펼쳐 보이는 것. 그러나 다시 유적(有的)인 모든 것들을 공으로 수렴시키기.

그러니까 「밤의 살갗」이라는 시 전체는 색즉시공(色卽是空)의 불교적 사상이 주름처럼 접혀졌다 펼쳐졌다를 반복하는 구조를 갖고 있다고 할 것이다. 만약 우주의 역사 전체가 색즉시공 공즉시색(色卽是空 空卽是色)이라는 불교적 원리가 무한히 반복되고, 변형되며, 동시에 확장되어가는 과정이라면, 이러한 사상을 그의 사유의 근간을 이루는 형이상학적 토대라는 것을 인정한다면, 그의 시 전체는 그 자체가 우주적이고 동시에 언어적이라는 것, 또 언어와 우주 사이에는 차이나면서도 동일한 것이라는 것을 확인할 수 있다. 이는 보르헤스의 작품 세계에서도 발견되는 원리인데, 그에 의하면 세계는 단 한 권의 책일 수도 있고, 또 그 단 한 권의 책을 무한하게 반복하고 변형하는 무한한 권 수의 책일 수도 있다. 따라서 우리는 책과 우주 사이에는 아무런 차이도 없을뿐더러, 모든 책들은 단 한 가지만을 말하는 셈이 된다. 이는 다분히 라이프니츠적 관념이기도 한데, 라이프니츠의 단자적 우주론에 따르면, 모든 단자들은 각각의 다른 관점에서 하나의 관념을 반영하고 드러내는 것들이다. 각각의 표상 수준에서, 단자들은 하나의 관념의 특성들을 표상하는 것이다.

따라서 그에게 부재는 곧 침묵에 다름아니고, 또 그 침묵이란 텅 빈 공허가 아니라 꽉 찬 공허, 색(色)을 품고 있는 공(空)이다. 그의 시는 색과 공의 거대한 우주적 드라마를 그리고 있다고 할 수 있다. 그가 궁극적으로 불교적 세계관에 기대고 있다는 사실은 시 전체에서 기독교적 관념을 패러디하고, 비판하고 있다는 사실에서도 잘 드러난다. 제6시에서 파스칼의 『팡세』에서 빌린 문장들로 말한다; "Brescith(태초에) Dixit Dominus(신이 말씀하셨다)." 그러나 그는 뒤이어 이를 불교적 메타포로 바꾸어버린다; "천상천하 유아자존(天上天下 惟我自存)." 불교 신화에서는 "천상천하 유아독존(天上天下 惟我獨存)"이라는 말로 나오지만, 그는 이를 우주의 내재적 충일성으로 재해석한다. 왜냐하면 우주의 삼라만상은 불성을 가지고 있고, 모두가 부처가 될 소질을 갖고 있기 때문이다. 우주 자체가 붓다이다. 기독교적 유일신관, 근현대 세계를 이끌어온 유럽 세계의 정신적 근간인 초월론적 신 관념에 대한, 그리고 그로 인해 빚어진 역사에 대한 비판은 시 곳곳에서 드러난다.

기독교적 관념은 이분법적 구별과 주체 중심적 사유로 특징지어진다; 신의 완전성과 우주의 불완전성이라는 이분법, 선과 악의 이분법, 남자와 여자라는 이분법, 주체와 객체 혹은 주체와 타자라는 이분법, 의식과 육체라는 이분법, 홀수와 짝수라는 이분법, 진리와 거짓, 본질과 현상, 실재와 가상의 이분법 등등. 이러한 이분법적 구별에는 언제나 가치 판단이 개재되어 있고, 분리와 배제의 운동이 개입하게 된다. 위에서 든 이분법적 맞짝 개념들 중에서 언제나 전자에 의해 후자는 타자화되고, 배척과 억압의 대상이 된다. 그리하여 우주 전체가 참된 것과 거짓된 것, 질적으로 우월한 존재와 가상적이고 거짓된, 가치적으로 악으로 규정되는 플라톤적 이분법의 세계로 나누어진다. 그가 대결하고, 전복하려 하는 대상이 바로 서구적 사유와 역사를 지배해온 플라톤주의적 이분법이다. 그리하여 그의 전복적 사유는, 일차적으로 반대편에 서는 것으로 나타난다. 제2시에 나타난 대로; "바람에 휘날리는 언어의 잿가루를 호흡하며/나는 악마의 대지에 공손하게/시린 입을 맞추었다/나는 타자이다/신의 왼편에 앉은 자" 그는 이렇게 스스로를 타자화시키면서, 타자적 시선으로 기존의 관념들에 대항해 싸움을 건다.

그러나 이러한 투쟁은 또한 불안의 원천이기도 하다. 그는 니체적 망각의 힘을 빌려 순수한 어린아이의 감성으로 노래하고 싶어하지만 ("망각의 황홀한 밤이 화롯불을 지핀다/정신은 완벽한 망각의 환희 속에서 무(無)로 돌아간다": 제2시), 그는 이미 어른이 되어버린 인간, 인간적 나약함과 불완전을 의식하고 있고, 오랫동안 그러한 문제로 번민을 겪은 이로서의 불안을 완전히 떨쳐버리지 못한다. 그런 번민의 표현은 그 자신의 것이기도 하지만, 동시에 모든 인간들의 공통된 감각이기도 하다. 그는 인간적 불안감에 대한 공통 감각을 놓치지 않고 반영한다; "인간에겐 주어지지 않은 완전함에 대한 열망 속에서/무한한 공간의 영원한 침묵의 공포 앞에서/남 모르는 깊은 기적의 힘이 영혼 속으로 스며드는 때/덧없는, 그러나 깊은 입맞춤이 느껴진다/그대 결국 그림자에서 방황함이여!"(제3시). 사실 제3시와 제4시는 그런 인간적 불안과 고뇌로 가득 찬 음울한 시구들로 채워져 있다. 정신 착란, 보들레르 시구에서 빌린 "Le goût du néant(허무의 맛)!/모순의 흙이 고통 속에서 붉게 타오른다/내 살에는 구더기와 흙 조각이 의복처럼 입혀 있고/내 가죽은 합창하였다가 터지는구나(「욥기」, 7: 15)/Do I dare disturb the universe(내 감히 우주를 흔들어놓을 수 있을까)?/오, 이 변변찮은 우주를 움켜쥘 수만 있다면/공간의 감격도 없고 구제의 감각도 없다"(제6시) 등등. 그는 고뇌에 찬 자신의 신세를 이상의 시구(「선에 관한 각서 5」, 『조선과 건축』, 1931년 10월호)를 빌려 읊조린다; "무한한 시간의 갈래들 속에서/미래로 달아나서 과거를 보고/과거로 달아나서 미래를 보며/확대하는 우주를 염려하는 그대여!"(제6시).

그가 이러한 불안을 딛고 비상하는 것은 꿈속에서, 그리고 사랑을 통해서이다. 「밤의 살갗」 속에는 몇 편의 꿈속으로의 여행이 등장한다. 이 꿈의 여행은 거대한 우주적 서사시 형태를 띠고 있다. 제6시부터 제8시까지가 초현실적인 꿈의 여행을 그리고 있으며, 그는 이 여행을 통해 우주적 진리를 깨닫는다. 제5시는 그런 꿈으로의 비약을 준비하는 과정에 대한 묘사다. 그러한 비약을 가능케 하는 것은 육체적 사랑이며, 피로 쓰는 시이며, 신에 도전하는 용기이다. 그는 타자로서, 신의 왼편에 앉은 자로서, 악마의 대지에 입맞추고, 기독교적 신이 타락한 죄악으로 비난한 육체적 사랑 속에서, 여성성 속에서 그러한 신으로부터 벗어나는 도약대를 발견한다; "우리의 육체의 늪에서 피어나는 연꽃/그 신비로운 체험의 황홀경 속에서/침묵의 외침이 떨면서 부르짖는다/너의 꿈꾸는 엉덩이는 천사를 보았다." "꿈꾸는 엉덩이"라는 메타포는 지극히 도발적이다. 플라톤주의에 대항하기 위해서는 그 앞에서 엉덩이를 까발리는 도발이 필요하다. 이러한 외설적인 몸짓은 그 자체가 그의 시어를 대변한다. 그의 시어 자체가 그런 외설성을 담고 있으며, 그러한 외설성은, 플라톤주의가 가장 경계하고 배척했던 유희와 즐김의 쾌락을 고의적으로 전시함으로써 발생하는 효과다. 그는 타자의 시선으로, 인간과 삶에 대한 지극한 연민과 사랑으로 역사와 우주를 가로지르는 여행을 감행하며, 그것이 나타난 시가 바로 제6시이다.

II. 전복적 형이상학의 구도

제6시는 고도로 암시적이고 은유적이며, 상징으로 가득 차 있는 형이상학적 시다. 이 시에는 신화와 전설, 기독교와 그노시즘, 연금술, 기독교와 불교, 힌두교, 천부경과 성경과 시에 대한 패러디까지

동원되어 함축적인 의미를 발생시키고 있다. 무엇보다 이 시편에선 현대 문명에 대한 신랄한 비판이 담겨져 있다. 그가 형이상학에 대해 말하고자 하는 모든 것이 바로 제6시에 모두 담겨 있다고도 할 수 있는데, 형이상학과 반형이상학이 교차하고 패러디가 적극적으로 활용되고 있다. 그리고 무엇보다 제6시가 「밤의 살갗」이라는 시집 전체에서 차지하는 위상인데, 우리가 보기에는 제6시가 그의 형이상학적 사색을 압축적으로 드러내주고 있는 시이며, 이 시는 마치 북의 양 거죽 사이의 텅 빈 공허, 그러나 그것의 존재로 인해 소리의 공명이 일어나는 북을 북답게 해주는 장소처럼 생각되는 것이다. 우리가 제6시에 주목하는 이유도 바로 그것 때문이다.

먼저 제6시를 다시 한 번 인용해보자.

발음할 수 없는 말로 말하는 자는 누구인가
무한한 시간의 갈래들 속에서, 미래로 달아나서
과거를 보고 과거로 달아나서
미래를 보며 확대하는 우주를 염려하는 그대여!

Brescith(태초에)
Dixit Dominus(신이 말씀하셨다)

天上天下 惟我自存

창조물의 핏줄 속에서 수은처럼 흐르는 신을
명상하며 나는 확고한 천구를 만들리라
Do I dare disturb the universe(내 감히 우주를 흔들어놓을 수 있

을까)?

　　오, 이 변변찮은 우주를 움켜쥘 수만 있다면
　　공간의 감격도 없고 구제의 감각도 없다

　　원반의 주위가 더욱 어두워지기 시작한다
　　나는 기지개를 활짝 펴고 잃어버린 하나의 무덤을 찾는다
　　조촐한 장례식의 만찬 후의 긴 하품의 순간
　　병들어 앓는 눈으로 空을 보고 서러운 검은
　　혓바닥으로 色을 핥는다
　　생동하는 새벽처럼 투명한 고뇌가 거만한
　　운명의 굴대를 박차고 나와
　　천체의 둥근 지붕 아래를 페가수스의
　　말발굽질의 안내를 받아 세 곱으로 위대한
　　신의 정원에 당도하였다

　　나는 거기서 수천 마리의 검은 독수리들이
　　호위하며 지키고 있는 피라미드처럼 생긴 집을 보았다.
　　그 집 안에서 나는 에메랄드의 평판을 얻었다.
　　괴로움과 고독의 극치 속에서 인간의 실패를 구가하던 나는
　　그 행복한 정원에 피어난 꽃들에 둘러싸여
　　에메랄드 평판에 새겨진 상형 문자들을 읽었다.

　　VISIO MUNDI(세계의 象)!

　　Zephirum(제피룸)과 Aleph(알레프) 사이의 모든 것.

164

황금 수의 내밀한 비밀.

天二三 地二三 人二三.

일곱번째의 수는 열세번째의 달을 사랑한다.

Sin의 광야를 가득 채우고 있는 저주받은

가브옷 하다아와의 무덤들.

신의 아리트모이! 666의 601730.

구름 기둥이 사라져버린 폐허의 회막들.

음산한 벼랑을 접한 골짜기엔 얼굴 없는

유령들이 굶주린 배를 움켜쥐고

아귀다툼을 벌이고 있었다.

시계는 걸음을 멈추고, 바늘을 떨어뜨렸다.

열여덟 번 나타나는 광야.

영원히 종결되지 않는 유랑

지옥은 실로 둥글다.

그 골짜기 한 편에 홀로 우뚝 솟아 있는 온통

황금으로 된 교회를 나는 보았다.

불모의 황야를 가로지를 황금색 뱀은 어디에 있는가?

"그때는 언제나 지금이다."

하르퓌아이가 창공에서 선회하며 그렇게 외쳤다.

하르퓌아이의 꿈이 나를 먼 다른 곳으로 실어 날랐다.

나비의 흐린 날갯짓은 모든 잠든 꿈들을

일으켜 세우고

목마른 그림자는 오아시스를 찾아 사막으로 떠난다.

사실 이 제6시는 「밤의 살갗」 여러 시편들 중에서도 가장 해석하기 난해하고 복잡한, 일종의 신비한 연금술 저작을 연상시키는 일면도 있다. 사실 연금술 신비학 서적의 가장 두드러진 특징 중의 하나가 수수께끼적 언어의 마법이었다. 서양의 중세 연금술의 신비주의의 저작들은 대부분 고도의 암시와 우의, 유희적인 동음이의어의 말맞추기나 교묘한 글자 수수께끼의 관용어법을 따르고 있다. 신비 철학을 뜻하는 라틴어의 Caballus, 그리고 그것의 어원인 그리스어는 모두 말[馬]을 뜻하는 언어였다. 연금술사들은 그들이 하는 연금술 작업을 그리스 시인들의 날개 달린 천마인 페가수스를 대표적인 이미지로 갖는, 영적인 운반자인 말 위에 올라타는 것으로 은유하곤 했는데, 왜냐하면 선택받은 그들만이 영적인 말 등에 올라타 시공을 가로질러 미지의 그곳에 가 닿는다고 믿었기 때문이다.

　연금술적 말[馬]의 이미지는 「밤의 살갗」에서도 등장한다. 제9시에 나타나는 "바닥 없는 바닥의 심연에 도달하기 위해 춤추는 말[馬]"이라는 시구가 그것이다. 이 말은 바로 그 페가수스이며, 또한 그 페가수스는 그에게는 언어의 페가수스이기도 하다. 그리고 페가수스는 이 제6시에서도 연금술적인 방식으로 되풀이된다. 제6시에서 중요한 모티프는 공간적 모티프이다. 여기서 꿈의 주체는 "천체의 둥근 지붕 아래를/페가수스의 말발굽질의 안내를 받아/세 곱으로 위대한 신의 정원에 당도하였다"고 말한다. 세 곱으로 위대한 신은 곧 연금술의 신인 헤르메스 신을 가리킨다. '트리메지스트(세 곱으로 위대한) 헤르메스'라는 전설적인 인물은 이집트가 그리스 문화에 통합되던 시기에 출현한 알렉산드리아 학파의 한 인물을 가리킨다. 헤르메스 신은 원래 그리스에서 이집트의 신 토트와 마찬가지로 기술을 창시한 신으로 알려져 있다. 모든 예술의 수호자 신이며, 모든 신들의 메신저이며, 삶과 죽음을 관장하는 메르쿠리우스이며, 비밀스런 지식의 상징이기도 한 신. 중세의 연금술 대가들은 그 초자연적인 기원의 신화에다 신앙심을 접목해 천상의 지혜를 전수받은 인류 최초의 연금술 대가로 상징화했던 것이다. 연금술의 역사에서 연금술 문학의 백미라고 일컬어지는 『헤르메스 문집』과 『에메랄드 평판』의 저자로 알려져 있지만, 그 밖에도 그의 권위를 내세우는 방대한 자료들이 전해지고 있다. 바로 이 중세 연금술의 전설이 이 시에 등장하고 있다. 영적인 안내자인 페가수스의 안내를 받아, 헤르메스의 정원에 도달한 '나'는 그곳에서 우주의 내밀한 비밀을 깨우치게 된다. 그리고 '나'는 "거기서 수천 마리의 검은 독수리들이/호위하며 지키고 있는/피라미드처럼 생긴 집을 보았다/그 집 안에서 나는/에메랄드의 평판을 얻었다." 또 다른 서양의 전설에 의하면, 한 수도승이 독수리가 빙 둘러 지키는 피라미드 모양의 한 건물 안에서 그 에메랄드 평판을 발견했다고 한다. 시인은 서양의 신비학적 전설과 신화인 에메랄드 평판의 전설을 차용하여, 그 평판에 새겨진 것으로 보이는 우주의 비밀을 전해주고 있는 것이다. Visio Mundi(세계의 象)! 이 라틴어도 바로 연금술사들이 에메랄드 평판에서 발견한 것이며, 그것은 바로 "Zephirum(제피룸)과 Aleph(알레프) 사이의 모든 것"을 담고 있는 것이다. 제피룸은 제로, 즉 영(0)이며 알레프는 일(1)이다. 유대의 신비학인 카발리즘에서는 Aleph(알레프)가 최초의 수이자 모든 수이다. 우리는 보르헤스의 「알레프」라는 단편을 기억한다. 불교적으로 해석하면, "티끌 속에 한 우주가 들어 있다"는 관념을 수의 신비학으로 풀이한 개념이다. 유럽에 숫자 0이라는 관념이 도입된 것은 10세기 이후의 일이다. 산스크리트어로 순야Sunya인 숫자 0은,

인도에서도 5세기경에야 확정된 숫자로 말 그대로 텅 빈 공허를 의미하기도 하지만, 철학적으로는 바로 공(空), 즉 충만한 공허를 의미하는 숫자이기도 하다. 이 0은 홀수도 아니고 짝수도 아닌 기묘한 숫자여서, 유럽의 중세 신학자들을 곤란한 지경에 빠뜨리기도 한 숫자였다. 기독교적 신학 체계상으로 볼 때, 이 수는 신성 모독적이고 불경한 수로 여겨지기도 해서 한때는 탄압의 대상이 되기도 했던 것이다.

에메랄드 평판에 새겨진 연금술적 비학의 원리는, 거울 구조를 가진 하나의 우주적 상이다. 동심원을 그리는 일련의 구들로 이루어진 위계 지어진 우주에서 모든 우주들은 서로를 거울처럼 비추며 반영한다. 즉 하위 질서는 상위 질서를 반복하고 반영한다. 다시 말해 소우주는 대우주와 근본적으로 동일하며 대우주의 모습을 반영한다. 창조된 모든 것은 연금술의 격언처럼 '다양한 양식들 속의 하나 Unum in multa diversa moda'이다. 그리고 모든 것은 주기에 따라 살고, 성장하고, 번식하고, 그리고 죽어가는 것을 되풀이한다. 연금술사들은 신이 대규모로 행한 것을 소규모로 행하는 것, 그리하여 작은 규모로 우주를 창조하는 것을 목표로 삼았다. 에메랄드 평판의 우주적 원리, 곧 연금술적 시각에서 본 우주란, 실은 라이프니츠적 단자들의 우주관과 닮아 있으며, 더 넓은 시각에서 보자면 동양의 주역이나 노장, 불교 철학, 그리고 고래로부터 우리나라에서 전래되어오는 비전인 『천부경』에까지 맞닿아 있다.

"모든 것은 둘로 나누어진 하나에서 일치한다"라는 역의 일치, 대립되는 것들의 일치주의는 연금술에서 '레비스'라는 단어로 불려졌으며, 그것은 종종 남녀 양성의 인물로 상징화되기도 했었다. 그러므로 "Zephirum(제피룸)과 Aleph(알레프) 사이의 모든 것"이란 바로,

무(無)와 유(有) 사이의 모든 것, 우주의 일체를 포괄하는 원리를 가리키는 것이다. 「밤의 살갗」 도처에서 이 원리는 되풀이되고 있다. 서양의 신비학과 동양 철학 간의 일치. 음양 조화의 원리; 사실 제7시는 바로 이러한 수학적 신비주의가 반복적으로 되풀이되는 경우이다. 예를 들면 "다수 속의 유일한 것/오직 단 한 번만 던져진 주사위/반복되는 단 한 번의 던져짐"이라는 시구가 그것이다. 또 "Contraria sunt complementa(대립적인 것들은 상보적이다)!"라는 시구는 역의 일치, 즉 음양의 일치를 의미하는 것으로 이는 동서양의 신비주의 철학을 관통하는 핵심 관념이다. "눈에 보이지 않는/작은 티끌 속에 주름잡혀 있는/Apeiron(무한자)의 우주"란 바로 거울처럼 반영하는 구조를 갖고 있는 무한한 우주의 내재적 구도를 표현한 것이다. 주역의 원리에 따르더라도 음과 양이 주름 잡혀 있는 태초의 태극 상태에서 그것이 펼쳐지고 난 삼라만상의 모든 사물들 속에 내재하는 음과 양은 태극(太極)의 양태에 불과하다. 하늘과 땅과 사람의 일치를 주장하는 천부경 사상이 언급되고 있는 것도 이런 맥락에서일 것이고, "死×even=서로 마주 보는 맞물린/두 개의 삼각형의 사랑/그 중앙에 벌겋게 치켜 뜬 거대한 하나의 눈"이라는 연금술적 음양 일치의 도형이 제시되는 그런 맥락이다.

그런데 시인은 동서양의 신비 철학을 가로지르면서 그것을 동일한 평면 위에 위치 지으면서 반복하고 있을 뿐만 아니라, 그것을 다시 패러디의 대상으로 삼고 있다는 사실이다. 이는 제7시의 "전체의 무의 작은 수학자의 셈놀이"로 나타나는데, "1+1=1/0+1=0/2×3=5"라는 식으로, 전통적이고 고정된 진리에 대한 편견을 과감히 붕괴시키면서 1+1=2, 0+1=1, 2×3=6이라는 수학적 진리조차 실은 절대적 근거가 부재한, 인간이 정한 약속 체계, 그런 의미에서 상대적인 규칙에 불과함을 지적하고 있다.

절대적 진리의 대표적 학문인 수학의 진리조차 상대성을 벗어날 수 없다는 것. 그리하여 플라톤주의의 영역에 포함되는 모든 진술들을 패러디하기. 이어서 제8시에 나타나는 "신께서는 짝수와 홀수 모두에서 기쁨을 느끼신다/그 모든 수들에 행운이 깃들어 있으니/짝수 없는 홀수, 홀수 없는 짝수의 비애를 느껴보라"는 구절은, 고대 피타고라스주의에서 비롯된 모든 수학적 신비주의, 그리고 주역 사상에서 나타나는 홀수 짝수에 대한 천수, 지수에 대한 구별과 짝수에 대한 억압을 상대화시키고, 홀수건 짝수건 모두 동등한 자격으로 우주의 생성에 참여하고 있음을 주장한다. 그것을 시인은 제6시에서 이렇게 요약한다; "일곱번째의 수는 열세번째의 달을 사랑한다." 즉 선과 악을 사랑으로 조화시키기, 신의 숫자와 악마의 숫자를 화해시키기, 음과 양에 대등한 권리와 자격을 부여하기. 이러한 전통적 형이상학에서 대립되는 맞짝 개념들을 대등하게 병치시키고 화해시키고, 그러한 병치 자체를 본래적 우주의 모습으로 절대적으로 긍정하는 전략은 제8시에서 니체의 『차라투스트라는 이렇게 말했다』를 패러디하는 이야기 구조 속에서 다시 한 번 강조되고 있다.

사실 반플라톤주의라는 점에서 니체와 시인의 관점은 일치하고 있다. 즉 본질계와 현상계라는 플라톤적 이분법에서 발생하는 신/인간, 이데아/현상계라는 대립을 철폐하고, 내재론적으로 현상계가 곧 본질계이며, 어떠한 초월적인 관념이나 존재도 인정하지 않는 세계, 그리고 그런 무한히 생성하는 헤라클레이토스적 흐름의 세계를 절대적으로 긍정하는 것, 여기서 니체와 시인은 만나고 있는 것이다. 그래서 시인은 이같이 노래한다; "우리는 이데아들의 삐걱거리는 불협화음을 즐겼고/영원히 생동하는 불수레바퀴 춤의 황홀한 신비 아래에서/즐겁게 웃었다." 우주는 생성하는 춤이다. 춤 자체의 운동이 곧 우주적 생성이다. 이러한 관념은 곧장 인도의 힌두교적 관념에 가 닿는 사상이기도 하다. 인도인들은 신의 모습을 춤추는 여신의 모습으로 형상화했다. 그래서 시인이 "Shackti(샥티)! Shackti(샥티)! Shackti (샥티)! 아름다운 신들의 나라로"라고 이야기한 것은, 바로 생동하는 춤의 우주를 노래한 인도 힌두교적 정서를 반영하는 것이다.

그러므로 시인은 정통 기독교의 관념을 비판하면서 정통 기독교가 기대고 있는 플라톤주의를 적극 비판함과 동시에 정통 기독교에 의해 배척되어온 유대 카발라나 연금술, 동양 신비 철학의 내재적—초월적 신 관념을 부정하고 일종의 스피노자적 내재성의 형이상학을 구성하고 있다는 점에서 내재적인—형이상학을 복원시키고 있으며, 그러한 복원을 통해 다시 한 번 그 형이상학에 잔재하고 있는 플라톤주의적 이분법을, 바로 그 연금술적 언어술에 기대어 철저하게 패러디하고 있는 것이다. 그리하여 제8시에서, "우리의 춤사위의 순진함에 낡은 신은/그 수치스런 얼굴을 돌려버렸다"고 하며 슬픔을 모르는 사티로스적 긍정의 세계를 불러들이는 것을 우리는 목격하게 된다. 그러한 긍정과 기쁨의 세계는 때론 외설스럽기조차도 한 에로스의 세계이며, 남자와 여자의 깊은 포옹으로 상징화되는 사랑이 충만한 세계이기도 한 것이다; "오! 나는 잔뜩 높이 치켜든 그대의 장밋빛 엉덩이 사이에/내 붉은 혀를 찔러넣는 순간을 가장 사랑하노라/사티로스들은 슬픔을 모른다/시간은 남자와 여자의 깊은 포옹" 이러한 단계는, 니체가 『차라투스트라는 이렇게 말했다』에서 얘기한 낙타와 사자의 단계를 지난 어린아이의 순진무구한 놀이와 유희의 세계에 맞닿는 것처럼 보이기도 한다.

그럼에도 불구하고 그의 전복적 형이상학이 궁극적으로 기대고 있는 세계관의 지평이 있다면, 그것은 니체적이라기보다는 여전히 불교적이다. 사실 니체와 불교 간의 거리는 어찌 보면 단 한 발짝이다. 니체는 오로지 색(色)의 세계만을 인정했다. 현상계를 초월하는 그어떤 세계도 관념도 인정하지 않았다. 그러나 불교 철학은 색즉시공임을 말한다. 색이 공으로 변하거나, 색 위에 공의 세계가 따로이 있는 것이 아니다. 색(色) 자체가 곧 공(空)인 세계다. 시인은 "병들어 앓는 눈으로 공(空)을 보고 서러운 검은 혓바닥으로 색(色)을 핥는다"고 하며, 자신이 색의 세계를 관통하여 색의 세계 근처에 있는 공, 색을 가능케 하는 공을 조명하려 하는 의도를 드러내고 있다. 특히 「밤의 살갗」이라는 시집 전체를 정리하고 마무리짓는 시인 제11시는 철저하게 불교적 관념에 의거하고 있다. 그는 붓다가 마지막에 했다고 전해지는 말을 다시 재인용하여 자신은 단 한 마디도 하지 않았음을 말한다. 동시에 "하나의 언어가 이 우주를 대체해버리도록 하지 않기 위해/아직 남은 말은 존재한다"고 하여, 언어를 초극해야만 함을, 언어는 침묵에 도달함으로써 언어의 본령에 도달함을, 그리고 언어는 자신을 초극하기 위해 다시 언어로 되돌아와야 함을 말하고 있는 것이다. 우리는 불립문자(不立文字)를 강조하는 선불교의 이념을 여기서 다시 보게 된다. 언어로는 결코 궁극적 진리에 도달할 수 없다. 언어를 배에 비유한다면 강을 건넜을 때는 배를 버려야 한다. 혹은 손가락으로 달을 가리키고 우리의 시선이 달에 머물게 될 때, 달을 가리키는 손가락은 더 이상 필요없게 된다. 이때 언어는 침묵이 되고, 부재가 된다. 그러므로 아직 남은 말이란, 언어 이전의 언어, 침묵 자체를 의미하는 것이 아닐까(그의 언어관에 대해선 다른 장에서 다시 거론할 것이다).

불교적 세계관에 대한 그의 친화성은 미학주의로 기우는 현대 철학에 대한 그의 경계에도 잘 나타난다. 그의 산문집『침묵』에도 이러한 문제가 다루어지고 있다. 조금 길지만, 인용해보자;

　　노자나 붓다는 '깨달음'으로만 도달할 수 있을 뿐, 논리적으로는 증명 불가능한 형이상학적 원리를 추구한다. 그것이 도(道)이고 해탈(解脫)이다. 인간 실존의 궁극적 가치는 바로 이 도와 해탈에 이르는 것이다. 삶의 가치는 여기에 있다고 선언한다. 여기서부터 불교적 타자성의 윤리와 도덕이 출발한다. 세상 만물이 붓다이며, 불성을 가지고 있다는 전제. 반면에 모든 형이상학적 개념을 해체하고 파괴해버린 탈현대 철학자들에게는, 인간에게 남은 것은 형해화된 불확실하고 분열된 주체밖에 없다. 하강은 했지만, 어디로 상승해야 할지 모른다…… 확실한 사실 한 가지는 우리 인간이란 동물은 '가치 지향적인 존재'라는 것이다. 자신의 삶에 대해서 의미와 정당성을 부여하지 않고서는 살아갈 수 없는 존재. 한마디로 인간이란 동물은 스스로를 '숭고하게' 만들지 않고서는 삶을 살아갈 수 없는 정신적 동물이다. 인간이 수천 년 동안 명사적 상상력을 발휘하여 본질·실체, 영원한 진리 따위의 형이상학에 매달려온 이유도 그것을 '정신분석학적으로' 보자면, 바로 그러한 인간의 어쩔 수 없는 욕망 때문이다. 그래서 인간은 신과 종교, 철학을 발명했고 그것들로서 '존재의 안전 보장 장치'로 삼아왔던 것이다. 형이상학은 분명, 삶의 안전 보장 장치였다. 고대인들은 바로 그런 형이상학을 통해 소박한 평온을 얻어 살아갈 수 있었다. 그러나 오늘날 인간의 욕망과 무의식까지 낱낱이 파헤쳐지고 난 후에 우리는 니체적 니힐리즘에 시달리고 있다. 근대인들은 '의식적 주체의 통일성과 자율성'에 근거하여 삶을 기초지으려 했지만, 이젠 그런 시도조차 이데올로기라는 것이 밝혀졌고, 남은 것은 아무것도 없다.

그럼에도 불구하고 죽음에 직면할 수밖에 없는 정신적 존재인 인간은 자신의 삶을 근거지을 이념을 요구한다. 자신의 삶을 가치 있고 숭고하게 만들 어떤 이념을. 정신분석학은 삶의 가치를 근거지어줄 이념이 될 수 없다는 것은 확실하다. 그것은 비판의 무기일 뿐. 여기서 나는 형이상학에 대한 필연적 요구를 발견한다. 인간의 종교적 욕망의 필연성을 발견한다. 모든 인간은 '죽음'의 존재이지만, 자신의 죽음을 숭고하게 만들 수 있는 삶의 가치를 요구한다. 이것이 형이상학이고 종교이다. 미학이 삶의 궁극적 가치가 될 수는 없다. 그러나 그 종교는, 기독교적 형태의 낡은 종교가 아니다. 탈현대 철학이 지향해야 할 곳은 이제 하강의 길에서 다시 상승의 길로, 인간 삶을 초월의 높은 단계로 이끌 형이상학을 다시 새롭게 구축하는 것이다…… 무(無)와 공(空)의 세계는 합리적인 세계는 물론 아니다. 논리를 초월한 세계이다. 그러나 모든 신비주의가 다 철없는 종교적 허울인 것만은 아니다. 인간이 두뇌의 20퍼센트도 사용하지 못하는 존재라는 것을 인정한다면, 나머지 80퍼센트의 정신 능력이 바로 초월적인 도(道)와 니르바나의 세계인지 어떻게 알리오? 도는 분석하는 자가 아니라 직접 뛰어들어 실천하고 행동하는 자에게만 찾아오는 것이니. 합리적 사유로서는 도달할 수 없는, 색의 세계를 초월한 공(空)의 세계를 현대적 사유로 포착하고, 그것을 삶의 예술로 이끌어내는 것 ― 이것은 실로 어려운 사유의 길이지만, 그렇다고 회피할 수도 없는 탈현대 철학이 더듬어가야 할 좁은 길인지도 모른다.

이런 입장에 비추어볼 때, 그가 진정으로 추구했던 것은 니체적 색(色)의 세계의 긍정에서부터 출발하여 철저하게 색의 세계를 살아감으로써, 정화와 열반의 터전으로 삼음으로써 거기서 공의 열반의 꽃을 일구어내는 것이다. "합리적 사유로서는 도달할 수 없는, 색의 세계를 초월한 공(空)의 세계를 현대적 사유로 포착하고, 그것을 삶의 예술로 이끌어내는 것" 다시 말해 「밤의 살갗」의 시에서도 말하고 있듯이 "삶은 삶 외에 달리 더 읽을 것이 없는데" 니르바나의 꽃을 어디서 구할 수 있단 말인가?

그러나 이런 삶이 추구해야 할 이상과는 별도로 현실적인 문제로 제기되는 것은 그런 삶으로의 정신적 비약 가능성을 차단하고 있는 듯이 보이는 현대적 삶의 곤궁함이다. 그가 제6시의 후반부에서 노래하고 있는 것이 바로 파편화되고 물질주의로 타락해버린, 무덤 속의 삶과도 같은 현대적 삶의 초상화이다. 그의 절망과 고뇌의 원인은 바로 여기에 있다.

III. 암울한 광야 시대의 노래

제6시의 후반부 "Sin의 광야를 가득 채우고 있는 저주받은 가브리온 하다아와의 무덤들"이라는 행부터 시작하여 마지막 행까지 노래하고 있는 것은 신으로부터 버림받고 희망 없는 광야에서의 절망적인 방황을 계속하고 있는 현대에 대한 이야기다. 그리고 여기서 주된 상징의 모티프로 사용되고 있는 것은 성경이다. 그리고 성경을 중심 모티프로, 단테의 『신곡』의 「지옥편」과 괴테의 『파우스트』, 윌리엄 블레이크의 시가 보충적으로 차용되고 있다. 그에게 현대적 삶의 공간은 바로 '광야'의 이미지로 표현된다. 광야는 유대인들이 가나안이라는 이상향에 도달하기 위해 40여 년 간 유대인들이 방황하며 일종의 통과 제의적인 혹독한 시련을 겪었던 공간이다. 성경에서 광야의 메타포는 매우 심대한 의미장을 이루는 것이다. 성경에는 시나이 광야, 바란 광야, 신 광야 등 18개의 광야가 나타난다. "열여덟 번 나타나는 광야"라는 시행이 바로 그것을 뒷받침하고 있다. 그런데 시에서 Sin 광야라는 구절이 나오는데, 이 광야는 「출애굽기」에 나오는 광야다. 반면에 「민수기」에는 거룩한 곳이라는 뜻을 가진 Zin 광야의 이름이 나온다. 「출애굽기」의 Sin 광야는 출애굽 후 2월 15일에 도착한 장소이며, Zin 광야는 미리암이 죽고 모세의 후계자가 임명되는 등 모세 말년에 거주하던 장소로 각각 다른 장소이다. 즉 시나이 반도 동북쪽으로 가나안과 시나이 반도의 경계 지역이다. 시인이 Sin 광야라는 장소를 택한 것은 Sin이라는 단어가 영어에서는 '죄'를 의미하는 단어이기도 하기에, 의도적으로 그 단어를 택한 것으로 보인다. 광야는 삭막한 곳이다. 나무도 풀도 물도 없는 황무지(「민수기」, 20: 5)이다. 고통과 시련, 혹독한 비참만이 있는 곳이다. 그런데 성경에 따르면 이런 광야야말로 하느님을 만날 수 있는 장소였으며, 신의 거룩한 뜻이 전달되고, 인간의 신에 대한 신뢰와 신앙심이 시험되는 장소이기도 하다. 광야는 일종의 세속에서 신성으로 나아가기 위한 통과 제의적 공간이다. 다윗도 광야에서 하느님의 보호를 받았으며, 세례 요한도 광야에서 복음을 전파했으며, 예수도 광야에서 악마의 시험을 받았으며, 유대인들이 집단적으로 통과 제의를 치르는 장소도 바로 광야였고, 모세가 십계명을 받았던 장소도 바로 광야였다. 즉 광야는 시험과 구원의 이중적인 메타포로 기능하고 있는 것이다.

그런데 시인은 이러한 전통적인 광야의 이미지를 제거하고, 그야말로 비참과 죽음만이 가능한, 탈출이 불가능한 미로로서의 광야의 이미지를 제시한다. 말 그대로 죄로 가득 찬 광야이며, 공동 묘지와도 같은 장소로서의 광야이다. "Sin의 광야를 가득 채우고 있는 저주받은 가브옷 하다아와의 무덤들"이라는 시구를 보자. 먼저 저주받은

"가브옷 하다아와"라는 구절. 가브옷 하다아와는 '다베라'와 함께 「민수기」에서 신의 진노를 받은 죄인들에 대한 재앙의 이름으로 나타난다. 유대인들이 광야에서의 생활을 불평하자 진노한 하느님이 그들을 불사른 장소가 '다베라'이며, 또 하느님이 금욕을 내세우며 고기 대신 메추라기를 먹게 했을 때, 욕심 많은 자들에게 재앙을 내려 그들이 묻힌 장소가 바로 '가브옷 하다아와'이다. 다시 말해 저주받은 가브옷 하다아와는 인간적 탐욕에 대한 재앙의 장소이며, 죄의 광야를 가득 채우고 있는 것이 바로 그런 가브옷 하다아와 같은 절망의 공간이라는 것이다.

그런데 더욱 비참한 것은 성경과는 달리 이 시에서는 광야에서 인간들을 인도할 신이 부재하다는 사실이다. "구름 기둥이 사라져버린 폐허의 회막들"이란 구절이 바로 신이 부재한 상황을 이야기한다. 성경의 「민수기」에 따르면 애굽을 탈출한 유대인들이 광야에서 머물 때, 하느님을 만나는 광야에서의 특별한 장소가 회막이었다. 그 회막을 둘러싸고 보호해주는 것이 바로 신의 구름 기둥이었다. 그런데 인간의 타락으로 신은 광야를 떠나버렸고, 회막들은 이제 폐허가 되어버렸으며 "음산한 벼랑을 접한 골짜기엔/얼굴 없는 유령들이 굶주린 배를 움켜쥐고/아귀다툼을 벌이고" 있을 뿐이다. "신의 아리트모이! 666의 601730" "시계는 걸음을 멈추고, 바늘을 떨어뜨렸다/[……]/영원히 종결되지 않는 유랑/지옥은 실로 둥글다"는 상황을 그런 상황을 부연 설명해주며 강조하는 대목이다. 아리트모이Aritmoi는 '수'를 의미하는 그리스어이다. 그리스의 모세 5경 번역자들이 모세 5경 중 제4경에 '아리트모이'(「민수기」)라는 이름을 붙였다. 그런데 헤브라이어로 이 말은 베미드바, 즉 '사막'이라는 의미를 갖고 있다.

「민수기」에는 유대 민족에 대한 두 번의 인구 조사가 행해지는데,

거기서 레위인들까지 포함해서, 유대 12지파 중 20세 이상의 성인 총인구수가 '601730'이라고 나온다. 신의 성스러운 보호를 받고 가나안으로 들어갈 권리를 가진 인구수가 601730인 것이다. 그런데 시인은 이를 666이라는 묵시록적 숫자와 결합시킴으로써 그것을 불가능한 구원의 숫자로 바꾸어버린다. 물론 시인은 신이 부재한 상황에서도 인간들은 여전히 종교를 갖고 있음을 본다. 그러나 그 종교는 타락했고, 구원의 희망이 될 수 없다. 윌리엄 블레이크의 「나는 황금의 교회당을 보았다」는 시를 그대로 차용해온 "그 골짜기 한 편에 홀로 우뚝 솟아 있는 온통/황금으로 된 교회를 나는 보았다"는 시구가 그것이다. 그리하여 그는 괴테의 시구를 빌려 "시계는 걸음을 멈추고/바늘을 떨어뜨렸다"고 말하는가 하면, 단테의 시구를 빌려 "지옥은 실로 둥글다"고 현재의 지구의 문명 상태를 비판하고 있는 것이다. 그에 의하면 현재의 문명적 상황은 저주받은 가브옷 하다아와의 상황에 다름아니다. 그는 절망적으로 "불모의 황야를 가로지를 황금색 뱀은 어디에 있는가?"라고 외치지만——황금색 뱀이란 신과 인간의 합일, 혹은 인간이 신성에 도달하는 연금술적 상태에 대한 비유이다——그의 목소리에 화답하는 것은 단테의 『신곡』 「지옥편」에 나오는 괴조 하르퓌아이의 목소리뿐이다.

한마디로 제6시는 천국과 지옥의 대조를 통해, 현재의 인간 삶의 비참을 극화시키면서 동시에, 그런 비참한 상황으로부터 벗어날 수 있는 조건에 대한 탐색을 그리고 있는 장엄한 서사시이다. 그것은 외적인 부와 물질의 축적에만 몰두하고 있는 현재의 상황 대신에, 내적이고 정신적인 삶에 대한 열렬한 희구가 담겨 있는 노래이기도 하다. 그가 굳이 계속하여 비판하고 있는 기독교적 관념의 총체인 성경에 빗대어 노래한 것은, 역설적으로 성경의 역사가 구원의 역사가 되지 못하고, 타락한 황금의 교회의 역사에 불과함을 고발하기 위한 것이며, 기독교가 배금주의적 문명과 결탁하여 타락의 역사를 지탱해왔음을 은근히 비판하기 위한 것이리라.

이처럼 제6시는 11개의 시로 이루어진 「밤의 살갗」의 중심을 차지하면서, 우주와 역사, 삶, 구원에 대한 그의 고뇌 어린 사색의 핵심을 드러내주는 시라는 점에서 중요한 부분을 차지하고 있다. 제6시를 둘러싸고 나머지 시들은 마치 소리의 공명이 발생하는 울림의 층처럼 겹겹으로 다차원적인 의미들을 생성시키고 있고, 그것을 반복 · 변형시키며 확대하고 있는 것이다.

IV. 공(空)의 글쓰기의 이미지

제9시부터 제11시까지는 「밤의 살갗」의 시쓰기 전체를 정리하고 마무리짓는 시들이라고 할 수 있을 것이다. 그의 시작(詩作) 작업은 이제 긴 여행을 마치고, 사랑의 언어, 침묵의 언어를 향한다. 삶과 글쓰기는 분리할 수 없는 하나이기에, 그의 여행은 곧 언어의 여행, 글쓰기의 여행과 일치한다. 삶이 곧 글쓰기이다. "내 언어는 단지 존재함being일 뿐이다/지(地)와 지(紙)는 따로이 존재하지 않는다"라는 시구가 바로 그 사실을 알려주며, 시인은 "무질서와 혼돈의 폐곡선 위에서 노래"한다. 흔히 연금술의 비학에서 연금술의 신비가 담긴 경전을 '새의 언어'로 비유하곤 한다. 또 연금술사들은 연금술 작업을 통해 마침내 완성되는 신성한 현자의 돌을 곧잘 스스로를 태워 소진하는 불 속에서 자라나는 불사조로 형상화하곤 했다. 그가 시인을 새에 비유했던 것은 바로 언어의 연금술사인 시인을 현자의 돌을 구하려 했던 고대의 연금술사들과 시인을 동일한 계열에 놓고자 했음이리라. 즉 연금술사들에게 연금술이란 단지 현자의 돌을 발견하기 위한 수단이었던 것이 아니라 그 자체가 신과 합일의 경지로 상승하고자 하는, 혹은 성스런 깨달음으로 자신의 삶을 고취시키려는 그들의 삶 자체와 동일한 것이듯이, 시인에게도 언어는 바로 시인의 삶 자체인 것이다.

그런데 우리가 보기에 시인이 발견해낸 언어의 현자의 돌은 바로 공(空)의 언어, 침묵의 언어이다. 그것은 언어의 '무한히 상승하는 카논의 푸가'이며 영원히 생성하는 우주처럼 불멸하는 언어의 윤회이며, 색즉시공 공즉시색(色卽是空 空卽是色)의 과정 자체이다. 모든 것은 생성하고 윤회한다; "평평하기만 하고 기울어지지 않는 것은 없고/가기만 하고 돌아오지 않는 것은 없다" 그런데 그는 실은 너무 많은 말을 했던 것은 아닐까? "무죄를 기다리며 나는 잠을 잔다"라는 시구는 그런 사실에 대한 자괴감의 표현은 아니었을까? "내가 없는 사랑만이 구원의 빛이 되리니"라는 시구도 예사롭지가 않다. 내가 없는 사랑만이 구원의 빛이 된다는 것이 무슨 말인가? 문장이 외면적으로 표현하고 있는 바를 그대로 따르면 이 문장은 자신의 죽음을 넌지시 암시하고 있는 듯하기도 하다. 그는 죽음에서 자신의 구원을 발견했던 것일까? 박상륭이 『죽음의 한 연구』라는 작품에서 죽음을 통한 중생과 해탈을 유리라는 인물의 생을 통해 보여주었듯이 그렇게 자신의 언어의 죽음과 침묵을 자신의 삶의 죽음과 침묵으로 받아들이려 했던 것일까? 그것이 글쓰기 자체의 운명일까? 그는 이번에 새로 발견된 미발표 원고 중 글쓰기에 관한 한 글에서 글쓰기란 과연 가능한가?라는 질문을 스스로에게 던지면서 이에 관해 언급한다; "어쩌면 글쓰기의 운명이란 이런 것인지도 모른다; 즉 '과연 글을 쓴다는 것은 가능한 일일까?'라는 질문을 던지면서, 그런 질문 형식 자체를 글쓰기로 되돌리는 것. 그러니까 글을 쓰는 내내 지금까지 써왔던 단어와 문장들을 지워나가는 것, 마치 눈이 소복이 쌓인 길 위를 걸어가는데, 내가 지나온 흔적으로 남겨진 발자국들을 그 빗자루로 비질을 해서 말끔히 쓸어 없애면서 걸어가는 것과도 같은 행위."

그에 따르면 글쓰기란, 언어를 부정하기 위해, 언어의 진정한 요람인 침묵으로 되돌아가기 위해 언어를 쓰는 행위다. 침묵이야말로 마치 손톱보다 작은 소나무 씨앗이 거대한 소나무를 이미 품고 있듯이 모든 언어들을 그 속에 품고 있는, 일종의 언어적 도(道)의 상태다. 모든 언어는 바로 침묵으로부터 발생한다. 그리고 궁극적으로 언어는 다시 침묵으로 되돌아간다. 그런데 침묵 자체를 표현하는 언어는 불가능할까? 말 그대로의 침묵이 아니라 침묵과 도(道)를 표현하는 언어는 없을까? 말하지 않고도 말하는 그런 언어, 부재이면서도 부재가 아닌 언어. 그는 그 실마리를 동양의 고전에서 찾는다. 노장의 언어, 선불교의 언어가 바로 그것이다:

노자나 장자, 혹은 선불교의 텍스트들을 읽으면 머릿속이 쨍하고 갈라지는 듯한 느낌을 받을 때가 많다. 이런 텍스트들은 언어로 씌어졌긴 하지만, 내가 읽는 순간 사라져버리는 듯하다. 왜냐하면 그들의 언어는 실은 침묵과 부재, 무(無)와 공(空)의 언어이기 때문이다. 또 형식 논리와 변증법적 논리를 카드 패를 멋대로 뒤섞듯이 마구 뒤섞어버리는 패러독스의 언어이기 때문이다. 논리 없는 논리, 초논리의 언어 세계. 노장의 텍스트에서는 이런 비논리적인 언어를 '치언(癡言)'이라는 개념으로 설명한다.

치언이란 황당한 말, 밑도 끝도 없는 말, 어리석은 터무니없는 말이란 뜻이다. 도(道) 자체가 고정된 실체가 아닌 유동적인 흐름이자 생성이며 존재와 부재를 동시에 긍정하면서도 부정하는 경지라면,

이러한 상태에 도달하는 언어는 논리를 초월한 언어로 표현할 수밖에 없으리라. 그래서 도가에선 그런 언어를 일컬어 대음무성(大音無聲)이라고도 하지 않던가! 침묵의 언어, 말하면서도 말하지 않는 언어…… 노자나 장자, 선불교의 텍스트는 하나같이 불언지언(不言之言), 즉 '말하지 않으면서 말하기'를 말한다. 대상 없는 인식, 즉 나도 대상도 의식하지 않는, 그래서 대상을 폭력적으로 소유하려는 인간적 의지로부터 벗어난, 대상을 도구화시키지 않는, 한마디로 도(道)의 경지에 노니는 언어다. 사실 도의 세계나 깨달음의 경지는 서구적 형식 논리의 분별적 세계가 일체의 모순이 그대로 긍정되고 병립하는 만물제동의 세계, 전체가 하나인 그런 세계이다. 이를 노자는 무유지유(無有之有)라고 표현한다.

이 개념 자체가 참으로 옮기기 난감한 개념이다. 없는 있음의 있음이란 게 뭔가? 존재가 없는 존재? 존재에 집착하지 않는 존재? 이는 절대 부정과 절대 긍정이 동시에 긍정되거나 또한 동시에 부정되는, 이 모두가 성립되는 명제다. 이런 언어야말로, 언어를 권력으로부터, 사물들을 포획하려는 혹은 소유하려는 집착으로부터 벗어나 사물들과 함께 노니는 그런 언어가 아닐까. 즉 말을 하지 않음에 도달하기 위해, 말을 버리기 위해 말을 하는 언어. 말이 필요 없는 말. 장자가 다리 위에서 연못 속의 물고기들과 동화할 수 있었듯이 말이다. (산문집, 『침묵』)

노장, 그 중에서도 불교가 가장 급진적인 부분은 '자아 부정'에 있다. 제법무아(諸法無我)! 사실 어떤 서양 철학도 이런 얘기를 하지 못했다. 현대의 소위 주체 해체 철학 시대에 와서야 가능해진 얘기다. 에고ego에 사로잡힌 철학이 서양 철학의 주류였고 근대 철학의 핵심적인 관념이라면 관념이었다. 에고로 세계를 구성하고 지배하려는 것 이것이 데카르트주의의 근본 기획이었고, 헤겔에서 후설에 이르기까지 서양 철학 전체를 지배해온 근대 주체성 철학의 근본 이념이었지 않은가? 라캉의 정신분석학도 주체를 해체하고, 나의 무의식조차 타자(사회)의 무의식에 불과하다고 천명하지만, 실은 그런 무의식조차 공허하다는 것을 주장하지는 못했다. 그래서 노장이나 선불교의 언어는 끊임없이 스스로를 부정하는 언어, 스스로 붕괴되고 망각되는 언어이다. 말하지 않고 말하기의 언어, 인위적인 분별지의 세계를 초월하는 언어이다. 모든 인위적 이항 대립적 분별을 넘어서는 언어, 그것이 바로 치언(癡言)이며, 불언지언의 언어이다. "내가 없는 사랑만이 구원의 빛이 되리니"라고 시인이 말한 것은 바로 이러한 언어와 글쓰기의 경지를 일컫는 말이 아니었을까. 나와 대상이라는 분별이 없는 경지, 그러한 상태로 나아가는 글쓰기.

시인은 바로 그런 불언지언의 글쓰기를 지향했고, 그것이 「밤의 살갗」의 모든 시어들이 마치 대립적인 개념들을 병치시키고, 이항 대립적인 언어들을 동시에 부정하면서도 긍정하는 전략을 택하게 했으리라고 우리는 짐작할 수 있다. 이러한 불언지언의 전략 혹은 치언(癡言)의 전략을 이해한다면 「밤의 살갗」이 왜 다가적이고 대립적인 의미들을 동시에 발생시키고 있는가 하는 일견 모순적인 면들도 이해할 수 있게 된다. 그것은 상대주의가 아니라 상대주의조차 넘어서는 절대적 경지의 언어를 말하고자 하는 치밀한 전략의 일환이었던 것이다. 그는 제법무아(諸法無我)의 글쓰기, 즉 공(空)의 사유와 글쓰기의 이미지를 그려 보이고 있었던 것이며, 그러한 글쓰기를 실천해 보였던 것이다. 그것이 「밤의 살갗」의 글쓰기를 단순히 글쓰기의 유희, 모든 기의로부터 해방된 기표의 유희만을 겨냥한 글쓰기로부터 분리시키는 차이이기도 할 것이다.

글쓰기는 욕망과 쾌락의 글쓰기가 아니라, 그 자체가 하나의 깨달음에 이르는 글쓰기다. 욕망과 쾌락을 부정하기 때문이 아니라, 그것역시 대상과의 관계 속에서 여전히 아(我)/타(他)의 분별에 기초하고있고, 또 나나 혹은 대상에 대한 집착으로부터 완전히 벗어나지 못했기 때문에 그것으로부터도 넘어서야 하는 것이다. 깨달음의 글쓰기는, 나와 타자 간의 구별이 없는 글쓰기, 대상적 인식을 추구하지 않는 글쓰기, 그렇기 때문에 합리적인 논리와는 다른 논리를 가진, 일종의 초논리적인, 그래서 황당하기까지 하지만 그럼에도 불구하고그 속에서 무한히 깊은 침묵의 경지에 도달하는 글쓰기일 것이다.

이러한 글쓰기와 디지털 시대는 어떤 관계를 가지는가? 인식론적으로 볼 때, 디지털 기술은 아날로그와는 달리 사물을 전체성으로서가 아니라 그 특수성을 특수성 자체로 파악하는 특수주의적 접근 방식을 택한다. 우리 인간의 인식은 일반적으로 대상을 일련의 연속적인 전체로서 인식한다. 그것은 인간 인식의 한계이자 특성이기도 하며, 그런 아날로그적 인식 방법은 언어의 보편적 특성이기도 하다. 언어는 그것의 보편적 성질 때문에 구체적이고 특수한 사물을 추상화한다. 언어는 사물에 대한 폭력적 성격을 띠게 될 수밖에 없다. 반면에 디지털적 인식론은 사물을 전체로서가 아니라 부분들의 집합체로서, 모자이크 조각들의 결합체로 보며, 그 세부적이고 특수한 부분들에 주의를 기울인다. 탈근대 시대의 기술적 특징이 디지털이고, 탈근대 시대의 시대적 요청이 전체화하지 않는 전체성, 부분들의 개별성과 특수성에 대한 강조에 있다면, 탈근대 시대의 글쓰기 또한 보편적 언어로 개별 사물들의 고유한 사물적 특성을 강압적으로 전체화시키고 포획하는 언어가 아니라, 사물의 고유성과 특수성, 부분성을 있는 그대로 표현하는 언어, 일종의 사물적 글쓰기가 요구된다고 할 것이다. 그런 언어만이 사물과 적대적 관계가 아닌 동화되는 관계, 사물과 내가 구별되는 것이 아니라 사물과 내가 하나가 되는 일치의 경지로 나아갈 수 있을지도 모른다. 색(色)으로서의 사물이 또한 공(空)한 것이기도 하다면, 각 사물에 대해 말하는 보편적일 수밖에 없는 언어는 그 사물에 대해 말하면서도 동시에 스스로를 부정하는, 그리하여 끊임없이 사물의 공성(空性)에 도달하려는 언어, 불언지언의 언어일 수밖에 없지 않을까. 즉 디지털 기술이 0과 1 사이의 두 가지 신호 사이에서 진동하듯, 언어는 무(無)와 유(有) 사이에서 무한히 진동할 수밖에 없지 않을까. 그래서 언어는 경계이기도 한 것이며 스스로 모순 속에서밖에 살 수 없는 비극적 존재이기도 한 것이리라.

6. 일면불, 월면불

"일면불 월면불(日面佛 月面佛)"이란 문장은 11세기 무렵에 중국에서 설두와 원오 두 선사가 편집하고 주를 달아 편찬한 『벽암록(碧巖錄)』이라는 책에 나오는 말이다. 서기 788년, 80세에 이르러 병을 얻어 죽음을 앞둔 마조도일 대사와 원오 스님의 대화에서 나온 말이다. 원오가 마조대사에게 안부를 묻자, 그에 대해 대답해준 말이 바로 "일면불 월면불"이란 말이다.

선불교에서의 화두선들이 대부분 그렇듯이 이 공안도 해석하기가 매우 난해하다. 일면불, 월면불이 도대체 무슨 말인가? 표면적으로 직역한다면 "해를 바라보는 부처, 달을 바라보는 부처"란 뜻이지만, 선승이 단지 그 표면적인 의미로 그 말을 했겠는가? 자신의 죽음을 앞두고 깨달음을 얻은 당대 최고의 선승이 최후의 말로서 남기는 일종의 유언인 그 짧은 한 마디에는 선불교의 심오한 모든 뜻이 집약되어 있을 것이다. 그런데 거창한 한 마디가 아니라 단지 "낮에는 해를 바라보고 밤에는 달을 바라보고 살았다"라니? 이는 색을 꿰뚫고 공을 보고, 그 공으로부터 다시 색으로 돌아온 완전한 깨달음의 경지, 즉 깨달음 뒤에 오는 평상심(平常心)의 경지를 말하는 것이리라. 무심히 떴다 지는 해와 달 그 자체처럼, 위대하면서도 실은 소박하기 그지없는 우주의 생성과 일치한 도의 경지를 표현하는 언어! 이것이 야말로 공(空)의 언어이리라. 마치 고대 백제 불상의 그 은은한 미소 같은, 소박함 가운데에서 시공을 초월하는 절대적 자유와 해탈의 경지가 드러나는 언어. 일면불, 월면불이란 언어는 결코 논리나 이성으로는 이해하기 어렵다. 거기에는 해와 달이라는 사물이 언어 속에서 잡혀 들어 있지도 않고, 그렇다고 그것을 발화하는 주체의 요구가 들어 있지도 않다. 마치 그 언어 자체가 해와 달이라는 사물과 나란히 소박하게, 함께 곁에 놓여 있는 것 같다.

시인은 이 말을 그의 마지막 시에 인용함으로써 할말을 다 했다고 생각했는지도 모른다. 우리가 이 말을 「밤의 살갗」의 마지막 시구로 배열한 것도 그런 가정 때문이다. 그 역시 그의 부재를 궁금해하고 그의 행방을 찾으려는 모든 시도들에 대해 빙긋이 미소지으며 "일면불, 월면불"이라는 단 한 마디를 해주고 싶었던 것이 아닐까. 그 한 마디로 그의 삶과 그의 문학 전체를 말해주고 싶었던 것은 아닐까. 물론 이것은 우리의 가정일 뿐이다. 자칫 우리의 이런 가정이 그의 죽음을 기정사실화하는 것처럼 들릴 수도 있기 때문이다. 아직까지는 불확실할 뿐이다. 모든 것이. 일면불, 월면불이라는 이 시구도, 137개의 다른 언어 카드들 속에서 어떤 자리에 위치하느냐에 따라 또 전혀 다른 의미장을 형성하며 우리가 해석한 것과는 다른 의미론적 해석을 낳을 수도 있을 것이다.

다만 우리가 문득 깨닫게 되는 것은, 그가 비록 우리 곁에 부재한다고 하지만 실은 부재하는 것이 아니라 여전히 우리 곁에, 우리의 삶 속에, 그리고 그의 언어 속에, 혹은 언어들 사이에서 살아 있다는 것이고, 그곳에서 글쓰기를 계속하고 있다는 느낌이다. 이 137개의 카드들을 누군가가 읽고 있는 한, 그리고 이것에 대해 누군가가 새롭게 재배치하거나 주석을 다는 한, 그의 글쓰기는 창조적 독자들과, 창조적 주석가들의 글쓰는 손이 되어 살아 있을 것이다. 그런 의미에서 이 「밤의 살갗」이라는 텍스트는, 마치 새로운 판이 나올 때마다 새롭게 덧붙여질 것을 염두에 두고 책의 마지막 페이지는 빈 공백으로 남겨놓는 유대의 경전 『탈무드Talmud』처럼, 결코 완결되지 않는, 처음부터 무한히 열린 텍스트로서, 끊임없이 생성 중이고 만들어지고 있는 과정 중인 무한한 텍스트로 남아 있게 되지 않을까. 그렇기 때문에 이 미로 같은 텍스트는 말 그대로 우리에게 영원히 미로로 남아 있게 되지 않을까. 미로로 남아 있기 위해서만 자신을 미로로 계속 생성해나가는 그런 텍스트로.

제2장
무한한 여백의 장

제3부

작가의 미발표 원고들

여기 실린 글들은 우리가 본격적으로 편집 작업에 들어간 후에, 그래서 어느 정도 마무리 작업을 하고 있던 후반기에 우연히 그의 컴퓨터 파일들에서 찾아낸 것들이다. 이 글들이 언제부터 언제까지 씌어진 것들인지는 정확히 알 수 없다. 다만 내용으로 미루어보아 1998년을 전후해서 씌어진 것들이라는 것만 짐작할 수 있을 뿐. 하마터면 영원히 빛을 보지 못하고 사라질 뻔한 글들이 이렇게 발견된 것은 실로 다행한 일이다.

이 글들에는 일기에 가까운 산문들, 그리고 시적인 문체로 씌어진 단상들, 그의 초기작처럼 보이는 실험적인 단편소설 한 편, 소설적인 것들, 철학적인 담론들, 글쓰기에 관한 사색, 쓰다가 중단한 글 등이 실려 있다. 특히 소크라테스주의 문제를 다룬 「프로메테우스의 배반과 몰락」과 모더니티 문제를 다루고 있는 「미래적 모더니티」라는 제목의 제법 긴 에세이 두 편이 포함되어 있는데, 이 글들은 향후 그의 세계관을 이해하는 데 큰 도움을 줄 것으로 생각된다.

무엇보다 독자들은, 한 권의 책 속의 또 다른 책과도 같은 이 텍스트들에서 글을 읽는 즐거움을 발견하게 되리라 믿는다. 글쓰기의 즐거움, 글읽기의 즐거움을.

우리는 이 글들을 굳이 시, 소설, 산문 등의 장르로 구분하지는 않았다. 그의 글들은 경직된 장르적 구별 속에 위치짓기에는 모호한 글들이 대부분이고, 그 글들은 다만 '문학'이라는 범주로만 아우를 수 있는 것들이기 때문이다. 또한 이 글들은 아방가르드 지향적인 글쓰기를 추구했던 그의 문학적 글쓰기를 잘 드러내주기도 한다. 이 글들을 통해서 우리는 그의 내면적인 생각과 삶에 관한 사색, 그리고 그를 갉아먹었던 내적 고뇌들을 읽어낼 수 있다.

이 글들에 나타난 주요 정서는 절망과 고독, 그리고 세계에 대한 근심이다. 출구가 없어 보이는 암울한 세기말을 살아가야 했던 예민한 한 작가의 내면적 고통과 그런 고통에도 불구하고 삶의 비전 문제에 대한 관심을 끝까지 포기할 수 없었던 한 치열한 정신. 독자들은 바로 이 글들에서 작가의 정신 세계를 엿볼 수 있을 것이다. 그럼에도 불구하고 그의 주된 관심은 언어를 통해서 전달하는 내용보다는 여전히 언어 자체의 내밀한 흐름과 글쓰기의 자체에 있는 것 같다. 여기 실린 글들을 통해서 우리는 지금까지는 알려지지 않은 작가의 내면 세계에 조금 더 다가갈 수 있는 소중한 기회를 얻게 된다. 「밤의 살갗」이라는 시편을 해독하는 데도 이 텍스트들은 유용한 연구 자료로 활용될 수 있을 것이다.

우리는 여기서 이 글들에 대해 주석을 달거나 해석을 덧붙이는 시도를 하지는 않았다. 시간적 제약도 있었지만, 우리의 해설로 인해 자칫 이 글들의 고유한 힘들을 축소시키거나 억압하게 되지나 않을까 하는 우려도 있었고, 또 새롭게 발견된 자료들이니만큼 자료 자체를 세상에 드러내는 것만으로도 일단은 가치가 있는 일로 판단되었기 때문이다. 이 글들 자체에 대한 면밀한 탐색은 이제부터 시작되어야 할 새로운 작업을 지시해줄 뿐이다. 향후 이 글들에 대한 분석이 보다 자세히 이루어진다면, 「밤의 살갗」과 함께 그가 지금까지 남긴 모든 텍스트들에 대한 보다 풍성하고 세밀한 접근을 가능케 할 것이다.

중력의 비탈진 경사면

1

궤도 없이 선회하는 빛의 수렁 아래서, 감당 못할 중력의 비탈진 경사면을 따라 무거운 머리를 떨구며 걸음을 내디딜 때, 지층 깊은 곳에서부터 울려오는 깊은 공명음을 듣는다. 저음의 첼로 선율처럼 둔중하고, 11월의 낙엽처럼 허공을 비켜가듯 대지 위로 내려앉는 쓸 쓸함처럼 강퍅하기조차 한 소리.

부피 없는 밤의 적막은 박동이 멈춰버린 심장처럼 무뚝뚝하기만 하고, 시간은 무중력의 공간 속에서처럼 침묵 속에 결박되어 내 곁에 머무르고 있다. 한적하고 깊은 숲 속, 가늠할 수조차 없는 무(無)의 깊이, 그 내밀한 충만함으로 온전히 채워진 이 무한 공간의 언저리에서 배회하며, 나는 죽어가는 희망들과 기대들, 기다림과 연모의 환영스런 넋들을, 찬탄과 경외 없는 차디찬 열정으로 다시 불러들인다. 어두운 분지들 사이로 돋아나는 작은 싹들, 그림자처럼 흔들리는 존재의 불안한 목소리들, 가이없는 그리움의 찢겨진 외상들, 피막처럼 얇다란 웃음들 사이로, 하나의 숙주가 되어버린 어떤 텅 빈 아름다움, 그 공허함의 과잉에 설레는 한스런 기억들, 이 모든 마법적인 기운들에 무감하게 의탁하면서.

때론 윤곽도 없는 형상들이 부재의 공간을 가득 채울 때도 있지만.

2

민첩하고 매끈한 기하학적 제스처 속에서, 명목 없는 유령들이 배회할 때. 사진 속의 이미지들처럼 정지된 웃음들. 깨진 거울에 비친 일그러진 사물의 영상; 나는 그것들 속에서 친숙한 절망에의 의지를 발견한다. 다름아닌 나의 것인 그것. 하지만 그러한 의지 역시 실은, 귀환하는 무엇으로서가 아니라, 끊임없이 순환하는 기계적인 움직임이며, 보상받지 못할 충동의 파괴적 경향임을 외면하지는 못한다. 되돌릴 수 없는 것은 돌아보지 말아야 한다고 했던 어느 시인의 언어. 혹은 늘 돌아오기만 하는 것은 실은, 돌아오지 않는 무한한 기다림일 뿐이라는 것이기도.

3

애초에 부재하는 것은 잠재적으로도 존재하지 않는 것일 수도 있음을. 모든 욕망들은, 현실적이긴 하지만 잠재적인 것은 아닐 수도 있음을. 가능한 것은 오직 현재적인 것들뿐.

門밖에서

1. 어느 땡중의 흰소리 하나;

……태초에 門이 있었던가? 아니다. 門에는 원래 문이 없었다. 門은 그것의 안쪽을 위해서도 바깥쪽을 위해서도 존재한 것이 아니었다. 그렇다고 자기 자신을 위해 존재했던 것은 더더욱 아니었다. 門에는 애초부터 자기ego라는 것이 없었으니. 모든 門들에는 이처럼 門이 없었다. 문은 門이 아니었다. 혹은 그저 두 개의 깃발만이 텅 빈 空虛(공허)를 에워싸고선 바람이 그 공허 속을 드나들 때마다 작별의 뜻으로 손수건을 흔들어주었을 뿐이다. 門이 문이 된 것은 깃발들에 열쇠(才)를 채워 공허를 閉(폐)한 이후부터였다(이 역사는 아마도 인간이란 금수가 짐승의 껍질을 벗을 때부터 시작되었을지도 모른다). 그때부터 門에는 안쪽이나 바깥쪽이나 모두 闇(어둠)이 찾아들었고, 그것은 딱딱하게 굳어 闢(벽)이 되었다. 空의 門, 門의 空, 門 없는 空, 文 없는 間의 門. 하여 聞만 시퍼렇게 살아(오, 귀가 못 견디게 간지럽다).

그런데 그대의 마음 속에는 도대체 어떤 문짝이 달려 있는가?

198

2. 그녀의 좁은 문

세상의 모든 문들;

대문, 쪽문, 곁문, 사립문, 방문, 창문, 차문,

序文, 本文, 結文, 碑文, 非文, 秘文, 卑門, 脾門 etc……

그리고, 詩文.

동대문, 남대문, 서대문, 광화문(광화문과 서대문은 문은 문이되 지금 門은 없고 길만 문 행세를 하며 교통 정리를 하고 있다고 한다. 그런데 북대문은???)

독립문, 홍례문, 돈화문, 부석사 일주문, 목포항의 갑문, 수원성문, 천국문, 지옥문, 연옥문,

프란츠 카프카의 '城'문,

앙드레 지드의 '좁은 문,'

한 전직 대통령의 '大道無門.'

……그리고 무엇보다,

내가 세상에서 가장 사랑하는 그녀,

그녀의 좁은,

그러나 두렵기도 한,

玉門!

3. 門을 열면 問이 보인다

내 인생의 태초에 어머니의 자궁 문을 열고 세상에 나온 이래,

나는 매일매일, 어디엘 가나 門들에 둘러싸여 살아왔다. 나를 에워싸고 있는 이 문들은 어찌나 많은지, 나는 마치 무한대의 겹을 가진 門들의 미로에 갇혀 있는 듯한 기분마저 들었다. 혹은 사면이 거울로 된 방에 들어와 있는 듯한 아찔한 기분. 나를 더욱 당황케 하는 사실은, 나는 지금까지 수많은 문들을 드나들었지만, 그 문들을 열고 들어갈 때마다 내가 봉착했던 것은 언제나 問들이었고, 나는 그 問들을 단 한 번도 제대로 풀었던 적이 없었고, 또 내가 죽은 그 순간까지도 그런 사실에는 결코 변함이 없으리라는 것이었다. 내 인생은 그러니까, 결코 내가 완전히 핵심에 가 닿거나 아니면 그것의 외곽으로 벗어날 수 없는 수많은 門들과 問들의 지루하고 잔인한 불가사의들로 점철되어 있는 셈이고, 태초의 자궁문을 빠져나올 때의 그 고통은 이런 비극을 앞서 예고해준 것이었다. 아아, 그러나 여자의 몸은 그 자체가 하나의 두렵고 신비한 問인 門인 것을!

4. 門밖에서

그녀는 '門'밖에 서 있었다 나는 그녀를 안으로 들어오게 하려고 문을 활짝 열어주었다 그러나 그녀는 안으로 들어오지 못했다 내가 '門'을 열자 '門'은 더 이상 문이 아니었고 존재하지 않는 '門'을 통해 그녀가 내게로 올 수는 없었기 때문이다 나는 다시 문을 닫고 그녀더러 들어오라고 했지만 닫힌 문을 통해서 문안으로 들어올 수도 없는 노릇이었다 그녀는 여전히 '門'밖에 서 있었다 그제야 나는 깨달았다 우리는 '門'을 경계로 나는 그녀의 '門' 바깥에 그녀는 나의 '門' 바깥에 서 있었고 나는 나의 '門' 안쪽에 그녀는 그녀 자신의

'門' 안쪽에 서 있었다 우리는 안과 밖이 결코 동일할 수 없는 대척 지점에서 서로 다른 우주를 경계로 마주 보며 서 있었다 우리는 마치 하나의 평면 위에 그어진 두 개의 평행선 혹은 대칭점과도 같은 존재 였다(원근법을 배제한 엄밀한 수학적 이론상으로 두 개의 평행선은 먹의 시간이 걸려서도 결코 접점을 만들어낼 수 없다). 그녀와 나 사이를 가로막고 있는 그 '門'은 그래서 안도 밖도 아닌 그 무엇 스스로 안이면서 바깥인 존재 그래서 영원한 타자성으로 경계선을 구축하고 있는 불가사의였고 그 결과 나도 그녀도 영원토록 문밖에 서 있을 수밖에 없어 보였다. (그렇다면 '門'안에 서 있는 자는 또 누구인가?)

5. 육체의 문들

내 몸에는 많은 문들이 나 있다.
그 문들은 모두 합해 열 개나 된다!
눈물, 콧물, 귓물, 좆물, 오줌물, 똥물이 그 열 개 중 아홉 개의 문들을 통해 시도 때도 없이 出家한다.
'나'라는 俗世로부터.
그리고 언제나
이 '나'만이 속세를 떠나지 못하고
속세에 남아 있다.

대신에
'나'는 마지막 열번째 문이 되어 '죽음'이 나를 찾아올 때이 문을 활짝 열어젖힌다.
마지막 열번째 문이 열렸다 닫힐 때,
내 육체의 모든 문들은 영구히 폐쇄된다,
아니 파괴되어버린다.
모든 문들이 떠나버린 폐허의 자리.
無門!

6. 不可門

無門,
세상의 모든 문들의 요람이자 무덤인 門,
세상의 모든 문들 중의 최고의 형식인 門,
그래서 또한 세상의 모든 문들의 불가능성이기도 한
無門,
혹은 이름하여 不可門(佛家門???)!

7. 門의 꿈

나는 어젯밤에 그 不可門의 꿈을 꾸었다 그 門은 너무나 거대하여
이 우주보다도 더 장대하고 그 門을 짓는 데 걸린 세월은 모든 시간
들의 연대기보다도 더 오래 걸렸고(그래서 나이를 헤아리는 것은 애
당초 그만둘 일이로다!) 또한 세상의 그 어떤 문보다도 더 아름다웠
으며 한번 열었다 다시 닫는 데만 걸리는 시간만 해도 한 우주가 열렸

다 닫히는 데 걸리는 시간보다 더 오래 걸리고 우주의 모든 생명들이 한꺼번에 그 門으로 들어가고도 남을 만큼 넉넉하기까지 했는데 그래서 우주의 모든 생명들이 그 門의 안팎에서 살고 죽고를 거듭하고 있지만 기이하게도 그 門의 제작자가 누구인지는 전혀 알려진 바가 없이 신비에 싸여 있었다 더욱 놀라운 사실은 그럼에도 그 門은 지각될 수 있는 어떤 형태조차 없다는 것이었다 그 門을 통과해 나왔던 나는 하마터면 까무러칠 뻔했다 왜냐하면 나는 분명 불가문을 통과해 지나왔다고 생각했는데 門을 지나 고개를 돌려 되돌아본즉 나는 고작 먼지보다 더 작은 티끌 하나를 빠져나왔던 것이기 때문이었다.

8. 門지방에 서서

내 삶은 門지방에서 시작되었고
門지방에서 끝날 것이다
문안도 아닌 문 바깥도 아닌,
어중간한 경계 지대에서.

그곳에는 태양도 달도 교대하지 않고
동시에 떠 있는 곳, 낮도 아니고 밤도 아니고
동서남북을 가리키는 표지판도 세워져 있지 않은
방위의 사각 지대, 시작도 끝도 없는, 언제나 시작이면서
동시에 언제나 끝인, 제 꼬리를 입에 물고 있는 방울뱀의
혈관 속을 돌고 도는 푸른 정맥.

나는 태어나지도 않았고 태어나지 않은 것도
아니며 살고 있는 것도 아니고 살고 있지 않은 것도
아니고 혹은 죽은 것도 아니고 죽지 않은 것도 아닌

말하자면,
色이면서도 色이 아니기도 하고
空이면서도 空이 아니기도 하고
色이면서 空이기도 하고
空이면서 色이기도 하고

또한
空도 色도 아닌 그 '무엇'이기도 한 그 무엇의 무엇 무엇이 아닌
무엇이기도 한 또 그 무엇이 아니고 무엇이 아닌 것이 아닌 그 무엇
이 아니기도 아니한 그 무엇의 그 무엇이기도 한 그 무엇의 영겁 회
귀적 무엇이기도 하면서 동시에 그런 무엇의 영겁 회귀적 부정의 영
겁 회귀이기도 한 절대적인 무엇과 非무엇의 영겁 회귀이기도 한,

그렇다면, 빌어먹을 이 '나'는 도대체 무엇이란
말인가……?

"門지방을 밟으면 재수가 없다."
……

204

길모퉁이에서

사람들과 헤어진 후 그 남자는 혼자 길거리에 남아 서 있었다 멀리 사라지는 택시를 망연한 시선으로 쳐다보고 있던 그는 짙은 남색의 트렌치 코트 주머니에 손을 깊이 찔러넣은 채 천천히 보도를 따라 걷기 시작했다 횡단보도를 건넜고 레코드 가게를 흘긋 쳐다본 후 지나 갔고 커다란 통유리 너머로 사람들이 앉아 담소를 나누고 있는 카페를 스쳐 지나갔고 재즈 음악이 흘러나오는 바와 식당 그리고 비둘기들이 가끔씩 날갯짓하며 도로 위를 스쳐 지나가는 작은 공원 옆을 지나갔다

밤은 깊었지만 불빛들은 형형색색으로 환했다 비좁은 도로 위에는 여전히 차들이 꾸물대며 움직이고 있었고 도시의 소음은 낮과 다름 없이 아니 낮보다 더한 강도로 대지 속으로 울려퍼지고 있었다 그는 시선을 떨군 채 마치 자기 자신으로부터도 멀리 떨어져 있는 것처럼 혹은 자기 자신의 무게를 감당하기 어려운 양 천천히 아주 천천히 걸음을 옮기고 있었다 그의 시선은 사물들과 풍경을 쳐다보기도 했지만 그 풍경들은 마치 파노라마처럼 그저 평면적으로 대지의 무감각한 표면 위로 흐르고 있을 뿐이었다 그는 학교 정문 앞 삼거리 횡단보도 앞에서야 불현듯 정신이 돌아온 듯 고개를 들고 사방을 휘 둘러보았다 그는 횡단보도 앞에 서 있었다 길은 세 갈래로 갈라지고 있었다 그는 맞은편에 신호등이 바뀌기를 기다리는 사람들을 물끄러미 쳐다보았다 팔짱을 낀 연인 초조한 표정으로 이쪽을 뚫어지게 쳐다

보는 여학생 샛노랗게 머리를 물들이고 몸에 착 달라붙는 진바지를 입은 남자 아이 깔깔대며 얘기를 주고받고 있는 여고생들 무표정한 얼굴로 밤하늘을 올려다보고 있는 여자……

문득 그는 자신이 수많은 낯선 사람들 사이에 마치 한 권의 책갈피 속에 소리없이 끼워진 한 잎 낙엽 같다는 생각을 떠올렸다 살짝 건드리기만 해도 산산조각나고 바스러져버릴 그런 것 그는 자신의 지금 이 순간이 너무도 비현실적이라는 생각에 사로잡혔다 마치 머나먼 과거로부터도 배제되고 미래로부터도 차단당한 채 텅 빈 하나의 순간 속에 던져져버린 느낌 밤의 어둠 속에서도 완강하게 버티고 서 있는 온갖 사물들과 다가가야 할 시간을 향해 잠시 멈추고 서 있는 사람들 사이에서 그는 자기 혼자 텅 빈 공허의 시간 속에 밀려들어와 있는 것 같았다 그는 그제야 자신이 왜 거기에 서 있는지 어디로 가려고 거기까지 왔던지를 자신에게 물었다 그러나 거기에는 아무런 대답의 공명이 없었다 그는 코트 주머니에서 담배를 하나 꺼내 물었다 그리고 불을 붙이고 입으로 힘껏 빨아들였다 한숨을 쉬듯이 길게 내뿜는 호흡 속에 자신으로부터 빠져나가버린 영혼인 듯 담배 연기가 길게 뿜어져나왔다 신호등이 바뀌고 양쪽에서 사람들이 우르르 교차하며 지나갔다 그러나 그는 움직이지 않고 그 자리에 서 있었다 그의 곁으로 사람들이 스쳐 지나갔다 왠지 그는 움직일 수가 없었다 대신 그는 밤하늘을 올려다보았다 흐릿한 몇 개의 별들만이 쓸쓸하게 떠 있는 밤하늘은 무심하게 대지를 굽어보며 침묵을 지키고 있었다 무엇보다 밤하늘의 우주의 거대함이 그를 압도해왔다 대지 위에 솟아나 있는 인간적인 모든 것이 그 순간에 먼지같이 하찮고 쉽사리 소멸되어버릴 순간적인 존재들뿐이라는 생각이 그의 심장을 조이듯 파고들었다 영원과 순간의 대비 속에서 그 결코 메워질 수 없는 심연의 간극 속에서 그는 찰나적인 한순간을 겨우 차지하고 있을 뿐이었다 그는 긴 한숨을 내뱉었다 자신의 육체 속에서 그나마 잔존하고 있던 어떤 의지나 욕망조차도 그러한 거대한 침묵의 자장 속에서 소리 없이 흐트러져버리는 기분이었다 그가 내뱉는 한숨을 통해 그는 몸을 돌렸다 횡단보도를 건너는 대신 다시 시선을 인간의 대지 쪽으로 돌린 채 마치 포기할 수 없는 어떤 집착과도 같은 열렬한 시선으로 사람들과 사물들 그리고 그 모든 인간적 풍경들을 뚫어져라 응시하면서 사라져버릴 그 모든 것들을 자신 속에 다시 채워 넣으려는 듯 세밀한 부분들까지 찬찬히 훑어보면서 걷기 시작했다 모든 소멸하는 것들 대지의 풍경들 사물들 삶들 사랑들 그 모든 것들을 어찌할 수 없는 연민과 애정으로 품어낼 수밖에 없으리라는 막연한 예감 같은 것을 느끼면서 자꾸만 자신으로부터 달아나버리려 하는 그 모든 순간적인 것들의 공허함을 강박적으로 되풀이해서 다시 붙잡으면서

창백한 밤의 풍경

보랏빛 창백한 밤이 소리도 없이 태초의 달과 별들을 실어 나르고, 점멸하는 도시의 불빛들이 밤의 적막을 비집고 들어와서는, 내밀한 쾌락을 주문처럼 불러내고 있었다.

그 유혹에 이끌린 나는 오늘도 카페 고흐의 구석 창가 자리에 앉아

싼 블랙 커피 한 잔을 시켜놓고, 내가 부탁한 데이비드 보위의 음악을 들으며, 시선은 왼편의 유리창 너머에 펼쳐지고 있는 풍경에다 던진 채로 정처도 없이 나른한 상념에 젖어들고 있었다. 한 평도 채 안 되는 비좁은 하나의 자리를 초라한 내 영혼의 영지 삼아. 새하얀 석회벽 기둥 위에는 주인 모를 한 짝의 낡은 구두 그림이 침묵의 시선으로 나를 내려다보고 있고, 내 탁자 위에서는 세월의 녹이 쓸어버린 시집 한 권이 페이지들 속에서 쉰 목소리로 노래하는 가운데. 얼마나 오랜 세월 동안을 나는 이 카페의 바로 이 자리에 앉아 창밖 풍경이 바뀌어가는 것을 지켜보고 있었던가? 맞은편에는 둔중하게 생긴 현대식 상가 건물이 들어섰고, 골목길에 늘어서 있는 포장마차들도 해를 거듭하면서 새로운 상품과 먹거리들로 바뀌어갔다. 변하지 않은 것은 이 카페에 걸린 고흐의 그림들과 이 앞의 골목길, 이 거리를 분주히 오고가는 낯선 생들, 그리고 매일매일 거듭 찾아드는 빛과 어둠뿐. 이 거리를 지나면서 내가 흘려 보냈던 낮과 밤들은, 골목길 어디에서도 보이지 않는다. 행여 어두운 유리막에 흐릿하게 비치고 있는 내 영상에 드리워진 그림자 속에서나 찾을 수 있을까.

골목길을 오가는 수많은 낯선 생들. 나와는 전혀 별개로 존재하는 각각의 다른 우주들. 그래, 나는 길을 오가는 한 사람 한 사람, 그 인간이라는 쓸쓸한 존재들 속에서 사랑의 우주, 슬픔의 우주, 고통의 우주, 행복의 우주, 죽음의 우주들을 본다. 내가 결코 가 닿을 수 없는 우주들, 시간의 베틀이 자아낸 연약한 실들. 철컥거리는 소리를 내면서, 그 영원의 베틀은 어떤 형태와 문양의 천을 자아내고 있는 것인가. 모든 생들에 짐짓 딴청을 부리며, 그 누구에게도 알려진 적 없는 저 혼자만의 은밀한 목표를 앞세워. 고요한 해안을 단 한 순간에 쓸어가버리는 무시무시한 해일 같은 힘을 과시하며.

뼈마디를 부딪쳐대면서 산 자의 영혼들을 포획하려 오늘도 어김없이 동정 없는 사냥꾼처럼 날뛰어대는 밤의 유령이, 투명한 유리 거울의 표면 위에 날카롭게 반사되고 있는 모습을 본다. 흐릿하게, 움직임도, 표정도 없이 표적처럼 굳은 눈동자를 하고서, 그 거울의 종루에 매달려 있는 얼굴 하나. 그 얼굴이 표상하고 있는 모든 혼돈들의 환영은 어디에서 시작되었던 바람이던가. 그러나 자정 미사처럼 예고된 죽음의 종소리를 울릴 긴 밧줄인 검은 그림자를 하나씩 늘어뜨리고서 걸어가고 있는 저 육체들은 그럼에도 얼마나 아름답고 황홀한 것인가? 바람에 찢기고, 발길에 짓이겨지는 낙엽들이 아름다운 주홍빛으로 우리의 시선을 잡아당기고, 허리 숙여 그것을 주워 책갈피에 정성스레 끼워넣듯이. 깊은 동굴 속에서 한순간 반짝이며 빛을 발하는 부싯돌의 황홀함! 한 겨울 꽁꽁 언 깊은 계곡 아래를 추위에 떨며 흐르는 시냇물도 겨울이 계절의 끝이 아니며, 봄이 오기 위해선 겨울 또한 제 몫이 있음을 알기에, 파랗게 시린 입술을 열어 노래를 부른다;

나는 믿는다.
나는 믿는다. 내 사랑, 현실, 내 운명,
향긋한 영혼, 실현되는 정신,
서서히 엮어지는 경이로운 신비를.

— 빈센트 알렉산드르Vicente Aleixandre,
「엘 알마El alma」 중에서

새벽이 되면 형광빛 옷을 입은 청소부들이 무뚝뚝한 얼굴로 거리의 낙엽들을 빗자루로 쓸어내버린다. 낙엽의 발자국을 떨어뜨리는 저 가을 나무들처럼, 사랑과 추억과 생이 빚어내는 모든 형상들을 나는 저 거리에다 떨어뜨려놓았다. 이제는 흔적조차 찾아볼 수 없지만, 나는 나만의 신비와 경이를 엮어내며 커피 한 잔과 하나의 아름다운 시구, 고흐가 그린 한 짝의 낡은 구두 그림에서 울려퍼져 나오는 예술의 심장이 뛰노는 힘찬 박동 소리에 내 생을 끼워넣으며, 오늘도 어제처럼 변함없이 반복하며 되돌아 이 밤에 작별 인사를 보낸다.

굿 나잇!

추억 속으로 멀어져가버린 달콤한 입맞춤 같은 향수 냄새가 내 곁을 스쳐가는 낯선 처녀에게서 풍겨오고, 나는 미소를 지으며 그녀와 또 내 곁에서 늙어 죽어가는 한 천년의 해에게도 작별 인사를 보낸다. 예까지 오느라 수고 많았노라고, 이제는 꿈도 없는 잠 속에서 편히 쉬라고.

굿 나잇!

하루

오늘 하루도 무사히 지나갔다.

깨끗이 방부 처리된 시체의 하루, 영안실의 평화.

전기 스위치는 내려지고, 감미로운 피아노 선율에 실려 멘델스존의 「무언가Songs without words」가 마른 낙엽처럼 퍼석한 내 두뇌를 촉촉이 적시기 시작할 때, 밤의 어둠은 무덤처럼 둥글게 나의 쓸쓸한 대지를 덮는다. 투명한 창문으로는 건너편 교회 건물 꼭대기의 십자가가 붉은 눈을 치뜨고 있는 것이 보이고.

그러고 보니 오늘은 일요일이었다.

오늘 하루 내 탁상 시계는 참으로 고독했다. 매정한 눈길조차 한 번 받지 못한 설움에, 시계는 볼멘소리로 종일 칙칙대며 울어대고 있었다;

"서러워 마라, 오늘 하루 나는 태양조차 오고가는 것을 잊어버리고 있었으니."

"천만에, 그대가 언제 태양을 우러러 바라본 적이 있었단 말인가? 밤의 녹을 받아먹으며 살아왔던 밤의 하수인인 너에게 이젠 밤조차도 질려 너를 경멸하며 등을 돌리고 있다. 젊은 마누라가 잠자리를 칭얼대는 늙은 남편을 외면하듯이. 보라, 밤의 흑천사가 어디를 향해 날아가고 있는지! 무덤 속에서는 밤조차도 썩어, 주린 구더기떼에게 파먹히고 마는 법. 너의 평화로운 안식은 영구차를 기다리는 장례 행렬의 침묵일 뿐. 반면에 밤은 영원토록 젊어 늙지 않는다. 태초 이래의 모든 생과 죽음들을 지켜보았던 저 밤은. 혼돈의 때에, 태양조차도 밤의 어둠에 의탁하지 않고서는 한 가닥 빛도 발할 수 없었으니."

시간의 타박에 상처받고 수치심에 멍든 두 발이 황급히 고개를 숙이고 불 켜진 도시의 밤거리를 배회했다.

텅 빈 작은 도넛 가게 안에서는 등을 돌린 아낙이 여전히 도넛을 굽고 있었고, 형광색 간판이 번쩍이는 동네 비디오 가게에서는 손님들로 북적대고 있었으며, 만화 가게, 모 전자 대리점, 신발 가게, 모아 의상실도 모두모두 오늘 하루도 무사하며 불을 밝히고 있었다. 손님이 없기는 도넛 가게나 마찬가지인 서점에는 주인 여자가 권태에 졸린 멍청한 눈으로 바깥을 내다보고 있었고, 희정약국과 머리가 희끗한 늙은이가 테 굵은 코안경을 쓰고 허연 등을 구부리고 앉아, 낡은 구두를 손질하고 있던 문방구 옆 구석배기, 코딱지만한 구두 수선점은 불이 꺼진 채 정적 속에 가라앉아 있었다. 몹시 늙어 보이던 그는 과연 오늘 하루도 무사했을까?

오늘 하루, 그의 무사함을 기원하며 나는 아무도 서 있지 않은 7번 버스 정류장 둥근 표지판 앞에서 맥 풀린 표정으로 까닭도 사연도 없이 마냥 서 있었다. 버스 기사는, 심드렁한 얼굴로 차문을 쾅 닫아버리고는, 혹독한 매연을 내 얼굴에 화환처럼 뿌려대며 냅다 길을 달려갔다.

곧 내 곁을 떠날 오늘 하루처럼.

희정약국 앞 초라한 포장마차에서 호떡을 파는 젊은 남자는 여전히 싹싹한 손놀림으로 호떡을 구워대고 있었다. 그가 먼저 나를 발견하곤, 상냥한 미소를 띤다. 오늘은 호떡 안 잡수시오? 하며 묻는 그 웃음. 아, 그래, 가난한 작가에게는 호떡조차도 기름진 양식이지. 이런, 오늘은 왠지 먹고 싶지 않네요, 하는 알량한 자존심 섞인 쓸쓸한 메아리를, 나는 공허한 웃음에 실어 보내고. 오뎅 국물 냄새가 종일 끼니를 걸러버린 뱃속 창자를 유혹하지만, 무엇 때문인지 수치심이 자꾸만 내 등을 떠밀어. 오늘 하루도 무사히 지나갔건만, 나를 짓누르는 이 허기는 창자만의 것이 아닌 듯하여.

밤으로부터도 추방된 영혼이 가 닿을 수 있는 곳은 어디인가? 밤은 점점 더 밀도를 더해가고, 깊이를 더해간다. 혼돈의 밤은 이 하루의 어느 둔덕에서 비밀스럽고 영원한 하루의 둥지를 트고 있는가.

매일매일 하루는 떠났다가 다시 찾아오지만 나는 그 어느 하루의 강물에도 발을 담가본 적이 없었다. 내 정신의 붉은 깃발은 내가 맞아본 적도 없는 세월의 삭풍에 찢겨지고 색이 바래버려 한때는 꿋꿋하던 깃대조차 곧 쓰러질 듯하니. 피사의 사탑이여, 오늘 하루도 그대 무사했는가? 지구는 오늘 하루도 무사히 태양의 주위를 흔들림 없이 돌았는가? 11월의 플라타너스여, 너는 오늘 하루 몇 잎이나 떨어뜨렸는가? 그래도 너에겐 아직 새 봄의 희망이 기다리고 있더냐? 겁쟁이인 나는 올해가 1998년이고, 얼마 안 있으면 새 천년이 들이닥친다는 사실이 낯설고 무시무시하기만 하구나.

나의 세기말은 내 무덤 속에까지 쫓아올 것이다.

이 하루처럼, 태초 이래 제 이마에 신의 낙인을 받아 지치지도 않고 반복할 이 하루처럼. 내 목숨 따위로는 결코 가 닿을 수 없는 태초의 자궁인 밤처럼.

무한한 하루들에 지친 내 영혼이, 입고 있던 옷을 벗어 지나가는 넝마주이에게 건넨다.

도서관 단상

오늘도 도서관에는 빈자리가 없다.

사나운 현대 생활이 비웃는 책들 몇 권 시린 옆구리에 끼워넣고 나는, 입구에서 누런 재생지 대기 번호표 한 장을 부적처럼 손에 받아 쥐었다.

자판기에서 블랙 커피 한 잔 뽑아들고 정문 현관 앞 기둥에 기대서서 바싹 마른 담배 한 입 베어물 때, 소나무색 교복을 입은 씩씩한 눈동자의 소년들이 무리지어 도서관으로 들어오는 것을 발견했다. 내 두 눈은 그 순간, 시커먼 숯이 되었다. 연약하고 좁은 어깨에 둘러메져 있는 묵직한 가방들 속에 독 품은 뱀처럼 몰래 숨어든 음험한 저주들;

—부도가 예정된 약속이 적힌 노트들, 서걱대며 피 흘리는 헛된 보람의 책들, 영원히 실현되지 않을 맹세의 참고서들, 보란 듯이 생의 심장을 쿡쿡 찔러댈 절망의 펜들, 그리고 죽은 미래의 잿빛 뼛가루가 담긴 작은 필통들.

그러나 그들은 교복의 서슬 퍼런 휘장 속에서 천진난만하게 웃고 떠들어대고 있었고 그들의 발랄한 웃음 소리에 질겁한 도서관은 한순간 놀란 참새처럼 몸을 푸드득 떨었다. 내게도 저런 천진한 웃음이 머물던 시절이 있었던가.

하긴 내게도 희망이란 푸른 누더기를 교복으로 걸치고 다니던 시절이 있었다.

날이 곤두서도록 빳빳하게 다림질해대던 그 누더기는 그러나 지금 어디로 사라져버렸는가?

결코 줄곧 기다리기만 한 것이 아니었음에도 나는, 지금까지 단 한 번이라도 내 삶 속으로 수월하게 입장한 적이 없었다. 내 기다림의 모든 끝은 늘 참담한 조롱으로 끝났고 나는 늘, 내 삶의 무모한 대기자였다.

간헐적으로 모진 권태에 질린 스피커가 긴 하품 섞인 목소리로 번호들을 호출한다.

마침내 올 것은 오고야 만다는 엘리야적 확신 속에서 대기자들은 번호표를 꺼내 확인하고 또 확인하고…… 난파당한 자들이 악착같이 썩은 널빤지에라도 매달리듯 우리의 생목숨은 재생지 대기 번호표에 참혹하게 저당잡혀 있었다.

시간의 골수를 파먹으며 저녁은 가차없는 폭주족처럼 도서관 텅 빈 공중을 질주하며 스쳐 지나가고, 11월의 차디찬 공기는 억척스럽게 또 하나의 하루를 무너뜨리고 있었다. 낡은 내 검정 구두 앞에는 하릴없이 타죽은 담배꽁초들이 북망산을 이루며 쌓여가고 있었고. 이윽고 나의 기다림이 불가능한 모험처럼 자꾸만 연기되고 있는 틈을 노려, 도서관은 재빨리 불을 끄고는 사람들을 모두 바깥으로 내쫓고 있었다. 나의 하루가 내 손아귀에서 재생지 대기 번호표와 함께 비참하게 구겨지고 있었다.

내 비참을 모독하기 위하여

이 세계로부터 상속받은 나의 유일한 재산은 비참뿐,
나는 내 비참을 모독하기 위해 이 세상에다 나를
미친개처럼 풀어놓았다.
불 밝힌 전광판들이 충직한 파수꾼처럼 지켜보는 가운데,
제 무덤조차 빼앗긴 넋들이 우우 울며
배회하는 매정한 도시의 밤거리들을, 벌거벗은
비참의 은총을 외투 삼아 껴입고, 내 시린 혓바닥의
낡은 리어카를 질질 끌면서 노래 부르며 쏘다녔다.

행복은 술집 작부들의 싸구려 화장품 갑 속에서
부식되어 부글부글 끓고 있고,
종합 병원의 불 꺼진 침상 위에선 불의의 사고로
식물인간이 된 한 젊은 청년이, 화려한 섹스의 꿈을 꾸며
몽정의 시린 정액을 쏟아내고 있다.
지고한 구원의 축복은 봄동산의 풋풋한 식물들처럼
지천으로 널려 있는 장엄한 교회들의
번쩍이는 십자가 위에서 찢긴 깃발 되어
힘없이 펄럭이고.

갖가지 매혹적인 타락의 유희에, 내 비참은

잠시나마 자신을 망각한다.
주어진 소명마저 잊은 채, 밤 불꽃놀이에 취한
눈 맑은 소년처럼,
황홀한 시선 들어 이 세계의 미를 찬양하려 하던 찰나에,
불현듯 저 멀리서 몽환적인 꽃향기가
내 코를 자극하여 한걸음에 달려가보았다.
미래로부터 서둘러 도착해버린 파멸의 검은 라일락꽃 향기! 나는
피눈물이 고여 썩은 오줌발 휘갈겨
그 성급한 도착에 온몸 던져 봉헌한다.

내 비참을 모독하기 위해 나는
이 세상을 쏘다녔지만, 정녕 모독당한 것은
내가 아니라 죽어가고 있는 이 세계였다.
나와 등가물인 이 세계의 비참을 나는 나의 비참으로 오해했던 것
인가?
숙명의 비수처럼 예리한 내 지각이 늙은이처럼 쇠잔한 탓에,
내 비참의 모독을 완성하기 위해서는 나는 모질게
이 세상과 작별하는 수밖에 없었다.

얼음 심장과 거울

몽롱한 정신으로, 라디오헤드Radiohead의 「크립Creep」을 듣다가, 심장이 불타오르는 것을 느낀다. 무한의 뱀 위에 누운 마하마야 Mahamaya의 꿈을 꾸는 그를 본다, 그는 불의 춤을 춘다, 그의 춤 속에서 정반대 방향을 향하는 푸루샤Purusha와 프라크리티Prakriti, 두 개의 삼각형은 합쳐지고, 광채를 발하며 빛나는 그 별 속에서 아름다운 한 송이의 연꽃이 피어오르는 것을 본다. 방랑자이자 영혼의 바보인 Creep은 하나의 원형의 거울 속에 비친 자신, 하나의 모나드 Moade를 쳐다본다; 살아 있는 우주의 거울Un miroir vivant de luniverse! 나는 하나이자 모든 것이고, 동시에 하나의 작은 마야 Maya이다; '하위 질서는 상위 질서를 반영한다.' 무한히 반복되는 거울들 속에서, 크립은 그 모든 거울들에 비친 모든 것들을, 그리고 모든 것들의 반영 속에서 일자(一者)를 본다; 영원의 상 아래서Sub specie aeternitatis! 그리하여 반대되는 모든 것들은 서로 보완적이라는 것을 안다; 어리석은 바보Fool였던 Creep은 오랫동안 어깨에 걸머진 지팡이 끝에 매단 검은 해골의 보퉁이를 저 먼 우주 속으로 던져넣는다, 닫혀 있던 비밀의 눈이 환히 밝혀지며 그림자 너머의 실체를 관조한다, 내 심장은 분열한다, 빛과 어둠으로, 불은 꺼지고 얼음처럼 투명한 영원한 빛의 거울로, 비어 있으면서도 꽉 찬 쪽으로……A……U……M.

하나의 거울이 하나의 거울을 되비출 때,
거울은 거울을 반영하며 스스로를 다시 되비춘다,
거울 속에서 거울은 거울의 거울로, 거울됨의 거울로,
거울이 아닌 거울로,
거울이자 거울이 아닌 무엇으로.
아인Ain은 곧 알레프Aleph이다.

내 핸드폰의 액정 화면에 적힌 얼＊음＊심＊장은 결국 타오르는
불이다.
나는 춤춘다.

어리석은 바보Fool였던 Creep은 오랫동안 어깨에 걸머진 지팡이
끝에 매단 검은 해골의 보퉁이를 저 먼 우주 속으로 던져넣는다, 닫
혀 있던 비밀의 눈이 환히 밝혀지며 그림자 너머의 실체를 관조한다,
내 심장은 분열한다, 빛과 어둠으로, 불은 꺼지고 얼음처럼 투명한
영원한 빛의 거울로, 비어 있으면서도 꽉 찬 쪽으로……A……
U……M.

하나의 거울이 하나의 거울을 되비출 때,
거울은 거울을 반영하며 스스로를 다시 되비춘다,
거울 속에서 거울은 거울의 거울로, 거울됨의 거울로,
거울이 아닌 거울로,
거울이자 거울이 아닌 무엇으로.
아인Ain은 곧 알레프Aleph이다.

내 핸드폰의 액정 화면에 쓰인 '얼음 심장'은 결국 타오르는 불이다.

나는 춤춘다.

푸르게 쓰디쓴 어떤,

오늘 하루를 나는, 시퍼렇게 쓰디쓴 감처럼 한입 가득 베어물고서, 진종일 껌 씹듯 질겅질겅 잘도 씹고 다녔다. 씹으면 씹을수록 단맛은커녕 씁쓸한 맛만 더해가서, 종내는 한 줄금 짠 눈물마저 가래처럼 뽑아냈다. 그 쓴맛에 취해 나는, 이제는 늙어버린 한 시인의 시집을 방패처럼 옆구리에 끼고서, 이팔 청춘들이 삼삼오오 떼지어 몰려다니는, 번화한 홍대 앞 거리를 집 잃은 개처럼 어슬렁거리며 쏘다녔다.

보도 위에 싯누렇게 굳은 똥 되어 눌어붙은 지난 가을의 낭만. 맥도널드 햄버거와 KFC, PC 게임방과 카페 간판들이, 모지락스런 시간에 잉아붙어 대적하며 번쩍거리고 있고. 불현듯 20세기, 아니 낡은 한 천년도 이제 얼마 남지 않았다는 사실이, 어느 전신주에 붙은 록 페스티벌 포스터를 보는 순간 불현듯 떠올랐다. 그러나 지랄스런 내 생의 11월은 아직도 한참이나 남았다. 하필이면 두 천년에 걸쳐 목숨을 이어가야 하는 내 운명이 지겨워져, 쓰레기 봉투 내버리듯 달려오는 자동차를 향해 힘껏 내던져버리고 싶은 강렬한……

몇 개의 가로수들이 염치없게도 아직껏 색 바랜 이파리들을 연인처럼 부둥켜안고서 웅숭거리고 있고, 잎새들은 잎새들대로 작별에의 갈망으로 몸을 뒤채며 울고 있었다. 차라리 때로는 추락이 비상(飛上)보다 더 아름다운 것을! 새들도 지상으로 다시 내려오기 위해 하늘로 날아오르고, 사랑조차도 절망의 재를 남기기 위해 열정의 숯불을 은밀히 준비해두고 있는 것을. 입 안에 아직도 고여 있는 쓰디쓴 이 하루의 즙액을 목구멍으로 넘기며, 나는 혼자서 속으로만 그렇게 중얼거렸다.

내 옆구리에 쑤셔박힌 시집이 입을 벌리고 낄낄대며 나를 비웃고 있었고, 이윽고 내 목구멍에서는, 채 언어가 되지 못한 숱한 말들이, 아무도 찾는 이 없어 썩어버린 홍시 같은 언어들이, 말의 무덤인 침묵 속에서 썩은 하품이 되어, 입 밖으로 송진처럼 비져나오는 것이었다. 내일도 나는 여전히 쓰디쓴 푸른 감 맛 나는 하루를, 잘 익은 쌀밥처럼 세 끼 꼬박 챙겨 먹고는, 낄낄대며 이 고독하고 분주한 거리를 쏘다닐 것이련가? 이제는 메마른 눈물 따윈 소금 되어 굳어버릴 때도 되었건만.

부재하는 것들에의 욕망

　그러고 보니, 나는 오늘, 종일 집 안에서만 뒹굴고 있었나 보다. 주
홍빛 도시의 새벽이, 찬 바람에 섞여 내 눈망울을 붉게 적시는 골목
길을 걷다가, 문득 하늘을 올려다보다 그런 새삼스런 생각을, 떠올렸
다. 순진무구한 하루의 생이 또다시 긴 기지개를 켜고 있는 시간, 선
거를 알리는 현수막은 저 자신이 어떤 구호를 외치고 있는지도 모르
는 채로, 그저 혼자서 발랄한 춤을 추고 있고, 쿵쿵 울리는 음악을 싣
고 외로운 차 한 대가 갑작스런 환영처럼 내 앞을 스쳐 지나갔다.

　적막하고 고독한 시간, 책상 앞에 가만히 앉아, 나는 어쩌면 영원
하고 순수한 무엇을, 막연히 상상하고 있었나 보다. 파도가 넘실대는
푸르른, 바다였는지도 모른다. 혹은 붉디붉게 피어나는 한 송이 장미
꽃이었는지도. 그 모든 상상들조차 권태로 무너져내릴 때, 비로소 나
는, 초라한 현실의 벽 앞에서 옴짝달싹 하지 못하고서, 두 손 놓고 멍
하니 서 있는 나를 쳐다보았으리라. 움직이지 않는 사물들, 고여 있
는 탁한 공기, 재떨이에 수북이 쌓인, 담배꽁초들, 책상 위에 흐트러
져 있는 책들, 영원히 지속될 것 같은 그 모든 형상들 사이에 꾸부정
하게 붙박인, 하나의 존재.

　언젠간, 그곳으로 가 닿을 수 있겠지, 하는 꿈꾸는 듯한 희망 속에
서, 북극 얼음의 빙하는 수만 년 동안을 그리도 막막히 굳은 채로 거

기에 머무르고 있는 것일까. 오로라는 자꾸만 유혹의 시선으로 빙하의 대지를 굽어보고, 별똥별들은 고요히 손짓하며 멀리, 멀리로 달아난다. 북회귀선을 따라 유리알처럼 반짝이는 새벽 이슬들이, 나지막하게 굴곡진 평면의 대지 위로 발을 내딛고, 검은 휘장은, 다시 한 번 되돌아오기 위해서만 걷혀지고 있다. 나의 잠은, 거기서 한 번 죽었고, 내 삶은 그 죽은 장소 위에서 검은 낯빛을 한 채, 희극적인 모습으로 땅속에서 솟아난다.

불면의 밤에 취해, 내 넋은 나를 두고, 혼자 저 멀리 떠나가버린다. 돌아오지 않을 세월들, 밤과 낮들, 희고 검은 기억들의 보퉁이는 여전히, 내 곁에 풀어헤쳐진 채 남겨져 있고. 그렇지만, 아직 심장은 푸르게 뛰고 있고, 내가 그려놓은 몇 개의 도형들도, 아직, 지워지지 않았다. 부재하는 것들에의 욕망은, 치명적이지만, 그것들 없이는 또한 무엇으로 나를 채울 수 있으리.

길을 걸었다

불현듯 집을 나서 골목길을 걸었다.
어두컴컴한 골목길 끝에서 환한 빛들로 가득한 사거리를 만났다. 나는 좌표를 잃어버린 배처럼 멍청한 시선으로 네 갈래로 갈라진 교차로와 교차로를 바삐 오가는 사람들, 그리고 불 밝힌 차들을 쳐다보았다. 친숙하기 그지없던 풍경이었건만 그 순간, 어떤 낯선 세계가 갑자기 내 앞에 나타나 알 수 없는 빛의 폭우를 내게 쏟아내는 것 같았고, 나는 그 휘황한 빛에 잔뜩 겁을 집어먹고 꼬리를 내리는 개처럼 몸을 움츠렸다. 아니, 이 세계가 갑자기 나를 피하기 위해 방어막을 치고 있는 듯이 보여, 나는 그로부터 퉁겨져나오듯이 뒷걸음질쳐 또 다른 어두운 골목길로 달아나듯 걸음을 재촉해야만 했다.

그후에도 나는 몇 개의 갈림길들을 만났다.

그때마다 나는 내가 선택한 길이 다다를 곳에 대한 아무런 확신이나 기대도 없이, 그저 막막한 시선으로 내 시선이 닿는 곳으로 터덜터덜 걸음을 옮겼다. 달빛도 별빛도 가려버린 먹구름 잔뜩 낀 밤하늘. 그 아래서 숨을 죽이고 있는 밤은 그 어둠만큼이나 깊었고, 드문드문 창백한 가로등불이 떨며 서 있는 거리의 대기는 써늘한 공기로 가득 차 있었으며, 찬 바람이 그 써늘한 대기를 휘저으며 대지를 꽁꽁 얼어붙게 하려는 듯 사방에서 휘몰아치고 있었다. 밤의 적막 속을 조명등같이 길게 방사되는 헤드라이트 불빛을 밝힌 차들이 좁은 골목길들 사이를 꿈틀대며 나타났다가는 사라지고 있었고, 담쟁이 넝쿨이 담벼락을 가득 채우고 있는 어느 집에서는 나지막하게 피아노 소리가 흘러나오고 있었고, 또 창문을 열어놓은 어느 집에서는 웃음소리가 새어나오고 있었다. 웃음을 짓고 있는 그들은 아무런 두려움도 근심도, 슬픔도 없이, 차갑고 쓸쓸한 이 가을밤을 기꺼이 맞이하고 있는 것인가.

하지만 어찌 알랴. 어둠에 잠긴 수많은 창들 가운데서 지금 이 순간 그 누가 울고 있을지, 그 누가 고독과 슬픔에 짓눌려 병든 짐승처럼 신음하고 있을지를. 혹은 또 그 누가 심장이 터질 듯한 절망적인 비탄에 젖어 죽음을 갈망하며 어둠 속에서 홀로 몸부림치고 있을지를. 갑자기 세찬 바람이 내 몸을 날카롭게 할퀴며 쓸고 지나갔다.

나는 쉼 없이 길을 걷고 또 걸었다.

길은 끝없이 계속되고 있었다.

넓고 좁은 길들과 수많은 갈림길들을 지난 끝에, 나는 하나의 반원형 터널을 지나 한강시민공원에 다다랐다. 길 끝에는 널찍하게 펼쳐져 있는 강이 있었다. 나는 붉은 가로등불이 규칙적인 열을 짓고 있는 소나무색의 아치로 장식된 다리를 쳐다보며 강변 산책로를 따라 걸었다. 조깅복을 입은 한 남자가 새하얀 김을 내뿜으며 내 곁을 달려 지나갔고, 커다랗고 검은 개가 그의 곁을 뒤쫓아가고 있었다. 어둠 속에서 차량들이 드문드문 주차해 있었고, 선착장에는 몇 대의 배가 물결에 몸을 뒤채며 정박해 있었고, 저 멀리서 유람선이 느릿느릿하게 움직이는 모습이 보였다.

나는 선착장에 우두커니 서서 몸을 휘감아오는 찬 바람을 맞으면서 끝도 없이 길게 뻗쳐 있는 강물을 쳐다보았다.

강물은 바다처럼 물결을 이루며 흔들리고 있었다. 나는 그 강물이 어느 쪽에서 흘러와서 어느 쪽으로 흘러가는지를 알 수 없었다. 그럼에도 저 강물은 어딘가에서 흘러들어와서는 또 그 어딘가를 향해 천천히 흘러가고 있을 것이었다. 아아, 저 강물은 도대체 얼마나 먼 길을 달려온 것인가, 얼마나 먼 길을 지치도록 달려가야 할 것인가, 얼마나 긴 세월을 굽이굽이 뒤로 흘려보내고 또 흘려보내며 나아가는 것인가. 하지만 저 강물은 언젠가는 바다에 가 닿으리라, 원하든 원치 않든 그것이 저 강물의 운명이니.

그러나 과연, 바다에 가 닿는 것으로 강물의 기나긴 여행이 끝나는 것인가? 강물은 거기서 한숨을 내쉬며 평화롭고 나른하게 휴식을 취할 것인가? 오히려 수만 리 길을 힘겹게 행군한 끝에 마침내 적을 만나 피 흘리는 전쟁을 치러야만 하는 군대처럼, 바다야말로 그 수와 길을 알 수 없는 세상의 모든 강물들의 교차점이며, 그곳에서 모든 강물의 흐름들은 얽히고설켜 다시 흐트러지며 망망대해 속을 흐르고 또 흘러가야만 하는 것은 아닌가? 짜디짠 소금기에 온몸을 적시며, 거대한 고래들과 상어들과 떼를 지어 몰려다니는 잔인한 바닷고기들에게 속을 뜯기며, 출구 없는 바다라는 미로 속을 헤매고 다녀야 하지 않는가? 이글거리며 불타는 태양빛이 마침내 그를 이 번뇌로 가득 찬 대지로부터 다시 불러들일 때까지. 그리고 이윽고 비가 되어 또다시 이 대지를 축축하게 적시며 내렸다가는 강물이 되어 흐르기 시작할 때까지.

저 강물은 그런 자신의 운명을 알고 있으리라.

알면서도 묵묵히 침묵을 지키며 흐르고 있는 것이리라.

슬픔과 고독을 긍정하며, 무심한 얼굴로 기나긴 여행길을 마다 않고 떠나고 있는 것이리라.

흐르고 흐르면서, 그 어느 구비에서 저와 똑같은 운명의 다른 강물들과 조우하면서, 그 조우를 기쁨으로 맞아들이면서 그렇게 흐르는 것이리라. 자신이 스스로의 존재조차 망각할 수밖에 없는 거대한 하나의 無가 될 때까지.

나는 발길을 돌려 다시 길을 걸었다.

강의 흐름을 따라서, 종착점 없는 내 생에 대한 두려움과 공포를 강물에 하나씩 흘려보내면서. 무엇보다 나 자신을 강물에 흘려보내면서.

나는 무(無)로 이어지는 헤아릴 수 없는 수의 갈림길들을 걷고 또 걸어가야만 하는 것이었다.

반 고흐, 영혼의 편지

1

　도서관에 앉아 『반 고흐, 영혼의 편지』라는 책을 읽었다. 고흐가 그의 동생 테오와 평생에 걸쳐 주고받았던 편지들을 모은 책이다. 원래는 668통이나 되는 편지지만 이 책에는 고작 100편 정도의 편지만 실려 있어 아쉬움을 남기기는 했지만, 고흐의 내면 세계를 엿볼 수 있었다. 거울처럼 투명한 가을 날씨와는 정반대로 착 가라앉은 울적한 기분 때문인지 모든 한 문장 한 문장이 가슴에 더더욱 깊이 와서 박혔다. 자신이 그린 그림들에 대해 거기에는 "내 심장에서 바로 튀어나온 그 무엇인가가 들어 있다"고 말하고 있었고, 자신이 표현하고 싶은 것은 '뿌리 깊은 고뇌'라고 말하는 대목에서 한참 동안 시선을 멈추고는 나 자신을 되돌아보기도 했었다. 그의 표현대로 "유행을 뒤쫓는 떼거리짓"에 동참하지 않고, 고독과 비참 속에서 오로지 자신만의 예술 세계를 탐구해나갔던 고흐의 작가 정신에는 깊은 공감과 함께 새삼스럽게 경의를 표하지 않을 수 없었다.

광기에 사로잡혀 죽음을 향해 서서히 몰락해가던, 죽기 바로 전 해인 1889년에 쓴 편지에는 "나는 단순하지만 지속적이고 결정적인 것을 찾아내려고 노력해왔다. 그런데 이제는 이미 패배한 싸움을 해왔다는 생각이 든다. 설명할 수 없는 자책감만 깊이 남아 있다"라고 쓰고 있었다. 고흐는 "고통과 죽음을 완벽하게 받아들임으로써, 그리고 스스로의 의지와 자기애를 깨끗이 포기함으로써 오히려 회복될 수 있으리라고 확신한다"고 말했음에도 스스로의 광기와 자책을 이겨내지 못하고 스스로의 귀를 자르고, 결국엔 자신의 배에 권총을 발사하고 말았다. "진정한 화가는 캔버스를 두려워하지 않는다. 오히려 캔버스가 그를 두려워한다"고 했고 스스로 "누가 뭐라고 해도, 내가 그림을 그린 캔버스가 아무것도 그리지 않은 캔버스보다 더 가치가 있다"고 말하며 그럴 권리가 있음을 애써 주장하기도 했지만, 그역시 끊임없이 자신을 절망에 빠뜨리는 텅 빈 캔버스에 대한 두려움을 떨쳐버리지 못했던 것일까. 혹은 '신이 망쳐버린 습작'에 불과한 이 세계에 대한 절망감을 끝내 극복하지 못한 때문일까.

2

저 높은 하늘엔 언제나 태양이 빛나고 있지만 때론 먹구름이 그 청명한 태양을 가려버리기도 한다. 나는 천성적으로 쾌활하고 밝은 성격의 인간이었지만, 생이라는 먹구름이 내 속에서 환하게 빛나던 햇살을 가려버렸다. 그러나 실은 내 생을 뒤덮고 있는 검은 먹구름들은 다름아닌 나 자신이 불러들인 것들이었다. 나는 발버둥치며 그 먹구름들을 몰아내려 하지만, 그럴수록 나는 점점 더 깊은 어둠만을 발견

하게 될 뿐이고, 내 몸 속의 혈관에는 맑은 피 대신 썩은 피만 흐르고
있다.

3

나의 글쓰기는 내가 쓰는 것이 아니라 내 그림자가 쓰는 것이라는
생각이 든다. 어둡고 우울한 기억과 고흐가 말한 바로 그 뿌리 깊은
고뇌들이 뭉쳐져서 만들어진, 내게서 결코 떼어내버릴 수 없는 그림
자. 아이로니컬한 것은, 이 그림자를 떼어내버리고 싶은 욕망 이전
에, 이 그림자는 이미 너무나 깊숙이 내 존재에 결부되어 있어서 이
제는 그것 없이는 나는 결코 살아갈 수도, 글을 쓰지도 못할 것이라
는 사실을 내가 알고 있다는 점이다. 내가 글쓰기를 하지 않는다면,
나는 미치광이가 되거나 아니면 모든 것을 끝내버리게 될 것이다.

고통과 고독이 내 글쓰기의 영혼이며 심장이며 피이다.

모든 예술은 바로 그것들에 의해서 단련되고 성숙해지며, 깊이를
갖게 된다. 예술은 흡혈귀처럼 작가의 영혼의 순결한 피를 요구한다.

하지만 그런 예술을 추구한다는 것과, 예술이 요구하는 그것을 감
내하고 견뎌낼 수 있는가는 전혀 별개의 문제이다.

4

나의 언어는 나를 후려치는 매서운 채찍이다.

그 무시무시한 채찍질의 고통이 아직도 내가 살아 있음을 느끼게

한다.

그러나 나는 아직 내 언어로 채워진 종이가 텅 빈 백지보다 더 낫다고 자부하지 못한다. 나는 늘 언어에 짓눌리고 쫓기고 있을 뿐이다. 노련한 사자 조련사처럼, 이 언어라는 맹수를 능수능란하게 다룰 수 있다면.

5

나는 문학이나 예술이 내 삶을 구원해주리라고는 결코 믿지 않는다. 그런 믿음은 소박하고 진실한 것이긴 하지만, 일종의 도피 욕망에 불과하기 때문이다. 그러나 카프카가 말한 것처럼, 내 삶은 문학 이외의 아무것도 아니기 때문에 나는 글을 쓸 수밖에 없다. 나는 내 글에서 깊은 고뇌로 인해 내가 흘린 핏자국을 발견할 수 있게 되기를 바란다.

절망보다 정작 더 무서운 것은 그 절망에 대한 집요한 감각이다.

혹독한, 사이, 그리고

혹독한, 겨울조차 얼려버릴 그런 추위가, 야수처럼 떼지어 몰려다

니는 어느 거리를, 무작정 나서고 있었다, 당신은. 혼자서(하지만 나
는 그런 당신을 내내 지켜보고 있었다. 가장 가까운 거리에서, 당신
과 결코 떨어질 수 없는 그런 거리에서), 바람에 날려 부유(浮遊)하
는 먼지처럼, 허청거리는 걸음으로 지나쳐온 당신의 삶의 궤적을 고
스란히, 그 순간에 반복이라도 하듯, 낯선 그 밤거리를, 깊은 어둠 속
에서 몸을 떨며 잔뜩 웅크리고 있는 도시의 밤을, 휘청거리는 걸음으
로 걷고 있었고, 깊은 밤보다 더 깊은 어둠으로 높이 치솟아 있는 빌
딩들 사이에서는, 이제 막 닫히려는 지난 한 해의 중력을 오롯이 짊
어진 창백한 그믐달이, 절박한 최후의 몸짓으로 대지를 어슴푸레하
게 밝히면서, 당신이 한 걸음 한 걸음 내디딜 때마다, 휘청거리는 당
신처럼 휘청거리며, 당신의 머리 위에서 어설픈 추적자처럼 쫓아오
고 있었다. 대낮에, 거리를 가득 메우며 거리를 질주했을 차들도, 그
때는 자취를 감추고 없었다, 광야처럼 드넓어진 심야의 대로에는.
　수은 가로등들, 희미한 은빛으로 포도 위로 떨어지고 있는 그 빛을
받으며, 당신은, 공허한 눈빛으로, 당신의 그림자가 생성되었다 스러
져가는 그 모습을, 몽롱하면서도 쓸쓸한 기분에 사로잡힌 채로, 마치
당신이 꾸는 꿈 속에 들어가 그 꿈들이 생겨났다 사라지는 모습을 지
켜보기라도 하듯이 그렇게 내려다보면서(지켜보는 당신은 누구이
며, 그런 당신을 묵묵히 쫓고 있는 나는 또 누구인가, 혹은 어쩌면 당
신이 나를 은밀하게 감시하고 있었고, 그런 당신은 또한 내가 뒤에서
훔쳐보고 있었는지도 모른다, 지켜보는 자가 지켜보여지기, 그렇다
면 나는 도대체 무엇을 보여주고 있었던 것인가?) 목적 없는 걸음을
주춤주춤 옮겨놓고 있었다, 당신은. 길다란 쥐색 목도리를 두 바퀴나
칭칭 목에 감고, 무릎 아래까지 내려오는 검정색 트렌치 코트를 걸친
당신, 그래도 겨울 바람은 당신의 폐부까지 찔러 들어오고 있었고,

후려치듯 휘몰아쳐대는 그 칼바람을 맞을 때마다 헉, 헉, 거리며 숨통이 끊어지는 듯한 고통마저 느끼고 있었다, 당신은. 어떤 두려움을, 당신을 뚫어져라 응시하는 그 감정을, 그것으로부터 달아나려 하지만 달아날 수 없는, 은밀하게 당신의 내부에서부터 부글부글 끓어오르는 그 감정을, 결코 직시할 수 없었던 당신은, 푸석푸석하게 곰팡이가 슬어버린 의식의 끌로, 꿈을 꾸며 불침번을 서는 지치고 피로한 병사처럼, 당신 자신도 모르는 당신에 의해서, 혹은 나(당신)라는 존재가 상상하는 당신(나)에로 삼투하여 은근 슬쩍 나(당신)의 의식의 틈새를 비비적대며 기어들어가서는, 당신(나)의 내면의 고통을, 마치 썩은 고름이라도 짜내듯 비틀어 짜내고 있었는지도 모른다. 그럴 것이다, 오히려. (하지만 그 고통이 과연 두려움에서 비롯된 것인지, 혹은 막연하고 실체 없는 망각에로 향하는 의식 저변의 절박함에서 연유한 것인지는, 사실 지금 생각해도 모호하기만 한데, 당신은 아마도 어떤 하나의 단어, 혹은 몇 개의 단어일 수도 있을 것인데, 여하튼 의미의 윤곽만이 흐릿하게 나풀거릴 뿐인, 그런 단어에 집착하고 있었을 것이다) 그렇게 바람에 떠밀려, 아니, 당신의 그림자가 이끄는 방향대로 허적거리며, 온 살갗이 다 벗겨지고, 골수마저 썩어 없어져서 텅텅 비어버린 해골마냥, 머릿속을 가득 채우던 온갖 상념들이 추위에 질식당하고 얼음처럼 굳어버릴 정도로 겨울밤 속을(그렇다고 그 해골 속을 떠돌던 기호들마저 얼어버린 것은 아닌 듯한데, 왜냐하면 의미를 갖추기 전 단계의 그 기호들은 그저 물렁물렁하고 끈적끈적한 젤리 같은 것이어서, 그것은 추위에도 얼거나 굳어버리기는커녕, 영하의 기온에 더욱 냉철하고 명료하게 의식 속에서 맴돌고 있었기 때문이다) 걷고 또 걷던 당신은, 또 다른 어떤 낯선 거리에서 걸음을 멈추고 말았다, 아무런 이유도, 그럴듯한 근거도 없이,

그냥 그렇게, 당신은.

아니다. 실은 무겁게 아래로 떨구고 있던 고개를 다시 들었을 때, 당신의 시선은 어떤 하나의 사물에 가 닿았다. 넓은 광장 같은 공터 한 중간에 놓인, 일종의 탑 같은 것이었다. 그것은. 그 꼭대기에는 둥근 시계가 창백하게 파리한 조명을 비추며 붙박여 있었고, 당신의 시선은 그 시계가 가리키는 시간에 빨려들 듯이 박힌 것이었다. 어느새 시간은, 한 해의 마지막 추락 지점을 향해 서서히 무너져내리고 있었다. 당신이 멀찌감치서 지켜보는 가운데서, 광장 중간에 서 있는 그 시계탑처럼, 그 순간, 당신 자신도 그 탑처럼 굳어버렸다. 불현듯 현기증을 느끼면서, 당신은,

당신은 느꼈다. 그 순간,

비로소, 당신을 고통스럽게 만드는 그 감정의 진실을, 그 감정이 표현하고자 갈망하던 몇 개의 어휘들을, 아니, 당신(나)이 그토록 애써 거부하고자 했고, 의식의 심층 저 밑바닥에 숨겨놓기까지 원했던 나(당신)의 존재의 현존을, 그 현존의 우울한 목소리를, 비통한 심정으로 뇌까리며 듣고 있었던 것이다. 시계의 시침과 분침이 0시의 밀회를 나누려는 그 순간에, 과거도 아니고 아직까지 미래도 아닌, 어제와 내일의 사이, 낡은 한 해와 새로운 한 해의 사이, 그 모호한 시간의 DMZ에서, 피를 토해내듯 울컥하며 목구멍을 뚫고 터져나오는 그 시간의 비수에 심장을 찔린 채로, 해석할 수 없는 텍스트 앞에서 쩔쩔매는 언어의 수도승이 되어(내가 혹은 당신이? 어쩌면 그(그녀)가?), 그 은밀한 비밀의 텍스트의 행간에 삽입된 의미로 시퍼렇게 우러나서는(당신은 이제 나를 의식하기 시작했고, 나 역시 당신 자신에게로 굴러떨어지고 있었다. 하지만 나와 당신 '사이'에는……),

절규하는,
존재의 비루한 몰락,
혹은 영겁 회귀하는,

저 세월의 무거움이, 나(당신)의 육체에 횃불처럼 불붙어서는, 당신을 태워버리려 하고 있었다(그 사이에서), 나(당신)를 쓰러뜨리는 저 불의 육체 위에, 정신병자처럼 분열된 시간의 공백 사이에서(사이), 공허의 심연의 봉우리들 사이에 걸쳐진 오르페우스의 현(사이), 다시 지옥으로 추락해가는 나(혹은 당신)의 그림자(사이), 언어와 문자 사이의, 기표와 기의 사이의, 현실과 무 사이의, 혹은 과거와 미래 사이의, 또는 당신(나)과 나(당신) 사이의(아니면 당신과 당신 사이, 또는 나와 나 자신 사이의), 넘나들 수 없는 질곡(桎梏)의 바다 (사이), 피투성이의 잔인한 어떤, 언어 부재의 화살표(사이);

☞ —→ 돌아가시오.
(사이)

다시 돌아가시오. ←— ☞

그리고 다시,
. . . . . .(그 두 방향의 사이에서)

끝없는 물음들

　?처럼, 몸을 잔뜩 웅크린 채로, 그것은? 그럴까……? 하다가, 이
윽고 그럴 리가……? 하며, 미간을 찡그리다가는, (!!)처럼 두 다리
를 쭈욱 뻗치고, 긴 한숨을 후우…… 하고 내쉰 뒤에, 제기랄! 뭐야?
(?)는 (?)일 뿐이지! 그렇게 결론을 내리곤 (???……?)들 뒤에 함부
로 등호(=)을 지익, 지이이익 그은 후에, 반대편에다 (X)를, 성스러
운 성호처럼 긋고는, 마침표(．)를 꽝! 그렇게, 마침표(．)를 꽝! 꽝!,
하고 내리찍어버리고, 그 (X)를, 머릿속에 낙인처럼 찍힌 그 문자를,
그려보다가 문득, 두 팔과 두 다리를, (X)자로 벌려놓고는, 혼자서
키득키득 웃어대는데. 갈고리처럼 생긴 (?)가 (X)의 교차점에 덜컥,
걸려 있는 모습이 상상 속에서 떠올라서, 그 날카로운 칼처럼 생긴
갈고리가 (X)의 중앙 부분을, 아니 내 몸뚱이를, 정중앙(正中央) 부
분에서부터, 수직선을 그으며 찢어내버려려서는, 그만 찢어진 그 (X)
가, 둘로 나뉘어진 그것(몸뚱이가)이, 지렁이처럼 꼬물거리다간
(!),(!) 하고, 감탄사를 자아내고 말아서, (?)가 다시 (＝) 부호의 중
매를 통해 교묘하게도 (!!!)과 같아져버린 형국이 되고 말았다.
(???……??)이 어떻게 (!……!……!)이 될 수 있는지, 그 사이에
무언가 협잡이나 사기, 기만 같은, 것이 개입되었다는 의심이, 자꾸
만 들어서는, 그러니까 (???……??)와 (!……!……!) 사이에, 무언
가 술어가 될 만한 어떤 내용 같은 것이, 예를 들면 사랑이란, 섹스다,
좆이다, 기다림이다, 또는 그리움이라든가, 따위의, 혹은 말이란, 기

호다, 그림이다, 전달 수단이다, 또는 아예, 말은 말[馬]이다, 라는 따위의 술어가 될 만한 그런 것들을, 그 (??……???)와 (!……!……!) 사이에 들어가야만 할 것인데, 그렇다면 다시 애초의 (???)는 (????)로 되돌아와서는, 여백(餘白)이 여백으로 술어를 삼음, 아니, 여백이 여백의 사타구니를 파고들어, 여백의 자궁에 임신되어서는, 다시 한 여백을 낳음, 또는 여백이, 자신이 낳은 한 여백의 똥구멍에, 마침표(.)처럼 생긴 주둥이를 대고, 그 여백을 쭉쭉쭉 빨아들여서는, 후루룩 집어삼켜버림, ―이런, 제기랄!! ―어쩌다, 이런 망할 경우로 귀결되어버렸는가!!! 아니, 그 주어로서 던져진 (??……??) 보다, 술어로서 제시된 (??……?……??)들이, 아마도, (=) 관계가 아니라 (〈)이나 (〉) 관계의 부등식으로나 성립되는 것은, 아닌가, 하는 의심이 다시 들어서는, 즉 주어(???……??) (〈) 술어 (??……?……??)로서, 술어부가, 더 많은 무게와 크기, 질적인 차이들을 내포하고 있는 게 아닌가, 하는 의심인데. 이를테면 사랑은 (???……?)하는 주어에, (섹스다, 좆이다, 기다림이다, 그리움이다……!!!) 따위의 술어를 접붙인다 하더라도, 실은 좆이니, 기다림이니, 그리움이니, 하는 따위의 술어가, 다시 원래의 주어부를 향하여 (???……??……?)를 부메랑처럼, 냉큼, 되돌리고 마는 것이니, 거기에 어떤 마침표(.)가 꽝! 꽝! 찍어내려질 수 있을 것이며, (!!!)가 목구멍을 통해 터져나올 수 있을 것인가, 이런 따위의 잡념들, 그렇다면 주어(??……?……?)들과 술어(??……?……?)들 사이에는, 오히려, (≤)나, (≥)이 성립될 수 있는 것이어서, 이 둘 관계 사이에는 (!!!!)가 아니라, (∞)의, (???……?……?)들만이 다시 끼어들어서는, (??……??……?)들이, 만수산 드렁칡처럼, 그렇게 얽히고설켜서는, 이런 빌어먹을 사기가 어디 있나!!!! 하며, 몸뚱이를, 혹은

의식을, 바늘에 허리를 찔린, 처참한 한 마리 지렁이처럼, 배배 뒤꼬
으면서, (……)하는, 신음 소리 같은, 침묵의, 말없음표만을, 오줌처
럼 질질 싸대면서, 내 몸뚱이는, 핀에 꽂혀 박제된, 한 마리 호랑나비
처럼, (???……?……?)들의 쇠꼬챙이에 손가락 끝이며, 발가락 끝,
이마, 두 귀, 옆구리 등등을, 방바닥에 누운 채로, 그렇게, (……)하
며, 누워 있을 뿐인데. (있을) 뿐이라고 생각하는 순간, 그 (있을)이
라는 (있음=Being=Dasein), 혹은 존재(存在)함이라는 것이, 도대
체 그 (?…????)들 사이에서, 있기나 한 것인지가, 다시 (??……?
??……?)로 뭉글거리며 되살아나서는, 있음이 주어(???……
???……?)로 자리매김되는 순간, 그 있음은 (∞)의 있음으로, 그래
서 오히려, 공허(空虛)하기만 한, 붓질 한번 하지 않은 새하얀 캔버
스처럼, 덜덜 떨리는 공포가 되어(아니, 어쩌면 거기엔, 무한대의
(??……???……??)들이 자벌레처럼, 혹은 구더기떼처럼, 눈에 보
이지는 않지만, 그 텅 빈 캔버스에 꼬물거리면서 새끼를 치고 있을지
도 모르는데), 나는 사지를 덜덜 떨어대면서, 몸을 뒤척뒤척거리다
가는, 어느새 내가, 투명한, 내장과 비장, 뼈다귀들까지 다 내다보이
는, 그런 투명한, 한 마리 벌레가 되어, 꼬무락대면서, 방바닥을 기어
다니기 시작하고, 방바닥에 지천으로 깔려 있는 (???……??……?)
들의 칼날에 이곳저곳을 버히어서는, 고통스럽게 피를 철철 흘리고,
그 순간에, 무(無)의 공포 같은, 뼛속 깊이, 고독이, 무(無)의 심연에
서부터 한 떨기 꽃처럼, 화르르 피어올라서는, 무의 (???……???),
아니 무 자체의 (!!!!!!)로, 무의 있음이, 있음으로서 있음일 수 있는
가???…??? 하는 따위의, 또 다른 (???…???…?)로, 그 무조차도,
어쩐지 쓸쓸하게, 담배 연기처럼 공허 가운데로, 굴러떨어져버림을,
(!!!!)하면서, 느끼다간, (!!!!)가 (???…?) 사이에서 비집고 들어

온, 그 힘찬 약동을, 축복처럼 받아들이면서, (!!!!)로 (??···??···?) 들 사이를 갈라놓기, (???···!!!···!??), 이렇게, (??···?···?)의 주어 와 술부 사이를 교란시키기. 하여 그 긴 막대기를, 아니, 창으로 갈고 리를 방어함으로써, 하여, 사랑(?)=사랑(!), 으로 꽝!, 꽝꽝!!, 섹스 (?)=섹스(!)로 꽝꽝!, 말(?)=말(!)로 꽈꽈꽝!!!, 있음(?)=있음 (!!)으로 꽝꽝꽝!!!, 따위의, 변증법이 아닌 형식 논리로, 꽝꽝꽝!!!, 길다란 창으로 대못 삼아 벽에다가, 무지막지하게, 꽝꽝꽝!!! 이래놓 고는, 흐흐흐, 키득키득, 날웃음을 흘리며, 침이라도, 입가에, 질질 흘리며, 만족 없는 만족감에 헛된 포만감마저 느끼는데, 시난고난, 킬킬킬, 웃어대는 사이에, 뿌우웅, 하며 터져나온, 헛방귀 한 방에, 불룩하던 배는, 피시식, 바람 빠진 풍선처럼, 뼈만 앙상하게 남은, 어 느 먼 나라의 난민들처럼, 그렇게 다시 허기가 져서는, 이런 제길 헐!!! 헐!헐!!헐헐!!!,????···??···???가,다시, ???···??···? 하며, ????···???···?? 하니, !!!!···!!! 제발, 헉, 내 몸뚱이는 어느새 (?)처 럼, 배배 꼬여서는, 꾸엑꾸엑, (???···?···???)들을 토해내어서는, 헉, 온 방바닥이며, 내 몸뚱이며를, 그 제길헐 (???···?···??)들이, 소 름끼치는 악어 이빨처럼, 날카롭게 날을 세운 채로, 자꾸만, 자꾸만, 버혀내고 드는 것이어서,헉!!!!,(???···?···?)는,(···??···????),헉,으 웅???웅???으...으으?????···!!!···???¿··¿¿¿???···¿¿, 제길 헐!···!!! 제길헐! 헐헐헐!!! 이 끝나지 않는, 있음의 ????들!!!

내 눈썹 위의 까만 점

●

點. 하나의 검은 점. (지금 이 위에 찍힌 하나의 점의 형태로 축소되고 응결되어 있는? 죽은 자는 불에 활활 태워져 티끌 같은 재로 화하나니. 이런, 하나의 티끌 속에 온 우주가 들어 있다고, 그 어느 땡중께서 읊으셨던가? 하긴 이 점조차도 너무 크다, 너무 큰 탓에 한 우주라도 그 점의 검은 구멍을 쑥 빠져나가버릴 듯하다.) 내 오른쪽 눈썹 위의, 검게 타 죽어버린 마른버짐처럼 생긴. 흑록색 잉크를 쏟아놓은 듯한, 타원형에 가깝고 정확히 말해서 아메바의 형태를 닮은. 최대 지름을 따지자면 족히 2센티미터는 될 성? 내 존재의 몽고 반점. 엉덩이에 있어야 할 그 점이 내게는 엉덩이가 아닌 이마 위에 올라가 붙어서 바싹 마른 채 응고되고 흡착되어 검게 썩어 문드러져버린 것 같은 꼴의. 내 엉덩이에 과연 남들처럼 퍼런 몽고 반점이 나 있었는지 어땠는지는 어머니에게조차 물어보지 않아서 알 수가 없고. 여하튼 이마 위에 껌처럼 들러붙은 그 거무튀튀한 점 그것이 문제인데.

내내 곰곰이 머리를 싸매고 생각해봐도 내 몸뚱이 다른 많은 곳, 예를 들면 엉덩이나 허벅지, 종아리, 허리나 등도 있을 터이고 굳이 얼굴 부위에 생겨야겠다면, 이마가 아닌 코 밑 인중이나 턱 밑 혹은 뺨 같은 곳을 두고서 왜 굳이 거기 오른쪽 눈썹 위에 가서 달라붙었는지는 알 수가 없고. 어머니의 뱃속 자궁 안에서, 내가 무엇이 못마

땅했는지 몸부림을 치고 뱅글뱅글 돌아서, 내가 이 세상에 태어날 때 머리부터 나온 것이 아니라, 꼼지락거리는 발가락부터 튀어나왔다고 하니, 그 어두컴컴하고 끈적거리는 수액의 작은 호수에 떠다니면서, 분명 어떤 사고가 나긴 났었던 모양이다만.

다른 데서 원인을 찾자면, 자궁 안에서가 아니었다면, 출산의 순간에 좁디좁은 질의 어두운 터널을, ──아마도 그 좁은 터널을 통과하기 위해선 오소리처럼 납작 엎드린 자세로 엉금엉금 기다시피 하면서, 무르팍이 벗겨지고 천장에다 머리를 부딪치고 울리면서, 양쪽 어깻죽지는 날카로운 돌쩌귀에 찢기고 하는 그런 수난을 겪으면서 통과해야만 했을 터인데, ──나는 무척이나 힘겹게, 자궁에서 이 세상에 나오는 것이 못마땅하고 형벌이 예고된 죄악처럼 여긴 듯이, 거부하는 몸짓으로 발버둥을 치며, 머리가 아니라 발부터 통과해 나오진 않았을까? 그때 마지막으로 터널을 통과해 나오던 내 머리통이 질 벽에 부딪쳐 생채기가 났던 것인지, 혹은 꽉 조이는 질의 힘에 여리디여려서 아직 뼈가 채 봉합되지도 않은 상태였던 내 머리통이, 짓눌려 피를 토해낸 것인지, 그런 사고 때문인지는 잘 모르겠지만. 설사 그렇다고 하더라도, 그것이 내 탓인지 어머니의 탓인지, 그런 식으로 따지고 들기 시작하여 멀리 보자면 아버지의 탓인지, 혹은 유전적으로 따지자면 아버지의 아버지, 또 그 아버지의 아버지에게까지 소급해 책임을 물어야 할진 모르겠고. 여하튼 평생 동안 그것은 내 존재의 영원한 미스터리로, 풀 수 없는 불가사의로 남아, 죽는 순간까지 그 문제를 끌어안고 살아갈 수밖에 없도록 만드는, 그, 흉하디흉한, 내 몸의 떼어낼 수 없는 일부가 되어버린, 까만 점, 아닌 점인데.

그런데 왜 그 점이 문제가 되느냐 하면, 몽롱한 정신으로, 아르튀르 랭보의 시『모음들』을 술 취한 상태에서, 무엇 때문에 그 시를 읽게 되었는지는 모르지만, 우연히 책상 위의 책꽂이에 꽂혀 있는 그 시집을 꺼내 읽다가, 어두컴컴한 방 안에서 이불을 덮어쓰고, 『성문 종합영어』 책 위에 살짝이 포개놓은 『플레이보이 *Playboy*』지를 보면서, 거기에 실린 앵글로색슨족의 정통 혈통을 이어받은 듯한 백인 플레이 메이트의 연초록색 눈빛과, 석회석처럼 새하얀 치열, 염소 젖 색깔의 투명한 피부, 벌린 두 다리 사이의 삼각주, 그 사이에 산불에 그슬린 초목들 같은 흑갈색의 음모(陰毛)들, 거기에 홀딱 정신이 팔려, A, 아슬아슬한 긴장감 속에서, E, 에는 듯이 내 살을 파고드는 욕정의 파도에 휩쓸려, I, 이물질같이 불거진 덜 익은 내 성기를 잡고, O, 오르가슴의 격렬한 쾌락에 탐닉하여, U, 우수수 찬 바람에 은행잎이 늦가을 찬 바람에 허공으로 흩날리듯, 격렬한 수음의 끝에 벗은 배 위로 흩뜨려지던 허여멀건 정액의 냄새에, 술 취한 배처럼 흐느적거리고만 있던 그 시절에, 이미 혼돈스런 세계와 의탁할 길 없는 생의 공허에 직면하여, 소년 랭보는, 언어로 이 세계를 전복하려 하는, 그리하여, A는 까만색, E는 백색, I는 적색, U는 초록색, O는 파란색…… 운운, 하는 시를 읽다가, 시인 랭보는 A, 괴로운 악취의 윙윙거리는 빛나는 벌레들의 연모에 덮인 시커먼 코르셋, E, 아지랑이 천막의 눈부신 백색, 자랑스럽구나, 빙하의 창, 백색의 왕들, 산형화의 전율, I, 주홍빛 옷감, 뱉어내어진 피, 분노, 혹은 회개를 촉구하는 도취 속에서 웃음짓는 붉은 앵둣빛 입술, U, 원환, 녹색 바다의 거룩한 진동, 동물의 흩어진 방목장의 평온함, 연금술이 정려하는 큰 이마에 새기는 주름의 평화, O, 이상한 환성에 넘친 지상의 나팔, 천체와 천사가 지나가는 정적 ―오오, 오메가, '그녀의 눈'의 보랏빛! ―이런 시를 짓고 있었는데. (오, 신을 모방하려는 시인이여! 하지만 신의 언어에는 동사밖에 없고, 명사를 말하는 인간의 언어는 불순한 것이라고 저 고매한 유대 신비주의자들이 주장하지 않더냐?)

한 세기를 초월하여 대양을 한 바퀴 회전한 이 좁은 반도의 땅, 쥐구멍 같은 공간에 쪼그려 앉아, 한 세기도 더 지난 오래된 시를 읽다가, 아에이오우야예유요유, 아에이오우…… 진하고 독한 알코올에 전 내 알딸딸한 손가락들로, 흰 백색의 종이가 아닌, 종이가 아니지만 종이이기도 한, 마음만 먹으면 종이로 변하기도 하는, 결국은 기계 장치에 불과한 컴퓨터 모니터 위에 나도 모를 어떤 힘에 자석처럼 이끌려, 이런저런, 저런이런, 내가 생각해도 도무지 무슨 소리인지 모르는, 그저 술 주정을 토악질해놓는 것에 불과한, 웩, 웩, 거리는, 구역질, 소리와도 같은. 그런 단어들, 문장들, 쉼표, 마침표, 물음표, 느낌표, . , ! , . ? ,, 이런저런 모든 문장 부호들을, 부엌칼로 도마 위의 무를 썽둥썽둥, 잘라내듯이 토악질하다가, 창문 사이로 새어들어온 빛의 입자들이 우연히 모니터 위에 내려앉았다. 그때, 바로 그 순간에, 점, 그 커다랗고 불거진 까만 점이, 내 얼굴과 함께, 푸른 바다색의 모니터 위에 비추어지고 말았으니.

그 순간에, 고압 전류에 짜르르 감전되고 만 것처럼, 떨리는 손가락들을 멈춘 시선, 내 시선이, 그 까만 점에 붙박인 듯, 아니, 그 까만 점이 내 시선을 잡아당겨 옴짝달싹, 꼼짝도 할 수 없이 마치 쇠사슬에 결박된 죄수처럼, 목구멍에서. 아아…… 에에, 이이, 우우, 오오, 하는, 한 마디 비명조차도, 내지르지 못한 채, 아니, 할 수 없는 채로, 그, 내 눈썹, 오른쪽 눈 위에 붙어 있는, 오른쪽 눈구멍으로부터 약 3센티미터 정도 위쪽에 붙은, 그 눈썹 위의 까맣디까만, 흑염소 색의 까만 점에 온 정신이 팔려 있다. 문득, 마치 마침표처럼, 내가 쓴 모든 문장들의 그 까만 점이, 백색 화면 위에 커다랗게, 확대경으로 비춘 것처럼, 확대되어 나타나 혼비백산, 우왕좌왕하게 나를, 그 까만 점이, 만들고 말았는데. 그 점은 점점 더 확대되어, 산꼭대기에서 굴러떨어지는 눈덩이처럼, 그것이 점점 더 크게 불어나서는, 마침내는, 나를 잡아먹을 것처럼 보였던 것인데. 그것이 문제였다. 그 점, 하나의 까만, 내 오른쪽 눈썹 위의, 그 점은.

그, 점, 까만, 한 개의 점은 그리하여, 산꼭대기에서 굴러내리는 눈덩이처럼 구르고 굴러, 그 새까만 눈덩이가, 내 얼굴만한 크기로 퉁퉁 불어난 그것이, 그 망할 것, 지랄같이 못된 것이, 내가 써놓은 모든 철자들과 단어들과 부호들을, 칠판 위에 백묵으로 씌어지고 그려진 것들을, 마침내는 칠판 지우개로 쓱싹쓱싹 지우듯, 몽땅 지워버리는 것, 것이 아닌가! 그리하여 화면에는 오로지, 그 새까만 점, 내 눈썹 위의 한 개의 점인, 그 점만이 덩그러니, 마치 지배자처럼 당당한 포즈를 취하면서 우뚝, 절뚝, 서 있었고. 내가 보기에는 그것이, 마치, 비유를 들자면, 내가 쓴, 모든 글, 들을 일거에 마감해버리려는, 무자비한 한 개의 점, ─마침표, 즉, (.), 그것처럼 보였지 않겠는가?

해서 나는 깜깜한 밤길에 불쑥 얼굴을 내민 도깨비, 혹은 하얀 소복을 입은 처녀 귀신이라도 만난 것처럼, 혼절할 듯 당황하고 놀라고 소름 끼치는 전율에 빠져, 온몸이 바람맞은 사시나무처럼 오들오들 떨리고, 식은땀이 비처럼 흘러내리는 듯한 기분이 되고 말아서, 술 취한 내 정신에는 그것이 마치 내 인생의, 혹은 이 우주 자체의 영원한 마침표(이 우주의 역빅뱅!?)처럼, 생각되었던 것이다. 뿐만 아니라, 내가 쓰기 시작한 글, 그 글에 내가 마침표를 찍기도 전에, 이 글은 더 이상 쓸 가치도, 의미도 없다는 듯이, 혹은 글쓰기 자체를 집어치우라는 호통, 또는 날벼락처럼 생각되기도 했던 것인데 나는, 너무도 분노한 나머지, 숨을 쌔액, 쌔액, 헉헉, 몰아쉬며 화면을, 그 까만 점이 찍혀 있는 화면을, 안광으로 꿰뚫어버릴 듯이 노려보고 있었다.

그러다, 취해서 오락가락하는 정신으로 곰곰이 생각해보니, 어쩌면 내 인생은, 더도 덜도 말고 정말로 끝장나버린 게 아닌가 하는, 얼토당토않은 생각일 수도 있는, 그런 것에 생각이 미쳤다. 왜냐하면 모니터 위에다 기역, 니은, 디귿, 리을…… 이런 자음과 모음들을 결합해서 글자를 만들고, 그 글자들로 하여금 무언가를 지칭하게 하며, 그것이 상징이든, 아니면 구체적이고 즉물적인 대상의 표현이든 간에, 하여튼, 문장을 만든다는 것이, 갈수록, 마치 꼬부라질 대로 꼬부라지고 쇠진할 대로 쇠진해버린 노인이, 무거운 삽을 들고 딱딱하게 얼어붙은 겨울 들판의 논바닥을 파헤치고 씨앗을 뿌리는 것처럼, 수확을 기대할 수도, 실속이라곤 없는 공허하고 힘겨운 일로만 여겨지고 있었던 것이 부인할 수 없는 사실이었고. 그리하여 하나의 문장, 혹은 하나의 긴 글을 쓰고 난 뒤, 마지막 문장에 마침표, (.)를 찍는다는 일이, 그야말로, 내게는 칼로 내 배꼽 아래의, 허여멀건 배를 푹, 푹, 자결을 명 받은 일본 사무라이처럼, 찔러대버리는 자해 행위처럼 여겨져서, 낙하산도 없이 천 길 낭떠러지 아래로 뛰어내리는 것처럼 생각되어. 어떤 때는 그 마침표 까만 점 하나를 찍기가 죽기보다 더 곤혹스럽고 공포스러워, 내가 쓰고 있는 글에 대해 나 자신이 확신하지 못하여, 온통 물음표 ?나, 혹은, 감탄사(!)나, 혹은 쉼표, (,)로만 이루어진 문장을 써보기도 했는데. 때로는, 오래 전에 죽어버린 이상(李箱)이 어떤 작품에서 그랬던 것처럼. 그래, 아마도오늘오후의햇살은마치칼날처럼곤두서있었다나는그무수한햇살의칼날에노출된채허청거리는발걸음으로비척대며아직도알코올중독자같은몽롱하고어리비리한얼굴로보도위를걸어가고있었다그러다가문득어느가게의쇼윈도앞에서멈추어섰는데캐주얼옷가게인듯한그가게의쇼윈

244

도안에는한마리의회색개셰퍼드같기도하고진돗개같기도한잘은모르
겠지만하여튼개는개인데아니개임에틀림없는개플라스틱으로만들어
진것같은개한마리가그를빤히쳐다보고있었다그런데마치그표정이그
빌어먹을놈의개의표정이실실거리며혹은히죽히죽웃으며자기를마주
쳐다보고있는나를비웃고조롱하고있는듯해서보고있던나는그만기분
이팍상하고말았다어쨌거나그개의건방진태도에격분한나는개가인간
이아닌짐승에불과한그놈의개가어떻게인간을비웃을수있단말인가하
는통분스런마음으로아니어쩌면마음속깊은곳에응결되어있는자격지
심같은마음때문에나도지지않을양으로양미간에잔뜩힘을주고개와여
자를번갈아가면서마음속으로는개처럼으르렁으르렁거리면서뚫어져
라쳐다보았다그러자여자는무서운생각이들었는지어땠는지모르겠지
만아마도기분이상했으리라생각되기는하는데어떻든고개를홱돌려안
으로들어가버리는것이었다그래도여자는고개를힐끔거리며그를쳐다
보곤하는데그는그여자를놀려줄요량으로얼굴을유리창에바짝갖다붙
이고입술로핥아대거나이상야릇하고괴상망측한표정을지어보였는데
안에서그모양을본다면아마도내얼굴은쭈그렁바가지나짓무른호박처
럼보였을것이다나는얼굴을일그러뜨리고찌그리곤하며온갖괴상망측
한표정을다지어보였는데마침내그여자는그런내연극적인장난이우스
꽝스러웠는지한바탕웃음을터뜨리고말았다그여자의웃음을보자나는
그연극을뚝그치고말았는데내가생각해도내행동이돈키호테보다더바
보같고희극적이었던지나역시너털웃음을짓고말았다. 또는, 더 나아
가서는, 아예, 모든 문장 부호를 쓰레기통에 던져넣어버린 채. 지금
내가 쓰고 있는, 이 글을, 계속 이어서 써나가자면, 나는 까만 점 내
오른쪽 눈썹 위 1센티미터 위치에 커다랗게 낙인처럼 찍혀 있는 그
까만 점을 물끄러미 쳐다보고 있었는데 그러자 그 까만 점이 투명한

거울처럼 내 과거를 비추어주고 있는 것이었다 까만 점의 거울 속에서는 어린 시절의 내가 보였다 그게 아마도 초등학교 시절이었을 것이다 그 어린아이는 학교를 파하고 교문을 나서 집으로 가던 중이었는데 그때 몇 명의 남자 아이들이 그 앞을 가로막고 서다니 헤이 점박아 점박아 어디 가노 우리집에도 점박이 강아지가 한 마리 있대이 너네 집엔 점박이 강아지 없어도 되겠다 네가 점박이니까 점박아 점박아 멍멍멍 깨갱깨갱 멍멍멍 왈왈왈 하고 아이를 둘러싸고는 마구 놀려대는 것이었다 이미 어릴 때부터 그런 놀림감의 대상이 되는 데 익숙해 있긴 했지만 그래서 더욱더 억울하고 분했는지도 모르고 상처가 되었을 수도 있는데 어떻든 화가 난 그 어린아이는 돌멩이를 집어들어 마구 집어던지고 말았다 그런데 그 중의 한 개가 한 아이의 눈에 정통으로 맞아버렸다 그 어린아이는 다름아닌, 바로, 나 자신이었고. 오래된 기억이라 나도 잊어버리고 있던 일이, 글을 쓰는 지금, 술 취한 손가락으로 움찔거리면서 쓰고 있는 지금에 와서, 다시 수면 위로 떠오르는 것은 웬일일까? 그 돌멩이는, 아마도, 내 이마 위에 찍힌 까만 반점 크기만한 크기의 돌멩이였던 것 같고. 아니, 아마도, 분명히 그랬을 것이다. 그 돌멩이는, 불행히도, 마치 노련한 야구 투수가 던진 공처럼 직선으로 똑바로 날아가서는, 한 아이의 왼쪽 눈알에 화살처럼 날아가 박혔고, 그 아이는 비명을 지르면서, 뒤로 고꾸라져버렸다. 돌멩이를 정통으로 맞은 왼쪽 눈에서는 붉은 피가, 줄줄, 낡은 수도관에서 흐르는 물처럼, 흘러내려, 나는, 너무나 놀란, 나는, 그 자리에서 그만 도망치고 말았으니.

그 아이는, 내가 던진 내 눈썹 위의 까만 반점의 공격을 받은 그 아이는, 그만 실명을, 한쪽 눈이 장님이 되는 그런 불구의 몸이 되고 말았는데. 그 때문에 노한 아버지한테 죽도록 몽둥이 찜질을 당해야만 했고, 아버지한테 곤죽이 되도록 얻어맞았던 바로 그날 밤, 나는 처음으로, 자살을, 이 까만 점의 공포로부터 영원히 벗어나버려야겠다는 생각으로, 아아, 자살을, 시도했었으니. 내가 그날, 죽어버렸더라면, 그 까만 점 때문에, 평생을 이렇게, 부끄러움과 모욕 속에서 살지 않아도, 아아, 마치, 강박 관념, 처럼, 내, 존재, 가, 그, 까만 점, 하나에 고착되어, 온통 거기에만, 마음이 쏠려, 아니, 피해망상증 환자처럼, 빛을 두려워하는 박쥐가 되어, 밤에만 나타나는, 드라큘라 백작처럼, 아아아, 빛을 피해 어둠 속에 파묻혀 지내거나, 하지, 않았어도, 되었을 것을……! 내게 돌멩이를 맞아 반봉사가 되어버린 그 아이, 그 아이에게 씻을 수 없는 죄를 지은 나, 내가, 그 아이가, 그 일 이후로 멀리 이사를 가버리고 난 오랜 후, 지금으로부터 10여 년 전쯤에, 내가 대학에 다닐 때였던가, 우연히 대학 구내 식당으로 점심을 먹으러 들어가던 중에, 맞은편에서 걸어오는 그를, 세월이 오래 지나긴 했지만, 그 아이가 틀림없었다. 그를 발견하고는, 허둥대며 벽 뒤로 숨어버리기도 했는데, 그 아이가, 한쪽 눈이 병신인 그 아이와 다시 마주칠까 겁이 나, 그뒤로부터는, 학교에 가는 것조차 두려워져서.

나는 검정색 야구 모자를 푹 눌러쓰고서야, 지금도, 내가, 외출을 할 때면, 반드시 쓰고 나가는, 그 야구 모자, 를, 쓰고서야, 겨우, 도둑고양이처럼, 수업 시간에만 맞추어, 살금살금, 기어들어가곤 했고, 졸업할 때까지도, 행여나, 그와 다시 부딪치게 될까, 얼마나, 노심초사, 했던지. 점, 까만 점 하나, 내 몸뚱이에 말 잔등에 찍힌 낙인처럼 찍혀 있는 점 하나; 그리하여 나는 이 글을 쓰면서도, 지금, 문장을 길게 늘여뜨리기조차 숨에 차, 헉헉대며, 한 단어, 한 단어마다, 숨을 깊게 몰아쉬면서, 내가, 숨을 몰아쉴 때마다, 글도 한숨 후우욱, 내쉬

고, 후우욱, 또 숨을, 후우욱, 하며 몰아쉬면서 나아가고 있는데. 그
보다 더 두려운 것은, 도무지 마침표를 찍는다는 것이, 마치, 내 이마
빡에 껌처럼 들러붙어 있는 반점, 그 까만 점을 자꾸만 되새기고, 두
렵기, 상기하는 것 같아, 짝이 없는 일이라, 나는, 이 글을 쓰면서도,
비록 술 취한 정신, 알코올 냄새를 물씬 풍기고 있는, 말이긴 하지만,
서도, 가급적 정신은 똑바로 차리려, 눈을 부릅뜨고 있긴 한데. 마.
침.표. 를 찍는다는 것이, 어떤 글의, 스스로, 글을 쓰는 이가 생각하
기엔, 한 문장이건, 아니면, 하나의 긴 글 전부이건 간에, 그만큼 당
당하고, 자신만만하고, 이 세상에 떡, 하니 내놓아도 될 만큼, 그 글
의 존재 가치를 확신한다는 증거이기도 할 것이니.
　　언제나 늘, 나는, 그렇듯이, 생쥐 새끼를 보고도 공포에 질리는 어
린 겁쟁이처럼, 내 글 앞에서 잔뜩, 겁에 질려, 어떻게 하면 피할까,
마침표를, 그래서, 나는, 마침표를 찍지 않는 글, 마침표가 필요 없는
글, 까만 반점이 없는 내 존재, 를, 생각하기에, 이르렀으니, 어떻든
간에, 내게는, 이토록 편집증 증세처럼, 나를 옥죄고, 거대한 바위처
럼 짓누르고 있는 그, 까만 점;―그 점은, 내 생을, 지금뿐만 아니라,
처음부터, 그렇게 불구자 아닌 불구자로, 혹은 반불구로, 만들어버리
고 있었으니. 마침내 나는 그 돌멩이 사건 이후로, 대인기피증 환자,
그렇다, 그렇게 부르는 것이 정확할 것이다. 대인기피증, 환자가 되
어. 학교에서나 집에서나, 늘, 고독하고 외로운 외톨이 신세. 스스로
땅속에 구멍을 파고는 천장을 덮어버린 꼴이 되고 말았고. 나의 유일
한 오락거리는, 내 방에 틀어박혀 책을 읽는 것, 언어의 양수 속으로
기어들어가는 것, 오로지 그것뿐이었다.
　　언어로 씌어진 그 책들. 그것들은 내 이마 위에 박힌 이 까만 점으
로부터, 감옥같이 나를 가두고 있던 그, 까만, 점으로부터, 벗어나게

해주었다고도 할 수 있을지도. 어느새, 나도, 조금씩, 도스토예프스키, 카프카, 제임스 조이스를 흉내내는 글쓰기를 시작하고 있었으니; 언어, 그 비좁은 어머니의 자궁, 내 오른쪽 눈썹 위에 찍힌 그 까만 반점처럼, 그때부터, 그 언어라는 것이, 내 육신과 정신에 들러붙어, 나를, 언어의 조탁에는 도통 재능이 없어 보이던 나를, 옥죄기 시작했는데. 그리하여, 나중에, 어떤 때는, 그 언어의 강박 관념이, 꿈 속에서조차 나를 찾아와서는, 모음과 자음들, 글자들, 이, 날카로운 비수로 변해서는, 내 몸뚱이를 찔러대거나, 혹은, 내 이마 위의 까만 반점이 아에이오우, 가나다라마바사아자차카타파하, 이런 글자들로 변해, 내 모습이, 그야말로, 우스꽝스럽게 변해 있기도 하는. 또, 혹은, 극단적인 경우에는. 나를 둘러싼 이 세계 전체가, 집이나, 길거리의 플라타너스 나무들, 사람들, 전봇대들, 건물들까지 모조리, 문자의 모양으로 변해 있는.

이 세계의 실재가, 언어라는 비실재, 단지 실재에 대한 표상물일 뿐인 그 언어. 아니, 실재를 표상하기는커녕, 어떻게 생각하면, 그, 언어가, 단지 관념 덩어리일 뿐인. 마치, 실재, 자체, 인, 양, 이 세계를 점령, 해버리고, 세계를 언어 자신으로 대체, 해버리고, 결국엔 모든 것이 언어, 뿐인, 양, 내 앞에 나타나서, 보란 듯이, 그, 거대하고, 기괴하기까지 한 작태를 전시하기도 하는, 그런 꿈으로. 아니, 이제야 생각하는 것이지만, 어쩌면 그 꿈이, 그 꿈에서 나타난 언어로서의 실재의 세계가, 사실일지도 모른다는 그런 생각을, 나는, 종종 하곤 하는데. 그런 생각이 나를 더 고통에 빠뜨리고, 있는지도 모른다, 고, 말할 수도 있을 것이다. 악몽을, 언어에 짓눌리고, 말에 포박당하고, 때로는 문장과 문장 부호들의 철조망에 갈가리 몸이 찢기는, 기괴하고 공포스런 꿈을 꾸기도 하는 지경으로까지, 되고 말아서, 나는, 식은땀을 줄줄 흘리면서, 꿈에서 깨어나기도 하는 경우가, 왕왕, 있어왔던 것이니.

다행히도, 일어나서 보면, 나, 나라는 존재는 여전히 피와, 땀과, 눈물, 을, 가진, 또, 단맛, 쓴맛, 신맛, 따위를 다 느낄 수 있는, 살아 있는 실재로서의 육체, 혹은 정신으로서 여전히 존재하고 있었고. 그럼에도 나는, 내 몸뚱이를 이리저리 쓰다듬어보고, 만져보고, 애무해 봐도, 문득문득 드는 생각이, 이게 정말 실재인가, 나는, 실제로, 과연, 존재하고 있는가, 이건 또 다른 허상에 불과한 것이 아닌가, 하는, 생각조차 하게 되는 것이어서. 나는, 어떤 경우에는, 해괴망측한, 상상을 하기도 하는데. 어떤 것이냐 하면. 나는, 단지, 살아 움직이는 언어일 뿐이다, 라는 생각인데. 내가 원숭이나, 개, 거북이, 고양이와 다른 것이, 단지, 생각하는 기능, 의식적인 사고를, 소위, 관념이란 것을 사유할 수 있는 존재, 이기 때문이라면. 또 관념이란 것이, 바꾸어 말하면, 언어를 사용한다는 것이니, 한마디로 인간은, 언어적 존재, 언어를 통해서만 인간일 수 있는 동물, 이라면, 그렇다면, 의식이 마비되어버린다면, 어떤 책에서 내가 읽었지만, 인간과 침팬지 간에는, 해부학이나 유전학상으로 볼 때, 98.4퍼센트가 완벽하게 동일하고, 고작 1.6퍼센트만이 차이가 날 뿐이라는 사실로 미루어볼 때. 그 1.6퍼센트의 차이가, 인간과 침팬지를 비롯한, 이, 세상의 모든 생명체로부터, 인간을 구별짓게 만들고, 언어 습득 능력의, 유, 무, 를 확정짓게 만든다는 사실이, 내게는 너무나 우습기도 하고, 가소롭기도 하여. 그렇다면 의식이 마비된 인간은, 침팬지와 다름없는 존재인가, 하는 생각도 들었는데.

때론, 차라리, 내게서 그 1.6퍼센트의 차이를 없애, 사유하고 생각하는, 언어 구사 능력을 제거해버릴 수만 있다면, 오히려 행복해질 수도 있겠다, 하는 얼토당토, 아니한, 그런 상상을 하기도 하는 것이니. 과연 그렇게 될 수만 있다면, 보기에도, 이마에, 흉측한 검은 반점까지 난, 나라는, 이, 인간은, 남들에게 과연 인간으로 인정될 수 있을까? 인간의 몸뚱이를, 겉껍데기에 불과한, 인간의 껍질을 썼다는 이유만으로, 나는, 인간일 수 있을까? 지하철을 타고 집으로 돌아오면서, 문득 그런 생각을 안 한 것은 아닌 것 같은데.

오늘인지 어제인지는 확신이 서지 않고. 나는 술에 취해 있었고. 게다가, 앉을 자리도 없이, 지하철 안에는 사람들도 가득 차 있어서. 나는, 할 수 없이 출입문에 기대어 서 있을 수밖에 없었는데. 그때, 우연히도 나는, 지하 터널을 통과하는 와중에, 문득, 고개를 들어, 차창을 내다보았다. 차창으로, 야구 모자를 뒤집어쓴, 이마에 검은 낙인이 찍힌, 나라는 존재의, 실재의 내가 아닌, 거울에 거꾸로 비친 내가, 내 눈을 빤히 쳐다보면서 있는 것이 아닌가! 문제는, 그 차창에 비친 내 얼굴, 그것이 문제가 아니라, 나는 그 거울을 보면서, 끊임없이, 어떤 생각들을 하고 있었는데, 나는 거울 속에 비친 내, 아니 그의, 모습을 보면서, 말을 걸고 있었으니. 아니, 말을 걸다기보다는, 생각에, 어떤, 젖어들어 있었는데. 거울 속에 들어 있는 나와, 그 거울을 마주 보면서 서 있는 내가, 나는 분명히 아무런 생각도 없이 그를 쳐다보고 있었는데. 나는 생각을 멈추고 있었던 것이 아니라, 거울 속에 비친, 나를 보면서 그에 관해 생각하는 나와, 그런 생각에 빠져 있는, 거울 밖의 나의 생각이, 따로따로, 교묘하게 분리된 채로, 두 갈래로 갈라진 강줄기처럼 흐르는. 그 의식의 흐름, 밑바닥을. 마치 경비행기를 타고 들판의 강줄기를 내려다보는 것 같은, 또 다른 의식의 의식, 수명을 다해 수축 운동을 시작한 행성의 밀도 높은 의식의 출렁임, 겹겹이 쌓인 의식의 켜라고나 할까. 여하튼, 그리고,

그, 의식을, 의식하는, 의식, 의식 너머, 의식하는 그 의식을 의식하고 있는 의식의 의식, 의식의 지층 밑바닥에서, 끊임없이 서로의 꼬리를 물고 있는 헬 수 없이 많은 뱀처럼, 그런 식으로, 내 의식의 파장은. 비유하자면, 두 개의 거울 사이에 섰을 때, 양쪽 거울 속에서 수많은, 반사된 거울 속의 내가 존재하듯이, 무한대의 숫자로, 그런 양상으로 무한대로 복제되고 있는, 의식의 거울이 존재하고 있었는데. 그런 생각을 하고 있자, 알코올로 마비된 내 의식은, 그 종잡을 수 없는 의식의 미로 속에서 갈팡질팡하다가, 종내는, 절벽 사이에 가로놓인 밧줄이 어느 순간 뚝, 하고 끊어져버리듯이, 흐름이, 생각의, 끊어져버리고, 갑자기 깊은 절벽 아래로 굴러떨어지는 듯한 어지럼증, 정신이 팽이처럼 휘릭,휘, 휘릭, 현,기,증,을 느낀, 돌아가는, 끝에, 무릎을 꿇고, 지하철 바닥에다 꾸엑, 꾸엑, 마치 똥, 돼지, 먹따는 소리를 내는 것 같은 소리를, 목구멍에서 뱉어내면서, 구토를 하고 말았던 것인데.

바닥에는, 내가 마신 소주와, 안주로 먹었던 오징어 다리들, 그것들의 파편, 잔해들, 김치 조각들, 그런 따위들이 시디신 위산에 짬뽕 국물처럼, 뒤섞인 채로, 내 입을 통해 지하철 바닥에. 만인이 지켜보는 가운데서, 홍건하게 쏟아져, 나는, 당황한 나머지, 역겨운 악취를 풍기는, 그 토사물을, 내 손바닥으로 쓸어담을 수도 없고, 그렇다고 도로, 내 입으로 담아넣을 수도 없는 노릇이라, 생포한 토끼 새끼를 가슴에 품고 있는 듯이, 몸을 구부려 그 토사물을, 숨기려고 했으니. 그러나 숨겨지지는 않고, 덜컹거리는 지하철의 움직임 때문에, 자꾸만, 자꾸만, 곤란하게도, 덜덜덜 떨면서, 그 토사물이, 옆으로 새어나가려 하여, 할 수 없이 내가 들고 있던 원고 봉투에서, 내가 썼던 원고 뭉치를 꺼내, 그 원고들로, 그 토사물을 쓸어, 한쪽 구석으로 몰아넣는데. 내 원고들이, 나의 숨결과, 수많은 내 오른쪽, 이마, 위, 거무뒤뒤한 색의 그, 검은 반점 같은, 나로, 하여금, 집착하게 만들고, 백팔번뇌의 모든 백팔번뇌, 그 자체와도 같은, 단어들과, 문장들과, 물음표, 쉼표, 말줄임표, 그리고 마침표, 따위의, 것들, 로, 이루어진, 내, 존재의 일부,인, 그 말,들이, 토사물과 뒤섞여, 그것들이, 마치 토사물처럼, 역겨운 냄새를 피우는 더럽고, 지저분하고, 미련 없이 쓰레기통에 내팽개쳐진 뒤, 난지도 쓰레기장, 그, 가장, 어둡고, 칙칙하고, 깊은, 그곳에 버려질 운명인, 토사물이 되어, 말들이, 언어들이, 모음과 자음과 부호들과, 그리고 여백들, 로 이루어진, 그, 글이, 팽개쳐지고 만 꼴을 보자, 영락없이, 내 존재 자체의, 숨길 수 없는 진실이 온통 드러나버린 것 같아, 나는 주저앉아 울고 말았는데.

나도 모르게, 내 두 눈에서 눈물이, 굵은 빗줄기 같은 눈물이, 와락 쏟아지고, 나는, 흐, 흐흑, 남의 시선은 아랑곳하지 않고, 흐흐,흐흐흑, 울음을 터뜨렸고, 지하철이 정거장에 도착하여 문이 열리자마자, 나는, 지하철 소매치기가, 한탕 한 뒤 재빨리 도망치는 것처럼, 내 언어의 토사물들을 뒤에 남겨둔 채로, 도망나오고 말았던 것이었고. 그런 뒤, 내가 정신을 잃었는지, 어쨌는지는 잘 모르겠지만, 잠시 후에 나는 눈을 떴는데, 나는 아직도 지하철을 타고, 덜컹거리면서 가고 있는 듯해서, 다시 눈을 감았는데. 그러고 한참 지난 것 같은 시각에, 다시 눈을 떴을 때도, 나는 여전히, 지하철을 타고 앉아 있는 것이 아닌가! 하도 이상하여, 눈을 비빈 뒤, 사방을 둘러보니, 거기는 플랫폼의 의자 위였던 것이라. 나는, 한편으로는 어리둥절하고. 한편으로는 그 모든 것이, 한 편의 희극같이도 생각되어. 그 자리에 앉은 채로 허허,허허허,허,허,허,허,하며 공허하기 짝이 없는 웃음을 터뜨리고 말았으니. 지금 곰곰 생각해보면. 그때, 나는, 도대체, 지하철을 타고 있었다는 착각, 에, 빠져 있었던 것인지. 아니면, 지하철을 내린 후에, 잠시 정신을 잃고, 있었던 것인지 도무지 헛갈려서, 나라는 존재는, 그때, 어디에 실재하고 있었던 것인지, 의식의 부재 속에서, 어떻든, 내 입가에, 토사물들의 찌꺼기가 묻어, 있었던 것으로 보아서는, 나는, 지하철 안에서, 토하긴 토했던 것은 사실같이 여겨진 것인지. 그 토사물과 뒤섞여서, 토사물을 덮었던 내 말들, 문장들처럼, 아니, 그것들이 바로 내 의식, 이었던 탓에, 내 의식이 몽땅 빠져나가, 버렸던 것은 아닌지, 지금 생각해도, 참으로, 모를 일이다.

참으로, 실재와 비실재, 의식의 마비 상태에서의 존재, 그것은, 내가 보기에 어쩌면, 나의 글쓰기는, 침팬지의 그것과 흡사하게 닮아 있지 않은가, 하는, 그런 생각조차 드는 것이다. 아니, 지하철에서, 그 원고 뭉치에 들어 있었던 글, 시인지, 산문인지, 모를, 나도 딱히 꼬집어 말하기 어려운, 하기는, 나는 소설이라고 쓰긴 했지만, 그날, 술자리에서, 내가 만났던 작가라는 친구 녀석은, 이렇게 말했다; 너는 이게 소설이라고 생각하느냐, 내가 보기에는 글장난에 지나지 않는다, 띄어쓰기는커녕, 문장 부호들도 모조리 생략해버리고, 이런 방식의 글쓰기란…… 차라리, 너는 소설을 쓰지 말고 계속 시를 쓰지 그러냐. 문법을 파괴하는 시. 문법을 무시하는 시. 너는, 그래, 내가 보기에는. 네 이마 위에 찍힌 그 까만 점, 거기에 강박 관념을 가지고 있어서. 네가 쓰는 글조차, 네 까만 점처럼, 소설이기에는 너무 소설답지 않은, 무언가 어색하기 짝이 없는, 그냥, 글의 토악질, 글의 반점 같은 것에 지나지 않는다. 너는, 우선, 너의 그 강박 관념부터, 정신 병원에 가서라도 고쳐야 돼. 라고 말했던 것인데.

나는 이렇게 반박했다; 시나 소설에 어떤 정해진 문법이 있었느냐, 글장난이면 어떠냐, 거기에, 나라는 존재가 들어 있고, 내 사상이

들어 있고, 주제가 들어 있고, 나는, 그냥, 글쓰기가 좋을 뿐이다, 아니, 좋다는 말은 아니고, 그냥, 내가 그냥 살아가고 있듯이, 마냥, 그렇게 써내려갈 뿐이다, 재봉틀 위에 놓인 다리미와 우산처럼, 그런 상상이 필요하듯이, 흰 백지 위에, 문자가 아닌, 그림, 혹은, 돌멩이가 얹혀져 있는, 그런 소설이면 어떠냐, 그런 시면 어떠냐, 아니, 내가 글을 쓰는 것이 아니라, 글이 나를 쓰고 있는 것인 게지, 어느 독일 철학자가, 존재로 하여금 말하게 하라, 고 말했던 것처럼, 언어로 하여금, 스스로 말하게 하는 게지, 하고 주절주절, 횡설수설하고, 있었는데(하지만 신은, 시어로 말하는 것이지 결코 논리적이거나 개념적인 언어로 말하는 것은 아닐 터, 그것은 간과하지 말아야겠지? 그런데 그런 언어로 된 소설은 어떤 형태일까? 이 우주와 우주의 역사는 신이 쓴 소설이다, 라는 명제는 언어 신비주의자들의 입장에선 참이고 진리일 텐데—이집트 신화만 보더라도 태초에 신은, 언어라는 것을 모르는 탓에, 지혜로운 토트라는 원숭이 신이 언어라는 것을 발명하고 난 연후에야, 그 언어들을 발음하여 이 세상을 창조했다고 하지 않더냐? 그 언어는, 명사 없는 동사로만 이루어져 있다고 하지? 아마도. 하긴, 그래서 동사로서만 이루어진 이 우주는 마침표가 없고 제 꼬리를 물고 있는 뱀처럼, 영원한 영겁 회귀를 겪고 있는 것인가? 오, 언어적 우주의 영겁 회귀의 불안함이여!—그럼 소설가라는 작자들은 비록 하급의 신이긴 하지만, 분명 어떤 정신적 우주 같은 것이라도 한 벌 속곳처럼 꿰차고 있는 것인가?) 그럼에도, 딱히, 나도, 사실은, 자신이 없었던 건지, 불쾌해진 기분 때문인지는 몰라도, 그렇게 말하면서도, 나는, 내 이마빡의 그, 까만 점을, 오른 손가락으로, 만지작, 만지작 하면서, 정서가 불안정할 때 나타나게 마련인, 내 버릇을 드러내고 말았으니—아, 결국은, 점, 까만 점, 그 까만 점이 결국은 문제였던 것이다!

어쩌면, 나는, 그 까만 점, 태양의 흑점 같은 그 반점을 없애버릴 수만 있다면, 남들처럼, 정상적인 말들을, 글, 문장들을, 쓸 수도 있지 않을까, 하는 생각도 해보는데. 사실, 말이 나왔으니 말이지만. 어릴 때부터 그 점을 없애버리려고, 남들처럼 말끔한 이마를 만들기 위해, 할 수 있는, 온갖, 애를, 노력을, 아끼지 않은 것도 아니었으니. 때로는 피부가 벗겨질 정도로, 비누칠을 하고, 그 위에다 때수건으로, 박박, 문지르고, 또 문질러서, 그리하여 나중에는, 이마에서 피가 배어나올 정도로, 문질러댔지만, 그 점은, 피부 속 깊숙한 곳, 피부의 외피가 아니라, 내피, 진피, 뿌리 깊은, 해골까지 검었는지 어쨌는지는 확인할 수 없지만—내가 죽고 나면, 나는 반드시 그것을, 확인해보라고 유언을 남길 생각이지만—어찌나 깊도록 까맣던지, 그 반점은 결코 벗겨지지 않아서. 어떤 때는, 여자들이 쓰는 파운데이션을 이마 위에. 덕지덕지 처발라서. 그렇게 하면 그 빌어먹을 점이, 감추어지지 않을까, 하는 생각도 해보고. 또 실제로 그렇게도 해보았지만. 희뿌연 화장 아래 검은 반점은. 그럼에도 불구하고, 가려지지 않고 드러났는데. 온갖 수단과 방법을 다 동원해봤지만, 그래도 반점은 없어지지 않아서, 아, 어떻게 하면, 이 흑반점을 없애버릴 수가 있을까. 차라리, 흑인이었다면. 그렇다면, 내 몸에. 얼굴이든, 엉덩이든, 턱에든, 볼따귀에든, 몸의 어느 부위에. 까만 반점이 난들, 그것이 표시가 나지 않을 것인데. 하는 것이, 나의 최대 고민거리이자, 내 삶의 성격을 결정짓는, 요인이 되고 말았던 것이다. 슬프게도, 불구의 내 몸뚱이, 불구의 내 정신이여. 그래서, 나는, 여태까지, 연애다운 연애도 한, 번, 못 해보고, 속으로만, 속으로만 움츠러들어, 머리에는 언제나, 흰색 야구 모자를 뒤집어쓰고, 앞머리는 길게 길러, 타인들의 눈에, 이, 까만 반점이, 드러나지 않도록, 기를 쓰고, 낑낑대며, 그렇게 살아왔던 것인데. 아, 그래도, 한때, 나는, 내 마음 속에, 연정을, 사모곡을, 품고, 사랑이란 헛된 모험에, 나를 던져, 넣었을 때가 있었는데.

나는, 그녀를, 처음 만날 때부터 물론, 야구 모자를 쓰고 있었고. 야구 모자는, 마치, 내 존재의, 육체의 일부분인 양, 언제나 내 머리 위에, 얹혀 있었는데. 몇 달인가, 만난 끄트머리 즈음으로. 어느 날 밤, 여관 방엘 들어갔더랬는데. 내가, 그녀의 옷을 다 벗기고, 나 역시, 알몸이 되었건만. 아, 나는, 끝내, 내, 야구, 모자만은 벗지 못했고. 그녀가, 사실, 내가 생각하기에도 꼴사납기 그지, 없는데. 벌거벗은 몸뚱이, 불알을 덜렁거리면서, 야구 모자만을 덜렁 걸친 그 모양새라니! 그녀가, 아니, 그, 모자는, 왜, 안 벗고 있어요? 라고, 내게 물었을 때도 나는, 단지, 모자를 벗으면, 머리 모양이, 일그러져서, 너무 보기가 흉해서 그래. 그렇게 내가 말하자, 왜, 무엇 때문에, 언제나, 그렇게 야구 모자를, 쓰고 다니는 거죠? 하고 되물어오기에, 할말이 없어진, 나는, 망설이다가, 불타오르던 욕정마저, 깊은 물속으로 가라앉아버릴 정도로, 당황해서. 물론, 처음부터, 나는, 여자와, 그렇게 잠자리를 같이하는, 순간이, 두렵기도 했고, 내 이마빡에 찍힌 낙인을, 드러내게 될까 봐, 두려워하기는 했지만. 결국은, 그렇게 되어버린 상황에서, 나는, 할 말을 잃고, 벌거벗은 그녀의 얼굴을, 빤히 쳐다보기만 했는데. 그녀 역시, 영문을 모르고, 도대체, 내가, 왜, 그럴까, 하는 눈빛으로, 쳐다보기만 했는데, 아, 만일, 그 방이, 좀더 어둡고, ──그 시각은, 어둠이 내린 뒤, 자정을 향해 달리던 시각이긴 했지만, 그 동네는, 여관이 즐비하게 늘어서, 있었고, 하긴 도시의 밤이란, 언제나, 휘황한 불빛들로 인해 완전한 어둠 속에 잠기는 법이 없는 터라, 방에 불을 껐어도, 올빼미처럼, 우리의 두 눈은, 어둠 속에서도, 창가로 들어오는, 불빛들 때문에, 두 사람의 몸은, 해거름의 시각 때처럼 훤히, 다, 드러나 보였는데, ──컴컴하기만 했더라면, 얼마나 좋았을까만, 은, 결국은, 나는, 사실은, 사실은…… 하고, 몇 번이나 망설인 끝에, 입술이 열릴까 말까, 달싹, 달싹, 옴지락옴지락, 거렸음에도, 결국에는, 나온다는 말이, 안 되겠다, 우리, 그만 나가자, 라는 엉뚱한 말이었으니. 옷을 주섬주섬, 도로 입고 있는, 내게, 그녀는, 그만 화가 나서, 입술을 꼭 다물고, 마치 모욕을 당한 표정으로. 아니, 그건 분명한 모욕이었다. 그녀에게는. 그래서, 우리는, 다시 여관을, 나서고, 말았고. 우리는, 말없이, 도로변을, 침묵 속에서, 걷다가, 그녀는, 버스를 타고, 휑하니, 내 곁을 떠나고 말았고. 다시는 연락이 오지 않았고.

그럼에도 나는, 자격지심 때문에, 내, 마음 속의, 열정, 억누르지 못할, 에도 불구하고, 자학과, 몸부림만 할 뿐, 나 역시, 그녀에게, 다시는, 연락을 하지 못하고 말았으니. 내가, 왜, 그리도, 어리석었는지, 알다가도 모를 일. 만일, 다시, 연애를 한다면, 그런 어리석은 짓을 반복하게 되지, 않을지도 모를, 일이지만. 아니, 어쩌면, 나는. 더 이상, 연애를 못 할지도, 모른다는, 생각이. 지금까지도 못 한 걸, 보면. 앞으로도, 가능성이 없을 것 같은, 자괴감이, 들어. 이 점, 까맣디까만 점, 을. 내 이마에서 지워버리지 못하는 한, 영원토록. 나는 그 까만 점의 감옥에 갇혀, 살아, 살아야만 할지도, 모르는데.

이것이 불구라면, 하지만, 불구는 불구인데. 사실은 불구라고도 하기가 꺼림칙한 것이. 하얀 털로 뒤덮인 젖소. 그 면상 반쪽에 검은 반점이 나 있다 한들, 그, 소가 불구고, 육체적으로 손상이 간, 불구 소, 라고 할 수 없는 것과 마찬가지로. 내 오른쪽 눈썹 위에, 그 젖소처럼, 검은 반점이 있다고 한들, 내 몸이 불구라고 할 수, 는, 없을 텐데, 결국, 내 불구는, 일종의 정신적인 것, 그 반점으로 인해 야기된, 강박적인 관념, 그 때문에 생긴 병, 이라고 할 것이어서. 그 병이 결국 내 언어, 말, 글, 에 투영되어, 거울에 내 모습이 비치듯이, 그렇게 표출되는 것이라 할지니.

……그런데, 지금 넋이 되어버린 흐릿한 내 정신은, 환각제, 코카인처럼, 혹은 부탄 가스를 마신 것처럼, 서서히 온몸 속에 번져가서는. 이제는 아예. 그 알코올 성분들이 나를 지배하는 듯이, 나의 정신 위에 올라타서는. 아, 채찍질을 하듯이. 나를 이리저리 몰아대어. 나는 그 채찍질에 으악, 으악, 비명을 질러대며, 모니터 화면을 보고 있는 지금, 내, 두, 눈동자의, 동공, 그것이 좁아졌다, 넓어졌다, 아니, 열렸다, 닫혔다, 하며 졸고 있는 듯, 이, 보이는데.

그런 와중에도, 내 손가락들, 키보드 위에 올려진, 비척대는, 마구마구, 놀려대는, 제멋대로 덜덜 떨면서, 눈 없는 손가락들이, 키보드 위에 검은 글씨로 씌어진, ㅓ, ㅏ, ㄹ, ㅁ, ㅂ, ㅆ, ㅠ, ㄲ, ㅐ, ㅖ, ㅂ, ㅛ, ,, ㄱ, !, ㅃ, K, A, I, O, ㅌ, ;, :, ㅜ,], 〈, ?, /, 따위의 문자를, =, +, *, %, 따위가 새겨진 자판을. 내 의지와 무관하게, 손가락 자체의 의지로, 그의 독자적인 힘으로, 이를 눌러 죽이듯이. 찌익, 찍, 눌러대고 있으니. 내가 지금 쓰고 있는, 이, 글, 인지, 말, 아니면, 인지. 또, 혹은, 시, 산문, 인지, 는, 작가라는, 친구 녀석이 말한 것처럼. 허황되기 그지없는. 제멋대로의. 그 무엇인지, 는 모르겠지만. 여하튼, 서서히 밀려드는 졸음 앞에서. 나는. 고개를, 아래위로, 끄덕끄덕, 소, 불알이, 끄덕끄덕이는, 것, 처럼, 끄덕거리면서. 생소한, 글, 말,을 토악질하고 있는데.

그래, 이제야 생각, 난, 것이지만, 알코올이, 온몸에 번져나가게 되면, 내 오른쪽, 눈썹 위, 그 눈썹으로부터 약 1센티미터 거리에 떨어진 위치에, 까만, 그, 있는, 반점의 색깔이, 까만 색에서, 조금은, 옅어진, 뭐랄까, 불그스름하달까, 아니면, 짙은 고동색이랄까. 그런 색으로, 변해버리는데. 그것이, 술에 취해, 알딸딸해진, 버얼겋게, 상기된, 내 얼굴색과, 조화를 이루어, 마치, 그 까만 점이 없어져버린 것처럼, 보이기도 하는데. 나는, 가급적이면, 늘, 술의, 신, 바쿠스처럼, 술에 취한 상태로, 살아, 살아가는 것인지도 모르니. 술은, 그러고 보니. 혼미한 내 정신의, 퇴락시키는, 혹은, 내 생명의, 약동하는, 힘이자, 불구의, 육신을, 더욱 불구로 만드는, 양면성을 가진, 야누스. 그래, 나의 야누스, 나와 까만 점처럼. 까만 점. 그, 것이. 나의 또 다른, 얼굴, 인 것처럼. 그렇게 만드는, 것, 이니. 그렇다면, 술과, 언어, 사이, 알코올과, 언어의 환각 사이, 언어가 술에 취하고, 술이 언어에 취하는 것인지, 이게, 무,슨, 조화인가! 그러고 보니 아직, 냉장고에는, 내가 먹다 남긴 소주병이, 남아 있을 터. 갑자기 알코올이 그리워짐은 이게, 무슨 미혹인가! 흐트러지는 정신을, 그러, 모으려, 눈에다, 잔뜩 힘을 주어 다시 모아보지만, 이미 허청거리는 발걸음처럼, 휘청거리는 정신을 다시 모으기란. 이 어찌, 손쉬운 일인가.

그럼에도 나는, 지금, 무엇 때문에, 이렇게, 말을 주저리,주저리, 늘어놓는지, 이유를 알 수가 없지만, 하기사, 세상 일이란 게, 모두 이유, 근거, 토대, 따위를 찾을 수도 없는 노릇, 현실이란, 얼마나 취약한 토대 위에 서 있는 것인가. 지금, 내가 앉아, 있는, 책상 앞에 나 있는, 커다란 창으로는, 어스름 달빛이, 교교하게 흐르고 있는데, 검은 밤하늘의 얼굴 위에, 반원형의 저 달은, 내 누렇게 뜬 얼굴 위에 난. 검은 타원 꼴의 까만 반점과, 저리도, 닮아 있단 말인가. 밤하늘의 저 희디, 흰, 반점, 과, 내, 얼굴 위, 의, 검은 반점, 이, 태백이는,

어두운 밤, 검은 강물 위에 뜬, 저 뽀얀 여인의 얼굴 같은, 흰 달을 보고서. 흰 반점을 보고서, 양자강, 그 깊고, 어두운, 강물로 뛰어들었으니. 아니, 흰 반점 속으로 몸을 던져버렸으니. 그의 시는, 그의 언어는. 달 속에, 그 투명한 흰 반점 속에 고스란히 녹아, 그것이 스스로 하나의 시가 되고, 말이 되고, 언어가 되어. 우리로 하여금, 달을 쳐다볼 때마다, 절로, 머릿속에서 말이 튀어나오고, 시가 튀어나오게 한 것이 아닌가, 하는 생각마저 드니. 어쩌면, 나는, 내 얼굴 위의, 이, 까만 반점에다, 내, 존재를, 던져넣으면, 이 까만 반점만이. 종내는. 나, 없이도, 남아, 그 까만 점에서, 글이, 말이, 소설이, 절로, 누에에서 실이 쑥쑥 뽑아져나오듯이, 혹은 거미 꽁무니에서 거미줄이 수울술, 주울줄, 풀려나오듯이. 그렇게 되지 않으려나. 그렇게 될 수만, 있,다면. 나는, 차라리, 내, 온몸이, 하나의 까만 반점이 되어버려도 좋으련만.

어둠이 이 세계의 모든 색을, 흰색, 노란색, 빨간색, 초록색, 남색, 등,등의, 모든 색깔들을, 모조리, 남김없이 지워버릴 수 있는 것처럼. 내, 가, 차라리, 검은, 어둠이 되어버린다면. 까만, 반,점,처럼, 아, 갑자기, 아,머리,아,속,아,에,서, 쨍,쨍, 그렁, 하는, 아, 유리, 깨어지는 듯한, 소리, 쨍쨍째재재쟁, 쨍, 아아, 들려오고. 머릿속에서. 불이,라도 난, 것,처럼. 아 화,끈,지끈거리는. 머릿속이 텅, 텅 비는 듯한. 고통이. 통증이. 손,가,락이. 떨리는 오들, 오들 하고. 떨리,는……떨, 려, 오, 는, 세, 상이……빙, 글, 빙글 돌아가는 듯한. 나는 무엇, 인, 가의, 말, 말을 토해내고만, 싶, 은. 혼미해, 지는 손, 아니, 머리. 후욱, 후우욱, 후, 후, 한숨을. 나는. 후우,후,우욱. 오늘만은. 후욱, 후후, 후훅. 마침표를. 그. 빌어먹을. 마침표, 를. 찍고야. 말아야. 하, 하아, 하아. 숨,쉬기가 곤란, 후후욱,욱. 오락,가락, 나는 지금, 제, 정신인가. 마침표를, 술, 빌어먹을, 모니터에, 비친. 검은, 반점. 내, 눈썹, 위, 의 그것,이, 거울처럼. 어떻게, 된, 일인가, 점점 확, 대, 되어가서는, 내 얼굴 전체로 번져나가서는. 아니, 내, 얼굴이 짜부라,들,면서, 그, 까만 반점, 흑점 속으로. 그것은, 마치, 블랙, 홀, 처럼. 언,어,의……자궁. 까만, 점은, 처럼. 내 몸뚱이를 빨아들이고, 있는지. 아니, 진정, 그러한 것, 같은데. 눈썹이, 빨려, 들어가는가, 하더니. 눈이, 짜부러지면서. 그것마저, 점 속으로. 빨려들고. 눈. 눈이 장님처럼 안, 보여. 서는, 글, 쓸, 말을. 이젠, 입,조차, 막혀. 틀어막혀. 이러다간, 손가락마저도.

아니, 내,몸뚱,이가 모두. 그 점,으,로. 짜부러들, 것,만 같아. 그, 검은, 반점의 블랙홀 속으로. 온몸이 홀, 라당, 마치 불가사리가 내 몸을 덮쳐서는, 내 몸의, 살과 뼈와모든 것을남김, 없,이, 쪽쪽거리면서, 그 흡반 속으로, 빨아들이듯이, 그래서나, 는, 결국 오늘도마침표, 를, 찍지 못하고 마는가. 나의, 검은, 까만 흡반. 아, 니, 내 몸뚱이뿐만 아니라, 내가 쓰고 있는 언어와, 내 입을 통해서 뱉어지는, 모든 말들까지. 모조리. 이 까만 점 속에. 흡입되고 말아. 남김 없이. 내 몸은. 점점. 더 줄어. 들어. 이마 위의. 눈썹 위의. 까만점. 속으로. 끌려들어가. 점점 더. 형체는 사라지고. 가슴과 배와 다리까지. 손가락만이 키보드 위에서. 움찔움찔. 거리고. 점은. 결국은. 이렇게 나를. 잡아먹고. 마는. 구나. 마침표는. 어떻게 된. 것인가. 것인가. 무의미한 글. 말만을 늘어놓은 채 무의미에도 의미가 있을까 언어의 자궁 여기 들어오는 자는 모든 희망을 버리라 시인 단테는 말했다 정신의 불구 나 나는 마침표는 까만 점 나를 잡아먹는 까만 점은 말과 존재 모두를 흡수해버리고 자신의 자궁 속에서 되새김질을 한 후 언제 다시 세상밖으로토악질해내버릴지 모른다 내, 그자, 궁, 눈썹, 위의, 까

만, 저으음, 은······아 기호를벗은신이되고픈언어의무의식······

자학적 고뇌의 주체성

1

카프카의 작품 『소송』에 나오는 주인공 K는 30세 생일날 아침, 낯모르는 사나이들에 의해 체포되고, 죄명도 모르는 소송에 걸린 채 1년 가까이를 끌려다니다가 마침내 처형당한다. K는 자신의 무죄를 증명하려 하지만 끝내 증명하지 못하며, 스스로에게 자신이 유죄임을, 무언가 자신에게 소송을 당할 만한 죄가 있음을 인정하게 된다. 즉 죄를 스스로에게서 찾아내는 것이다.

그의 또 다른 작품 『변신』에서 갑충으로 변해버린 주인공 그레고르 잠자의 사정도 마찬가지다. 카프카는 일기에서 자신이 차라리 벌레로 변해버리고 싶다는 심정을 고백하고 있는데, 이 작품은 그런 그의 자학적인 기질의 발로로 보인다. 갑충으로 변해버린 그레고르도 심판의 주인공과 마찬가지로, 갑충으로 변해버린 자신이 이제는 전과같이 가족들의 생계를 책임지는 성실한 가족의 일원이기는커녕, 가족들을 더욱 불행에 빠뜨린다는 사실을 알고는 자학적인 심정에 빠져 죽음을 갈망하게 되고, 마침내 힘없이 죽음 속으로 굴러떨어진다.

사실상 카프카의 작품 세계는 불안과 공포, 불가해한 상황 등으로 가득 차 있다. 이런 세계 속에서 주체는 분열되고, 상황을 이해하거나 장악하지도 못한 채 수동적으로 끌려다니며, 불안과 두려움에 사로잡힌 주체는 자학적인 고통 속에서 파멸하고 만다. 카프카의 작품들은 신과 공동체와의 통일성을 상실해버린 채 무한의 이기적 경쟁과 눈에 보이지 않는 교환 가치라는 권력에 의해 지배당하는 근대 세계적 삶에 대한 비판적 성찰이자, 그에 대한 고도의 추상적인 알레고리로 읽혀지고 있지만, 그것은 동시에 인간 존재의 본원적 경험에 뿌리를 두고 있는 것이기도 하다.

그 본원적 경험이란, 바로 자기 학대로 인한 함몰의 경험, 자학적 주체성의 경험이다.

단적인 예로, 사랑의 경험에서 이런 자학적 주체성은 여실히 드러난다. 실연당한 대부분의 사람들은 분명 자신이 실연당했음에도 그 사랑의 파괴에 대한 책임이 자신의 잘못에 있다고 생각한다고 한다. 자신은 분명 최선을 다했고, 모든 정열과 헌신을 바쳤음에도 버림받았다고 할지라도, 결국 그/그녀는 자학에 빠져 고통받는다는 것이다. 그/그녀는 끊임없이 생각에 사로잡힌 채로 자기 자신 내부에서 무언가 잘못들을 찾아내려 하고, 그 잘못에 대한 자책감에 빠져 고뇌하게 되는 것이다. 보복의 화살을 자신의 바깥에 있는 대상에게로가 아니라 오히려 자기 자신한테 돌리는 것, 이 끝없는 자기 반성과 자기 질책의 경험은 타자들과의 관계나 이 세계 내에서의 삶에 관련된 자기 자신의 수동성을 극대화시키고, 이것이 지나칠 경우엔 병적인 징후나 극단적인 폐쇄성으로 치닫기도 한다.

특히 인간 관계에서 나타나는 이러한 자학적 고뇌의 경험은 타인에게 다가가고 싶고, 타인으로부터 자신을 온전히 이해받고 싶지만 그럴 수 없는 인간 관계 자체의 불완전함과 불안에서부터 기인한다. 연인 관계만 해도 그렇다. 나는 그/그녀를 완전히 소유하고 싶지만, 상대방은 끊임없이 그러한 시도에 저항하며 나의 시선으로부터 미끄러져나간다. 타자성은 나의 주체성으로부터 완전히 단절되어 있는 것처럼 보인다. 타자성은 결코 나의 능력으로서는 이해할 수 없는 것, 불가지의 어떤 세계, 끊임없이 내게 상처를 안겨주는 무관심한 폭력성으로 나타난다. 사랑에 대한 생각이나 사랑하는 방식은 결국 다르게 마련이므로, 또 한 타자의 머리 속에 떠오르는 생각들을 모두 읽어낼 수도 없게 마련이므로 이로 인한 고통은 더 커지고, 자신의 생각이나 요구가 받아들여지지 않을 때는, 상대를 비난하기보다는 결국 자기 자신에게 잘못이 있음을 인정함으로써 더더욱 깊은 자학성에 빠져들고 마는 것이다. 이러한 자학적인 고뇌는 상대에 대한 사랑이 크면 클수록 더더욱 깊어진다. 끊임없는 불안과 초조, 상대에 대한 열렬한 갈망과 이루어질 수 없는 현실 간의 그 깊은 간극에서 오는 절망감.

그렇다고 이런 불안과 두려움을 상대방에게 쉽사리 털어놓을 수도 없기 때문에 괴로움은 더욱 커진다. 왜냐하면 그런 고백이 상대방의 마음을 상하게 하고, 둘 사이의 차이를 부각해 자칫 관계에 심각한 균열을 낳을 수도 있기 때문이다.

한마디로 자학적 고뇌에 빠진 자는 자기 자신과의 관계에서 지나치게 자신에게 포획되어 있는 자이다. 자기 자신에게 붙잡혀 있음, 자기 자신을 벗어날 수 없음, 이러한 경험은 물론 임마누엘 레비나스가 고독을 홀로서기의 필수적인 한 과정으로 파악했던 것과 유사한 경험이기도 하다. 그에 따르면 고독은 자기 자신을 벗어날 수 없이 자신한테 붙잡혀 있는 상태, 타자에게 다다르지 못한 주체의 상태를 이르기 때문이다(사실 자학의 고뇌에 빠진 자는 또한 고독의 상태에 빠져 있는 자이기도 하다).

2

이런 자학적 경험과 고뇌가 그런 고뇌를 통해 자신의 고뇌 자체를 카타르시스시키는 효과도 있음은 물론이다. 모든 것을 내 탓으로 돌림으로써 상대방에게 면죄부를 주고, 나 혼자서 모든 짐을 감당하고 인내하며 감수함으로써 복잡한 상황을 단순화하는 데서 오는 위안도 있을 것이며, 또 자신은 의식하지 못할지 모르지만 모든 책임을 홀로 감당해낸다는 사실에 대한 무의식적인 자기 긍정의 계기도 포함되어 있기 때문이다. 다른 한편으로 자학적 고뇌는 주체 내부에 심각한 정신적 외상을 남기게 마련이고, 그 상처로 인해 주체는 자기 반성의 과정을 거쳐서 인간과 세계에 대한 보다 깊은 이해에 도달할 수 있다는 측면도 간과할 수는 없을 것이다. 인간은 상처받기 쉬운 존재, 한마디로 상처 자체라고도 할 수 있으며, 상처를 통해서만 인간은 사유와 의식이 깊어지기 때문이다.

대부분의 의식적 아웃사이더들이 바로 이러한 경험을 추구한다고 할 수 있다. 그들은 의식적으로 자신을 자학적 경험 속에 빠뜨림으로써 이 세계에 대해 무언가 발언을 하고, 또 그런 발언의 과정을 통해 자신의 주체성을 더욱 강하게 확립할 수 있다고 믿기 때문이다.

그러나 자학적 경험은 파괴적 수동성의 경험인 것만은 분명하다. 주체의 수동성, 무엇인가를 할 수 없음, 도달 불가능함, 이런 경험은 인간을 한없이 비참하고 추락의 감정에 빠뜨린다. 이러한 주체의 수동성은 불가피하게 보이기도 한다. 왜냐하면 어떤 인간 실존도 불완전함과 결함이라는 인간 본연의 모습에서 예외일 수 없기 때문이다.

인간은 근본적으로 결핍이고 결함이기 때문에 동시에 상처이고 고뇌일 수밖에 없다. 따라서 자학의 경험은 자기 내면 속에 깃든 보편적인 인간 존재의 수동성을 적나라하게 드러내 보이고, 그런 자기 부정의 과정은 적절하게 한계만 지을 수 있다면, 보다 깊은 사유와 인간 삶의 경험의 다원성과 복잡성을 예리하게 식별할 수 있게 해주기도 하는 것이다. 그러나 이런 긍정의 단계에까지 이르기 위해 치러야 할 대가는 물론 크다. 근원적인 자기 부정의 심대한 고통을 이겨내고 겪어내야만 하기 때문에. 자기 부정을 자기 긍정으로 끌어올리기 위해서는 자기 부정이 낳은 자학적 고통뿐만 아니라 고독마저도 감내해야 하기 때문에 더더욱 그렇다.

3

이와 관련해서 검토해야 할 문제는 시대와 지식인의 문제이다.

불행과 억압이 지배하는 시대는 지식인들을 자학적 경험에 빠뜨린다. 왜냐하면 그런 시대는 지식인들에게 시대 극복의 과제를 안겨주기 때문이며 이론적으로나 실천적으로, 지식인에게 책임이라는 문제를 안겨주기 때문이다. 예를 들면 우리 사회에서 지난 1980년대까지의 시대가 그랬다고 할 수 있다. 아니, 우리 역사를 잠깐 되돌아보기만 해도, 구한말 외세의 침입이라는 사태에 직면하여 이 사회의 역사에 대해 지식인들이 실천적으로 고민하기 시작한 이래, 지금까지도 한국 역사는 지식인들에게 너무나 무거운 과제들을 끊임없이 부과해왔다고 할 수 있다.

시대 극복의 과제에 직면하여 지식인들 —대학생을 포함하여— 은 그 책임의 무거움 앞에서 적극적으로 시대 극복을 위해 참여하지는 않더라도 의식 속에서나마 그에 대한 부채 의식을 떠안게 마련이다. 한마디로 그런 의식은 위기에 대한 예민한 감수성이라고도 할 수 있다. 사유란, 다름아닌 충격에 의해서 시작된다고도 하지 않던가. 그러나 인간의 한계나 특히 한 개인 주체가 감당할 수 있는 역할과 현실적인 힘의 한계 때문에 개인의 힘은 늘 일정 정도 무력함을 노출하게 마련이고, 그런 무력감은 개인 주체에게 자학적 경험으로 이끌게 된다. 1980년대에 대학 생활을 했고, 진지하게 그 시대와 대결해 나갔던 많은 대학생들이나 지식인들이 1990년대에 들어와서까지 일종의 부채 의식이나 위기 극복의 실패에 대한 자학적인 고뇌에서 쉽사리 벗어나지 못하는 것도 바로 그 때문이다.

그들은 불행한 시대 의식에 짓눌려 있는 존재들이다.

반면에 1990년대에 대학에 들어갔던 청년들은 그런 무거움의 강박 관념으로부터 한 발짝 벗어나 있다. 이 1990년대라는 시대가 가벼움의 시대라고 판단되는 이유는, 시대 자체가 본질적으로 가벼움의 시대인 것이 아니라, 표면적으로도 명확하게 드러날 정도로 한 시대를 짓누르던 불행과 고통이라는 바윗덩어리가 표면적으로나마 우리의 머리 위로부터 저만큼 비켜나 있는 것처럼 보이기 때문이다. 즉 시대의 무거움은 배후로 숨어버렸고, 대신에 화려한 가식적인 치장들로 가면을 쓴 이 소비적인 세계가 인간들을 유혹하고 있기 때문이다. 이 시대가 가볍게 보이는 것은 그 표면에 덮어씌워진 허식적인 기호들의 현란함 탓이다. 어떻든 이 시대를 사는 각 개인들은 시대나 사회 전체의 위기에 대한 의식보다는 개인적 삶의 문제가 일차적인

268

문제로 떠오르게 되고, 어느 정도의 물질적인 풍요는 개인적 삶의 문제를 소비나 사회적 출세, 혹은 개인적 즐김의 문제로 환원시키는 경향이 있는 것이 사실이다.

사실 우리 역사에서 '개인의 실존'이란 문제가 비로소 제기될 수 있었던 최초의 시대가 바로 1990년대라고 할 수 있다. 지난 100여 년간 역사의 거대한 무게가 주는 압박은 각 개인들에겐 너무나 큰 것이었고, 개인 실존의 문제보다는 공동체 전체의 운명, 역사라는 것을 어떻게 수용하고 대응할 것인가 하는 문제가 지식인들뿐만 아니라 평범한 대중들에게도 근본적인 과제였다. 전혀 이질적인 서구 문명의 침입과 침탈, 일본 제국주의에 의한 식민지 경험, 분단, 피비린내 나는 전쟁, 정치 권력의 억압적 작태들, 근대화 이데올로기가 가열차게 요구한 노동 제일주의의 채찍질에 휘둘려 개인들은 숨돌릴 틈도 없이 숨가쁘게 달려오기만 했을 뿐, 개성이라든가, 실존의 문제를 제기할 정신적 여유가 없었던 것이다. 즉 지난 한 세기 동안 이 땅에 발붙이고 사는 모두는 한마디로 '불행한 의식'들이었던 것이다.

그런데 소위 문민 정부라는 것이 들어서고, 가시적인 억압이 은폐된 형태로 물러나면서, 그리고 근대화의 결과로 주어진 물질적 풍요가 어느 정도 일상적 삶 속에서 소비 문화의 폭발로 발현되면서 개인들은 이제야 한숨 돌리면서 각자의 개인적 삶에만 몰두하는 현상을 보이고 있는 것이다. 이것이 일상적 삶뿐만 아니라 문학에서조차 역사와 세계에 대한 진지한 성찰보다는 개인성에만 매몰되게 된 근원적인 이유였다.

특히 1990년대에 대학에 들어온 세대들은, 이미 물질적 풍요의 혜택을 입은 세대들이었고, 그들에겐 역사나 국가 같은 거대 담론들에 식상하고 무관심할 수밖에 없는 세대들이기도 하다. 그들에겐 이전세대들이 겪었던 실로 엄청난 '충격'을 겪지 않았던 것이다. 그들에 겐 다만 개인 실존의 문제만이 일차적인 관심사가 될 수밖에 없다. 뿐만 아니라 일반 대중들의 심리도 이젠 좀 쉬자는 식으로, 지친 이 성의 모습을 적나라하게 드러내게 되었던 것. 세계와 역사에 대해 눈 감기, 개인의 좁은 내면 속으로 숨어들기 ─ 1990년대 우리 문학의 긍정적인 면이 개인성의 탐구에 있다면, 개인성에 매몰되어버린 탓 에 세계를 잃어버린 것이 그 부정적인 면이라 할 것이다. 즉 안의 사 유는 있었으되, 바깥을 향한 사유는 절대적으로 경시되거나 회피되 었고, 이것이 1990년대 문학의 가벼움을 낳은 필연적인 이유였다. 문학의 다양성이란 점에서 보자면, 개인의 내면, 개인의 실존에 대한 탐구 역시 문학이 추구해야만 할 사유의 영역이고, 그것은 더 깊은 차원에서 끊임없이 새롭게 제기되어야 할 영역이다. 그러나 인간이 결국 세계 내 존재라는 것을 상기한다면, 그러한 개인 실존의 문제도 보다 전체적인 차원, 세계라는 것과 형이상학적으로 연계된 것일 때, 비로소 개인 실존의 문제도 보다 구체적으로 드러나게 되는 것이 아 닐까.

4

그런데 나 자신만 하더라도, 기질상으로는 낙천적이고 낙관적임에 도 시대 의식에 관한 한, 이미 어떤 '시대적 충격'을 겪은 세대인 탓 에, 여전히 부채 의식에 시달리고, 아직도 끝나지 않은, 혹은 이 근 (현)대 사회 자체가 항상적인 위기를 낳고 있다는 생각 때문에 시대 극복이라는 과제가 머리에서 떠나지 않고 있는 것이다. 더구나 시대 극복의 전망이 불투명하고 비관적으로 보일 때, 자포자기의 심정으로 가벼움의 삶으로 방향 전환할 수 있을 텐데도 불구하고 그런 비관적 전망이 마음을 더욱 무겁게 만드는 것은 어쩔 수 없는 일이기도 하다. 그것은 지식인으로서의 책임감 때문이기도 하지만 그보다는 내게는, 여전히, 극복해내지 못한 과거에 대한 부채감과 이 불행한 시대 너머에 존재할지도 모를, 혹은 존재하도록 만들어야 할 어떤 전망에 대한 집착이 강박 관념처럼 심장 속 깊숙이 뿌리박혀 있기 때문이다. 정신적 혼돈과 균열은 그래서 쉽사리 메워지지 않는다. 시대적 부채감은 나 자신에게 늘 어떤 '유죄 의식' 같은 감정을 불러일으키고, 그런 유죄 의식이 나를 자학적인 고뇌로 이끈다. 떼어낼 수 없는, 내 영혼 속에 붙박인 자책감……

하지만 한편으론 이 시대에 관해 말하자면, 대중들뿐만 아니라 지식인들이라고 일컬어지는 사람들조차도 그 치열하고 전투적이기까지 했던 '위기 의식'을 너무도 쉽사리 잊어버리거나 포기해버리는 것 같아 안타까운 것도 사실이다. 철학의 빈곤, 경박한 사유, 고뇌 없이 무비판적으로 수용되는 외국의 온갖 지식들의 난무, 자기 과시적이고 허영적인 지식욕들—이런 시대적 흐름 속에서 나는 과거보다 더 심각한 시대의 병적 징후를 발견한다. 가볍고 경쾌하게, 모든 것을 그저 긍정하기에는, 아직도 이 시대 자체가 과거보다 오히려 더 철저한 자학적 고뇌와 자기 부정의 단계를 거칠 것을 요구하지는 않는지. 한 시대에 관한 자학적 주체성의 고뇌는, 한 시대를 자기 자신 속에 깊숙이 끌어들여 붙잡아놓고 대결한다는 점에서는 결코 부정적으로만 생각될 수 없는 고귀한 아픔이고 고뇌일 것이다. 그러한 고뇌가 개인적으로는 불행한 일이지만, 한 시대 전체로 볼 때는 그런 고뇌하는 주체들이 부재할 때, 그 시대의 정신적 빈곤은 극에 달하게 될 것은 두말할 나위가 없다. 사실 이 시대가 아무리 허무주의 시대이고, 모든 지고의 가치가 붕괴되어버린 시대라고 하지만, 이 시대의 정신적 빈곤에 대해 스스로 무죄임을, 완전한 무죄임을 주장할 수 있는 사람이 과연 몇이나 될 것인가. 과연 그 누가 '나는 무죄다'라고 당당하게 외칠 수 있을 것인가.

아무것도 아닌 글쓰기

1

나는 글을 쓴다, 그리고 글을 쓰면서, 나는 왜 글을 쓰는가? 도대체 글쓰기란 것은 가능한가? 라는 의문을 끊임없이 머릿속에 떠올리며, 컴퓨터 모니터 위──예전 같으면, 수많은 원고지들을 찢고 구겨서 방바닥에다 팽개쳤으리라──에다 몇 개의 문장들을 썼다간 지우고 다시 쓰기를 반복한다. 그 지워진 문장의 시작은 여전히 다음과 같은 하나의 문장이다; 과연 글을 쓴다는 것은 가능한 일일까?

어쩌면 글쓰기의 운명이란 이런 것인지도 모른다; 즉 '과연 글을 쓴다는 것은 가능한 일일까?'라는 질문을 던지면서, 그런 질문 형식 자체를 글쓰기로 되돌리는 것, 그러니까 글을 쓰는 내내 지금까지 써왔던 단어와 문장들을 지워나가는 것, 마치 눈이 소복이 쌓인 길 위를 걸어가는데, 내가 지나온 흔적으로 남겨진 발자국들을 그 빗자루로 비질을 해서 말끔히 쓸어 없애면서 걸어가는 것과도 같은 행위. 그러나 이런 행위는 공간 이동이라는 효과는 가능하지만, 글쓰기의 행위는 어쩌면 그런 효과조차도 기대할 수 없는, 예를 들어 파란 모니터 위에 씌어진 글들이 몽땅 지워져버리면 커서는 다시 1페이지 최상단, 내가 글쓰기로 출발했던 그 원래의 지점으로 되돌아와 있는 것과도 같은 현상인지도 모른다.

그런 의미에서 보자면, 글쓰기 행위에서는 공간보다는 오히려 시간이 더 문제일 것이다; 음악처럼, 글쓰기도 시간 예술에 속한다고 일반적으로 주장되어왔다. 내가 글을 쓰는 동안 객관적인 시간은 흘러간다. 글을 쓰다가 문득 고개를 들어 시계를 쳐다보았을 때, 갑자기 많은 시간이 흘러가버렸음을 깨닫는다. 30분, 혹은 한 시간, 혹은 그 이상의 시간이. 나는 운동성 속에 존재하고 있었던 것이다. 비록 실제로 씌어진 글은 한 줄도 없었다고 할지라도—왜냐하면, 나는 내가 쓴 문장들을 모두 지워버렸기 때문에—물리적인 시간은 경과하고 내 곁을 스쳐 지나갔다. 하지만 과연 그런 시간이 시간성에 속하는 것일까? 나는 책상 앞의 의자에 고정되어 있었고, 고작 내 손가락들만이 키보드 위에서 분주하게 움직이고 있었을 뿐이다. 내 신체는 내 방의 다른 사물들처럼 속도가 제로(0)인 채로 머무르고 있을 뿐이었다. (상대성 이론에 따른다면, 속도는 시간과 떼어놓을 수 없는 본질적인 연관 관계에 놓여 있다. 빛의 속도를 기준으로 그 빛의 속도보다 얼마나 더 빠르고 느린가에 시공간의 상대적 크기가 달라진다.) 단지, 책상 위에 놓여 있는 시계만이 시간을 저장하고 축적하면서, 또는 흘려보내면서 바늘들을 숫자들이 씌어진 판 위에다 또각또각 매순간 새롭게 배열하고 있었다.

시간은 시계라는 한 사물의 기계적 배열, 즉 일정한 간격마다 규칙적으로 초침과 분침과 시침을 움직이게끔 조작된 그 기계적 운동성 속에서만 물리적으로 존재했던 것은 아닌가? 시간은 시계라는 기계 속에서나 존재한다. 시간은 시계에 갇혀 있다. 시간은 시계를 벗어날 수 없다. 그러므로 나는 저 무뚝뚝하고 냉정한 시계라는 물건을 팽개쳐버리거나 시계의 등허리에 박혀 있는 배터리를 빼버림으로써 시간 자체를 죽여버릴 수도 있다. 마치 빛이라곤 한 줄기도 들어올 수 없는 깊고 어두운 동굴이라는 공간에 내내 처박혀 있을 때는 시간의 흐름을 인식할 수도 감지할 수도 없듯이, 글쓰기의 공간 역시 시간으로부터 벗어난 시간, 객관적인 물리적인 흐름과는 무관하게 독립적인 어떤 주관성의 무시간성을 보장하는 그런 장소는 아닌가?

2

글쓰기는 내 존재의 내부로부터 일어나는 사건이다. 존재론적 사건이다. 굳이 거창하게 하이데거식으로 존재가 현현하는 사건, 존재가 머무르는 집으로서의 언어를 봉행하는 행위라고 말할 필요는 없으리라. (하이데거의 글쓰기는 주술적인 냄새를 물씬 풍긴다. 그것은 고대의 주술사가 의례화되고 반복 형식을 지니는 마법의 주문을 외움으로써 신을 불러들이는 그런 행위를 닮았다. 하이데거적 글쓰기는 언어─신이 작가에게 빙의되는 과정에 다름아니다.)

글쓰는 행위는 일련의 연속된 동작이 아니라, 분절적이고, 불연속적이며, 마치 몽타주 그림처럼, 이질적이고 다양한 이미지들과 언어들이 충돌하면서 교차하고, 또는 그것들끼리 서로 각축을 벌이는, 헤곌적인 생사를 건 인정 투쟁의 과정을 닮은 것이다. 그렇다고 이 과정이 편안하고 아름다운 종합으로 나아가는 지양, 나선형의 궤도를 그리는 그런 지양의 변증법을 가진 것도 아니다. 오히려 글쓰기의 변증법이 가능하다면, 그 변증법은 보들레르가 일찍이 선보였고, 초현실주의자들이 의식적으로 추구했던 정태적인 변증법, 지양 없는 모순의 긍정성, 혹은 발터 벤야민적인 정지의 변증법에 더 가까운 변증법이다. 그것은 매 순간 파열을 낳고, 삭제되고, 다시 씌어져야만 하는, 창조와 파괴가 공존하면서 파괴 속에서 창조가 이루어지기도 하는, 기괴한 변증법이다. 글쓰기는 순간 속에서야 가능한 운동 없는 운동이고, 정지 없는 정지다. 왜냐하면 글쓰기의 순간성은, 운동과 정지를 동시에 긍정하고 또 동시에 부정하기도 하는 글쓰기에 고유한 시간성의 형식이기 때문이다.

글쓰기는 무에서 시작하지만 무로 환원되지는 않는다. 무는, 그 철학적 의미에서 단순한 부재와 텅 비어 있음이 아니라 꽉 찬 충만이요, 모든 있음과 유를 씨앗처럼 함축하고 있는 지나친 과잉이어서, 그 과잉이 글쓰기로 흘러나오지만, 그럼에도 그 글쓰기는 무 자체로 되돌려질 수는 없고, 끝없는 분산과 흐트러짐 속에서 무를 시간성 속에서 펼쳐 보이면서 동시에 감추어버리기 때문이다. 이것이 글쓰기의 불행한 숙명을 증거하는 지표일지도 모른다. 왜냐하면 글쓰기는 무에서 나와 무를 지향하지만, 무로 회귀하지는 못한 채 무를 오염시키고 혼탁하게 만들면서도 동시에 그 속에 무를 끊임없이 생산해내기 때문이다.

3

침묵, 무한한 침묵—침묵의 언어, 침묵의 글쓰기란 말이 나오는 이유도 바로 그 때문이다. 무의 언어는 곧 침묵의 언어다. 언어의 기원과 종착점이 바로 그곳이다. 그 침묵은 아직 형상을 부여받지 못한 질료적 형태가 아니라, 형상 자체임, 모든 질료성을 자체 내에 내밀한 본성으로 지니고 있는 순수 형상으로서 모든 언어들과 기호들이 그 속에서 부글부글 끓고 있다. 마치 활화산 아래에서 시뻘겋게 달고 있는 용암 덩어리처럼. 그래서 그 과잉된 들끓음이 분출하여 흩어지고 분산되어 언어가 된다. 형태들을 입고 언어의 육체를 입는다. 그러나 그렇게 터져나온 언어라는 용암 덩어리들은 곧 차갑게 식고 딱딱하게 굳어버린다. 그것은 더 이상 언어 아닌 언어, 언어의 내밀한 본질을 상실해버린 언어, 피와 살과 뼈를 잃어버린, 오직 유령 같은 영혼만이 허공을 떠도는 그런 언어일 뿐이다. 우리는 붓다가 40여 년간이나 설법을 베푼 후에, "나는 단 한 마디도 말하지 않았다"라고 말했던 그 은근한 비유담을 상기할 수 있다. 그렇다면 우리가 지금 읽고 있는, 붓다의 전언이라고 알고 있는, 글의 형태로 읽고 있는 수많은 말들은 도대체 무엇이란 말인가?

혹은 노자의 곤혹스런 입장을 생각해볼 수도 있다. 노자는『도덕경』첫머리에서 이렇게 말한다; 말로 표상할 수 있는 도(道)는 도가아니고, 이름을 부여할 수 있는 이름은 참된 이름(실재)이 아니다(道可道, 非常道; 名可名, 非常名). 노자는 도에 관한 5천 자의 글쓰기를 남겼다. 그는 도에 관해 글을 쓴다. 하지만 그는 도에 관해서는 말할 수 없다. 그는 그 5천 자의 글 속에서 가장 첫번째 문장으로 언어의 불가능성과 한계를 언급한다. 그는 도에 관해서 글을 쓰지만 도에 관해서는 글을 쓸 수 없다는 사실을 서론부에서 거론하는 것이다. 그렇다면, 그의 5천 자 글은 도대체 무엇인가? 그는 도에 관해서 글을 쓰면서도 중간중간 계속 언어를 부정한다. 그는 도의 이름을 모르겠다고 하며, 억지로 이름을 붙여서 도(道)라고 하고 대(大)라고 할 뿐이라고 말한다(『도덕경』, 제25장). 그는 알 수 없는 것, 결코 드러낼 수 없는 것, 말이나 글로써 표현할 수 없는 것이 있음을 또한 말과 글로써 표현하고 있는 것이다. 즉.말로써 도달 불가능한 무엇이 있음을 말하기 위해 말을 해야 하는 것이다. 노자의 글쓰기는 자발적이 아니라 일종의 외부로부터 강요된 것이었다. 전설상의 이야기일 뿐이지만, 함곡관을 넘어가기 위해서, 그 함곡관을 지키는 관령 윤희의 간청을 거부하지 못한 나머지 그 말할 수 없는 것에 대해서 '억지로' 말을 해야만 했던 것이다. 그러므로 노자의 『도덕경』이란 텍스트는 일종의 자기 모순에 빠진 텍스트, 자가 당착적인 텍스트라 할 수 있다. 그에게는 그 5천 자의 단어도 너무 많이 쓴 것이었다. (하지만 그 5천 자가 수십억 인류에게 얼마나 많은 직간접적 영향을 미치고 있는가!)

붓다나 노자의 텍스트는 스스로를 반박하고 부정하는 텍스트이다. 왜냐하면 그 텍스트들은 언어로 씌어졌지만, 언어로는 담을 수 없는 것들에 관해 씌어졌기 때문이다. 이런 텍스트를 우리는 무엇이라 불러야 하는가?

4

현대의 철학자로서 자크 데리다도 이런 유형의 글쓰기를 주창하는 사람 중의 한 사람이다. 그의 모든 글쓰기 텍스트들은 전형적으로 스스로를 반박하는 텍스트이다. 즉 하나의 명제로 환원될 수도 없고, 오히려 하나의 텍스트 속에 명제와 반명제가 공존하는, 양자 긍정의 양가성의 텍스트이기 때문이다. 데리다는 말한다; 오늘날 글쓰기는, 글을 쓰는 과정 자체가 하나의 목적이 되어버린 글쓰기이다, 라고. 그래서 그의 어떤 텍스트는 서문 자체가 하나의 전체 텍스트인 경우도 있다. 즉 본문을 쓰기 위한 서문적 글쓰기가 글쓰기의 내밀한 본성이라는 것이다. 그렇다면 본문은 언제 씌어질 것인가? 본문은 사실상 불가능한 가능성이다. 본문이 불가능하기 때문에, 우리는 본문으로 나아가기 위한 서문만을 끊임없이 생산해낼 수 있을 뿐인 것이다. 노자의 텍스트 또한 그런 식으로 읽힐 수 있을 것이다. 노자 역시, 자기 자신은 한 마디도 쓰지 않았다고, 도에 관해서는 아무것도 쓰지 않았다고 말할 것이다. 그렇다면 글쓰기는 끝이 없는 시작의 가능성으로만 가능한 행위, 종결 없는 영구적인 시작, 마치 트로츠키의 영구 혁명이라는 개념처럼, 혹은 푸코의 영구적인 부정 운동처럼, 글쓰기는 오로지 자신을 부정하기 위해서만 시작하고 출발할 수 있는 불행한 의식인 것이다. 제로(0)의 의식. 시계가 0시에서 시작해서 다시 0시로 돌아오듯이, 그러나 그 가운데 모든 시간을 모두 거쳐나오듯이.

이런 글쓰기는 일종의 글쓰기의 죽음, 혹은 죽음의 글쓰기일 것이다. 언어는 스스로는 아무것도 아닌 존재임을 선언하면서 그 아무것도 아님을 다시 입증하기 위해 말을 꺼내야만 한다. 아무것도 아닌 존재를 지향하는 존재, 곧 그것은 죽음을 지향하는 존재에 다름아니다. 글쓰기는 사실 죽음에서 탄생하여 죽음 속에서 다시 사는 이상한 존재 운동이다. 거기에는 요니와 링감의 결합이 없다. 음과 양의 조화로운 결합이 아니다. 오히려 거기에는 생성이 부재한 요니, 생성이

가능하되 곧장 다시 자신 속으로 불러들이는 요니, 일종의 사산(死産) 행위만이 가능한, 서글프고 불행한 요니만이 있다.

5

그렇다. 글쓰기 행위에서, 아무것도 아닌 존재인 그 글쓰기 자체를 지향하는 사람은 불행하다. 불행한 인간이다. 왜냐하면 그는 글쓰기의 과잉 속에서 죽어갈 것이기 때문이다. 영원히 무로 되돌려지면서도 무로 되돌려지지 않는 기묘한 마법 장치인 글쓰기의 작업 가운데서 죽을 운명이기 때문이다. 붓다나 노자는 다르다. 그들은 말을 하지 않으면 그만이기 때문이다. (실제로 붓다가 직접 글을 쓴 적은 없다. 말은 입에서 꺼내어지는 순간 증발되어버린다. 그가 침묵을 지키는 한, 타자의 기억 속에서 저장되었다가 타자에 의해 다시 씌어질 수 있을 뿐이다.) 노자도 더 이상 글을 쓰지 않았다. 그들에게는 언어를 초월한 그 무엇, 형이상학적 실재에 대한 믿음이 있었기 때문이다. 언어로서는 도달 불가능한 그 무엇, 도(道) 혹은 니르바나의 세계. 그 세계는 초감각적인 신비의 세계이며, 그저 언어도 의식마저도 없는 무의식의 의식, 초의식이라고 불려야 할 그런 의식 속에서나 단지 느껴질 뿐인 세계인 것이다.

반면에, 말라르메나 니체, 베케트나 데리다 같은 이들에게는 그런 믿음조차도 부재한다. 그들에겐 글쓰기 자체가 전부이다. 이 세계는 언어 이상도 이하도 아니다. 세계는 언어적 텍스트이다. 씌어졌고, 또 새롭게 해석되고 씌어져야 할 텍스트. 말들의 교직물이 곧 이 세계인 것이다. 그러나 그 세계에는 어떤 형이상학적 실재도, 궁극적이거나 중심이 되는 기원, 토대도 없다. 그저 무수한 텍스트들의 그물 망만 존재할 따름이다. 이 세계는 전부이면서 동시에 아무것도 아니다. 세계는 끊임없이 해체되고, 또 재구성되는 영구적인 새롭게 씌어지기의 운동선상에 있다. 세계는 해석이다. 그 세계는 더 이상 궁극적으로 참조해야 할 원전도, 진리도 불가능한 세계이다. 언어는 진리나 도덕으로부터 탈구되고 추방되었다. 그래서 더 이상 무엇에 관해서 말한다는 것은 불가능하다. 언어는 무엇에 관해서는 더 이상 아무말할 것도, 말할 능력도 상실해버렸고, 그런 능력 부재, 상실을 토로하고 고백하는 말하기만이 가능할 뿐이다.

프로이트는 살아 생전에 정신분석학을 하나의 엄밀한 과학으로 정초할 수 있으리라는 믿음을 가지고 있었다. 그러나 오늘날, 언어로 이루어지는 무의식 분석 과정이나 행위 자체가 하나의 해석 행위이며, 해석에 대한 해석에 불과하다고 주장되고 있다. 정신분석학은 일종의 의사와 환자 간의 언어 게임이며, 암묵적으로 답이 있으리라고 전제하고서 — 단지 신앙과 같은 믿음일 뿐이지만 — 벌이는 자기 도취적인 놀이에 다름아니다. 프로이트의 텍스트 또한 일종의 문학적 글쓰기, 상상적인 유희의 산물에 다름아니다. 그의 텍스트가 지시하는 대상은 텍스트 너머의 꿈이나 무의식이 아니라 그 텍스트 자체일 뿐이다. (즉 정신분석이 일종의 해석적 유희에 불과함에도 그것이 의학적 치료 요법이 될 수 있는 이유는 그것이 환자 자신이 나르시스적으로 그 게임에 — 일종의 전도된 진리 게임 — 동참하고 그것을 확신하기 때문일 것이다. 믿는 자에겐 복이 있나니!)

이러한 글쓰기는 글쓰기의 과잉으로 넘쳐난다. 왜냐하면 『천일야화』에 나오는 셰헤라자드처럼, 죽음을 담보로 죽지 않기 위해 끊임없이 이야기를 해야만 하는 것과 다름없는 운명에 빠져 있기 때문이다. 세헤라자드 공주는 언어에 속박되어 있다. 이야기라는 족쇄를 차고 있다. 그녀는 이야기를 중단하는 순간, 목숨을 잃게 된다. 그녀에게 이야기를 한다는 사실은 곧 자신이 살아 있음을 보증해주는 유일한 힘이 된다. 그러나 그녀에게는 그나마 작은 희망이 있다. 왜냐하면 왕은 기한을 설정해두고 있기 때문이다. 그 기한을 견디어내는 것, 그것이 이야기를 하는 그녀의 운명이다. 그러나 죽음의 순간을 알 수 없는 우리는, 기한 없는 죽음의 내기에 던져져 있다. 이 운명은 오히려 시시포스의 운명에 가깝다. 그는 언제 죽을지 모르지만, 그는 산으로 바위를 굴려야 한다. 죽음이라는 무의 심연이 입을 쩍 벌리고 그를 삼켜버리는 순간까지, 그는 자신의 운명을 담담하게 받아들이면서—심지어는 휘파람을 불면서—바위를 굴린다. 바위는 정상에 올려지는 순간, 다시 원점으로 굴러떨어지고 만다. 시시포스는 거기서 다시 시작한다. 무의미한 반복처럼 보인다. 그러나 『시시포스의 신화』를 쓴 알베르 카뮈는 바로 그러한 무의미한 반복을 긍정하는 힘에서 위대함을 발견한다. 반복과 되풀이, 끊임없는 원점으로의 곤두박질, 종결 없는 시작의 시작, 이것을 긍정하는 긍정의 형식이 글쓰기이며, 삶이며, 신이 부재하는 이 시대를 견디어내는 유일한 현존 방식으로 이해된다.

그러나 이러한 위대한 긍정이 고뇌의 부정은 결코 아니다. 시시포스는 고뇌하는 영혼이다. 그의 휘파람은 처절한 절규의 노래이다. 무목적적이고 불합리한 이 세계를 걸어나가야만 하는 운명을 통렬히 거부하면서도 긍정하는, 모순과 부조리에 대한 반항이며 항거이다. 그는 어설픈 합리성이나 거짓된 가치들, 가식적인 진리나 사탕발림의 유혹을 냉철하게 뿌리치는 자이다. 그는 니체적인 사자, 아니오! 라고 과감하게 부정을 말할 줄 아는 정신의 소유자이다. 그는 이 세계의 비극적 운명을 꿰뚫어보는 자이며, 그러한 비극 가운데서도 절망하지 않고 부정의 정신을 관통하면서 자신의 운명을 사랑하는 운명애를 가진 자이다. 자신이 짊어진 바위의 무게에 짓눌려 '겨우 존재하는 자들'과는 근본적으로 다른 자이다. 왜냐하면 그는 아무것도 아니지만 동시에 모든 것인 자이기 때문이다.

6

그러므로 글쓰기의 운명은 고독하다. 왜냐하면 글쓰기는 아무것도 주장할 수도 없고, 자신의 글에 대해서 아무런 확신도 가질 수 없기 때문이다. 그것은 곧 철회될 주장, 반박될 거짓말, 혹은 마치 고독한 밤에 거울을 보며 거울 속에 비친 자신을 향해 떠들어대는 독백적인 언어 행위에 불과하기 때문이다. 또한 무엇보다도 글쓰기가 완성되는 순간, 그것은 글을 쓴 주체로부터는 스스로 떨어져나가서 독자에게로 달려가버리기 때문이다. 씌어진 글은 글을 쓴 주체와는 무관한 존재, 그에게는 무만 남겨놓은 채, 마치 기껏 키워놓은 아이가 부모가 바뀌었다며 누군가가 와서는 데려가버리는 것과 비슷한 상황만을 남겨놓기 때문이다. 글을 쓰는 주체에게 글쓰기는 결코 완성될 수도, 완결될 수도, 그에게 법적인 책임 외에 그 글의 가치나 내용에 관해서는 질문이 던져질 수도 없는 무관심한 그 무엇이다. 씌어진 글은 작가에겐 무관심하다. 그런 무관심성을 견딜 수 없기 때문에 작가는 다시 글쓰기를 시작한다.

실로 작가에게 주어진 유일한 것은 시작의 가능성, 그것밖에 없다. 글을 쓴다는 것은 새롭게 시작한다는 것이다.

매 순간 새롭게 글쓰기를 시작하는 것, 그 글쓰기에게 아무것도 의탁하지 않으면서, 기대도 하지 않으면서, 그것을 쓰자마자 그것 자체에 의해서 반박당하기 위해 글을 써야만 하는 것이다.

　그러나 그 새로운 글쓰기는 글쓰기의 반복이기는 하지만, 그렇다고 단순한 반복만은 아니다. 그렇다고 드라마의 다음 회를 쓰는 드라마 작가처럼 다음 회를 예상하면서 예전 이야기에 덧붙여 쓰는 연속적인 글쓰기도 아니다. 그것은 동일한 글쓰기이면서 차이를 생산하는 글쓰기, 과거의 글쓰기를 부정하면서도 긍정하는 글쓰기, 글쓰기 자체만을 되풀이하고 반복하는 글쓰기일 뿐이다.

　그래서 이 매 순간 반복되는 새로운 시작이, 글 쓰는 주체에겐 고통스럽다. 끔찍하리만치 고통스럽다. 동시에 고통스럽기 때문에, 그 고통의 깊이의 유혹이 너무나 강렬하기도 한 것. 그런 의미에서 글을 쓰는 주체는, 마조히스트라고 불러도 되리라. 피학적인 고통을 견디어내는 힘에서, 그 힘의 내밀한 본성 속에서 스스로의 존재를 확증하고, 체험할 수 있기 때문이다. 글쓰기가 비록 아무것도 아닌 존재이고, 글을 쓰는 가운데서 끊임없이 부정당하고 추방당하지만, 그럼에도 글쓰기를 멈출 수 없는 것은 바로 그 마조히즘적 쾌락 때문이기도 하다. 글쓰기는 고통의, 고통스런 유혹에 다름아니다. 아무것도 아니면서 모든 것이기를 꿈꾸는 자의 그 메울 수 없는 심연으로 인해 고통받으면서도 그 심연의 깊이에 매혹당하는 것, 그래서 그 간극을 메워보려고 끊임없이 결코 이어질 수 없는 다리를 건축하려는 시도, 이것이 바로 글쓰기의 운명이고, 글 쓰는 주체의 슬프지만, 아름다운 비극이다.

프로메테우스의 배반과 몰락

1

서구 문명의 두 정신적 지주인 헬레니즘과 헤브라이즘은 각각 인간 역사에 대한 동일하면서도 다른 관점을 보여준다. 프로메테우스 신화와 구약 창세기 신화가 그것이다. 그 신화들은 신과 자연에 대한 배반과 불복종의 결과들을 각각 불과 선악과라는 문학적 비유를 통해 표현한다. 전자는 그 배반의 대가로 영원토록 독수리에게 심장을 뜯어먹히는 고통과 그것을 감수하는 인간적 존엄과 숭고를, 후자는 향후 인류가 짊어지게 될 치명적인 원죄의 각인과 낙원으로부터의 추방을 이끌어낸다. 이 두 이야기는 무엇을 상징하는가? 인간은 지식의 힘으로 자연에서 벗어나지만, 대신에 그 대가를 혹독히 지불해야 한다는 것이다. 차이는 유대인들이 신과 자연과의 분리에서 죄악과 죽음, 그리고 고작 십계명 같은 수동성만을 보는 반면에, 그리스인들은 본능(심장)을 뜯어먹히는 고통을 감당해내는 인간적 존엄과 이성의 위대함을 선언하는 능동성을 부여해주고 있다는 점이다. 이처럼 그리스적 이성주의와 유대적 신앙주의는 그 출발부터 인간과 삶에 대한 전혀 다른 비전을 보여준다. 이후 기원 전후의 팍스 로마나 시대는 두 정신적 흐름이 접합되는 계기를 마련해주었고, 그로부터 두 가지 비전 간의 헤게모니 투쟁이 벌어진다.

헬레니즘과 헤브라이즘의 최초의 대결, 이성과 신앙의 최초 접전,

그리스적 소크라테스주의와 바울주의의 투쟁은 사도 바울의 승리로 끝났다. 유대적인, 원죄와 죽음이 지배하는 종교의 왕국이 도래한 것이다. 르네상스 시대에 시작되었던 두번째 접전은 마침내 이성적 소크라테스주의의 부활로 막을 내린다. 17세기에, 파스칼은 이성과 신앙 사이에서 우왕좌왕하다 힘겹게 신앙을 선택하지만, 스피노자에 이르면 비록 신의 후광은 남아 있더라도 그의 철학은 이미 이성의 승리를 예고해주고 있다. 이제 볼테르 같은 계몽주의자들이 그 처절한 전쟁터의 폐허 위에, 그 폐허 속에서 뒹구는 죽은 신의 가슴 위에 이성의 왕국의 깃발을 꽂기만 하면 되는 것이다.

그때부터 이성의 왕국은 아메리카와 아시아와 아프리카 세계를 이성 왕국의 말발굽 아래 복속시키면서 의기양양하게 지금까지 전진해오고 있다. 지난 2천 년 간의 전 서구 역사는 이러한 대립과 투쟁으로 점철되어왔다. 이 긴 역사를 통해서, 불행히도 서구인들은 프로메테우스 신화가 전해주는 중대한 교훈을 망각해버렸다. 그것은 프로메테우스가 자연과 신을 배반한 대가로 '영원한 고통'을 받으리라는 것이다. 욕망의 도구에 불과한 이성은 이제 고대 그리스인들이 인간이 가진 유일한 신적인 미덕으로 간주하였던 '절제'를 잃어버리게 됨으로써 플라톤이 『티마이오스』에서 그리스 몰락의 원인으로 간주했고 그토록 강렬히 비판했던 히브리스Hybris, 즉 한계를 잃어버린 파괴적인 탐욕에 온통 자신을 내맡기게 되었다. 신앙에 대적하여 벌였던 길고도 지루한 전쟁에서 얻은 승리에 도취한 이성은 죽은 신의 머리에서 왕관을 빼앗았고, 마침내는 이 세계 전체를 자신의 발 아래 무릎을 꿇렸다. 고대 그리스의 헤로도토스가 황금 시대에서 은, 동의 시대를 거쳐 마침내 철의 시대에서 인간은 몰락하게 된다는 비관적 통찰은 근대의 소크라테스주의자들에게는 순진한 발상으로 치부되었고, 기독교인들에게서 배운 목적론적 역사관을 도용해 만들어낸 진보라는 망상만을 유일하게 가능한 보편적인 역사 원리로 선언했다. 이성은 이 지구 표면 위에다 자신의 능력의 유감없는 발휘인 화려한 물질의 왕국을 세웠고, 그 인공의 낙원은 오늘날에는 그 최후의 절정을 향해 치닫고 있다.

2

디오니소스적 예술과 소크라테스적 이성, 사도 바울적 신앙 간의 교체와 투쟁, 접합과 분리, 해체라는 거대한 주제를 서구 역사 전체의 자기 비판적 성찰이라는 방식으로 끌어들인 최초의 철학자는 니체였다. 그로부터 반세기 후에 아도르노는 그 주제를 다시 꺼내들었다. 니체의 『비극의 탄생』과 아도르노의 『계몽의 변증법』이 그것이다. 니체는 과도한 고뇌로 인한 정신 착란을 대가로 치르면서까지 소크라테스주의와 바울주의에 대항해서 고대 그리스의 디오니소스주의를 부활시키고자 했었다. 그는 차라투스트라라는 예언자를 통해 소크라테스주의에 대한 디오니소스주의의 승리, 예술가 왕국의 수립과 도래를 선포했다. 반면에 두 차례의 가공할 세계 대전과 인종 학살, 인류 역사상 전례 없는 잔혹 무도한 파시즘을 겪은 20세기의 인간 아도르노에게는 더 이상 아무런 희망이 없었다. 절제를 잃어버리고 한계를 잃어버린 오만에 빠진 프로메테우스의 몰락은 의심할 바 없는 것으로 보였다. 그리고 지금은 그 아도르노로부터도 반세기, 니체의 문제 제기로부터는 이미 100년이 지났다.

아도르노는 오디세우스를 다시 소환하여 심판대에 세웠다. 그는 자연—인간 내적 자연과 외적 자연—에 대한 인간의 배반을 보편 사적 필연성으로 자리매김하면서, 그것의 비극성을, 신의 징벌에 의 해 심장을 뜯어먹히는 프로메테우스의 영원한 고통을 새롭게 환기시 킨다. 자연과 사회 양쪽에 다리를 걸친 인간은, 자연으로부터 두 발 을 완전히 떼내려고 노력하면 할수록 스스로를 부정할 수밖에 없는 자기 기만에 빠지고 만다. 마르크스가 낙관적으로 중립적인 힘으로, 해방의 도구로 보았던 생산력 자체 내에 깃든 자기 기만성을 예리하 게 파헤친 끝에, 아도르노는 생산력을 추동하는 소크라테스주의적 기술 이성은, 오늘날 우리가 충분히 이해하고 있는 바처럼, 그리고 하이데거가 존재 망각의 보편사 속에서 정확하게 평가했던 바처럼, 그것 자체가 자율적인 괴물이 되어 인간을 지배하게 되는 역설을 날 카롭게 꿰뚫어보았던 것이다. 아도르노에 따르면, 자기 소외의 변증 법적 지양 운동을 통해 마침내 궁극적 승리를 구가하는 헤겔적 이성 도, 헤겔적 계몽주의의 유물론적 절정인 마르크스적 비전도 이제는 철 지난 소박한 얘기가 되고 만다. 아도르노는 프롤레타리아 계급에 게서뿐만 아니라, 그 어떤 계급이나 세력에게서도 혁명적 힘을 발견 할 수 없었다.

이제 모든 유토피아는 끝장나고 말았다. 그는 미학의 부정성을 통 해 세계 비판적 힘과 잠재하는 유토피아를 드러내 보이고자 했으나, 현실적 실천 가능성을 상실해버린 관념적 초월은 무기력하기만 하 다. 그는 '비동일성의 사유'를 통해서 이성과 감성, 분열된 로고스와 파토스를 미학적인 형태로 화해시키고자 했지만, 그가 세웠던 예술 의 왕국은 더러운 진창의 늪에다 디오니소스 신전을 세우려는 헛된 노력과 다를 바 없었다. 니체와 아도르노의 고귀한 '예술가 형이상 학'은 오디세우스의 신화를 예술가의 신화로 변형시키려 했던 모리스 블랑쇼의 노력과 마찬가지로, 히브리스에 빠져버린 소크라테스주의의 광란을 극복하기에는 역부족으로 보인다. 그런 점에서 예술의 죽음을 선언한 소크라테스주의자 헤겔의 선언은 역설적인 의미에서 그 진실한 의미를 되찾는다.

3

시선을 동양, 아시아로 눈을 돌려보면 사정이 어떤가. 그리스에서 호메로스와 니체가 말한 디오니소스적 비극이 만개하던 시기에 동북아시아의 정신은 철학과 예술이 혼합된 형태로 강력한 반소크라테스주의가 발생하고 있었다. 그것이 바로 노자주의다. 노자는 무위와 유위의 날카로운 이분법을 통해 자연을 거스르는 모든 인간적 힘을 반대했다. 그는 지식, 로고스적 소크라테스주의가 자연뿐만 아니라 인간 자신마저도 파괴할 것임을 경고했다. 그가 자연으로부터의 인간의 분리가 보편적 필연성이며 불가피한 것이라고도, 그리스인들처럼 그것을 인간 존엄성의 발견이라고도, 유대인들처럼 죄악의 발생이자 신의 섭리의 발현이라고도 보지 않았다. 어쩌면 그는, 그러한 인위적 분리의 필연성을 인식했는지도 모른다. 그가 자연과 도를 여성적인 것에, 약한 것, 부드러운 것, 물과도 같은 것에 비유하고 무욕(無慾)과 지족(知足)을 강조한 것은 그러한 필연성에 제동을 걸고자 하는 필사적인 노력의 결과였는지도 모른다.

자연의 공포와 파괴성, 그 마력적 측면보다는 생산적이고 양육적인 측면에 중점을 둔 것, 그것은 결코 자연으로부터 벗어날 수 없는 존재인 인간의 한계를 인정하면서 그 한계 내에 머무를 수밖에 없음을 확인시키고자 했는지도 모른다. 지족(知足)이란 개념은 그리스인들의 절제 개념에 맞닿아 있다. 신적인 힘으로서의 절제, 발걸음을 멈출 수 있는 능력. 한마디로 그는 자연으로부터의 분리의 필연성을 인정하면서도 절제라는 것을 통해 아도르노가 오디세우스의 신화에서 보았던 그 역설적인 자기 부정의 결과를 피하고자 했던 것이다. 진화론적 관점에서 볼 때, 인간이라는 육식 포유동물은 그 신체적 나약성을 보충하고 존재를 보존하려는 노력을 통해 두뇌를 개발했고, 그러한 종족 진화의 과정을 거치면서 비로소 자연의 공포와 위협으로부터 벗어날 수 있는 힘을 얻게 되었다. 두뇌는 인간 종의 위대함의 증거가 아니라 신체적 힘의 나약함의 증거였던 것이다. 노자는 소크라테스주의가 가져올 물질적 풍요를 결코 인간이 추구해야 할 가치로 인정하지 않았다. 노자는 불교나 힌두교 같은 동양 정신들이 그랬던 것처럼, 체험적 깨달음을 통해 자연과 합일되는 것, 자연과 인간의 하나됨의 황홀한 체험을 지고의 가치로 선언했다. 그러한 경지는 결코 소크라테스적 이성, 분별지로는 도달할 수 없는 경지이며, 오히려 자아 부정의 급진적인 디오니소스적 도취와도 같은 경험을 통해서만 얻어질 수 있는 것이었다(노장 철학의 언어에 대한 그토록 철저한 불신은 동양 정신이 분석적인 오성의 계발에 소홀하게 된 하나의 원인이 되었다). 사실 노자와 장자의 미학이 니체의 디오니소스적 미학과 어떻게 이어질 수 있는가를 아는 것은 오늘날 가장 흥미로운 미학적 주제 중의 하나이다. 특히 노자를 계승한 장자의 소요유의 대미(大美)와 지락(至樂)의 자유는, 명백히 니체가 찬양했던 디오니소스적 해방의 경지에 직접적으로 맞닿아 있다.

4

그러나 불행히도, 공자에서 연원한 아시아적 소크라테스주의가 권력과 결탁하면서 아시아의 운명은 유럽적 운명과 같은 방향으로 전개되고 만다. 하지만 유대교와 같은 죄악의 신학이 아닌 인도의 불교가 중국의 수 · 당 시대 그리고 한국의 삼국 시대와 고려 시대라는 아시아의 중세를 풍미하면서, 색다른 정신주의의 풍토가 만들어졌다. 공자주의는 비록 소크라테스주의에 경도되어 있었기는 하지만, 동양의 소크라테스주의는 유럽적 소크라테스주의가 그랬던 것처럼 과학주의와 결합하지는 않았다. 과잉 도덕주의의 압박 속에서 동양적 소크라테스주의는 과학이 아니라 예술을 필요 불가결한 보충물로 수용했고, 지식 사대부들의 필수 교양으로서 시와 서예 · 회화 · 음악 등을 군자적 이상 속에 결합시켰던 것이다. 그것이 바로 동양적 풍류정신이다. 즉 유럽적 소크라테스주의가 그리스의 기하학에 바탕을 둔 '과학'과 결합했다면, 동양적 소크라테스주의는 노장의 영향하에서 '예술'과 결합했던 것이다. 동양적 소크라테스주의의 군자적 이상속에서 과학은 어디까지나 부차적인 것, 인간의 지고한 가치와 저만치 떨어진 것으로 간주되었다. 이것이 유럽과는 다른 특이한 동양적인문주의 특징이다. (르네상스 시대에 유럽 예술가들이 예술을 과학으로 간주함으로써 자신들의 지위를 끌어올리려 했던 사실과 비교해보라! 또 한 가지는 중국과 한국의 과학 기술 수준의 문제다. 이미 저명한 중국학자 조지프 니덤이 밝힌 바처럼, 17세기경까지만 하더라도 전체적인 과학 수준은 유럽보다 동북아시아가 더 높았다는 사실이다. 그렇다면 왜 동북아의 소위 근대화가 지체되었는가하는 문제는 보다 복잡하고 어려운 문제이고, 보다 많은 논의를 필요로 한다.)

이렇듯 아시아적 소크라테스주의, '인문주의적 소크라테스주의'는 19세기 말엽 유럽 제국주의가 과학의 산물인 신무기들을 앞세워 진격해오기 전까지만 해도 노자와 불교 정신과의 결합과 종합에의 의지 속에서 결코 자연과 적대적 관계에 들어가지 않았다. 데카르트적 이원론은 낯선 이념이었다. 자연은 군자적 이상과 성인적 이상, 해탈한 붓다의 이상 속에서 미학적 관조와 합일의 대상으로서, 불성의 담지자로서 삶과 예술적 영감의 원천이 되어왔었다. 게다가 극단에 치우치지 않는 중용의 미덕은 군자적 이상 속에서 반드시 요구되는 도덕적 규제 원리였으며, 자연은 궁극적으로 인간이 귀환해야 할 어떤 신성한 장소로서 이해되고 있었다. 따라서 아도르노의 오디세우스 해석이 지나치게 유럽 중심주의적이라는 비난을 면치 못하게 됨을 여기서 우리는 여실히 알 수 있게 된다. 자연과 삶에 대한 가치 평가가 유럽과 동양에서는 이토록 판이하게 달랐던 것이다!

아시아적 인문주의는 어디까지나 '자연 내에서의 윤리적(이것은 물론 도덕을 초과하는 개념이다) 인간의 이상'을 추구했던 고귀한 정신주의였다. 그것이 근대라는 역사를 통해 유럽적 소크라테스주의, '과학적 소크라테스주의'에 의해 점령당하면서 물질에 의한 정신의 파괴를 전면적으로 초래했던 것이다. 진보 · 이성 · 과학이라는 유럽적 소크라테스주의가 수천 년 간 내려오던 윤리적 정신주의를 대체해버린 것이다. 지난 100년간, 니체가 소크라테스주의를 전면적으로 비판하며 그리스적 디오니소스주의의 부활을 선포하던 그 순간부터, 동아시아 역사는 거꾸로 서구적 소크라테스주의를 '진보'로서 수용해왔고, 지금은 우리 한국처럼 인종적 특성을 제외하고는 삶 전체가 유럽적인, 혹은 미국적인 속물적인 형태로 조직되고 있는 실정인 것이다.

5

20세기 중반부터 니체가 부활하고, 노자가 부활하고 있다. 인간과 자연과의 관계 회복, 인간과 인간 사이의 새로운 형식의 조직은 그 어떤 과제보다 절박한 과제로 대두되고 있기 때문이다. 노자적 자연주의와 니체적 디오니소스주의는 과연 새로운 힘을 얻을 수 있을 것인가? 우리는 니체가 1872년에 『비극의 탄생』에서 던졌던 다음과 같은 질문에 다시 한 번 답해야만 한다; 〈비극을 파괴한 힘이 모든 시대에 대하여 비극적 세계관의 예술적 재탄생을 가로막을 정도의 힘을 가지고 있는가?〉

이 질문에 대해 아도르노는 비관주의에 빠지고 말았다. 만약 아도르노의 동료였던 발터 벤야민이 오래도록 살았더라면, 그는 아직도 우주와 조화를 이루는 유일한 길이, 단지 자연적일 뿐인 낱낱의 생명이 아닌 공동체를 산업 기술적으로 조직해내는 (die techniche Organisierung des Kollektivs) 일이라고 계속 확신할 수 있었을까. 프랑스 68 혁명의 와중에서 질 들뢰즈는 탈주하는 욕망의 유목적 힘에, 무의식의 생산적 힘에 가느다란 희망을 걸었다. 그러나 20세기를 다 보낸 나는, 이 속물적인 시대의 광란에 구토를 느끼는 나는, 소위 예술이라는, 이제는 다 썩어가는 동아줄을 아직도 붙잡고 있는 나는 어떠한가?

스피노자는 희망조차도 수동적인 정념에 불과하다고 간파했다. 이 세계 속에서, 이 세계의 내재적인 운동 속에서 필연적인 잠재력을 발견하지 못하는 한, 모든 희망은 단지 정념에 불과하다. 소크라테스주의가 세웠고, 오늘날에도 이 지구 표면을 완전한 하나의 세계로, 하나의 도시로 뒤덮어버릴 정도로 비대해진 물질의 왕국은, 하나의 거대한 살아 있는 기계 인간으로 진화하여 인간을 극복해버리려 하고 있다. 살아 있는 유기적 생명체로서 이 지구라는 오렌지의 껍질은 그 부드러운 본래적 자연성을 완전히 상실하고 단단하고 잔인한 인공적인 강철 껍질로 변질되어가고 있고, 지구는 그 아래에서 부패해가고 있다.

나는 예술의 이름으로 '낭만적으로' 지구라는 생명의 오렌지를 온통 뒤덮고 있는 무시무시한 강철 껍질을 화폭 삼아 샛노란 색을 아름답게, 비극적인 몸짓으로 덧칠하고 있을 뿐이지 않은가? 그리하여 이 시대에 대하여 니체가 비난했던 '형이상학적 위안'만을 던져주고 있지 않은가? 죽은 예술의 시체를 방부 처리하여 미라로 만든 후에 그것을 화려하게 치장하여 이 세계에 전시하고 있는 것은 아닌가?

소크라테스주의의 궁극적 도달점은 복제 인간과 안드로이드의 발명, 그리고 지구라는 자연에 전혀 의존하지 않는 완전한 인공 혹성 혹은 제2의 지구(제2의 자연의 완성!)를 발명하는 데 있지 않을까? 오늘날의 인간 존재는 낡은 인간으로, 유전자 조작으로 태어난 우월하고 새로운 인간 종의 노예로 전락하는 것, 그것이 인류의 최후 역사가 아닐까? 그렇다면 그러한 가능성을 다분히 안고 있는 이 시대에 미학과 예술이 취할 수 있는 태도란 과연 무엇인가? 오늘날 막다른 궁지에 몰린 예술가들은 보르헤스처럼 이 세계 전체를 환영으로 이해하면서, 그 환영에다 미학적 환영 하나를 더 보태는 것으로써 스

스로를 위로해야만 하는 것일까? 아도르노가 이해했던 것처럼, 자본
가도, 프롤레타리아트 계급도, 그 어느 계급도 테크놀로지를 통제할
힘을 잃어버린 지금, 우리가 스피노자적 필연성으로써 예측할 수 있
는 유일한 미래는 바로 그것이 아닐까? 혹은 또 다른 필연성, 잠재성
으로써 이 세계 자체가 마침내 힘을 다하여 내부에서부터 폭발하고
붕괴되어버리는 것, 이 시대의 진정한 냉소주의자 장 보드리야르가
암시하는 그런 우울한 비전은 아닌가……? 우울하게도 출구가 보이
지 않는다. 희망과는 다른 출구. 카프카의 그 불행한 원숭이가 빠져
나갈 출구가.

미래적 모더니티의 문제

1

오늘 「근대성과 미적 근대성」이라는 제목의 한 논문을 읽었다. 이
논문의 저자인 문학평론가 김명인의 이름을 발견하자, 우선은 반가
운 마음부터 들었다. 논문의 주제도 그렇지만 무엇보다 논문의 저자
가 1992년에 절필을 선언한 이래 참으로 오랜만에 만나게 되는 글이
라 더 그랬으리라. 이 논문을 꼼꼼하게 읽으면서 1980년대 내내 치
열한 전투적 사회주의자로서 문학을 변혁 운동의 방편으로 삼았던

한 실천적 비평가의 변화된 의식을 발견할 수 있었다. 그는 아마도 1990년대라는 이 니힐리즘적 시대를 고통스럽게 견뎌내며 혹독한 자성의 시간을 가졌으리라. 논문을 읽어가는 내내 시대와 역사에 대해 고뇌하는 한 실천적 지성의 고통이 마음 한 편을 저릿하게 만들었다. 그런 고통은 1980년대라는 암울한 시대의 한복판에서 지식인으로서의 책임감을 온몸으로 고스란히 떠맡았던 모든 지성들에게 공통된 아픔이었으리라. 그래서 그런지 논문을 읽으며 내내 동병상련의 아픔이 가슴을 찔러왔고, 착잡하고 씁쓸하기까지 한 마음을 가누지 못했던 것이다.

그러나 1980년대를 관통해 나오면서 동일한 세계관의 지평 속에 융합되어 있던 그나 나 자신이, 1990년대라는 혼돈스런 니힐리즘의 시대를 거치면서 둘 사이의 간극이 너무나 크게 벌어져 있다는 사실을 발견할 수밖에 없었다. 그의 논문은 동일한 문제로 고민해오던 나 자신의 생각을 첨예하게 만들어주었고, 다시 한 번 숙고하게 만들어주었다. 그것은 바로 모더니티의 문제다. 근대성과 미래적 근대성의 문제다.

2

역사적 모더니티로서의 부르주아 모더니티와 사회주의 모더니티가 공유하는 원리가 있다면 그것은 바로 계몽적 기획의 이념이다. 이성과 과학에 대한 신뢰, 역사적 진화와 진보에의 신념, 유토피아의 추구. 다만 차이는 추상적 인간—그러나 부르주아에 불과한—이 주체인가 프롤레타리아트 계급이라는 당파적 주체인가 하는 그 차이

뿐이다. 즉 당파성이라는 차이를 제외하면 두 세계관은 그 근본에서 이성 · 진보 · 과학에 대한 신념을 공유하고 있고, 오히려 인간의 이성 능력에 대한 신뢰라는 면에서는 사회주의 모더니티가 한층 더 강고한 입장을 취하고 있다고 할 수도 있다.

부르주아 모더니티는 그 추상성 속에 부르주아적 계급 질서를 은폐하고 있고, 사회주의 모더니티는 억압적 계급 질서의 전반적인 철폐를 기획하고 있다. 그리고 사회주의 모더니티는 그러한 당파성을 사적 유물론이라는 '과학'――그것이 과학인 한, 역사의 법칙성을 주장한다――에 입각하여 정당화한다.

논문의 저자는 보들레르에 기원을 둔 미학적 모더니티를 그가 역사철학적 모더니티라고 이름 붙인 사회주의적 모더니티와 마찬가지로 부르주아 모더니티의 대립 항으로 동등하게 계열화시킴으로써, 1980년대의 경직된 루카치적 관점으로부터 많이 벗어나고 있다. 이러한 변화, 즉 사회주의 리얼리즘이 아닌, 미학적 모더니즘까지도 유연하게 포용하면서 모더니티를 다시 사유하려는 시도 속에는 그 근저를 파헤치자면, 1990년대라는 시대적 변화상이 반영되고 있다.

1980년대 말을 고비로 현실 사회주의는 파산했고, 세상은 단순히 고전적인 계급적 틀로서만 보기에는 너무 복잡해져버렸다. 전례 없이 막강해진 전세계적 자본의 힘은 모든 전망을 희석화하며 부르주아 모더니티의 헤게모니를 더욱 내밀하게 강화시키고 있다. 따라서 투쟁의 전선 자체가 너무나 복잡하고 다양해져버렸고, 어떻게 생각하면 전선들의 경계마저 흐릿해져 보이기도 하고, 거기에다 소위 탈현대 철학자들의 주체 해체, 대문자 H로 표기되던 '보편적 역사' 개념의 해체, 절대적 진리를 주창하는 과학 개념 해체라는 반계몽적 기획의 거센 물결은 역사철학적 모더니티 자체에 대한 근본적 반성을 활성화하도록 강제하지 않았던가. 현실 역사의 변화와 지식 담론에서의 변화 추이는 저자에게도 심대하게 영향을 미쳤으리라. 나 자신에게 그랬던 것처럼.

그래서 그가 제출하는 것이 새로운 패러다임의 형성이다. 그는 세가지의 근대성을 말한다; 우리의 고유한 경험으로서의 역사적 근대성, 그리고 역사적 질곡으로서의 부르주아 근대성을 극복하려는 계몽적이고 거시적인 기획으로서의 근대성(즉 사회주의적 근대성), 그리고 이러한 기획으로서의 근대성 자체가 지니고 있는 온갖 부정적인 계기들에 대한 해체적이고 전복적인 부정적인 태도로서의 근대성(미학적 모더니티 혹은 모더니즘과 탈근대를 지향하는 철학들을 가리키고 있으리라)이 그것이다. 그는 "이 세 가지의 근대성을 동시에 고려하여 다시금 높은 차원의 기획으로 재구성하는 것이 오늘 우리가 근대성 문제를 천착하는 궁극적 목표가 되어야 할 것"이라고 말하고 있다. 그러면서 그는 한국 사회의 역사적 방향성을 '근대성의 쟁취와 근대의 극복'이라는 데서 찾고 있다. 그런 방향 설정 속에서 '전망의 구조화'를 위한 새로운 패러다임을 모색하자고 촉구하고 있다.

여기서 그의 변화라면, 1980년대의 강고한 사회주의 리얼리즘의 고수에서 부르주아 모더니티의 기획의 미학적 표현인 리얼리즘과 반부르주아 모더니티의 또 다른 표현인 모더니즘 양자를, 파편화되고 소외된 부르주아 모더니티 현실을 극복하고 삶의 총체성을 회복하려는 동일한 목표를 공유하는 것으로 보는 탄력적인 태도로의 이동이다. 따라서 그에게는 더 이상 리얼리즘과 모더니즘이라는 이항 대립구조가 무의미해져 보이며, 문제는 둘 사이를 통합하고 지양하는 것, 그래서 탈근대적인 시각 속에서 새로운 패러다임을 창출하는 데 있는 것 같다. 한마디로 1980년대에 비해 유연해진 관점이랄까. 이런 유연성은 백낙청을 비롯한 창작과비평사 중심의 일군의 평론가들이 보이는 유연한 변화에도 반영되고 있고, 이런 탄력적인 패러다임에 대해서는 1990년대를 진지한 성찰과 자성으로 보낸 지성인이라면 누구나 동의할 것이고, 또 너무나 당연한 이야기이기도 하다. 다만 우리는 너무 뒤늦게 그런 인식에 도달한 것일 뿐이다.

그것은 우리의 자본주의적 현실이 뒤늦게 고도화된 자본주의를 닮을 정도로 발전(?)해온 결과의 상부 구조적 반영이기도 하다. 1980년대까지만 해도 혹독하고 너무나 명백한 억압적 질서하에서 부르주아 민주주의의 확보 자체가 화급한 과제였기에 그럴 수밖에 없었던 일면도 있다. 그때는 이론 이전에 투쟁이 우선적인 절박한 문제였고, 전선은 너무도 명확해 보였으며, 전망 또한 명약관화한 것처럼 보였던 것이다. 그러나 한국의 시민 사회는 정치 권력의 후진성과는 별개로 고도화되어가고 있었고, 노골적으로 반동적인 정치 권력의 껍질이 깨지자마자, 이데올로기적 헤게모니는 숨가쁘게 1990년대를 질주해 들어와버리지 않았던가? 1980년대 한때 한국 사회를 규정했던 '신 식민지 반봉건 사회'라는 왜곡된 사적 유물론의 궤변은 실은 얼마나 시대착오적이고 우스꽝스런, 그 자체가 현실을 무시한 하나의 또 다른 기만적 이데올로기였던가? 1980년대 중반 내가 안토니오 그람시의 헤게모니론을 조심스럽게 탐색하고 있었을 때, 얼마나 혹독하게 비판을 받았던지, 나는 아직도 그때의 기억을 잊을 수가 없다. 한국처럼 후진적인 자본주의 사회에는 언급할 가치도 없다는 듯이 낡은 레닌주의와 소위 주체 사상 이론으로 공격해왔을 때의 그 곤혹스러움과 난감함이란!

문제는 그가 내세우는 새로운 패러다임이다. 내가 보기엔, 그가 새로운 패러다임을 말하면서도 실은 여전히 계몽적 기획의 범주에서 전혀 벗어나지 못하고 있다. 그러니까 그의 통합은 사회주의 모더니티를 중심으로 한 모더니즘의 통합이며, 그러한 통합을 통해 미완된 계몽의 기획을 완성하고자 하는 의도를 보이고 있는 것이다. 즉 '근대성의 쟁취와 극복'이라는 동시적으로 추구되어야 할 이중 과제의 제출에서 이미 그 의도가 분명하게 드러난다. 그런 면에서 그가 하버마스식 의사 소통적 이성과는 궤를 달리한다 할지라도, 근본적으로는 하버마스의 문제 의식에 맞닿아 있다. 그러니까 그는 여전히 헤겔—마르크스의 후예인 것이다.

그러나 아직도 이 시대에 성취되어야 할 근대성이란 것이 존재하는가? 어떤 근대성은 성취해야 하고, 어떤 근대성을 극복해야 하는가? 가부장적 권위주의의 청산, 개인주의와 합리주의의 성취, 그리고 분단 극복이 아직도 미달성된 한국적 근대성인가? 역설적으로 오히려 그런 잔재들의 잔존 자체가 압축적으로 짧은 역사 속에서, 식민지와 외압에 의해 이식된 한국적 근대성의 현상은 아닌가? 그런 의미에서 보자면, 한국적 근대는 한국적인 형태로 이미 성취된 것은 아닌가? 근대성의 미달성이란 말은 서구적 근대를 보편적으로 이미 상정한 주장은 아닌가? (한국적 근대성 문제는 실은, 아직도 좀더 연구하고 논구할 부분이 많은 것이 사실이다.) 또 그가 추구하는 새로운 모더니티란, 구체적으로 사회주의적 모더니티와 어떻게 다른 것인가? 그것의 구체적인 전망은 무엇인가? 그것은 사회주의라는 것과 어떤 변별성을 가지는가? 다시 말해 그가 추구하는 인간적 삶의 이상향은 어떤 것인가? 근대성의 쟁취와 극복이라는 이중 과제의 동시 수행, 이 테제 자체가 온갖 모순과 모호함을 얼버무리는 것은 아닌가? 그것은 단지 과거와는 달리 보다 유연한 사회주의적 동맹 전선의 확대에 불과한 것은 아닌가? 즉 사실은 사회주의적 모더니티의 기본 전제들은 그대로 둔 채로, '전략 운용상의 변화'만을 보이고 있는 것은 아닌가 하는 점이다. 계급 문제와 비계급적 문제, 예를 들면 여성 · 인권 등 소수자 집단의 문제들을 함께 포괄하려는.

무엇보다 여기서 내가 문제시하는 측면은 그가 여전히 집착을 보이고 있는 '성취해야 할 근대성' 자체, 즉 계몽적 기획 자체의 내재적 문제이며, 그 테제를 뒷받침하고 있는 철학적 전제들의 문제이다.

3

나는 그의 논문을 읽으며 그의 전략이 테리 이글턴의 그것과 어떻게 차별성을 갖는지가 궁금해졌다. 테리 이글턴은 『미학 사상』이라는 책의 결론에서 이렇게 말한다; "이성 · 진실 · 자유 · 주체성에 관한 모든 낡은 담론들은 이제 한물가고, 우리가 다른 것을 향해 힘차게 나아가고 있다는 사실에 갑자기 눈을 떴다고 믿는 사람들이 있다. 역사로부터 모더니티로의 그런 비약은 오랜 역사를 갖고 있다. 우리가 물려받은 이성 · 진실 · 자유 · 주체성에 관한 담론들은 심원한 변혁이 필요하다. 그러나 그런 전통적 논제들을 진지하게 받아들이지 않는 정치학이 권력의 오만에 맞설 수 있을 만큼 충분히 지략적이고 탄력적으로 될 수 있을 것 같지는 않다"(테리 이글턴, 방대원 옮김, 『미학 사상』, 한신문화사, 1995, p. 475).

그가 모더니즘을 보는 태도에 관한 한, 테리 이글턴보다는 유연해 보이기는 하지만, 사회주의 모더니티를 선험적인 전제로 하고 있다는 점에서는 테리 이글턴과 동일한 지평을 이루고 있다.

그러나 지금은 그 모든 인식론적 전제 자체를 의문시하고 비판적 검토의 대상으로 삼아야 할 때이다. "진정한 탈근대적 사유란 자명한 것으로 굳어져 있던 모든 근대적 사유와 인식 틀을 위기 속에 몰아넣는 지적인 모험을 통과하지 않으면 얻어질 수 없는 것이다"라고 논문의 저자 자신이 스스로 밝혔던 것처럼. 사실 자신의 전제 자체를 비판적 검토의 대상으로 삼지 않는 모든 이론은 독백적이고 독단적인 이론으로 경화될 위험이 있다. 자신의 이론이 전제하고 있는 인식론적 아르키메데스의 일점을 '절대화'하려는 모든 시도, 그런 이론 자체가 역사적 구성물이며, 따라서 한계적인 것임을 인정하지 않으려는 모든 주장은 그 자체가 이미 전체화의 경향을 은밀히 내장하고 있는 것은 아닌가? 내가 제기하고 싶은 문제는 바로 그런 것이다.

그의 인식론적 전제는 무엇인가? 그것은 바로 '서구적 역사에서 배태된' 계몽적 기획의 이념 자체이다.

우선, 부르주아 계몽주의와 마르크스의 계몽주의는 그 엄청난 간극에도 불구하고 동일한 철학적 원리에 입각해 있다는 사실은 부정할 수 없다. 이성과 과학, 역사적 진화와 진보, 유토피아. 한마디로 계몽과 발전. 낭만주의가 최초로 이러한 계몽적 기획에 말 그대로 낭만적으로 반기를 들었고, 보들레르는 그러한 낭만주의를 부정하면서 미학적 모더니티로 나아갔으며, 리얼리즘은 마르크시즘과 결합하여 사회주의 리얼리즘으로 변화되어갔지만, 부르주아 계몽주의와의 연속선상에 있는 것은 보들레르적 미학적 모더니티라기보다는 바로 사회주의적 리얼리즘의 이념일 것이다. 사적 유물론이 '과학'임을 자처할 수 있었던 것은 바로 세계를 총체적으로 인식할 수 있는 인간 이성에 대한 전적인 신뢰와 이성의 힘으로 '역사 법칙'을 인식할 수 있다는 믿음에 기초한다. 그리고 그런 역사 법칙은 바로 역사에 대한 선형적·목적론적 관념이며, 더 근원을 파고들면 시간에 대한 유대—기독교적 개념에 기초하고 있다. 부르주아 계몽주의가 그랬듯이 사적 유물론 역시 그런 점에서는 인간—세계와의 관계에서 철저하게 '인간 중심적'인 목적론적 사유 틀을 갖고 있는 것이라 할 것이다.

현실 사회주의가 자연 파괴에 관한 한 부르주아 사회보다 덜하지 않았고, 과학 기술에 의한 사회 발전이라는 과학주의에 대한 맹목적 신뢰 역시 부르주아 사회보다 덜하지 않았으며, 전(前) 자본주의 사회보다 자본주의 사회가 더 진보한 사회라는 관점 자체의 공유에도 뒤떨어지지는 않았다. 자본주의는 사회주의로 가기 위해 반드시 거쳐야 할 '필요악'인 것처럼 사유되었던 것이다. 비록 구 소련이나 중국, 베트남처럼 후진적 자본주의 국가에서 사회주의 혁명이 일어났을 경우에, 생산력의 증진을 위해서 불가피하게 자본주의적 양식을 도입하지 않을 수 없었다는 사실이나, 지금 우리가 보다시피 마치 자본주의로 회귀(?)하는 듯한 인상을 받는 것도 자본주의가 가진 생산력 차원에서의 힘을 재인식시켜주고 있는 것이다.

자연/인간 관계에서 인간의 우위 선언, 역사는 법칙적으로 진화 발전한다는 믿음, 과학이 인간 해방에 기여한다는 과학주의, 그리고 궁극적으로는 해방 혹은 유토피아가 가능할 것이라는 목적론적 시간관, 역사철학적 근대성이 전제하고 있던 이런 이념 속에는 당파성만 제거한다면 실은 부르주아 모더니티의 기획과 구별될 수 없을 정도이다.

현실 사회주의의 실패는, 단순히 자본주의의 포위나 정책상의 오류 때문이 아닌, 그것이 전제하고 있던 역사철학적 이념 자체의 한계에서 비롯된 것이었다. 그 결과 도구적 이성의 횡포로 생태계는 근본적인 위험에 처해 있고, 맹목적인 과학주의의 만연은 테크놀로지에 의한 인간의 근원적인 소외와 불안을 초래하고 있고, 역사의 진보에 대한 믿음은 현실 사회주의의 붕괴와 지구적인 인간 문명 전체의 총체적 위기에 맞닥뜨릴 때, 무기력하게만 보이는 것이다. 무엇보다 하이데거가 진단했듯이, 현대 세계의 진정한 지배자는 부르주아 계급이 아닌, 인간으로부터 자율성을 얻어버린, 그래서 부르주아 계급조차도 그 맹목적인 고리에 꿰어버리는 테크놀로지가 아닌가 하는 의문 또한 생기고 있는 것이다(보드리야르의 비관주의가 이를 잘 입증하고 있다).

니체를 선구자로 하는 일군의 철학자들, 데리다와 푸코, 들뢰즈 등이 했던 작업들은 바로 이런 모든 가공할 결과를 초래한 원인이 인간 중심적인 계몽적 주체에 있다고 보고, 그러한 인간 중심적 계몽적 주체의 이념을 해체시키는 것이었다. 그리하여 주체가 해체되고, 역사가 해체되고, 과학적 진리라는 개념이 상대화되어 해체되고, 총체성(혹은 전체성)이라는 개념이 해체되고, 변증법이 해체되어갔다. 비록 이러한 해체주의적 작업이 포스트모더니즘이라는 다분히 미국적 냄새가 물씬 풍기는, 궁극적으로는 현존 자본주의에 대한 패배 선언처럼 보이는 미학 사조에 끌어들여져서는 그것을 정당화하는 이론으로 본의 아니게 둔갑해버린 경우도 있지만, 그럼에도 불구하고 논문의 저자는 이들 철학자들의 작업에 대해서는 일정 정도 공감을 표하며, 계몽적 기획의 오류를 시정하는 계기로 삼아야 한다고 생각하는 것 같다. 이것이 그가 말한 세 가지의 근대성 중 세번째 것, 즉 계몽적 기획이 가진 "근대성이 지니고 있는 온갖 부정적인 계기들에 대한 해체적이고 전복적인 태도로서의 근대성"을 가리키는 것이다. 계몽적 기획의 부정적 계기를 씻어내고 긍정적 계기를 보존하며, 그것을 새로운 패러다임으로 지양해내는 것. 이 새로운 패러다임이란, 부르주아 모더니티도 사회주의 모더니티도 아닌, 굳이 이름 붙이자면 '미래적 모더니티'라고 부를 수 있는 개념을 의미하는 것이라고 볼 수 있지 않을까. 그렇다. 문제는 바로 이 미래적 모더니티일 것이다. (물론 이 미래적 모더니티가 근래에 회자되는 포스트모더니티, 혹은 포스트모던적인 현상과 정확하게 일치되는 개념은 아닐 것이다. 차이·다양성·탈중심·감성, 불연속적 역사 개념 등이 포스트모더니티를 주장하는 철학자들의 주된 관심사라면, 저자의 관심은 반드시 그런 주장들에 동의하는 것 같지 않다. 다만, 그는 이런 문제들을 부르주아적 근대성과 사회주의적 근대성이 공유하고 있는 곤란한 문제들의 극복 방안으로 고려하고는 있는 듯하다.)

그런데 이 논문만으로서는 계몽적 기획 ─ 부르주아 모더니티와 사회주의 모더니티 ─ 의 부정성과 긍정성이 명확하게 가려지지는 않고 이론적으로 분석되지는 않는다. 그의 논문에서 사회주의 모더니티 개념에서 긍정적인 면으로 보존해야만 할 것으로 그가 주장하는 것을 찾아내자면 다음과 같은 것이다: 1) 세계의 총체적인 인식 가능성(비록 그것이 당파적인 것은 아니라고 할지라도), 세계는 인간의 이성적 인식에 의해 온전히 파악될 수 있다라는 신뢰 2) 이러한 믿음 위에서 역사 세계의 법칙적 진행에 대한 확신과 그것의 인식 가능성 3) 역사 진행의 목적론적 관념 혹은 발전론적 관념의 승인 4) 진실·자유·해방·유토피아 같은 거대 담론들에 대한 양보할 수 없는 가치 부여.

위에서 제시된 것들을 한마디로 요약하자면, 그는 여전히 헤겔주의적 자장 안에 머무르고 있다. 인간 이성은 온갖 한계와 질곡에도 불구하고 세계를 그 전체성에서 즉자대자적으로 온전히 개념으로 인식할 수 있고, 이성의 힘은 역사의 변증법적 상승 운동을 지향할 수 있으며, 궁극적으로 이성은 해방과 절대적 자유를 향해 나아간다는 것. 계몽적 기획의 이념의 고수.

그런데 여기서 나는 그의 계몽적 기획의 이념의 기본 패러다임을 이루고 있는 이성 개념, 역사 개념에 대해 커다란 의문을 품고 있고, 거기에 대해 이의 제기를 해야 할 필요를 느낀다.

4

저자는 도구적 이성의 폐해에 대해선 충분히 자각하고 있다. 그가 신뢰를 보내는 이성은 부르주아적 도구적 이성이 아니라 다른 이성이다. 하버마스처럼 의사 소통적 이성도 아니고, 그렇다고 문학평론가 김우창처럼 심미적 이성을 말하는 것도 아니다. 그는 이에 대해 정확히 개념화시키지 않는다(내가 다른 논문들을 읽지 못해서일까?). 내가 보기엔 그는 다만 총체적 진리를 인식할 수 있는 사유 능력으로서의 이성을 말하는 것 같다.

그런데 대상을 '인식'한다는 행위 자체가 실은, 대상을 '지배'하려는 욕망에서 시작되는 것이 아닐까? 이미 니체가 충분히 밝혔던 것처럼. 오늘날 발달한 언어철학적 담론들이 설득력 있게 드러내주는 것처럼. 대상 지배욕으로부터 벗어난 순수한 지적 진리 행위로서의 이성적 사유란 허구다. 이성과 진리 간의 친화성을 전제하던 고전적 사유의 이미지는 이미 폐기되었다. 그렇다면 도구적 이성과 그가 말하는 이성 간에는 어떤 차별성이 있는지 의문이다.

반면에 칸트적 불가지론은 그로서는 선택할 수 있는 최악의 카드처럼 보인다. 그것은 곧 전망의 포기며, 기존 체제에 대한 은밀한 동조이며, 니힐리즘에 불과한 것으로 보이기 때문이다. 변혁의 힘을 상실해버리는 것처럼 보이기 때문이다. 세계를 변혁하기 위해서는 무엇보다 '진리'의 힘이 절대적으로 요구된다는 것은 두말할 나위가 없다. 그것에 대한 합리적 정당화가 바로 '과학'이다.

그에게는 니체의 관점주의적 진리관조차도 불가지론의 변형이거나 진리로부터 한 발 빼기로 보일 것이다. 진리에 대한 절대적 믿음 없이 어떻게 실천적인 변혁 운동이 가능하겠는가? 그러나 어떻든 사유하는 이성의 존재 근거는 욕망인 것은 부인할 수 없다. 질 들뢰즈가 말했듯이, 인간의 사유는 선험적인 진리 친화성이나 순수한 진리에 대한 호기심에서 시작하는 것이 아니라, 외적인 자극 혹은 욕망 혹은 정신적 외상, 트라우마trauma 같은 것으로부터 비롯되는 것이다. 레비나스 역시 사유는 충격과 망설임에서 시작된다고 하지 않았던가. 순수한 진리에의 갈망이라는 소크라테스적 관념은 거짓된 신화일 뿐이다. 어떤 지향성이든 '권력(소유나 지배욕으로 전형적으로 드러나는)'에 대한 갈망 혹은 외부의 힘에 대한 대응 차원에서 이성은 작동하기 시작하는 것이다. 니체가 이성의 근저에서 발견한 것이 바로 힘에의 의지였다. 그리고 그 힘에의 의지는 질 들뢰즈에게는 곧 욕망이요, 무한한 생산성으로서의 무의식의 힘이었다. 이성은 인간의 전체성에서 볼 때, 미미한 부분에 불과하다. 니체가 말했던 "육체라는 대이성"이 먼저 선행한다. 사실은, 도구적 이성 자체가 문제라기보다는 오히려 인간의 욕망, 그 눈먼 장님처럼 도구적 이성이라는 수레를 맹목적으로 끌고 가는 무한한 인간의 욕망, 즉 탐욕 자체가 더욱 문제가 되는지도 모른다. 도구적 이성은 스스로를 반성할 줄 모른다. 도구적 이성은 단지 육체라는 대이성, 그리고 그 그것의 근저에서 지배하는 욕망의 노예일 뿐이다. 따라서 오늘날 한계를 모르고 질주하는 도구적 이성과 그것을 부리는 욕망에 제한을 가하는 것은, 도구적 이성이 아니라 자기 반성적 이성, 이성 자체를 반성하고 회의하는 이성이 필요한 것인지도 모른다. 이런 반성적 이성이야말로, 도구적 이성의 질주에 제한과 한계를 가하고, 절제와 노자가 말하는 지족의 도를 내면적으로 이끌어낼 수 있는 유일한 힘일는지도 모른다.

또 한 가지, 나는 니체가 말한 힘들이라는 개념, 그리고 그 위에서 성립하는 신체성이라는 개념 외에 나는 거기에 또 다른 신체 개념, 즉 '생명'이라는 신체를 말하고 싶다. 신체, 힘들은 무엇보다 생명이다. 이 세계를 구성하는 힘들은, 물질적인 힘도, 신비로운 생명적 특질도 없는 물리학적인 에너지도 아니다. 그 힘들은 순수한 생명들이고, 신비로운 그 무엇이다. 혜강 최한기는 그러한 형이상학적 힘들을 기(氣)라고 부르되, 거기에 굳이 신(神)자를 덧붙여 신기(神氣)라고 명명했다. 신기(神氣)란 무엇인가? 그것은 전근대적인 주술적인 힘이 아니라 생명과 신비로움으로 가득 찬 힘이라는 의미이며, 인간의 도구적 이성의 논리적인 힘으로는, 그 구별적인 분별력만으로는 결코 온전히 파악될 수 없는 신비임을 강조하기 위해서였다. 힘들은 생명이고, 신비다. 그 힘은 논리나 이성적 분석을 넘어선 힘들이며, 언어 저 너머에서나 체험될 수 있는 그런 성질의 것이다.

꽃 한 송이, 풀 한 포기, 거리에 나뒹구는 돌멩이 하나, 눈에 보이지 않는 훈훈한 봄바람, 시냇물의 흐름, 이 모두가 그런 신비이고, 생명적 힘들이다. 그리고 생명으로서의 인간은 타자, 즉 자연과 적대적인 관계에서 자연을 지배하려는 욕망에 찬 주체가 아니라 자연 생명과 마찬가지로, 아니 자연으로서의 생명의 한 부분을 이루고 있을 뿐인 생명인 것이다. 생명과 신비로서의 자연은, 인간적 욕망이 도구적으로 확장한 이성을 통해 개념적으로 인식됨으로써 지배되어야 할 대상이 아니다. 인간이 곧 자연이고, 인간과 자연 공히 생명이다. 인간이 주체가 아니라 오히려 전체 자연사를 볼 때, 자연이 오히려 주체라면 주체일 것이다. 그런데 계몽적 이성은 지금까지 스스로를 자연의 지배자로서, 주체로서 간주하고 자연을 마치 무한한 기술적 자원의 보고, 활용의 무한한 저장고로, 주체에 의해 완성되어야 할 타자로만 파악했던 것이다. 그것을 가능케 한 것이 바로 과학 기술이고 테크놀로지였다. 예를 들면, 한 송이의 꽃을 분석적인 과학이 아무리 미세하게 분석해 들어간다고 하더라도 과연 생명 그 자체로서의 생동감 그 신비를 어떻게 다 인식할 수 있다는 말인가? 그것이 가능하다고 한다면, 인간이란 존재 자체도 과학적 대상이 될 때, 오늘날 복제 기술이 일러주듯, 고유한 특수성으로서의 생명이 아니라 단지 물질적·화학적 질료들의 집합체로서밖에 파악되지 않을 것이다. 이성은 결코 생명 자체를 인식할 수는 없다. 생명 자체는 초합리적인 존재이다. 생명은 다른 관계로 맺어져야 한다. 과학이 아닌 심미적 감성으로. 즉 미학적 거리를 전제로 한 감성적인 동화를 통해서만 생명은 서로를 비출 수 있다. 과학도 이런 차원에서 생명에 관한 한, 겸허한 한계짓기를 해야만 한다. 그것은 단지 윤리적·당위론적 요청이 아니라 인류 생존을 위한, 존재론적인 차원의 필연적 과제이기도 하다.

근대적 계몽주의의 후예였던 마르크스조차도 자연의 잠재적이고 내적인 능력과 소질은 인간의 노동과 과학에 의해 완성된다고 생각했다는 점에선 차이가 없다. 자연의 인위적 가공을 본원적으로 파괴라고 간주하지는 않았다. 그러나 실은 자연은, 자연 그 자체로 완전한 것이다. 자연은 아무것도 결여하고 있거나 결핍된 그 무엇이 아니다. 인위적인 가공은 자연을 훼손시킬 뿐이지 결코 완성시키는 것이 아니다. 한 그루의 나무가 목재가 되는 것이 그 나무의 능력의 실현은 아니다. 나무는 나무로서 머무를 때 완전하다. 과학적 이성은, 한 그루의 나무를 과학적으로 분석하여 그것을 인간적인 용도로 전용하는 데서가 아니라, 더 많은 나무들이 대지를 차지할 수 있도록 그 힘을 사용하는 데서만 긍정되어야 한다. 자연을 더욱 자연이게 하는 것, 거기에 과학의 존재론적 위상이 주어져야 한다. 하이데거가 말한 사물의 사물성을 되돌려주기, 그런 목적에 과학이 복무하도록 해야 한다. 그러나 환경 친화적 경제란 말처럼 '환경 친화적 이성' 혹은 '생명 친화적 이성'에 대한 이러한 요청은 부르주아 모더니티의 경험 속에서 이미 무자비하게 가속도가 붙어버린 자율화된 테크놀로지의 가공할 만한 힘에 비한다면 실로 무기력해 보이기도 한다. 그는 이런 부르주아 모더니티적 테크놀로지의 존재론이 아닌, 사회주의 모더니티의 테크놀로지의 존재론에 대한 어떤 전망을 가지고 있고, 그것의 필연적인 현실성을 발견하고 있을까? 어떤 주체에 의해, 어떤 계급에 의해 그것은 가능한가? 과연 생명 적대적인 이성이 아닌, 생명 친화적인 혹은 생명 친화적인 이성은 어떻게 가능한가? 그것의 존재론은 무엇인가?

그의 이성론이 겸허한 관점주의적 진리관이 아닌, 마치 자연 법칙처럼 사회 역사 법칙이라는 것이 있어 그것을 총체적으로 인식할 수 있다는 이성 만능주의적인 혹은 소위 '과학적'—'과학적'이라는 말에는 너무나 신화적인 냄새가 풍긴다—이성을 의미하는 것이라면, 부르주아 모더니티의 계몽적 기획으로부터 한 발짝도 벗어나지 못한 것이다. 그것은 오만한 인간의 이성이 오늘날처럼 전지구적 차원에서 위기를 불러일으키고 있는 시점에서 전혀 설득력을 갖기 어렵다.

그러므로 우리는 이성에 대해 신뢰를 보내기보다는 끊임없이 회의와 제한의 시선을 보내야 하며, 이성보다는 생명이라는 보다 높고 근원적인 차원의 사고로 돌아가야만 한다. 무엇보다 도구적 이성의 눈높이는 현저하게 낮아져야만 하고, 우리는 그것과는 다른 이성의 개념을 사유해야만 한다.

5

더 곤란한 문제는 역사 혹은 시간에 대한 그의 개념이다. 그는 한국 사회에 이중의 과제를 부여한다; '근대의 성취와 극복'이라는 동시적인 과제. 근대는 철폐되어야 할 것이 아니라 여전히 성취되어야 할 미완의 무엇이다. 이러한 과제의 근저에는 비록 우여곡절과 우회로를 거친다고 하더라도 단선적으로 진행하는 목적론적 역사 관념 혹은 단선적 역사, 시간 관념이 깔려 있다. 즉 마르크스가 헤겔에서 빌려왔고, 헤겔이 계몽주의에서 빌려왔고, 계몽주의가 기독교에서 빌려왔고, 기독교가 유대인들의 시간관에서 빌려왔고, 유대교가 B.C. 6세기경 아랍의 조로아스터로부터 배워서 스스로의 불행한 역사에 적용시켰던 종말론적이자 구원론적이며, 또 목적론적인 시간 개념 말이다.

그러나 특이하게도 위에서 말한 계열을 제외하면, 동양은 물론이고 이집트, 그리스, 그리고 인류 역사의 고대 시대에 존재했던 전형적인 시간관은 순환론적인 시간 개념이었다. 서구 역사에서 근대에 나타났던 계몽주의의 기획에서 핵심적인 부분이었던 진보와 발전이라는 신념은 철저하게 특정한 역사적 시대, 즉 서구적인 기독교가 정립된 이후에 출현한 역사관에 토대를 두고 있었다. 그러한 단선적이고 목적론적 시간관은 인류 전체의 역사 경험에 비추어볼 때는 오히려 협소한 역사적 장 내에서만 출현했던 독특한 것이었다. 그러므로 사회주의 모더니티의 역사철학적 전제가 계몽적 기획에 있는 한, 결국 사회주의 모더니티도 기독교적 · 유대적 역사철학의 장력 범위 안에서 움직이고 있는 것이다.

니체는 서구 역사에서 사장되어버렸다시피 하던 '영겁 회귀' 개념을 복원시킨 사실만으로도 그는 진정한 의미에서 탈근대적 철학자였다. 근대 역사를 통틀어 계몽의 기획이 전제로 하고 있는, 유대 · 기독교적인 토대를 가진 단선적이고 목적론적 시간관을 극복한 철학자는 니체가 유일하다. 그런데 실은, 그가 '영겁 회귀' 개념을 발견할 수 있었던 것은 당시 유럽에 소개되고 있던 불교 철학의 영향을 통해서였다는 사실은 주목할 만하다. 물론 그가 헤라클레이토스에게도 영향을 받았지만, 헤라클레이토스의 시간관과 불교적 시간관은 근본적으로 친화성을 갖고 있는 것이다. 그리고 서구 철학자 중 질 들뢰즈가 다시 이 '영겁 회귀' 개념을 전체 물리계(혹은 물체적인 것들의 우주)에 적용시키면서 '창조적 반복'의 사상을 이야기하고 있다. 그는 『안티-오이디푸스』에서 여러 가지 형태의 사회—기계들을 이야기하고 있지만, 그런 사회—기계들이 단선적인 역사 속에서 순차적이고 필연적인 형태로 현상했다고는 하지 않는다. 오히려 복수적인 다양한 역사들의 상호 교통과 접합 등에 의해 여러 유형의 사회—기계들이 출현한다고 말할 뿐. 인류 역사 전체를 관통하는 보편사는 없다. 역사는 결코 단선적으로 진행하는 것이 아니며, 정해진 목적도 없다. 인간 역사를 포함한 우주 전체는 영겁 회귀할 뿐이다. 시작도 끝도 없이, 그저 생성하는 영원한 흐름일 뿐이다. 물론 영겁 회귀가

스토아 철학자들이 상상했던 것처럼 세부적인 내용까지도 동일하게 반복하는 경직된 회귀가 아니라 패턴의 회귀, 내용의 차이를 생성시키는 회귀의 형식을 말하는 것이다. 무한한 반복 속에서 차이가 생성되는 것, 그러한 생성이 무한히 반복되는 것이 바로 '영겁 회귀'다. 이런 영겁 회귀적 시간 관념과 단선적이고 진화론적인 계몽주의적 시간 관념 사이에는 화해하기 어려운 깊은 심연이 도사리고 있다. 분명한 것은 기독교적·계몽적 시간 관념은 인간 중심적 논리를 은폐하고 있다는 것이며, 영원히 반복하는 무미건조한 자연과는 다른 존재로서의 인간이라는 관념을 정당화하는 논리라는 점이다.

논문의 저자는 여전히 그런 기독교적·계몽적 시간 관념에 의존하고 있다. 그는 역사의 법칙을 말하고 있고, 발전에 대한 신념 혹은 믿음을 말하고 있다. 단순하게 말하면, 그의 그런 신념 자체가 변혁 운동에 대한 강박 관념, 포기할 수 없는 유토피아에 대한 갈망, 강곽한 역사에 대한 부채 의식이 너무나 큰 나머지 그러한 신념들을 무의식화해버린 데서 오는, 그래서 그것들이 일종의 선험적 전제처럼 경직되게 내면화되어버린 데서 오는 무비판적 집착은 아닌가? 그는 과연 자신이 기대고 있는 시간 관념, 역사철학적 전제들에 대해서도 후설적 판단 중지 상태에까지 도달했을까? 그의 자기 비판적 메스는 여전히 어떤 성역을 남겨두고 있는 것은 아닌가? 그가 그토록 매달리는 막연하지만 포기할 수 없는 '희망'이란 것을 위해서. 혹은 사회주의적 유토피아라는 아직 도래하지 않는, 그러나 필연적으로 도래해야만 할 하나의 역사를 위해서.

그러나 무엇보다 이같이 질문을 던질 수 있다; 영겁 회귀와 변혁 운동은 화해될 수 없는 적대적인 관계인가? 니체와 질 들뢰즈의 영겁 회귀 개념은 아무런 실천적인 함의도 가질 수 없는가? 혹은 서구로 나갈 필요도 없이 주역과 노장과 불교 철학에서 말하는 영겁 회귀 개념은 비역사적이고 비실천적인가? 그것은 유토피아의 포기이고, 미래에 대한 포기인가? 내가 보기에 질 들뢰즈의 '기관 없는 신체' 상태로의 회귀라는 관념은 노장의 '도(道)로의 회귀' 관념과 다를 바가 없다. 그것은 과학에서의 엔트로피론과도 상응하는 것이다. 편집증적인 축적과 에너지 발산의 상태에서 끊임없이 엔트로피 제로의 원래적 상태로 회귀하기, 모든 잠재력이 주름잡혀 있는 태초의 상태인 도(道)— 이것을 니체적 용어로 풀면 힘이 될 것이다—로 회귀하기.

이러한 회귀 운동은 단순히 선형적인 시간상에서 과거로 회귀하는 것은 아니다. 오히려 그것은 편집증적 상태에 있는 현재를 부정하고 벗어남으로써 과거를 미래로 되돌려놓는 사건이다. 그런 의미에서 그런 행위는 창조적 반복이 되는 것이고, 힘의 최초의 충만한 상태로 돌아가는 것이다. 따라서 '영겁 회귀' 개념과 실천적 변혁 운동과는 결코 배치되는 관계가 아니다. 영겁 회귀 개념은 모든 것을 동태적인 생성—만약 생성을 '역사'라고 달리 부를 수도 있다면—과정으로 파악하는 것이며, 생성적인 것을 '자연화'하려는 모든 기성 체제의 시도에 대해 반정립적인 정치적 위상을 가지는 개념이다. 그러므로 우리는 이제 다른 '역사' 개념을 말해야 하지 않을까? 생성적인 것들을 '자연화'하려는 부르주아 계급의 시도에 대해 모든 것을 '생성된 것'으로 파악하는 것, 그것이 첫번째 역사적 관점일 것이며, 하나의 보편사가 아닌 복수적인 역사, 동시적으로 공존할 수 있는 차이를 가진 복수적이고 다양한 역사들의 역사로서의 역사를 말해야 하지 않을까? 거기엔 어떤 공통된 유일한 목적도 없으며, 모든 가능성을 위해 열린 미래만 존재할 뿐인 그런 역사를.

따라서 나는 그가 인류 역사 전체로 볼 때 선형적 시간관보다 더 보편적인 관념이었고, 동양 세계에서도 중심적인 시간, 역사 관념이었던 '영겁 회귀' 개념을 부정하고 굳이 유대·기독교적 기원을 갖는 서구적인 계몽적 시간 관념에 집착하는 이유를 알 수 없다. 그가 말하는 역사 법칙의 과학이 선험적으로 전제하고 있는 시간에 관한 철학적 함의들을 그가 철학적으로 엄밀하게 재검토했는지 나는 의문을 제기하지 않을 수 없다. 그는 기독교적·계몽주의적 시간관을 고수함으로써 여전히 서구적 오리엔탈리즘의 한계 내에 머무르고 있는 것은 아닌가? 계몽적 모더니티라는 담론 틀 자체가 역사적인 것이고, 나름대로의 철학적 연원을 가지는 것이라면 그러한 역사성 자체를 상대화하여 바라보는 철학적 성찰이 선행되어야 한다. 그것은 비단 좁은 서구의 역사 속에서뿐만 아니라 고대 동양의 역사와 철학으로부터도 총체적으로 비교·분석되어야 한다는 것은 두말할 나위가 없다.

6

서구의 현대 철학자들은 서구적 모더니티의 한계를 절감하면서 탈근대적 담론의 형성 틀로서 끊임없이 동양의 철학과 사상들을 참조하고 있고, 거기서 새로운 가치들을 길러내고 있다. 그런데 우리는 어찌하여 서구적 담론의 틀로서만 서구적 담론의 틀을 극복하려 하는가? 그것은 우리의 능력의 문제인가, 태도의 문제인가? 내가 보기엔 두 가지 다이다. 1980년대에 그랬던 것처럼, 또다시 좁은 시야에 매몰되어 오류와 실패를 반복할 필요는 없다. 이제 시야를 거시적으로 넓혀 서구 철학자들, 철저한 반부르주아 모더니티를 정립한 마르크스조차도 끊임없이 서구의 고대인 그리스 사회와 그리스 철학을 참조했듯이, 우리는 우리의 부르주아적 모더니티의 극복을 위해 다시 서구의 유대·기독교적 기원, 혹은 그리스적 기원이 아니라 동양 역사와 철학의 기원을 참조해야 하지 않을까.

인간·우주·시간·공간·자연, 삶의 이상, 그 모든 것들에 관해서 말이다. ─ 나는 이런 문제군들에 관해 우리나라의 철학자나 인문 사회학자들, 나아가서 자연과학자들이라 할지라도, 고대 동양의 철학적 사유와 그 내용들에 대해 우리가 지금 서구 철학에 대해 알고 있는 것 이상으로 철저하게 이해하고 난 후에야, 미래에 대한 참된 전망을 거론할 수 있고, 서구적 부르주아 모더니티를 진정으로 극복할 수 있는 전망이 세워질 수 있을 것이라는 생각이 든다. 바로 거기서 새로운 패러다임이 형성되어나올 수 있지 않을까.

이런 관점에서 내가 생각하는 하나의 절박한 문제는 수평적인 세속의 시간과는 또 다른 차원의 시간, 즉 수직적인 초월의 시간에 대한 관념이다. 수직적 초월의 시간이란 영원에 대한 관심, 실존의 정신적 초월에 대한 관심의 시간이다. 그것은 기독교적인 영혼의 구원의 시간이며, 불교적인 해탈의 시간이며, 힌두교적인 신인 합일 ─ 대 아트만과 소 아트만의 합일 ─ 의 시간이다. 그러나 근대 세계는 세속의 시간에만 몰두하는 세계다. 근대 이전의 동서양의 모든 세계에서는 세속의 수평적 시간보다는 수직적인 초월의 시간에 더 많은 중요성을 부여하고 있었다. 그것은 물론 인간에 대한 규정 자체의 차이에서 오는 것이기도 하다. 근대인은 전형적으로 노동하는 인간 Homo Faber이고, 근대 세계는 노동의 가치가 최고의 가치로 군림하는 사회이지만, 근대 이전의 세계에서 인간은 종교적 인간Homo

Religiosus이었다. 만일 동서양을 막론하고 초월적 세계를 상정하는 플라톤주의가 인류 역사를 지배해왔다면, 그것은 인간의 욕망 속에는 초월에 대한 본원적 관심이 내재하고 있다는 사실에 다름아니다. 조르주 바타유가 『에로티즘』이란 책의 서문에서 밝혔듯이 존재의 불연속성을 극복하고 연속성에 도달하려는 욕망은 동물과는 달리 자신의 존재의 불연속성을 인식하고 있는 인간으로서는 불가피한 욕망이며, 그런 욕망은 에로티즘뿐만 아니라 모든 종교의 원동력이기도 했던 것이다. 다만 지금까지는 그 초월을 추구하는 방향이 그릇되었을 뿐이다. 특히 서구 기독교 같은 병적인 종교가 초월에의 관심을 엉뚱하게 오도했었다. 신에 대한 인간의 영원한 노예 상태로. 죄와 양심의 가책으로 가득 찬 굴종적 삶으로의 전락을 유도했던 것. 그럼에도 불구하고 어떤 종교이든 세속으로부터의 초월(성[聖]/속[俗] 관계)을 추구한다는 점에서 일차적으로 세속의 시간이 아닌 초월의 시간을 살았다. 그런 점에서 전근대의 세계에는 오늘날 우리가 말하는 의미에서의 역사란 존재하지 않았다고도 할 수 있을 것이다. 대문자 H로 시작하는 역사History는 근대의 발명품이다.

니체가 선언한 신의 죽음이라는 근대적인 사태는 단순히 세속적 삶 속에서의 신적 가치의 죽음이었을 뿐만 아니라 인간 실존의 주요한 한 측면, 즉 초월에 대한 욕망이 부정되는 사태이기도 했다. 그리고 서구적 근대성이 전세계를 점령해버림으로써 그런 사태는 전지구적인 사태가 되고 말았다. 그리고 이젠 그런 초월의 수직적 시간관, 초월적 삶에 대한 가치는 근대 세계에서 완전히 망각되고 말았다. 박상륭이 『칠조어론』에서 신의 죽음은 곧 인간의 죽음이라고 파악했을 때, 그의 진단은 사실 빗나간 것이 아니었다. 수직적 차원의 시간이 망각되고 인간의 삶이 오로지 세속적인 차원의 수평적이고 세속적인 시간 속에 매몰될 때, 인간의 삶은 아무리 물질적으로 풍요해지고, 문화적으로 고양된다고 하더라도, 인간 실존의 내적이고 정신적인 차원의 비약에는 미치지 못할 것이다. 나는 소위 탈근대를 주창한 철학자들이 공통적으로 삶의 이상으로 미학적인 삶을, 이상적인 인간을 예술적 인간으로 규정하는 것을 보았다. 무신론의 세계, 초월의 시간을 잃어버린 인간 삶에서 추구할 수 있는 유토피아적 삶은 그런 문화적 세계일는지도 모른다.

나는 예술이 인간의 궁극적인 삶의 차원이라고 생각하지는 않는다. 만약 인간이 추구할 수 있는 최고 최상의 '해방'이 있다면, 그것은 단지 사회적 해방에서 그치는 것이 아니라 매 순간 '지금, 여기'에서 추구되어야 할 내적이고 정신적인 초월의 영역에 있을 것이다. 이러한 내면적 초월에의 관심만이 외적이고 대상적인 지식과 쾌락으로 전락하고 있는 인간 삶을 지고한 정신적인 가치의 세계로 되돌릴 수 있는 길이라는 생각이다. 그러나 이런 초월적 시간의 복원은 결코 중세적 기독교 세계로의 복원으로 이어지는 것은 아니다. 그 세계는 이미 실패한 세계이며, 오류로 드러난 역사의 세계일 뿐이다. 오히려 그것은 동양적이고 불교 철학적인 세계, 무(無)와 공(空)의 세계로 이어지는 시간이다. 이 세계는 결코 허무적이거나 병적인 세계가 아니다. 오히려 당당하게 이 색(色)의 세계를 긍정하고 이 색의 세계 내부에서 초월을 구하려는 적극적이고 능동적인 삶의 운동을 추구하는 세계이다. 그것은 삶을 하나의 공(空)의 예술로 파악한다. 색과 공은 분리된 것이 아니라 분리될 수 없는 하나이므로 세속적 삶은 결코 부정되는 것이 아니라, 내적으로 초월될 수 있을 뿐이다.

우리가 만일 새로운 패러다임으로 추구해야 할 모더니티가 있다면, 세속적 차원에서의 해방 못지않게 그와 동등하게 혹은 더 근본적인 차원에서 이러한 초월의 시간을 회복하는 일이 아닐까. 공(空)의 영겁 회귀 운동의 모더니티. 이러한 모더니티야말로 시간과 역사를 종횡으로 매개시키면서 인간 삶을 세속이 곧 성스러움의 시공간이 되는 복합적인 차원으로 만들어나갈 수 있는 것이 아닐까. 안을 상실해버린 채로 바깥의 물질적인 세계에만 몰두하는 이 천박한 물질주의의 세속적 삶에서 시선을 다시 안으로 되돌려, 안과 밖이 공(空)으로 맺어지는 그런 모더니티의 발견이야말로, 우리가 오늘날 새롭게 발견해야 할 미래적 모더니티가 아닐까. 만일에 우리가 추구해야 할 새로운 모더니티라는 게 가능하다면, 그것은 오늘날 세계의 실증적이고 기계론적인 세계가 추방해버린 신성의 세계, 성스러움의 신비의 세계를, 초월의 세계를 다시 회복하는 그런 모더니티가 아닐까. 근래 들어 유럽 일각에서 선불교와 노장 사상에 대한 관심이 높아지고 있고, 그것을 탈근대적 사유와 삶에 대한 진지한 대안의 하나로 탐구하고 있는 현상도 서구적 근대성의 한계를 타파하기 위한 그들 나름의 몸부림으로 볼 수 없을까.

그러니까 나는 미래적 모더니티의 근본 범주들을 수평적 차원에서 최근 탈근대 철학들에서 말하는 차이 · 다양성 · 탈중심이라는 범주들과 함께, 수직적 차원에서 생명 · 초월 · 영겁 회귀라는 범주들을 함께 고려해야 하지 않는가 하는 문제를 제기하고 싶은 것이다. 이성 · 진보 · 과학이라는 부르주아 모더니티와 사회주의 모더니티가 공유하는 문제 틀은 더 이상 현대 세계를 이끌어갈 근원적인 패러다임이 될 수 없다. 엄밀하게 말하면 사회주의 모더니티도, 부르주아 모더니티와 마찬가지로 노동과 물질을 중시하는 물질주의적이고 실증주의적 세계관을 크게 벗어나지 못했다. 현실 사회주의의 파산은 인간 이성과 역사를 절대화한 인간 중심적 세계관의 한계를 여실히 보여주는 결과였다. 즉 사회주의적 계획 사회의 이상은 합리주의의 극단을 보여주는 것으로서, 복잡다단한 현실을 인간의 합리성으로 결코 온전히 파악할 수 없다는 인간 인식의 한계에 대한 증명이었던 셈이다. 무엇보다 수평적 세속 세계의 삶만으로는 허무주의를 극복할 수 없다. 왜냐하면 인간이란 동물의 궁극적인 관심은 이 세속조차도 수직적으로 초월하는 데 있기 때문이다.

그러나 이런 형식의 미래적 모더니티 개념을 이끌어내기 위해서는 아직도 넘어야 할 산이 많다.

나의 생각은 여전히 잠재적인 가설에 지나지 않는다. 이런 과제에 대해 해답을 모색하는 일은 등불 하나 없이 미로처럼 수없이 많은 구멍들을 가진 동굴 속을 헤쳐나가는 일처럼 막막하고 지난한 일이다. 과연 이 속물적이고 천박한 기계론과 실증주의가 횡행하는, 그러한 사고가 인간들의 심성을 장악해버리고 있는 고도화된 자본주의 세계에 다시 초월적인 세계, 우리 조상들이 하늘과 땅과 인간이 삼위 일체를 이루며 우주론적 성스러움의 상상력 속에서 조화롭게 살던 것과 같은 수직적인 초월의 이상향을 다시 수용할 수 있을까. 색즉공, 공즉색인 세계, 세속이 곧 초월과 신성의 세계가 되는, 그래서 삶의 가치와 목적이 색의 수평적 확장이 아니라, 색의 뿌리에서 돋아나는 한 송이 연꽃이기를 꿈꾸는 그런 존재―가치론으로 되는, 그래서 이 세계가 단지 욕망의 확장 대상, 제국주의적인 인간 욕망의 실현 대상으로 정당화되는 것이 아니라 그 욕망을 긍정하되, 그것의 공허함을 관(觀)하면서, 이 세계를 초월과 해탈의 꽃을 피우기 위한 자기 정화의 텃밭으로 정당화하고 이해하는 그런 시대가 가능할까…… 지금 내가 발 딛고 살고 있는 이 실증적이고 기계주의적인 세계가 이런 힘들을 내재적으로, 작디작은 씨앗으로나마 품고 있는 것일까.

  그러나 이런 생각들은 단지 하나의 꿈, 당위론적인 이상에 불과한 것은 아닐지. 아무런 현실적인 내재적인 힘들의 운동이 뒷받침되지 않는…… 고통스런 질문들…… 생명 · 영겁 회귀 · 초월이라는 이 정신적 기획의 어휘들이 이성 · 발전 · 유토피아라는 계몽적 기획의 모더니티를 극복할 수 있는 단초를 마련해주지 않을까. 생명 · 영겁 회귀 · 초월…… 미래적 모더니티의 근본 범주들. 〔논문은 여기서 끊어져 있다. 그는 미래적 모더니티에 대한 기획을 꿈꾸는 듯 보이지만, 더 이상의 논구는 보이지 않는다: 편집자 주〕

에필로그

박창주(소설가)

어떤 치명적인 절망이 그를 사라짐으로 이끌었을까.

우리는 다시는 그를 만날 수 없는 것일까.

나는 아직도 그의 모습을 생생히 떠올릴 수 있다. 조금 여윈 듯한 몸집, 차가우면서도 열정을 담고 있던 눈빛, 꽉 다문 입술에서 엿보이던 엄격함, 부드럽게 미소를 지을 때, 어딘가 모르게 쓸쓸함이 번져나오던 얼굴 표정. 동료들과 함께 그가 남긴 「밤의 살갗」과 그의 작품들을 연구하고 그의 행방을 수소문해온 지난 1년여 동안, 그리고 미흡하고 아쉽지만, 그에 관한 한 권의 책이 완성되어가고 있는 지금 이 순간까지도, 내게는 마치 그가 바로 내 곁에서 미소지으며 자리를 함께하고 있는 듯한 기분을 떨쳐버릴 수가 없다.

사실 그 동안 작업을 해오면서도, 그가 남긴 「밤의 살갗」이란 작품에 대한 면밀한 분석보다는 정말 그가 어디로 사라져버렸을까, 왜 사라져야만 했을까, 어떤 절망이 그를 사로잡았던 것일까, 하는 의문이 내 머리 속을 가득 채우고 있었다. J를 인터뷰하던 그 순간에도 내게는, 그가 예전에 그랬던 것처럼 J 곁에 앉아 담배를 피우면서 초점 없는 시선으로 허공을 쳐다보고 있는 듯한 기분에 사로잡히기도 했었다.

그는 정녕 영원한 부재 속으로 사라져버린 것일까.

「밤의 살갗」을 11개의 시로 나누고, 그것에 대해 본격적으로 주석을 달고 난 후에 나는 다시 그 시들을 읽으며 곰곰이 생각을 해보았다. 무엇보다 나는 그의 감정과 내면의 변화를 정확하게 이해하기 위해서는 나 자신이 바로 '그'가 되어야 한다고 생각했고, '그'의 입장에서 세계와 삶과 문학을 바라보아야 한다는 것을 절실하게 깨달았다. 그런 관점에서 그에 관한 전기와 그가 남긴 미발표 원고들, 그리고 「밤의 살갗」을 여러 번 되풀이해서 다시 읽어보았다. 그런 반복적인 독해와 감정 이입을 통해서 나는 그를 옥죄었던 내면의 고통을 어렴풋이나마 이해할 수 있을 것 같았다. 일상적 삶의 빈곤이 주는 압박감, 그러한 궁핍 속에서도 현대적 삶의 조건에 대한 근원적인 근심, 출구 없는 미래—「프로메테우스의 배반과 몰락」이란 에세이에서 상세히 그려 보였던—에 대한 돌이킬 수 없는 절망과 자신의 정신적 충일에 대한 한없는 욕망, 무엇보다 자신의 능력에 대한 회의와 이 세계를 변화시킬 수 없다는 무기력감으로 인한 강박적인 자학(자학적 고뇌의 주체성이라고 그가 이름 붙인)……

그는 자신이 남긴 글의 제목 그대로 자학적 고뇌의 주체성이었다. 그는 자신의 영혼을 갉아먹는 자학적 고뇌를 글쓰기의 한층 더 고통스런 작업에다 부과했고, 글쓰기는 따라서 그에겐 피할 수 없는 운명 같은 것이었으리라.

고독한 글쓰기의 운명, 아무것도 주장할 수도 없고, 아무런 확신도 가질 수 없는, 언제나 무(無)로 되돌려져버리는 글쓰기의 고통. 그가 미발표 원고 「아무것도 아닌 글쓰기」에서 말한 대로 작가에게 주어진 유일한 가능성은 시시포스처럼 늘 무로 굴러떨어지면서도 다시 글쓰기라는 무거운 바위를 새롭게 시작해야 할 가능성밖에 없다면, 그럼에도 불구하고 굳이 글쓰기를 지속해야만 할 필연성은 어디에 있단 말인가?

그는 그 글에서 노자의 예를 들며, 노자가 수동적으로, 외부의 요청에 의해 글을 썼지만, 노자의 글쓰기는 스스로를 부정하고 반박하는 글쓰기였고, 그가 남긴 5천 자도 실은 너무 많이 쓴 것이라고 말하고 있다. 물론 이미 깨달음의 경지에 올라버린 노자에겐 침묵 외에 더 이상 아무런 할 말이 없었을 것이다. 사정은 붓다에게서도 마찬가지다. 그 역시 깨달음을 얻은 후에도 40여 년 간을 주유하며 설법을 베풀었지만, 끝내는 단 한 마디도 말하지 않았다고 스스로를 부정해버리지 않았던가? 그렇다면 그 역시 절대적 침묵 외에 자신은 더 이상 아무런 할 말도 없었던 것일까. 그의 사라짐은 바로 그 절대적 침묵에로의 침잠에 다름아닌 것일까.

우리는 작업을 하는 과정 중간중간에 그의 부재에 관해 많은 토론과 대화를 나누었다. 우리는 가급적 그의 부재를 죽음이 아닌 다른 가능성으로 고려하려고 노력했다. 만일 그가 정말로 이 세계로부터 영원히 퇴각해버렸다면, 스스로를 죽음으로 몰고 가버렸다면, 그것은, 이 '희망 없는 세계 자체의 몰락이요, 그것의 징후적인 사건'일 것이다. 그렇다. 적어도 나로서는 그렇게 생각할 수밖에 없다. 나는 그가 우리가 다시 답해야만 한다고 말했던, 니체가 지금으로부터 100년 전에 던졌던 한 질문을 떠올려본다;

비극을 파괴한 그 힘이 모든 시대에 대하여 비극적 세계관의 예술적 재탄생을 가로막을 정도의 힘을 가지고 있는가?

(이 질문은 지금 이 순간에도 여전히 유효하다.)

나는, 아니 우리 모두는 이 질문에 대해 어떤 답을 가지고 있는가? 니체가 살았던 그 시대보다 기술주의의 광기는 더욱더 기승을 부리고 있고, 이제는 맹목적 자본주의가 전지구의 표면을 뒤덮어버린 이 시대에, 그가 말했던 것처럼 "예술이라는, 이제는 다 썩어가는 동아줄을 붙잡고 있는" 우리는 어떤 답을 가지고 있는가? 이런 시대에 예술이, 문학이, 그것 없이는 동물적 삶 자체로 퇴락할 수밖에 없는 인간의 고귀한 정신 세계를 대변하고 있고, 새로운 세계 속에서 어떤 존재론적인 형식을 스스로에게 부여할 수 있을 것인가?

물론 문학은 계속 살아남을 것이다. 어떤 형태로든 살아남아 존재할 것이다. 왜냐하면 문학은 비록 유토피아적 전망의 부재 속에서도 문학은 언어 자체의 본질을 다루는 예술이기에, 언어가 존재하는 한, 언어 예술로서의 문학은 존재할 수밖에 없기 때문이다. 그러나 사회적 삶이라는 구체적 맥락을 상실해버린 문학, 언어적 유희 자체에만 몰두하는 문학이, 문학 자체만을 탐구하는 문학이란 비전은, 비록 그러한 본질적인 언어적 힘 자체가 기존의 코드를 전복시키는 힘을 내장시키고 있다고 하더라도, 다른 한 측면으로는 하나의 '문학적 데카당스의 징후'인 것은 아닐까. 삶을 상승시키고, 왜소하고 우둔해져 가는 삶의 일상성에 카프카가 독서의 경험에 대해 얘기했던 것처럼 "도끼로 내려치는 것 같은" 전율을 안겨다주고, 나아가 우리의 삶 자체를 변형시키는 그런 문학이 아니라면, 한마디로 삶을 위한 문학이 아니라면, 문학은 단지 작가들과 비평가들만을 위한 자기 위안적 행위에 불과하지 않을까. 실제로 장 보드리야르는 『예술의 음모』라는 책에서 오늘날의 예술 상황을 그런 관점에서 진단하지 않았던가?

그렇게 본다면, 오늘날의 이 시대 전체와 삶 전체에 대해 명민한 촉각을 곤두세우고 예술만이 아닌, 예술을 포함하는 전체성으로서의 삶 전체를 고뇌했던 그의 정신은, 우리가 상대해야 할 '적'을 상실해 버린 듯한 둔감함에 빠진 우리들에게 날카롭고 근본적인 문제를 다시 제기하고 있는 것이다.

이런 논의와는 별개로 우리는 그의 죽음을 상정하지 않은 채, 우리는 또 다른 가능성에 매달리고 있었던 것이 사실이다. 그는 단지 부재할 따름이라는 가능성. 우리는 그런 전제하에서, 「밤의 살갗」이라는 그 수수께끼 게임 속에 은밀하게 그가 자신의 행방을 감추어놓았을 수도 있다는 가정을 세웠고, 그런 가정을 확인하기 위해 그 시에 대한 분석에 매달려보기도 했었다. 마치 우리가 뒤팽 탐정이라도 된 양. 그러나 마치 비의적인 연금술 서적 같기도 한 그의 시집에서 나타나는 문장들과 숫자들, 상징들을 그의 행방에 대한 단서로 파악하기에는 우리의 능력은 터무니없이 부족했고, 끊임없이 세워진 명제를 반박해 버리는 상징들의 이중성 때문에 우리는 결국 아무런 단서도 찾아낼 수 없었다. 물론 우리는 여러 가지 가능성을 생각해보기도 했었다.

마치 전혀 다른 평범한 사람으로 변신하여 국내외 어딘가를 떠돌아다니거나 혹은 아예 숨어서 살고 있을 가능성, 그가 「미래적 모더니티」라는 미발표 논문에서 썼던 것처럼 수직적인 초월을 추구하기 위해 속세를 떠나 은밀한 곳으로 출가해버렸을 가능성. 이 경우에, 국내가 아닌, 인도나 티베트 같은 곳으로 혹은 히말라야 산속 깊은 곳으로 은둔해버렸을 가능성도 전혀 배제하긴 어려운 일이다. 그의 연인이었던 J도 그가 평소에 가장 가보고 싶은 장소로 꼽았던 외국도 인도와 티베트였다고 확인해주었기 때문에 그럴 가능성이 커 보였다.

이 책이 거의 완성되어갈 무렵에 나는 예전에 만났던 그 카페에서 다시 J를 만났다. 그 자리에서 나는 만약 그가 인도나 티베트에 있다는 사실이 확인되면 그를 찾아나설 것이냐고 물었다. 그녀는 쓸쓸한 표정을 지으며 고개를 천천히 내저은 후에 입을 열었다.

"아뇨. 설사 그가 인도나 티베트에 머무르고 있다고 해도, 전 결코 그를 찾아가지는 않을 거예요. 그는 그 누구도 자신을 찾길 원하지 않을 거예요. 그리고 제가 그를 찾아가서 만나고, 그에게 다시 우리에게 돌아와달라고 한들, 그가 다시 돌아올까요? 전 똑같은 상처를 다시 되풀이하고 싶진 않아요. 그는 영원히 자신의 존재가 망각되길 원할지도 몰라요. 설사 그가 지금 어딘가에 살아 있다고 해도, 우리에게 그는 이미 죽은 사람이죠. 전 이제야 그걸 깨달았어요. 지금 우리에게 그는 단지 그가 남긴 작품들, 그의 글쓰기, 그것뿐이라는 것, 그걸 우린 인정해야 해요. 그에겐 지금 자신이 살아 있는지 죽어 있는지는 아무런 중요성도 갖지 못할 거예요. 솔직히 그는 지금 우리의 작업 속에서, 그의 언어 속에서 영원히 불멸로 살아 있지 않아요? 그런 면에서 보면, 그는 지독할 만큼 행복한 사람일지도 모르겠어요. 그리고 또 한편으론 이런 생각도 들어요. 그는 마치 우리에겐 숨은 신 같다고. 자신만이 아는 내밀한 코드를 숨겨놓은 이 세계를 창조해놓고는 숨어버린 신. 우리는 그저, 이 세계의 숨겨진 의미를 파악하려고 애쓰지만, 무엇이 진실인지는 피조물인 우리로서는 결코 확신도, 확인도 할 수 없는. 하지만 과연 이 세계를 만든 숨은 신은 정말 이 세계의 의미를, 숨겨진 진실을 완벽하게 이해하고 있을까요?"

"어려운 얘기를 하시는군요" 하고 대답한 후, 나는 그녀에게 다시 되물었다.

"신으로서의 작가라는 개념은 비유적으로만 적용될 수 있겠지요. 작가라는 존재는 늘, 작품 속에 자신도 파악하지 못하는 어떤 잉여를 남기게 되니까요. 반면에 신학적인 의미의 신 개념은 그 속성상 완전함을 전제로 하는 것이고, 완전한 신은 말 그대로 이 세계를 완전하게 이해한다는 것이 아니겠습니까……?"

그러자 그녀는 웃음을 터뜨렸다.

"무신론자이신 줄 알았는데, 저보다 더 신앙심이 깊어 보이는군요. 신의 속성에 대한 허다한 논의는 그 역시 인간의 상상력의 산물일 뿐이고 실제로 이 세상을 만든 신은, 우리처럼 불완전한 속성을 가진 존재일지 어떻게 알겠어요?"

"하하……마치 그노스시트처럼 말씀하시는군요."

"모르겠어요. 저도 알게 모르게 그에게 많이 감염되었나 봐요. 분열증적인 그의 정신에. 여하튼 전 이제 차라리 그가 자살했기를 바라요. 아니, 차라리 그렇게 믿고 싶어요. 더 이상 그의 행방에 신경을 곤두세우고 넋을 놓고 있고 싶진 않아요. 아름다운 추억만 남기고 불행하고 슬픈 모든 일은 망각의 바람에 날려보내고 싶을 뿐이에요."

그러나 그렇게 말하는 그녀의 표정은 여전히 그늘져 있었다. 나는 그녀의 심정을 이해할 것도 같았다. 그녀는 그의 마음을 충분히 헤아리고 있고 이해하려 애쓰면서도 자신의 사랑이 그런 식으로 종말을 고한 데 대한 분노를 완전히는 감추지 못하고 있었던 것이다.

나는 그날 그녀와의 만남 이후로, 그의 실종에 대해 좀더 냉정하게 생각할 수 있게 되었다. 그녀의 말대로 지금 우리에게 남은 현실은 그의 부재와 그가 남겨놓은 작품뿐이다. 그것이 전부다. 우리가 한 작가에게 요구할 수 있는 것이란 글로 씌어진 것, 작품이지 그 이상도 그 이하도 아니다. 작품이 시작이고 끝인. 한 개인 실존으로서의 인간이 작가가 되는 순간부터, 글을 쓰기 시작하는 순간부터, 그는 언어가 되는 것이며, 언어의 그물망 속 어딘가에 위치하는 단어, 문장 혹은 단어와 문장들이 가로지르는 가운데 그 어딘가의 텅 빈 공허, 여백으로 존재한다. 그것이 바로 오늘날 작가가 죽었다고 선언되는 이유일 것이다. 그의 행방에 대한 관심은, 한 인간에 대한 관심일 뿐, 작품 자체에 대한 관심일 수는 없다. 작품이 우리에게 존재하는 한, 작가로서의 그는 살아 있다. 그리고 그 작품은, 영원한 미완성으로서, 우리의 매번 새롭게 시작되는 글쓰기와 창조적 해석 행위를 통해 매번 새롭게 씌어지면서 다시 살아난다. 그렇게 살아나는 작품 속에서 그도 다시 살아난다. 작가는 그렇게 작품 속에서 태어나고, 죽고, 다시 태어나는 영겁 회귀의 순환, 언어의 영원한 회귀 운동 속에 감겨 있을 뿐이다.

영원히 살아 활활 타오르는 헤라클레이토스의 불처럼. 그러나 이 세계에 대한 근심 어린 강박 관념에 사로잡힌 불, 불의 강박 관념으로서.

이것이 전부다. 언어적 삶을 사는 작가는 언어라는 불을 통해 독자에게 말을 건네고, 그 활활 타오르는 불을 통해 삶의 혁명을 꾀하는 것이다. 그런 의미에서 애초 그가 우리에게 제시했던 게임은 처음부터 그 해답이 주어지지 않은, 영원한 미제의 문제, 언제나 되돌아와서 다시 출발점에 설 수밖에 없는 그런 게임이 아닌가.

그렇다. 그래야만 할 것이다. 알베르 카뮈가 말한 것처럼, 이 세계 자체가 자살하도록 내버려둘 수는 없기 때문에, 언어로서의 작가는 매번 되살아 돌아와야만 한다. 그것이 진정한 작가의 임무다. 그런 임무는 작가 개인의 실존으로서의 삶을 초월하는 적극적이고 능동적인 예술의 영겁 회귀에 연관되는 임무일 것이다.

그렇다면 우리가 그가 남긴 「밤의 살갗」 속에서 한 개인 실존의 삶을, 그의 행방의 단서를 찾아내려 하는 일 자체는 어리석은 일이 아닌가? 그것은 작품을 편협한 전기적 맥락으로 축소시키는 일이며, 작가 이상인 작품, 작가 자신도 결코 완전히 도달하지 못하는 작품 고유의 생성 과정에는 전혀 미치지 못하는, 작품 외적인 부수물을 작품으로 대체하는 결과에 불과할 것이다. 우리는 그가 아닌, 작품으로 되돌아와야만 한다. 작가는 그가 살아서 현존하는 순간에조차도 실은 부재하는 존재이다. 나는 그제야 문득 깨달았다. 그는 우리 곁에서 사라지기 전에도 이미 부재하고 있었다는 사실을. 동시에 그는 작가로서, 처음부터 부재하면서도 작품 내재적으로 실존하고 있었다는 사실을. 그러니까 작가인 그는 존재하면서도 부재하는 존재, 그런 이중적인 존재였던 것이다. 그래서 아마도 그는, 「밤의 살갗」의 한 시구에서, 선승인 마조대사의 입을 빌려 "일면불, 월면불(日面佛, 月面佛)"이라고 읊조렸던 것이 아니었을까.

그렇게 생각하자, 내 머리 속이 상쾌해지면서 내 머리를 무겁게 짓누르던 추가 떨어져나가는 듯한 기분이 들었다. 그가 우리에게 부재로서 말할 뿐이라고 했다면, 우리는 그를 부재로서 대할 수 있을 뿐, 그 어떤 방식으로도 그를 대하는 것은 부당하다는 생각이 들었다. 그리고 그가 부재한다면, 그처럼 역시 소설을 쓰고, 언어 속에서 살고 있는 나 역시 마찬가지로 부재하는 존재이며, 부재 속에서 나는 그와 일체가 되어 언어로서 살아가고 있다는 사실을 느낄 수 있었다. 나는 그의 부재와 함께 다시 글을 쓰게 될 것이다. 부재와 침묵에 도달하기 위하여.

또 다른 부재에서 다시, 새롭게 출발하기 위하여.

다시 덧붙이는 글

김운하

지금 이 글을 쓰는 기분은 말할 수 없이 착잡하다. 21세기의 첫 시작이 테러와 어처구니없는 전쟁의 불꽃놀이로 시작되고 있다. 뉴스를 볼 때마다 무기력감과 자괴감이 나를 사로잡는다.

우리는 파르메니데스적인 세계에 살고 있다. 현실 자체가 가상이 되었기 때문에 가상조차 불가능해졌다고 누군가는 말했지만, 사실은 가상들이 실재가 되어버렸기 때문에 가상이 불가능해진 것이다. 대신에 현실은 중력감을 상실한 채, 살얼음판이나 달걀 껍질처럼 쉽사리 금이 가고 깨어지기 쉬운 어떤 것이 되고 말았다. 21세기 인류는 그런 위태로운 살얼음판 위를 걷고 있는 것이다.

문학사적으로 보자면, 문학이 예술의 헤게모니를 쥐고 있던 시대는 이미 끝나버렸고, 본격 문학이란 것은 어쩌면 점점 더 소수 마니아들만의 전유물로 읽히게 되는 위상학적 변동을 겪고 있는 시대다. 그러나 소수자들만의 문학이란 결국 대중과 시대와는 유리된 채, 그들만의 실험과 유희로 전락할 우려도 갖고 있다. 그렇다고 대중들에게 아부하는 문학, 교묘한 상업주의로 변신한 문학, 자신 속에 아무런 부정성도 내포하지 않은 문학이 대안인 것은 더더욱 아닐 것이다.

이런 모든 내외적 상황들이, 작가들로 하여금 문학 혹은 글쓰기의 존재론을 본원적으로 다시 사유하게끔 강요하고 있다. 아니, 어쩌면 지금 시대엔 사실상 문학 자체가 하나의 불가능한 열정이 되어가고 있는지도 모른다.

솔직히 말하면, 나는 더 이상 문학이란 것을 하고 싶지 않다. 글도 쓰고 싶지 않다. 침묵, 차라리 완전히 침묵해버리고 싶다. 지금 이 세계에는 희망이란 것을 건져낼 수맥이 보이지 않는다. 그러나 이런 의식의 움직임과는 또 다른 움직임, 글쓰기의 욕망의 움직임이란 것도 내 실존의 내부에 존재한다. 그것은 삶에의 의지 자체가 되어버린 욕망이며 내 삶과 등치되는 욕망이다. 나는 지금 이런 모순 속에서 존재하고 있다. 이 책 역시 그런 모순 속에서 살고 있다. 이것은 소설도, 시도 아니다. 문학인가? 글쓰기의 움직임인가? 그건 모르겠다. 어쩌면 그냥 한 권의 책일 뿐. 텅 빈, 부유하는. 다만 질문들로만 가득 찬.

여하튼, 이 책은 세상에 나온다. 작년 여름 무렵, 처음 원고를 넘길 때부터 과연 이것이 한 권의 책이 되어 나올 수 있을지에 대해 회의했는데, 이런 원고를 흔쾌히 출판하기로 결정해준 문학과지성사에 진심으로 감사드린다. 나의 감사는, 지금 미국 테러 사건의 여파로 가뜩이나 어려운 출판가가 더욱 힘겨워질 그런 시점에, 그것도 상업성과는 거리가 먼 이런 원고를 출판하게 되는 일이라서 더더욱 클 수밖에 없다. 특히 원고를 꼼꼼하게 읽고 출판될 수 있도록 힘을 써주

신 김병익 선생님과 채호기 사장님께 진심으로 감사드린다. 그리고 책이 나오기까지 수고해주신 편집부원들 모두에게도 감사를 전한다. 그리고 아직도 문학이, 펜이 총이나 칼보다 더 강할 수 있다는 희망 아닌 희망을 공유하는 모든 이들에게도.